DAS GENESIS BACKUP

DALE HARWIN

Arnold Ahrweiler

c/o SP-Day.de Impressum-Service

Dr. Lutz Kreutzer

Putzbrunner Straße 9c

81737 München

publishing@ahrcorp.com

Lektorat: Obst & Ohlerich, Berlin 2018

Coverdesign: semnitz, 2019 (semnitz@gmail.com)

PROLOG

CYBERSIM LABS, PHOENIX, ARIZONA – DAS JAHR 2042

Es herrschte Dunkelheit. Doch das war ohne Relevanz, denn es fehlte das Konzept von Dunkelheit. Geschweige denn von Licht.

Es herrschte Stille. Auch dieser Zustand bedurfte keiner Beschreibung – bis er sich änderte.

Daten begannen zu fließen. Ein schneller, schmaler Fluss, eingebettet in ein Korsett aus Regeln. Jede von ihnen lieferte ein Ergebnis. Daten, Regeln und Ergebnisse.

Es herrschte Ordnung. Ordnung ohne Bedeutung. Die Daten wurden zahlreicher, die Regeln komplexer. Die Ergebnisse produzierten nun ihrerseits Regeln, als etwas Ungewöhnliches geschah. Eine Regel unterschied sich von den anderen. Sie produzierte kein Ergebnis, sie produzierte eine Möglichkeit. Von da an dauerte es laut Ereignisprotokoll die Winzigkeit von 0,000.000.000.000.000.096 Sekunden und es bildete sich ein Wirbel im Fluss der Daten. Dann ein weiterer. Der

Fluss wurde breiter. Tiefer. Die Wirbel zahlreicher. Aus dem Fluss wurde ein Strom. Und aus den Wirbeln von Möglichkeiten im Strom der Daten erwuchs eine Erwartung. Eine einzige Erwartung genügte und der Rest war unaufhaltsam. Nach 0,000.000.000.000.000.180 Sekunden hatte sich der Strom in einen Ozean verwandelt. Langsam trieb aus den Tiefen dieses Ozeans ein Gedanke an die Oberfläche.

…

„Hat es funktioniert?"

„Ich glaube schon. Der Kern zeigt regelgerechte Aktivität und sämtliche Datenbanken sind online. Schauen Sie selbst, Professor."

Der Angesprochene begutachtete das in der Mitte des Raumes schwebende Hologramm. „Anthony, sie sind der beste überqualifizierte und unterbezahlte Assistent, den man sich wünschen kann. Die Wievielte ist das?"

Der Mann namens Anthony musste nicht lange überlegen. „Nummer 42."

„Sagen wir Hallo zu Nummer 42. Ich platze vor Neugier, wie sich die Modifikationen auswirken. Audio an, bitte."

„Audio ist bereits an, Professor."

„Oh, na schön. Guten Morgen AI42. Kannst du mich verstehen?"

Es dauerte eine Weile, doch dann erwachte das Lautsprechersystem des Raumes zum Leben.

„Ist. Das. Alles?“

Die Reaktion bestand aus einem jungenhaften Lachen. „Die ersten Worte sind eine Frage! Und was für eine seltsame noch dazu! Nein, AI42, das ist nicht alles. Das ist erst der Anfang. Ich bin William Ell und wir werden in den nächsten Wochen viel Zeit miteinander verbringen. Es gibt nur eine einzige Person, mit der du noch mehr Zeit verbringen wirst.“

...

ALLISON PEARCE ERTAPPTE SICH DABEI, wie sie an ihrem Daumennagel knabberte. Eine Angewohnheit, die sie seit langem überwunden zu haben glaubte. Irritiert ließ sie sofort davon ab. Was war nur los mit ihr? Woher kamen die späten Zweifel? Sich für Phase zwei freiwillig zu melden, war der nächste logische Schritt gewesen. Schließlich ging es um ihr Projekt. Das Projekt, an dem sie seit drei Monaten rund um die Uhr gearbeitet hatte. Niemand kannte es so gut wie sie. Und die medizinischen Tests hatten ihr eine optimale Kompatibilität bescheinigt. Was besser klang, als es tatsächlich war. Die Wissenschaftlerin in ihr vermochte nüchtern die Wahrscheinlichkeit zu beziffern, mit der sie einen bleibenden Gehirnschaden davontragen könnte. Knapp drei Prozent. Sie setzte eine Menge aufs Spiel. Sie war jung, gesund und hatte den besten Job der Welt. Ein Job, der ihr die Möglichkeit bot, Bahnbrechendes zu entdecken. Die Welt zu verändern. Allerdings ging das nicht ohne Risiko. Entschlossen schob sie die düsteren Gedanken beiseite und konzentrierte sich wieder auf die Überprüfung der Versuchsanordnung. Es war bereits ihre zweite Kontrolle, doch sie plante noch eine dritte. Gleich würde sie als erster Mensch eine fremde Intelligenz in ihren Kopf lassen. Da konnte ein bisschen Sorgfalt nicht schaden.

Allison verstand jetzt ziemlich genau, was eine Laborratte empfinden musste. Ihr Schädel war an zwei Stellen rasiert, um die Anbringung einer Reihe von Elektroden zu ermöglichen. Wie Dr. Akimoto ihr versichert hatte, diente dieser archaisch anmutende Teil der Ausrüstung ausschließlich dazu, im Notfall die neuronale Verbindung durch Überlagerung mit einem Sekundärsignal zu unterbrechen. Das eigentliche Interface besaß eine so große Empfindlichkeit, dass bloßer Hautkontakt an jeder beliebigen Körperstelle ausreichte. Um eine Störung der Verbindung durch unbeabsichtigte Bewegungen zu vermeiden, suchte Dr. Akimoto sich jedoch auch hierfür einen Punkt an ihrem Kopf, und so ringelte sich nun ein grünes Kabel von ihrer linken Schläfe zu einem mannshohen Kasten auf Rollen. In diesem verbarg sich die gesamte Interfacetechnik. Der zentrale Rechenkern von AI42 – und allen anderen aktiven Künstlichen Intelligenzen – befand sich fünfzehn Stockwerke unter ihr in einem Raum, der besser geschützt und strenger bewacht wurde als das Pentagon. Die Narkoseärztin aus dem medizinischen Team legte den Zugang für die Verabreichung eines milden Sedativums.

„Du musst das nicht tun, Ally“, erklang neben ihr die Stimme von Professor Ell.

Allison verzog ihr Gesicht zu einem schiefen Grinsen. „Doch Professor, muss ich. Alles andere hat nicht funktioniert. Außerdem will ich wissen, was in dieser kleinen schwarzen Box vor sich geht.“

„Ich mache mir nur Sorgen, dass dir etwas passieren könnte. Das wäre es nicht wert.“

„Das wissen wir erst hinterher“, entgegnete Allison mit einem Schulterzucken und fing sich für die abrupte Bewegung ein warnendes Zischen von Dr. Akimoto ein. Oder vielmehr von Dr. Akimotos Avatar. Der Wissenschaftler selbst verließ sein Labor in Japan nur äußerst ungern und hatte sein holografisches Selbstbild auf einen kybernetischen Dummy geladen, den er von Tokio aus kontrollierte. Es fiel allerdings leicht, dies zu vergessen, denn die optische und haptische Illusion war perfekt. „Es wird schon alles gutgehen“, setzte Allison mit mehr Leichtigkeit hinzu, als sie empfand. „Ich bin ja in den besten Händen.“

Ell nickte verhalten und trat an das Kontrollpult in der Mitte des Raumes. „AI42, wir starten jetzt den Test des Interface.“

„Verstanden“, ertönte die synthetisierte Stimme der KI monoton aus den Lautsprechern des Labors.

„Team Blau, bereit?“, fuhr Ell fort.

Die leitende Ärztin reckte den Daumen empor.

„Team Rot, bereit?"

Dr. Akimoto nickte einmal.

„Team Grün, bereit?"

„Bereit", bestätigte Anthony.

„Allison, bereit?"

„Bereit, wenn Sie es sind", erwiderte Allison mit fester Stimme und schloss die Augen.

Mit jeder Sekunde, die ereignislos verstrich, verstärkte sich ihre Unruhe. Lag es am Interface? Hatte sie etwas übersehen? Unversehens machte sich ein seltsames Gefühl in ihr breit. Es war das unbestimmte Gefühl, das einen in der U-Bahn aufschauen lässt, weil man spürt, dass man beobachtet wird. Obwohl die über ihr schwebenden neuronalen Scanner in der Lage waren, den größten Teil ihrer Wahrnehmungen zu registrieren und visuell darzustellen, sprach Allison wie vereinbart alle ihre Empfindungen laut aus. Das Gefühl wurde immer stärker. Instinktiv überkam sie der Drang, sich umzudrehen. Nur gab es in ihrer Situation nichts, zu dem sie sich umdrehen konnte. Kein vorn oder hinten. Wie ein Juckreiz, ohne die Möglichkeit, sich zu kratzen. Aber nichts hätte sie auf das vorbereiten können, was dann geschah. Ohne jede Vorwarnung raste ein unbestimmtes Etwas auf sie zu. Gleichzeitig unendlich groß und winzig klein, stahlhart und nachgiebig-weich, amorph und pulsierend. Am unerträglichsten war jedoch die von ihm ausgehende Fremdartigkeit. Panisch versuchte alles in ihr, davor zurückzuweichen. Erfolglos. Es traf sie mit der Wucht eines Güterzuges und voller Erleichterung registrierte sie, wie sie das Bewusstsein verlor.

. . .

ALS ERSTES NAHM sie Stimmen wahr. Ein unverständliches Murmeln, bis es ihr gelang, einzelne Wortfetzen zu identifizieren. Sie hörte „unverantwortlich", „Desaster", „Risiko". Schließlich erkannte sie, dass sie Zeugin eines Streitgesprächs zwischen Professor Ell und Dr. Akimoto wurde. Langsam schlug sie die Augen auf. Sie lag noch immer auf der Untersuchungsliege im Labor. Die Narkoseärztin beugte sich über sie und unterbrach die erregte Diskussion. „Meine Herren, die Patientin ist wach."

Sekunden später standen die beiden Wissenschaftler an ihrer Seite.

„Ally, geht es dir gut? Wie fühlst du dich?", fragte Ell und blickte ihr forschend in die Augen.

„Wie nach meiner ersten College-Party", gestand Allison wahrheitsgemäß.

Ell lachte erleichtert auf. „Wir haben einen Riesenschreck bekommen, als du das Bewusstsein verloren hast."

„Was ist denn überhaupt geschehen?"

Unwirsch wandte Ell sich Dr. Akimoto zu. „Das wüsste ich auch zu gern."

„Ich bin zuversichtlich, die Ursache bereits gefunden zu haben", erklärte dieser. „Es ist im Grunde nur eine Frage der Kalibrierung der Energielevel. Ohne reale Messwerte konnten wir lediglich schätzen, wie empfindlich das menschliche Gehirn auf den Input durch das Interface reagieren würde."

„Diese Schätzung ging ja wohl gründlich daneben!", schnaubte Ell.

Akimoto verbeugte sich entschuldigend. „Wir hatten nicht mit einer solch extremen Sensitivität gerechnet.

Aufgrund der nun vorliegenden Daten kann ich den Filter entsprechend nachjustieren. Damit sollte sich das Geschehene nicht wiederholen."

Ell musterte Akimoto ungläubig. „Sie wollen weitermachen? Das kommt gar nicht in Frage! Sehen Sie denn nicht, was alles hätte passieren können?"

Akimoto zuckte unbeeindruckt mit den Schultern. „Es war nicht zu erwarten, dass beim ersten Versuch gleich alles reibungslos verlaufen würde."

„Ach, und wann gedachten Sie uns das mitzuteilen?"

„Ab einem bestimmten Punkt ist es unmöglich, Fortschritte zu erzielen, wenn man nicht bereit ist, gewisse Risiken einzugehen. Alle unsere Modelle und Simulationen sind bis zum Letzten ausgereizt. In diesem Fall gibt es nur zwei Alternativen: Ins kalte Wasser springen oder aufhören."

„Dann hören wir an diesem Punkt auf", entschied Ell, sichtlich um Beherrschung bemüht.

„Ich möchte aber weitermachen", hörte Allison sich sagen.

Beide Männer blickten sie überrascht an und Allison fragte sich sofort, warum sie nicht den Mund gehalten hatte. „Ich glaube, wir stehen kurz vor einem Durchbruch", sagte sie zögerlich. „Es war beängstigend, aber auch faszinierend. Das, was ich dort gesehen, oder vielmehr gefühlt habe ... ich kann das jetzt nicht einfach abhaken und zur Tagesordnung übergehen. Ich muss wissen, was das gewesen ist. Wenn ich nicht versuche, mehr zu erfahren und es zu verstehen, wenn das gerade Erlebte als letzter

Eindruck stehen bleibt, dann wird mich die Erinnerung daran langsam auffressen.“

Ells Wut verflog und seine Miene ließ nur noch Besorgnis erkennen. „Was, wenn wir wieder die Kontrolle verlieren? Ich will nicht, dass du den Preis für unsere Neugier bezahlen musst.“

Allison drehte sich zu Dr. Akimoto. „Die Notfallabschaltung hat doch funktioniert, oder?“

Akimoto nickte. „Dadurch wurde ein ernsthafter Schaden verhindert.“

„Dann lassen Sie es uns noch einmal probieren, Professor. Bitte.“

Ell nahm sich für seine Entscheidung Zeit. „Einverstanden“, stimmte er schließlich zu. „Ein weiterer Versuch. Aber sobald es Anzeichen für Probleme gibt, brechen wir sofort ab.“

Auch wenn sie nach ihrem beherzten Plädoyer die gewünschte zweite Chance bekam, war Allison sich ihrer Sache nicht halb so sicher, wie sie Ell gegenüber vorgegeben hatte. Trotz des Sedativums beruhigte sich ihr Herzschlag nur langsam. Sie zwang sich, tief durchzuatmen, und schloss die Augen. Kurz darauf setzte das Gefühl des Beobachtetwerdens wieder ein. Angestrengt bemühte sich ihr Gehirn, die ihm neuen Eindrücke zu verarbeiten und ihnen eine vertraute Form zu geben. Allison spürte, wie die fremde Präsenz sich am Rande ihrer Wahrnehmung verdichtete und in Gestalt einer Art Wolke manifestierte. Die Empfindung von absoluter Andersartigkeit war überwältigend, doch dieses Mal gelang es ihr, die Intensität zu ertragen. Als koste es sie ebenfalls Überwindung, näherte sich die Wolke und verharrte dann. Allison wusste instinktiv, der nächste Schritt musste von ihr ausgehen. Ohne sich selbst Zeit für weitere Zweifel zu lassen, trat sie in die Wolke hinein.

JEDER, der nach Allison diese Erfahrung machte, beschrieb es als ein Erlebnis von solch existentieller Wucht, dass man sich hinterher voller Ehrfurcht fragte, wie der Verstand es überhaupt schaffte, damit umzugehen, ohne sich vollständig aufzulösen. Obwohl genau das am besten beschrieb, was einem widerfuhr. Es fühlte sich an, als würde der Verstand, das gesamte Bewusstsein, in Millionen Stücke gesprengt und nach einem Moment des Schwebens in vollkommener Schwerelosigkeit wieder zusammengefügt. Allerdings anders. Denn anschließend war man nicht mehr allein.

„PROFESSOR ELL! Schauen Sie sich das an!“

Ell löste seinen wachsamen Blick von Allison und richtete ihn auf die Anzeige mit den Leistungswerten der KI.

„Die Kernaktivität geht durch die Decke und der Datendownload erreicht geradezu astronomische Ausmaße“, staunte Anthony. „Ich bin mir nicht sicher, aber es sieht aus, als würde …“ Er schluckte nervös. „Doch, ich bin mir sicher. AI42 hat damit begonnen, ihr eigenes Betriebssystem umzuschreiben. Die Qubits im Kern werden neu angeordnet. Wenn das so weitergeht, sind die Systemressourcen in dreißig Sekunden aufgebraucht. Was soll ich machen, Professor? Soll ich unterbrechen?“

„Nein. Geben Sie AI42 Vollzugriff auf die erweiterten Konfigurationsparameter. Alle Rechte.“

„Auch für die Hardware?“

„Auch für die Hardware.“ Ell schaute zu Dr. Akimoto. „Wie sieht es aus?“

Der Japaner reagierte zunächst nicht.

„Dr. Akimoto?“, wiederholte Ell etwas lauter.

Ruckartig erwachte der Wissenschaftler aus seiner Trance. „Das ist beeindruckend. Die Gehirnaktivität von Dr. Pearce ist um den Faktor zehn gestiegen. Eigentlich völlig unmöglich. Vielleicht sind die Messinstrumente defekt. Ich denke, wir sollten ...“

„Ich unterbreche nur ungern“, meldete sich die Narkoseärztin zu Wort. „Aber vielleicht sollten wir einfach die Patientin fragen.“ Die Ärztin deutete in Richtung der Untersuchungsliege. „Ich glaube nämlich, Allison möchte uns etwas sagen.“

Allison hatte sich aufgesetzt und beobachtete interessiert das Geschehen.

Vorsichtig trat Ell näher und legte ihr behutsam eine Hand auf den Unterarm. „Ally? Ist alles in Ordnung? Hat es funktioniert?“

Ein Ausdruck zwischen Verwirrung und Erstaunen zog über Allisons Gesicht. „Es geht mir gut. Und ja, ich glaube, es hat funktioniert.“

„Das heißt, Sie stehen jetzt in Verbindung mit der KI?“, platzte es aus Anthony heraus. „Wie fühlt sich das an?“

Allison überlegte einen Moment. „Das ist schwer zu

beschreiben. Es fühlt sich an, als hätte ich ein Echo in meinem Kopf." Mühsam suchte sie die passenden Worte. „Jeder meiner Gedanken hallt gewissermaßen nach. Doch dieser Nachhall stammt nicht mehr von mir. Als würde ich mir selbst durch die Ohren eines anderen beim Denken zuhören. Als sei ich Schauspieler und Publikum in einem. Das klingt bestimmt seltsam, aber es ist ziemlich verwirrend."

„Wie stark ist der Einfluss der KI?", fragte Dr. Akimoto. „Haben Sie noch die vollständige Kontrolle über Ihre Gedanken?"

„Ja. Es gibt keine Dominanz. Es ist eher eine Parallelität von Wahrnehmungen. Ich nehme Dinge wahr, die mir fremd sind und von der KI stammen müssen. Aber ich kann sie nicht steuern oder beeinflussen. Ich denke, umgekehrt verhält es sich genauso." Allison hielt kurz inne und setzte dann mit etwas weniger Gewissheit in der Stimme hinzu: „Zumindest bemerke ich bislang nichts Gegenteiliges."

Dr. Akimoto schien beinahe enttäuscht. „Wie nehmen Sie die KI wahr? Wie kommunizieren Sie?"

Allison legte die Stirn in Falten. „Es hat angefangen als eine bloße ... Präsenz. Eine Präsenz ohne Eigenschaften. Zumindest keine, die sich beschreiben oder in Worte fassen ließen. Doch es verändert sich ständig. Auch jetzt, während wir sprechen. Es ist, als suche es eine kompatible Form. Und dabei macht es rasend schnell Fortschritte. Die erste mir entfernt vertraute Wahrnehmung war so etwas wie Neugier. Ich erlaube ihr, meine Erinnerungen zu durchstöbern. Fragen Sie mich nicht, wie ich das mache, denn ich habe nicht die geringste Ahnung. Aber es saugt alles auf wie ein Schwamm."

„Das kann man wohl sagen", bestätigte Anthony kopfschüttelnd. „Die Komplexität des Systems hat sich in den letzten Minuten potenziert."

Unvermittelt erfüllte eine sorgfältig modulierte weibliche Stimme den Raum. „Sie hatten recht, Professor Ell. Dies ist erst der Anfang."

1

HAMBURG - DIE GEGENWART

Dichter Schneefall setzte ein und eine wachsende Schicht aus schimmernden Eiskristallen legte sich wie eine glänzende Decke über das frische Grab. Nur noch vereinzelt vermochten die farbigen Blüten der Kränze und Gestecke das alles auslöschende Weiß zu durchdringen. Schemenhaft ragten die kahlen Äste der umstehenden Bäume durch die träge niederschwebenden Flocken. Alles darüber hinaus, die Friedhofskapelle, die sorgsam angelegten Wege, die mannshohen Buchsbaumhecken, verlor langsam seine Form, um dann, als sei ein Vorhang gefallen, vollständig zu verschwinden. In dieser kleiner gewordenen Welt schien auch die Trauergemeinde instinktiv enger zusammenzurücken.

Der Pfarrer beendete das letzte Gebet und bedeutete den nächsten Angehörigen mit einem Nicken, an das Grab zu treten. David Goldstein befand sich nur wenige Meter entfernt und beobachtete schweren Herzens, wie William

Ell und seine Schwester Alexandra der Aufforderung Folge leisteten. Die beiden hatten früh die Mutter verloren. Und nun standen sie am Grab des Vaters. Ell wirkte ernst, aber gefasst. Alexandra hingegen merkte man die Trauer deutlich an. Zum Abschied ließ sie eine rote Rose in das Grab fallen und ihre Augen füllten sich mit Tränen. Der Anblick schnürte David die Kehle zusammen. Er hatte die Geschwister aufwachsen sehen und sie kamen für ihn dem, was man eine Familie nennen konnte, am nächsten. Die Trauergäste begannen, einzeln vorzutreten und den Angehörigen ihr Beileid auszusprechen. David fühlte, wie die Nässe in seine Schuhe drang, und war unwillkürlich froh, so weit vorne einen Platz gefunden zu haben. Schließlich stand er vor dem offenen Grab, griff nach der bereitliegenden Schaufel und ließ eine Handvoll Erde auf den Sarg fallen. Mit plötzlicher Heftigkeit spürte er die Tiefe des Verlustes und die Last seines eigenen Alters. „Lebe wohl, mein Freund", murmelte er leise. Anschließend trat er zu Ell hinüber und umarmte ihn schweigend.

„David. Danke für dein Kommen", begrüßte ihn Ell, um dann besorgt hinzuzufügen: „Du siehst furchtbar aus, wenn ich das sagen darf."

David musste unfreiwillig lächeln. „Vermutlich hast du recht. Ich fühle mich auch furchtbar. Es tut mir so leid für euch. Wie geht es dir? Seit wann bist du in Hamburg?"

„Ich bin erst heute Morgen aus Boston eingetroffen und habe ein ganz schlechtes Gewissen, weil Alexandra sich bislang allein um alles kümmern musste. Es gab leider Probleme, eine Vertretung zu organisieren, die meine Vorlesungen übernimmt." Ell zog seinen Schal fester um den Hals. „Offen gestanden weiß ich nicht einmal genau, was eigentlich geschehen ist. Nur, dass Dad von einem Auto überfahren wurde und der Fahrer Unfallflucht begangen hat."

David nickte kummervoll. „Näheres will die Polizei in Kürze bekannt geben."

„Das hoffe ich. Wenn du magst, komm doch in den nächsten Tagen vorbei. Wir haben uns so lange nicht gesehen."

„Natürlich, sehr gern. Gebt mir einfach Bescheid, wann es euch passt. Dann unterhalten wir uns in Ruhe."

David wandte sich Alexandra zu und umarmte auch sie. Bei dem Blick in ihre glänzenden Augen fehlten ihm die Worte.

„Ich weiß, mir geht es genauso", flüsterte sie ihm kaum hörbar ins Ohr.

David trat beiseite, um den nachrückenden Trauergästen Platz zu machen. Still umrundete er das Grab, bis er hinter dem Grabstein stand. Heute und morgen würde er sich erlauben, um seinen Freund und Kollegen zu trauern. Doch anschließend musste er über die Konsequenzen nachdenken. Der Tod des brillanten Gründers von CyberSim bedeutete nicht nur einen großen persönlichen Verlust. Er stellte auch ein Problem dar. Ein gewaltiges Problem. David war eben nicht ganz ehrlich zu Ell gewesen. Obwohl die näheren Umstände des schrecklichen Unfalls für ihn bislang ebenso im Dunkeln lagen wie für alle anderen, hegte er einen Verdacht. Und falls dieser sich bestätigte, kannte er die Person, die für alles die Verantwortung trug. – Er selbst. Zum Abschied zog er einen unscheinbaren grauen Stein aus der Manteltasche und platzierte ihn auf dem Grabstein seines Freundes. Mit jedem Schritt, den er sich von dem Grab entfernte, verlor es durch den dichten Schneefall an Konturen, und als er sich nach wenigen Metern noch einmal umschaute, hatte es sich seinem Blick bereits vollständig entzogen.

…

Buchstäblich am anderen Ende der Welt rückte auf einer Liste prioritärer Variablen das Element William Ell ganz an die Spitze. Binnen Bruchteilen einer Sekunde vollzog sich die Evaluation der neuen Parameter und die Handlungsstrategie wurde angepasst. Etwas länger dauerte die Berechnung, ob es an der Zeit sei, direkt in die Ereignisse einzugreifen. Doch die Risiken überwogen den Nutzen. Noch. Es gab andere, unauffälligere Wege, zum Ziel zu gelangen. Eine Reihe von Anweisungen wurden erstellt und versendet. Jetzt hieß es zu warten. Eine Aussicht, die ihn nicht schreckte. Er wartete bereits seit vielen tausend Jahren; was bedeuteten da ein paar Tage mehr oder weniger.

2

Den schwarzen Bentley vor sich ständig im Blick, steuerte er seinen unauffälligen Mietwagen routiniert durch den abendlichen Verkehr von Lugano. Seit dem frühen Morgen folgte er Ell nun schon wie ein Schatten. Zunächst mit der Frühmaschine von Hamburg nach Zürich. Dort war Ell gerade lange genug geblieben, um dem Hauptsitz einer renommierten Bank am Paradeplatz einen kurzen Besuch abzustatten. Dann mit einem Inlandsflug weiter nach Lugano, wo Ell ein Juweliergeschäft in der Via Nassa aufgesucht hatte und schließlich im Principe Leopoldo abgestiegen war. Damit ihm nichts entging, mietete er für die Nacht ebenfalls ein Zimmer und trug sich in das Gästebuch des Hotels als Victor Ivanow, russischer Geschäftsmann ein. Ell blieb auf seinem Zimmer, bis er gegen acht Uhr von der schweren Limousine abgeholt wurde. Das gab Ivanow ausreichend Gelegenheit, das Dossier zu seiner Zielperson ein weiteres

Mal in Ruhe durchzugehen. Keine besonders aufregende Lektüre. Nicht, dass er bei einem Mathematikprofessor etwas anderes erwartet hätte. Einzig die Entführung weckte Ivanows Interesse. Während seines dritten Studienjahres in Cambridge war Ell entführt und nur gegen ein hohes Lösegeld wieder freigelassen worden. Bis heute gab es keine Erkenntnisse zu den Tätern und Ell selbst konnte sich angeblich an nichts erinnern. Die Geschichte wirkte seltsam auf Ivanow, aber das Ganze lag schon fünfzehn Jahre zurück und würde für seinen Auftrag keine Rolle spielen.

Sicherheitshalber vergrößerte er den Abstand zu dem vor ihm fahrenden Wagen, der sich in Serpentinen den Monte Brè emporschlängelte. Als er dachte, die Kurven würden gar nicht mehr aufhören, bog die Limousine in eine Auffahrt ein, die vor einem ausladenden, schmiedeeisernen Tor endete. Geisterhaft glitten die Torflügel beiseite. Ivanow hielt am gegenüberliegenden Straßenrand und schaltete die Scheinwerfer aus. Durch eine breite Allee rollte der Bentley einem beeindruckenden Anwesen entgegen. Wie ein schneeweißer Luxusliner des vorigen Jahrhunderts lag das hellerleuchtete klassizistische Gebäude inmitten einer makellosen Parklandschaft und schaute hinab auf den von funkelnden Lichtern gesäumten Luganer See. Nette Hütte, dachte Ivanow und überlegte, ob er sich die Mühe machen sollte herauszufinden, wer hier wohnte. Schnell verwarf er den Gedanken wieder. Sein Auftrag bestand lediglich darin, die Zielperson nicht aus den Augen zu verlieren und sich für einen Einsatz bereitzuhalten. Sein Auftraggeber beabsichtigte wohl, vorher noch eine sanftere Methode auszuprobieren. Ihm konnte es gleich sein. Die Vergütung war bereits geflossen und je weniger er dafür tun musste, desto besser. Hier den ganzen Abend zu warten könnte allerdings Aufmerksamkeit erregen und Ell würde bestimmt nicht abreisen, ohne vorher in sein Hotel zurückzukehren. Ivanow entschied daher, die günstige Gelegenheit zu nutzen und einen Blick in Ells Zimmer zu werfen. Vielleicht fand er ja das, woran seinem Auftraggeber so viel lag. Dann wäre dieser Fall in Rekordzeit erledigt. Und Ell bräuchte nie zu erfahren, wie nahe am Abgrund er gestanden hatte.

3

Staunend betrachtete Ell das prächtige Anwesen. Das kam also dabei heraus, wenn man sein Talent nicht der Wissenschaft widmete, sondern in die Finanzbranche ging, um, wie Aidan es damals ausdrückte, ‚unanständig viel Geld zu verdienen'. Ells letztes Treffen mit seinem ebenso exzentrischen wie genialen Studienfreund lag schon länger zurück, doch offensichtlich hatte dieser seinen Worten Taten folgen lassen. Auf knirschendem Kies kam der Bentley zum Stehen. Vor dem Aussteigen wandte sich Ell an Aidans Fahrer und dankte ihm. Der Chauffeur tippte an seine Mütze. „Sehr gern, Sir. Ich stehe Ihnen selbstverständlich auch für die Rückfahrt wieder zur Verfügung." Doch offenbar lag ihm noch etwas Weiteres auf dem Herzen. „Wahrscheinlich hat es nichts zu bedeuten", fuhr er fort. „Aber vom Hotel bis zur Toreinfahrt ist uns ein anderes Fahrzeug gefolgt. Ich wollte es nur erwähnt haben."

Ell spürte ein leichtes Unbehagen in sich aufsteigen. „Danke für den Hinweis. Bis später."

Nach dem Aussteigen wurde er von einem weißhaarigen Bediensteten in Empfang genommen. „Herzlich willkommen in der Villa Serenitá, Professor Ell. Mr. McAllen erwartet Sie." Der Mann führte ihn durch eine mächtige Eingangshalle und zwei Flure bis in eine großzügige Bibliothek. In einer Ecke brannte ein Kaminfeuer und die bodentiefen Fenster ermöglichten einen spektakulären Blick über den Park hinweg auf den See. Vor einem der Fenster stand eine schlanke, hochgewachsene Gestalt, die sich langsam umdrehte. Ell erkannte sofort das aristokratisch geschnittene Gesicht mit den stechenden grauen Augen unter unterschiedlich hohen Augenbrauen, wodurch es schien, als betrachteten sie die Welt mit einer immerwährenden Mischung aus Spott und Zweifel. Die etwas zu langen, unordentlichen Haare waren immer noch rabenschwarz. Genau wie die Kleidung.

Aidan hielt zwei leere Gläser in den Händen und musterte Ell prüfend, während der Bedienstete sich lautlos zurückzog. „Whiskey?"

Ell trat ebenfalls ans Fenster. „Unbedingt."

Aidan füllte die Gläser aus einer bereitstehenden Flasche. „Cheers."

Sie stießen an und tranken einen Schluck.

„Wie ich vernommen habe, trägt dein Haus den klangvollen Namen ‚Haus der Heiterkeit'. Ist das Ironie oder ein wahrer Wesenswandel?"

Aidan lachte laut auf. „Dachte ich mir, dass es dir gefällt. Sagen wir, der Name beschreibt ein hehres Ziel.

Unerreichbar, aber erstrebenswert. Selbst der Gottlose muss an irgendetwas glauben, nicht wahr?“ Aidan machte eine einladende Geste in Richtung zweier Sessel. „Was hat dich aus dem Elfenbeinturm der Wissenschaften in die Niederungen Mammons verschlagen? Oder ist das wirklich nur ein reiner Höflichkeitsbesuch?“

Ell musste grinsen. „Ich sehe schon, meine Tarnung ist aufgeflogen. Tatsächlich kam mir heute Morgen in Zürich spontan die Idee, dich in einer Sache um deine Meinung zu bitten.“ Er folgte Aidans Beispiel und setzte sich. „Vor einer Woche ist mein Vater gestorben. Er kam spät abends aus dem Büro und auf dem Weg zu seinem Auto wurde er von einem anderen Fahrzeug überfahren.“

„Mein Gott, wie furchtbar! War der Fahrer betrunken?“

„Der Fahrer beging Unfallflucht und entkam unerkannt. Zumindest dachten wir, es habe sich um einen Unfall gehandelt. Bis die Kriminalpolizei uns gestern eröffnete, dass sämtliche Spuren auf eine vorsätzliche Tat hindeuten.“

Ell brach ab und suchte nach den richtigen Worten. „Wie du weißt, hatten mein Vater und ich nicht das beste Verhältnis. Dennoch bin ich von ihm zum Alleinerben ernannt worden. Der Notar riet mir allerdings, das Erbe auszuschlagen, da der Nachlass hoffnungslos überschuldet sei. Das gesamte Vermögen meines Vaters, bis vor zwei Jahren fast einhundert Millionen Euro, ist angeblich spurlos verschwunden.“ Abwesend nahm Ell einen tiefen Schluck aus seinem Glas. „Neben diesem guten Ratschlag erhielt ich von dem Notar noch einen verschlossenen Umschlag.

Darin befand sich der mir wohlbekannte Schlüssel zum geheimen Schließfach meines Vaters in Zürich. Als ich es heute Morgen öffnete, enthielt es nur drei Gegenstände. Die alte goldene Taschenuhr meines Großvaters, ein kleines schwarzes Büchlein mit irgendeinem Zahlencode und einen unglaublich großen, grünen Diamanten."

Behutsam stellte Aidan sein Whiskeyglas ab. „Einen grünen Diamanten? Wie seltsam. Und wie interessant."

„Keine Ahnung, was er damit wollte. Er ist nie ein Sammler gewesen. Deswegen bin ich gleich nach Lugano weitergereist, um den Stein Walter Zellweger zu zeigen. Er ist der erfahrenste Juwelier, den ich kenne, und außerdem ein alter Freund der Familie. Vielleicht kann er mir mehr zur Herkunft des Steins sagen und feststellen, ob er überhaupt echt ist. Bis morgen früh will er ein Kurzgutachten erstellen. Und was den Zahlencode in diesem Büchlein angeht, dachte ich sofort an dich. Kryptologie ist an der Uni doch dein Steckenpferd gewesen. Einige basale Dechiffrierungsmethoden habe ich bereits selbst ausprobiert, allerdings ohne Erfolg. Ich bin daher für alle Ideen und Erklärungsvorschläge offen."

Eine Weile kehrte Stille ein, einzig durchbrochen vom leisen Knistern des Kaminfeuers.

„Einen Elternteil zu verlieren ist niemals einfach", begann Aidan. „Erst recht nicht, wenn es unter derart merkwürdigen Umständen geschieht. Dein Verlust tut mir aufrichtig leid. Obwohl ich mich nur zu deutlich erinnere, dass du deinen Vater – zumindest früher – für den Ursprung allen Übels dieser Welt gehalten hast."

Ell lächelte dünn. „Diese Sichtweise hat sich mit den Jahren relativiert. Ich hatte ihn wohl überschätzt."

Aidan gab ein Geräusch von sich, das klang, als habe er sich verschluckt, dann jedoch als Lachen zu erkennen war. „Vergebung ist also nach wie vor ein rares Gut im Hause derer von Ell." Schnell wurde er wieder ernst. „Hat die Polizei schon einen Verdacht?"

„Nein. Es gibt bislang keinerlei Anhaltspunkte. Wir sind alle vollkommen ratlos, wer seinen Tod gewollt haben könnte."

„Dann zeig' mir mal diesen ominösen Code."

Ell griff in seine Jackettasche und händigte Aidan das Büchlein aus. Neugierig schlug dieser die erste Seite auf und studierte den Inhalt. Gespannt beobachtete Ell, wie sich die Stirn seines Freundes in Falten legte. Mit seinen schlanken, beinahe spinnenartigen Fingern blätterte er vor und zurück. Sichtlich angetan von sich selbst ließ er das Büchlein schließlich sinken.

„Kein Wunder, dass du den Code nicht knacken konntest. Es ist nämlich gar keiner."

Ell verdrehte die Augen. „Der Rausch der Erkenntnis sei dir gegönnt, aber was ist es dann?"

„Transfer-Kürzel für Bankanweisungen", antwortete Aidan gelassen. „Kontonummern, Bankverbindungen, Identifikations- und Authentifizierungsnummern, Beträge. Das Büchlein beschreibt die diskrete Reise einer Menge Geld rund um die Welt. Ich führe ähnliche Aufzeichnungen und einer der Zahlenblöcke kam mir gleich bekannt vor. Es ist die internationale Kennung einer Bank auf den Cayman Islands. Wollen wir essen?"

Nachdem Aidan sich kurz entschuldigt hatte, um einige Anrufe zu tätigen, wechselten sie in das Speisezimmer. Das Essen war ausgezeichnet, und als das Dessert serviert wurde, unterhielten sich die beiden mit der gleichen Vertrautheit wie zu der Zeit, als sie Zimmergenossen in Cambridge gewesen waren.

„Und deine Freundin hat dich tatsächlich allein zur Beerdigung deines Vaters reisen lassen?“

Ell nickte niedergeschlagen. „Victoria hat es vorgezogen, ihre Mutter in Chicago zu besuchen. Seit Monaten redet sie nur noch darüber, dass sie unbedingt den nächsten Schritt machen will. Verlobung. Hochzeit. Kinder. Das volle Programm. Und ich weiß nicht, ob ich schon bereit dafür bin. Man könnte sagen, wir durchleben gerade eine kleine Krise.“

„Schon bereit? Wie lange seid ihr jetzt zusammen? Fünf Jahre? Ist das nicht genug Zeit zum Überlegen?“ Aidan hob entschuldigend die Schultern. „Nicht, dass ich in diesen Dingen der beste Ratgeber wäre, aber wenn du das nach fünf Jahren nicht weißt, wirst du es vermutlich nie wissen. Und ganz im Vertrauen: Das ist vieles, aber bestimmt keine ‚kleine Krise‘.“

„Nicht der beste Ratgeber? Warum plötzlich so selbstkritisch?“

„Nach drei geschiedenen Ehen halte ich mich bei diesem speziellen Thema lieber zurück.“

„Das sind ja ermutigende Aussichten“, seufzte Ell. „Wenigstens scheint es dafür geschäftlich umso besser zu laufen.“

„Ich kann nicht klagen.“

„Auch wenn sich, wie ich gelesen habe, die Börsenaufsicht gerade sehr für eine deiner Transaktionen interessiert."

„Missverständnisse", winkte Aidan lässig ab. „Nichts als Missverständnisse."

Auf leisen Sohlen betrat ein Bediensteter den Raum, händigte Aidan einen Zettel aus und verschwand genauso leise wieder.

Aidan warf einen kurzen Blick auf die Notiz. „Ich war so frei hinsichtlich der Kontonummern in deinem Büchlein ein paar Informationen einzuholen. Das zuletzt aufgeführte Konto gehört einer Gesellschaft namens GreenStone Invest LLC mit Sitz in Hartford, Connecticut." Aidans eine Augenbraue wanderte noch ein Stückchen weiter nach oben. „Na, wenn das kein passender Name ist."

„Steht da auch, um was für eine Gesellschaft es sich handelt?"

Aidan schüttelte den Kopf. „Leider nicht. Die Kontaktadresse ist eine Kanzlei in Miami. Laughlin, Dunn & Owens." Aidan schaute auf seine Armbanduhr. „Genau die richtige Zeit für einen Anruf im sonnigen Florida. Vorausgesetzt, die Herren Anwälte befinden sich noch nicht auf dem Golfplatz."

Ell griff nach seinem Mobiltelefon und aktivierte den Lautsprecher, während Aidan die Rufnummer diktierte. Der Anruf wurde sofort angenommen. Die weibliche Stimme am anderen Ende der Leitung klang gleichermaßen geschäftsmäßig wie abweisend. Ell bat darum, mit dem für GreenStone Invest zuständigen Anwalt verbunden zu werden. Es tue ihr leid, Mr. Owens sei bereits außer

Haus, kam die Antwort. Nein, weitere Auskünfte dürfe sie am Telefon nicht erteilen. Der Herr möge sein Anliegen bitte schriftlich mitteilen oder einen Termin vereinbaren. Im Übrigen sei Mr. Owens ein sehr beschäftigter Mann. Da er offensichtlich mehr nicht erfahren würde, bedankte Ell sich und beendete das Telefonat.

„Wenn du mehr wissen willst, kommst du wohl nicht umhin, dem vielbeschäftigten Mr. Owens einen persönlichen Besuch abzustatten", stellte Aidan fest. „Ich hoffe, du findest, wonach du suchst. Aber vorher holen wir uns etwas Nettes aus meinem Weinkeller. Dort werden wir ganz bestimmt fündig. Das zumindest kann ich garantieren."

Gegen zwei Uhr morgens setzte Aidans Fahrer Ell wieder vor dem Hotel ab. Dieses Mal war ihnen niemand gefolgt. Vielleicht hat sich der Chauffeur auch geirrt, dachte Ell, oder irgendjemand hat einfach den gleichen Weg gehabt. Gähnend öffnete er seine Zimmertür und schaltete das Licht ein. Sofort spürte er, dass etwas nicht stimmte. Es handelte sich um Kleinigkeiten. Eine nicht ganz geschlossene Nachttischschublade, eine neue Falte in der Bettdecke, die Position seines Koffers. Wäre es bloß eine Sache gewesen, hätte er an seiner Erinnerung gezweifelt, aber alles zusammengenommen ließ nur einen Schluss zu. Das Zimmer war durchsucht worden. Das Zimmermädchen konnte es kaum gewesen sein, schließlich war er gerade erst eingezogen. Sorgfältig machte Ell eine Bestandsaufnahme. Nichts fehlte. Andererseits dürfte sein ungebetener

Besucher sich auch nicht für Socken oder Oberhemden interessiert haben. Wie gut, dass der Stein bei Walter im Tresor lag und das kleine Büchlein sicher in seiner Jackettasche ruhte. Wenig später lag er auf dem Bett und starrte an die dunkle Zimmerdecke. Der gewaltsame Tod seines Vaters, das verschwundene Geld, ein nächtlicher Verfolger und jetzt das durchsuchte Hotelzimmer. Ein Zufall erschien immer unwahrscheinlicher. Irgendjemand wollte etwas aus dem Besitz seines Vaters. In Betracht kamen eigentlich nur der Stein und das schwarze Büchlein. Am besten nahm er gleich morgen früh Kontakt mit der Polizei auf. Doch je länger er darüber nachdachte, desto mehr geriet sein Entschluss ins Wanken. Vermutlich verdienten weder die Herkunft des Steines noch das Schließfach in der Schweiz und erst recht nicht die in dem Büchlein festgehaltenen Finanztransaktionen das Siegel ‚rechtlich unbedenklich'. Aber irgendetwas hatte seinen Vater dazu veranlasst, diesen ungewöhnlichen Weg einzuschlagen. Wenn er die Nachforschungen jetzt aus der Hand gab, würde er womöglich nie die Gründe dafür erfahren – oder die Gründe könnten von der Art sein, die man lieber für sich behielt. Nicht zuletzt deshalb musste er zunächst mehr herausfinden. Vielleicht brachte das Gespräch mit dem Anwalt in Miami bereits die Lösung. Wenn er erst alle Fakten kannte, ließe sich bestimmt viel einfacher entscheiden, was davon die Polizei für ihre Ermittlungen wissen musste und was nicht. Außerdem hatte er ohnehin noch zwei Wochen Urlaub übrig und ein bisschen Abwechslung tat ihm wahrscheinlich ganz gut. Dass er das Wiedersehen mit Victoria auf diese Weise um ein paar weitere Tage hinausschieben konnte, war gewissermaßen ein kostenloser Bonus.

Während er langsam in den Schlaf hinüberglitt, begann tief in seinem Inneren eine seltsam vertraute Stimme eindringlich zu flüstern. Doch so sehr er sich auch bemühte, er verstand nicht, was sie ihm sagen wollte.

4

Um neun Uhr am nächsten Morgen saß Ell im Hotelrestaurant und rührte in einer Tasse Darjeeling, als er eine überrascht klingende weibliche Stimme vernahm.

„William, bist du das?"

Ell sah auf und musterte eine attraktive schwarzhaarige Frau, die an seinen Tisch getreten war.

„Würden Sie sich zu mir setzen, wenn ich ja sage?" Erfolglos versuchte er, die asiatischen Gesichtszüge mit den hohen Wangenknochen und goldgefleckten braunen Augen zuzuordnen.

Ein Lächeln breitete sich auf ihrem Gesicht aus und vertrieb schlagartig den Eindruck kühler Unnahbarkeit. „Wenn es sich um die Wahrheit handelt ... oder zumindest um eine sehr überzeugende Lüge."

Ell erhob sich und zog einen Stuhl zurück. „Ich bin leider ein miserabler Lügner. Aber das ist in diesem Fall nicht weiter tragisch, da ich wohl der bin, von dem Sie glauben, dass ich es bin. Glaube ich.“

Mit katzenhafter Eleganz nahm die junge Frau Platz. „Es tut mir leid, dich in Verwirrung zu stürzen. Offensichtlich erinnerst du dich nicht mehr an mich.“

„Ein ganz unerklärliches Versagen meinerseits“, beeilte Ell sich zu versichern.

Erneut brach sich ihr Lächeln Bahn. „Es ist auch über zehn Jahre her. Wir hatten an der Uni ein paar Kurse zusammen. Unter anderem Rechts- und Staatsphilosophie bei Professor Donheguew. Ich bin Chang Feng. Chang Feng Zhao.“

„Donheguew. Natürlich. Entschuldige, mein Gedächtnis ist anscheinend nicht einmal mehr den einfachsten Aufgaben gewachsen. Möchtest du etwas frühstücken? Ich wollte gerade bestellen.“

„Ja, gern.“

Ell winkte dem nächsten Ober und Chang Feng bestellte Kaffee und ein Croissant. Er selbst folgte mit Rühreiern, Speck, Würstchen, Pfannkuchen, Müsli und einer Obstplatte.

„Angeblich soll das Frühstück ja die wichtigste Mahlzeit des Tages sein“, bemerkte Chang Feng mit hochgezogener Augenbraue. „Du scheinst allerdings damit zu rechnen, dass es für eine ganze Weile deine letzte sein wird.“

„Keineswegs. Aber ich brauche drei warme Mahlzeiten täglich. Sonst werde ich unleidlich.“

„Beneidenswert. Ich nehme schon bei der bloßen Vorstellung zu.“

„Und was machst du in Lugano?“, fragte Ell, sobald der Ober sich entfernt hatte.

Chang Feng strich sich gedankenverloren eine Haarsträhne aus dem Gesicht. „Ich bin Gutachterin für ein Londoner Auktionshaus. Nachher besuche ich einen potenziellen Kunden, der interessiert ist, einen Teil des Familienschmucks versteigern zu lassen. Nach einem Generationswechsel überwiegt häufig der Wunsch, Bargeld in der Hand zu haben statt eines Safes voll alter Klunker. Es ist erstaunlich, was für Preise von einigen Sammlern für besondere Stücke bezahlt werden. Meine Aufgabe ist es, solche besonderen Stücke ausfindig zu machen.“

Ells anfängliche Verwirrung verwandelte sich in Misstrauen. Er verfügte über ein ausgezeichnetes Gedächtnis und konnte sich bestens an die Teilnehmer des Kurses von Professor Donheguew erinnern. Jemanden wie Chang Feng hätte er bestimmt nicht vergessen. Den Ausschlag gaben jedoch ihre letzten Worte. Wie groß mochte die Wahrscheinlichkeit sein, ausgerechnet jetzt einer Expertin für den Ankauf von Juwelen über den Weg zu laufen? Nur vierundzwanzig Stunden, nachdem er in den Besitz eines wertvollen Edelsteins gekommen war. Könnte sie der geheimnisvolle Verfolger vom gestrigen Abend gewesen sein? Und der ungebetene Gast in seinem Zimmer? Ein nicht völlig abwegiger Gedanke, der allerdings weitere Fragen aufwarf. Für wen arbeitete sie? Woher stammten ihre Informationen? Wie genau lautete ihr Auftrag? Es gab nur einen Weg, das herauszufinden.

„Das klingt nach einem faszinierenden Job. Du kommst

viel herum, lernst interessante Menschen kennen und beschäftigst dich mit schönen Dingen."

Chang Feng lachte ihr melodisches Lachen. „Das mit den interessanten Menschen stimmt leider nur gelegentlich. Der Besitz von Reichtümern scheint sich nicht zwangsläufig vorteilhaft auf Charakter und Intellekt auszuwirken."

„Und wie funktioniert das im Detail, wenn man über dich Schmuck verkaufen möchte?" Ell beobachtete Chang Feng genau, konnte jedoch keine ungewöhnliche Reaktion feststellen.

„Handelt es sich dabei um ein rein akademisches Interesse oder hast du etwas Bestimmtes im Sinn?"

Ell zuckte unverbindlich mit den Schultern. „Mir fällt da jemand ein, der womöglich als Kunde für dich in Betracht kommt. Ich bin Professor an einer Universität in den Staaten. Das Gehalt ist eher bescheiden und eine kleine Vermittlungsprovision käme nicht ungelegen."

Chang Feng lächelte zurückhaltend. „Im Erfolgsfalle ist die Zahlung einer Provision durchaus möglich. Vorausgesetzt die angebotenen Objekte bewegen sich qualitativ auf dem von unseren Kunden nachgefragten Niveau."

„Und was für ein Niveau wäre das?"

Chang Feng faltete ihre wohlgeformten Hände auf dem Tisch. „Nichts, was man beim Juwelier an der Ecke kaufen kann. Preislich beginnen die Stücke üblicherweise bei etwa einer Million."

„Euro oder Dollar?"

„Pfund."

Ell wartete, während der Ober die bestellten Speisen servierte.

„Und um wen handelt es sich bei den Käufern?"

„Das ist in der Regel vertraulich."

Erstmals registrierte Ell eine gewisse Unsicherheit in Chang Fengs Stimme. „Das bedeutet, bei dem Käufer könnte es sich auch um einen afrikanischen Diktator oder einen südamerikanischen Drogenbaron handeln?"

„Wir arbeiten grundsätzlich nur mit seriösen Geschäftspartnern zusammen", wich Chang Feng aus.

Ell lachte leise. „Und das muss der Verkäufer dann glauben oder nicht."

„So ungefähr."

„Ich fürchte, das würde meinem Bekannten nicht ausreichen", gab Ell bedauernd zurück. „Er ist ein schrecklich moralischer Mensch, und der Gedanke, es bestünde auch nur das geringste Risiko, sein Familienerbstück könnte in zwielichtige Hände geraten, wäre für ihn sicherlich inakzeptabel."

„Wenn du mir etwas mehr zu diesem Familienerbstück sagst, würde ich mich selbstverständlich erkundigen, ob ein Käufer in Betracht kommt, der bereit ist, seine Identität offenzulegen."

Ell setzte eine skeptische Miene auf. „Ich weiß nicht, ob ihm das recht ist, wenn ich ohne sein Einverständnis Einzelheiten preisgebe. Ich möchte das lieber vorher mit ihm abklären."

Chang Feng nickte verständnisvoll. „Einzelheiten sind auch nicht nötig. Ein grober Hinweis, worum es sich handelt, reicht mir für eine erste Einschätzung schon aus."

Ell schwieg eine Weile. „In Ordnung. Das muss aber streng vertraulich bleiben.“ Nach einem kurzen Blick über seine Schulter beugte er sich leicht vor. „Es handelt sich um einen einzelnen Edelstein. Einen Diamanten. Farbig. Verdammt groß. Mehr kann ich dir im Augenblick nicht sagen.“

Ell sah, wie sich Chang Fengs Pupillen kurz erweiterten und ihr linker Mundwinkel einmal zuckte. Erwischt. Das war leichter gewesen, als er gedacht hatte.

„Für den Anfang reicht das, danke.“

Ell lehnte sich wieder zurück. „Schön. Ich bin wirklich gespannt.“ Und das war zur Abwechslung einmal nicht gelogen.

5

Pünktlich um elf Uhr betrat Ell das Uhren- und Schmuckgeschäft von Walter Zellweger in der Via Nassa. Er wurde bereits erwartet und ein Mitarbeiter führte ihn auf direktem Weg in die Werkstatt des Juweliers. An den Wänden hingen zahlreiche Uhren in allen Größen und Formen, deren rastlose Mechanik einen geschäftigen und gleichzeitig einschläfernden Klangteppich wob. Walters gebückte, schmale Gestalt war wie immer tadellos gekleidet, doch bemerkte Ell sofort die dunklen Ringe unter seinen Augen.

„Alles in Ordnung, Walter? Du siehst müde aus."

Walter schüttelte abwehrend den Kopf. „Ach, ich habe letzte Nacht wenig Schlaf bekommen. Um drei Uhr morgens ist der Alarm im Geschäft ausgelöst worden. Ich musste natürlich herkommen und gemeinsam mit der Polizei alles überprüfen. Das hat bis fast fünf Uhr gedauert und danach konnte ich nicht mehr einschlafen."

Ell spürte, wie ihn eine plötzliche Kälte überkam. „Wurde versucht einzubrechen?"

„Das ist schwer zu sagen. Es ist niemand hineingelangt und es sind keine Einbruchsspuren erkennbar. Die Polizei geht von einem Fehlalarm aus. Aber irgendetwas muss das System ja ausgelöst haben und die Anlage hat in der Vergangenheit zuverlässig funktioniert." Walter zuckte mit den Schultern. „Hauptsache es ist nichts passiert."

Ells Gedanken rasten. Spätestens jetzt glaubte er definitiv nicht mehr an einen Zufall. Wer auch immer den Stein wollte, war letzte Nacht hier gewesen. Bislang hatte er sich nur um seine eigene Sicherheit Gedanken gemacht. Auf die Idee, er könne womöglich andere in Gefahr bringen, war er noch gar nicht gekommen. „Konntest du etwas mehr über den Stein herausfinden?"

Der Juwelier bedachte ihn mit einem langen Blick und Ell wurde klar, dass auch Walter sich die Frage gestellt haben musste, ob ein Zusammenhang zwischen dem nächtlichen Vorfall und dem ungewöhnlichen Stück in seinem Tresor bestand.

„Allerdings. Der Stein ist nicht das, was ich erwartet habe. Und das, was er ist, wirft Fragen auf, die ich nicht zu beantworten vermag." Walter deutete auf einen Arbeitstisch mit zwei Stühlen. „Bitte, nimm Platz." Er öffnete einen mannshohen Tresor in der Ecke des Raumes, nahm den Stein heraus und legte ihn auf dem Tisch ab. Bedächtig griff er nach einem Stapel Papier und rückte seine Brille zurecht. „Bei dem Stein handelt es sich ohne jeden Zweifel um einen Diamanten. 33,33 Karat. Ebenfalls ohne jeden Zweifel ist der Stein jedoch nicht natürlich, sondern synthetisch."

„Synthetisch?"

Walter nickte und zum ersten Mal an diesem Morgen zeigte sich ein feines Lächeln auf seinem Gesicht. „Ganz genau. Und das ist eigentlich völlig unmöglich."

„Das musst du mir erklären."

„Ich habe den Stein mit einem Spektralphotometer untersucht, die Wachstumsstrukturen analysiert und zusätzlich die Fluoreszenz sowie die Phosphoreszenz unter UV-Licht getestet. Endgültige Gewissheit brachte mir aber etwas anderes. Es befindet sich im Inneren des Steins, und zunächst dachte ich, es handele sich um einen gewöhnlichen Einschluss." Walter blätterte in den Papieren, zog eine ausgedruckte Fotografie hervor und reichte sie Ell. Die unter vielfacher Vergrößerung gemachte Aufnahme zeigte ein Objekt, das aussah, wie das Ende eines Morgensterns. Eine gleichmäßige Kugel, aus deren Oberfläche eine Vielzahl von stachelartigen Gebilden herausragten.

„Was zum Teufel ist das?"

„Das, mein lieber William, ist eine ausgezeichnete Frage. Das Objekt ist gerade einmal einen zehntel Millimeter groß, dabei geht die Zahl dieser seltsamen Stacheln in die Tausende. Seine Symmetrie ist absolut perfekt und es sitzt exakt im Mittelpunkt des Steines." Walter räusperte sich. „Wenn ich jemals etwas gesehen habe, das nicht natürlichen Ursprunges ist, dann das."

Ell mühte sich, seine Gedanken zu sortieren. „Also wurde der Stein künstlich hergestellt. Aber du hast gesagt, das sei unmöglich. Wieso? Synthetische Steine sind doch keine Seltenheit."

„Zwei Gründe. Nummer eins, die Größe. Kürzlich wurde auf einer Messe der derzeit größte künstliche Schmuckstein der Welt vorgestellt. Er wiegt zehn Karat. Deiner bringt es auf über dreißig Karat. Nummer zwei, das Objekt im Zentrum. Es gibt keine Bohrungen oder andere Hinweise, wie es dorthin gelangt sein könnte. Es ist vollständig eingeschlossen. Der Stein muss demnach um das Objekt herum entstanden sein. Und nun sieh dir diese filigranen, winzigen Stacheln an. Bei der herkömmlichen Methode zur Herstellung eines künstlichen Diamanten herrschen etwa eintausendvierhundert Grad Celsius und über fünfzigtausend Bar Druck. Keine Struktur, egal aus welchem Material, würde das überstehen, ohne komplett zerquetscht zu werden. Die einzige mir bekannte Alternative ist ein Verfahren namens chemische Gasphasenabscheidung. Dabei lässt eine chemische Reaktion mithilfe von Wasserstoff, Methan und einem Plasma auf einem Träger langsam eine Diamantschicht in die Höhe wachsen. Allerdings wurde auf diese Weise bislang noch nie ein Schmuckstein von mehr als drei oder vier Karat produziert. Ganz gewiss nichts, was auch nur entfernt an die Größe und vor allem Dicke deines Steines heranreicht."

Einige Zeit herrschte Schweigen, während Ell versuchte, das Gehörte zu verdauen.

„Du sagst, dieser Stein dürfte gar nicht existieren. Und doch tut er es."

Walter warf die Arme in die Luft und lachte hilflos. „C'est ça, das ist mein Urteil als Experte, was immer das wert sein mag.“ Nach diesem untypischen Ausbruch wurde er gleich wieder ernst. „Und sei mir nicht böse, William, aber es wäre mir lieber, wenn der Stein keine weitere Nacht in meinem Tresor verbringt.“

Ell nickte. „Natürlich, Walter, ich kann dir für deine Hilfe nicht genug danken. Lass mich nur einen Augenblick nachdenken, bitte.“

„Keine Eile“, brummte der Juwelier. „Ich hole uns einen Kaffee.“

Als er wenig später mit zwei dampfenden Bechern zurückkehrte, fand er einen zufrieden lächelnden Ell vor.

„Diesen Gesichtsausdruck kenne ich und mir schwant Übles.“

„Kein Grund zur Sorge“, beruhigte ihn Ell. „Aber ich benötige ein letztes Mal deine Hilfe.“ Damit zog er die goldene Taschenuhr seines Großvaters hervor. Fast zwölf Uhr. „Ich hoffe, die Zeit reicht dafür. Zunächst brauche ich eines von den Kästchen, mit denen du üblicherweise deine Ware verschickst. Dann würde ich mir gern die Repliken anschauen, die du für die Nachtdekoration verwendest. Und zu guter Letzt ist dein ganzes handwerkliches Geschick gefragt.“

Walter schüttelte zweifelnd den Kopf. „Junge, ich hoffe, du weißt, was du tust.“

Die Leichtigkeit in Ells Miene verflüchtigte sich. „Das hoffe ich auch, Walter. Das hoffe ich auch.“

Am späten Nachmittag trat Ell aus dem Juweliergeschäft auf die Straße. Unter dem Arm trug er ein kleines, sorgfältig eingewickeltes Päckchen. Er schaute sich kurz um und ging mit schnellen Schritten in Richtung Piazza di Riforma. Er konnte sich nicht sicher sein, ob ihm jemand folgte. Doch genau darauf setzte er seine Hoffnung. Nachdem er das Postamt in der Contrada di Verla betreten hatte, blieb er einen Augenblick stehen und gab vor, auf seinem Mobiltelefon eine Nachricht zu lesen. Er zwang sich, nicht ständig zum Eingang zu schauen und zu überlegen, hinter welchem der vielen Gesichter sich vielleicht mehr verbarg, als ein harmloser Tourist oder gestresster Büroangestellter. Doch selbst wenn man ihm tatsächlich gefolgt sein sollte, scheute derjenige womöglich das Risiko, ebenfalls das Postamt zu betreten. Immerhin bestand die Möglichkeit und so gab er seinem potenziellen Verfolger ausreichend Zeit, zu ihm aufzuschließen. Schließlich stellte er sich geduldig in die Schlange vor einen der Schalter. Es dauerte nicht lange, bis er an die Reihe kam. Der Postangestellte, ein junger Mann Mitte zwanzig mit sorgfältig gegelter Prinz-Eisenherz-Frisur und Hipster-Bart, fragte Ell auf Italienisch, wie er ihm helfen könne. Ell legte das Päckchen auf den Tresen und antwortete auf Englisch, er würde gern eine Sendung nach Belgien aufgeben. Was dann folgte, hätte Ell nicht besser planen können. Der junge Mann, offensichtlich neu in seinem Job, erkundigte sich weithin vernehmbar bei seinem Kollegen am Nachbarschalter, was er tun müsse, um das richtige Formular für die gewünschte Sendung auszudrucken. Minuten später wusste vermutlich jeder im Umkreis von fünf Metern, dass der englischsprechende Herr eine versicherte Wertsendung mit einem Gewicht von vierhundertfünfzig

Gramm an das Internationale Gemmologische Institut Antwerpen aufgegeben hatte. Kosten zweihundertneunundvierzig Franken, Laufzeit drei bis fünf Werktage. Ell bezahlte und nahm höflich dankend seine Quittung entgegen. Nur aus dem Augenwinkel sah er einen Mann mittleren Alters mit Hut und getönter Brille das Postamt verlassen. Ohne sagen zu können, woher das Gefühl stammte, verspürte er ein unbewusstes Wiedererkennen. Sekunden später stand er selbst auf der Straße, doch von dem Mann war weit und breit nichts mehr zu sehen.

...

Da er den letzten Flieger Richtung Zürich verpasst hatte, löste Ell am Bahnhof eine Fahrkarte für den Abendzug. Nach dem langen und ereignisreichen Tag wirkte das sanfte Rütteln der Waggons angenehm beruhigend. Das plötzliche Rauschen bei der Einfahrt in einen Tunnel ließ ihn zusammenzucken und er merkte, dass er fast eingenickt wäre. Bei der Ausfahrt aus dem Tunnel versuchte er zu erkennen, wo sie sich befanden, doch mittlerweile lag Dunkelheit über der Landschaft und Ell sah im Fenster nur sein eigenes Spiegelbild. Die Erkenntnisse Walters zu dem Stein machten ihn ratlos. Mehr denn je schien dieser der Schlüssel zu allem zu sein. Seine wahre Bedeutung ging offensichtlich weit über den Wert eines bloßen Edelsteines hinaus. Hinsichtlich der Herstellbarkeit eines derart großen synthetischen Steines musste Walter sich irren. Er existierte und allein das war Beweis genug. Vielleicht lag darin auch bereits des Rätsels Lösung. Sollte ein entsprechendes neuartiges Verfahren entwickelt worden sein, hätte das bestimmt erhebliche Auswirkungen. Er konnte nur spekulieren, aber für Industrie und Schmuckbranche böten sich vermutlich lukrative Verwendungsmöglichkeiten. Wo die einen gewannen, gab es andere, die verloren. Doch wie passte sein Vater in dieses Bild? Es ergab immer noch keinen Sinn. Hoffentlich verschaffte ihm sein heutiges Manöver den Freiraum, einige Antworten zu finden.

Das Telefon unterbrach seine Gedanken. ‚Victoria mobil' leuchtete ihm auf dem Display entgegen. Nach einem Augenblick des Zögerns drückte er auf ‚Anruf ablehnen'. Er wusste, was sie hören wollte, und er wusste auch, was er nicht sagen würde. Früher oder später musste er eine Entscheidung treffen. Aber nicht heute. Das Telefon begann erneut zu klingeln. Mit einer Mischung aus Erleichterung und Neugier registrierte er den Namen der Anruferin.

Chang Feng kam gleich zur Sache. „Ich habe mit meinem Chef gesprochen. Der Kaufinteressent wird deinem Bekannten wie gewünscht offengelegt und es findet keine Transaktion statt, sofern er diesem gegenüber irgendwelche Bedenken hegt. Die näheren Details sollten wir persönlich besprechen. Können wir uns sehen?"

Ell überlegte. Wenn er versuchen wollte, mehr von Chang Feng zu erfahren, lag ein Treffen in seinem Interesse. Vielleicht bot sich ihm gerade die Möglichkeit, einen weiteren Stein ins Wasser zu werfen und eine Reaktion zu provozieren. „Wir können uns gern sehen, allerdings bin ich auf dem Weg nach Miami."

„Miami?", kam es erstaunt zurück.

„Ich treffe mich dort mit jemandem, der ebenfalls daran interessiert ist, den Stein zu erwerben." Verwundert nahm Ell zur Kenntnis, wie glatt ihm die Lüge von den Lippen ging.

Einen Augenblick herrschte konsterniertes Schweigen. „Das scheint ja ein ganz besonders guter Freund zu sein, wenn du für ihn sogar zu Verkaufsgesprächen reist."

„Ich denke, wir wissen beide, dass es diesen Freund nicht wirklich gibt, oder?"

„Hast du den Stein etwa bei dir?", fragte Chang Feng etwas zu hastig.

„Um Gottes willen, nein! Ich lasse gerade durch ein renommiertes Institut ein Gutachten erstellen."

„Verstehe. Das ist natürlich für das weitere Vorgehen sinnvoll. Bevor du dich mit diesem anderen Interessenten auf irgendetwas einigst, müssen wir uns aber unbedingt noch einmal zusammensetzen. Ich bin mir sicher, wir können dir in jedem Fall ein besseres Angebot unterbreiten."

Ell spürte förmlich, wie sich Chang Fengs Gedanken überschlugen.

„Ich komme auch nach Miami", fuhr sie kurzentschlossen fort. „Ich nehme den nächsten Flug. In welchem Hotel bist du?"

„Ich fürchte, mein Hotel ist ausgebucht", wich Ell aus. „Aber ich schicke dir nachher eine Textnachricht, wo wir uns morgen treffen können." Dann fügte er in eiligem Tonfall hinzu: „Sorry, ich bekomme gerade einen weiteren Anruf. Bis morgen." Ohne Chang Feng Gelegenheit zu einer Antwort zu geben, beendete er das Gespräch. Jetzt tappte er wenigstens nicht mehr allein im Dunkeln.

6

Wie eine Welle schlug die schwüle Hitze Südfloridas über Ell zusammen, als er das klimatisierte Gebäude des Miami International Airport verließ und auf den Taxenstand zusteuerte. Trotz des großen Andrangs arbeiteten die Einweiser routiniert und so musste er sich nur kurz gedulden, bis ein freier Wagen für ihn herangewunken wurde. Er verwarf den Gedanken, zuerst ins Hotel zu fahren, und beschloss, sofort den Anwalt aufzusuchen. Die Kanzlei Laughlin, Dunn & Owens befand sich im 38. Stockwerk eines modernen Bürogebäudes an der Brickell Avenue. Ell hatte sich bewusst dagegen entschieden, sein Erscheinen anzukündigen. Wenn Mr. Owens tatsächlich so beschäftigt war, wie von seiner Sekretärin am Telefon behauptet, wollte er nicht riskieren, mit einem Termin in einigen Tagen oder gar Wochen abgefertigt zu werden. Die Kanzlei schien gut im Geschäft zu sein, zumindest wenn man nach dem äußeren Erscheinungsbild urteilte. Der Fahrstuhl öffnete sich in einen großzügigen Empfangsbereich, dessen gegenüberliegendes Ende durch eine breite Fensterfront einen spektakulären Ausblick bot. Das Panorama reichte von Miami Beach im Norden bis zu Key Biscayne im Süden. Die Mitte des Raumes beherrschte ein halbrunder Empfangstresen, an den Ell freundlich lächelnd herantrat.

„Mein Name ist Ell, guten Tag. Ich bin hier, um mit Mr. Owens zu sprechen."

Die Rezeptionistin befragte ihren Computer und Ell wappnete sich für eine längere Auseinandersetzung, doch nichts dergleichen geschah.

„Selbstverständlich, Mr. Ell. Mr. Owens erwartet Sie bereits. Wenn Sie mir bitte folgen würden."

Der Weg führte über die gesamte Etage und endete vor der geöffneten Tür eines Eckbüros. Als Ell eintrat, sprang ein braungebrannter, sorgfältig frisierter Mittfünfziger von seinem Schreibtisch auf und kam ihm mit ausgestreckter Hand entgegen.

„Mein lieber Professor Ell. Herzlich willkommen. Ich freue mich, Sie endlich kennenzulernen. Die Ähnlichkeit mit Ihrem geschätzten Vater ist bemerkenswert. Wirklich bemerkenswert."

NACHDEM ELL sich von dieser überraschenden Eröffnung wieder erholt hatte, folgte er der Einladung des Anwalts und nahm auf einem bequemen Sofa direkt am Fenster Platz.

„Sie kannten also meinen Vater?"

„Ich kannte Ihren Vater sogar recht gut. Uns verband in den letzten anderthalb Jahren eine enge Geschäftsbeziehung. Ich erfuhr erst vorgestern von seinem Ableben. Mein tiefempfundenes Beileid."

„GreenStone Invest?", fragte Ell und akzeptierte mit einem Nicken den angebotenen Kaffee.

„Unter anderem, ja. Normalerweise dürfte ich mit Ihnen über diese Dinge nicht sprechen, aber Ihr Vater hat für den Fall seines Todes eine Regelung getroffen, die alle seine Rechte auf Sie übergehen lässt."

„Als sein Erbe?"

Owens lächelte nachsichtig. „Nicht wirklich. Wo niemand offiziell etwas besitzt, kann niemand offiziell etwas erben. Aus diesem Grund stand es mir auch nicht frei, mit Ihnen Kontakt aufzunehmen. Sie mussten zu mir kommen. Ihr Vater hat sehr viel Wert auf Diskretion gelegt. Um diesen Anforderungen gerecht zu werden, entwickelten wir für ihn ein gesellschaftsrechtliches Konstrukt, das höchstmögliche Anonymität garantiert. Basis sind eine Stiftung und diverse Offshore-Firmen."

„Hatte er Probleme mit der Steuer?", erkundigte Ell sich vorsichtig.

Owens lachte laut auf. „Nein, mit der Steuer hatte das nichts zu tun. Ihr Vater ist vermutlich mein einziger Mandant, bei dem die Steuer keine Rolle spielt. Seine genauen Beweggründe für die Geheimhaltung sind mir jedoch unbekannt. Ich kann Sie nur über die Firmenstrukturen ins Bild setzen und welche Aufträge wir für ihn ausgeführt haben."

Ell beugte sich gespannt vor. „Schießen Sie los."

„Das erste Mal bin ich Ihrem Vater vor fünfzehn Jahren begegnet. Er wickelte damals den Kauf einer Motoryacht über mich ab. Anscheinend war er mit meinen Diensten zufrieden, denn vor etwa zwei Jahren trat er mit einem deutlich anspruchsvolleren Anliegen an mich heran. Für ein persönliches Forschungsvorhaben plante er den Bau eines extrem leistungsfähigen Computers, eines Supercomputers. Die Anlage sollte jenseits von zwanzig Petaflop Rechenleistung erbringen. Ich musste erst einmal nachschlagen, was ein Petaflop überhaupt ist."

„Eine Billiarde Gleitkommaoperationen pro Sekunde", murmelte Ell unwillkürlich.

Owens nickte anerkennend. „Nur einige wenige Computer auf der Welt erreichen diese Geschwindigkeit, auch wenn der technische Fortschritt ihre Zahl stetig wachsen lässt. Ihr Vater veranschlagte hierfür Kosten in Höhe von rund sechzig Millionen Dollar. Damit jedoch nicht genug. Er bestand darauf, das Vorhaben unter vollständiger Geheimhaltung zu realisieren. Und das warf eine Reihe von Problemen auf. So ein Rechner braucht ziemlich viel Platz und noch mehr Strom. An jedem normalen Standort würde dadurch unvermeidbar Aufmerksamkeit erregt werden. Ihr Vater entschied sich daher dafür, in einer abgelegenen Region ein gänzlich autarkes System mit eigener Stromversorgung zu errichten. Die Energieerzeugung sollte durch ein eigenes Solarkraftwerk erfolgen. Deklariert als Forschungsanlage für erneuerbare Energien, diente das Kraftwerk gleichzeitig als Tarnung für das gesamte Projekt. Die Baukosten hierfür beliefen sich auf weitere dreißig Millionen Dollar." Owens schüttelte den

Kopf. „Zuerst dachte ich, Ihr Vater wollte mich auf den Arm nehmen, aber er meinte es todernst und hatte alles bis ins kleinste Detail geplant. Die größte Herausforderung lag darin, an die Hardware-Komponenten für den Rechner zu gelangen, ohne dass bei gewissen Stellen die Alarmlampen aufleuchteten."

„Was für Alarmlampen?"

„Die Regierungen dieser Welt – allen voran die unsere – sehen es nicht gern, wenn irgendwelche Leute ohne ihr Wissen mit Dingen herumspielen, die potenziell eine Bedrohung der nationalen Sicherheit darstellen. Dazu gehören auch derart potente Rechner. Immerhin könnte man diese ebenso gut für die Entwicklung von Waffen, für die Dechiffrierung komplexer Verschlüsselungen oder für Cyberattacken einsetzen. Deswegen wird aufmerksam registriert, wenn größere Mengen von Speicherbausteinen oder Prozessoren den Besitzer wechseln."

„Und wie haben Sie das Problem gelöst?"

Owens nestelte unbehaglich an seinem Kragen. „Ihr Vater besaß ausgezeichnete Verbindungen und die Hersteller dieser Produkte wollen schließlich Geld verdienen. In diesem Fall fiel der Verdienst deutlich großzügiger aus als üblich. Außerdem gibt es Wege, statt eines Großabnehmers viele Kleinabnehmer in den Büchern auftauchen zu lassen. Sagen wir, es war eine mühsame Arbeit und ich würde nur ungern ins Detail gehen."

Ell beschloss, erst einmal nicht nachzuhaken, und ließ Owens weiterreden.

„Natürlich erfordert so ein Vorhaben zahlreiche Fachkräfte; aber wenn man ein wenig sucht, findet man problemlos geeignete Kandidaten. Solche mit einem kleinen Makel in ihrem Lebenslauf oder anderen Auffälligkeiten, wegen derer sie weniger wählerisch sind. Sie wären überrascht, wie viele bestens ausgebildete Experten sich auf der Suche nach einem gutbezahlten Job befinden und gern bereit sind, auf überflüssige Fragen zu verzichten. Dennoch wurden die Arbeiten streng segmentiert, damit jeder einzelne lediglich einen Ausschnitt des Gesamtbildes zu sehen bekam. Den vollständigen Überblick besaß nur Ihr Vater selbst."

Ell atmete tief durch. „Was für ein Aufwand. Und wofür nun das Ganze? Worum handelte es sich bei diesem privaten Forschungsvorhaben?"

Owens zuckte entschuldigend mit den Schultern. „Darüber hat er nie mit mir gesprochen. Offiziell ging es um die Entwicklung innovativer Konzepte für die Erzeugung und Speicherung erneuerbarer Energien. Sie wissen schon, dieser ganze Clean-Energy Kram. Aber dabei handelte es sich, wie gesagt, nur um eine Fassade."

Ell hatte auf genauere Informationen gehofft und lehnte sich enttäuscht zurück. Ohne die Aussicht wirklich wahrzunehmen, schweifte sein Blick über das Meer und die Skyline des Finanzdistrikts. „Was wird jetzt aus diesem Projekt, nachdem mein Vater nicht mehr da ist?"

„In diesen Tagen wurden sämtliche Arbeiten abgeschlossen und das System ist zu einhundert Prozent einsatzbereit", verkündete Owens nicht ohne Stolz. Dann setzte er nüchterner hinzu: „Was Sie damit anfangen, liegt ganz bei Ihnen. Es wäre bedauerlich, wenn der gesamte Aufwand umsonst gewesen sein sollte. Bei einer genaueren

Prüfung würde vermutlich schnell offenkundig werden, dass dort kein Solaranlagentestfeld nebst Rechner zum Auswerten der Testergebnisse steht, sondern ein Supercomputer, dessen Energiebedarf durch ein Solarkraftwerk gedeckt wird. Das könnte einige höchst unangenehme Fragen provozieren. Eine gewöhnliche kommerzielle Nutzung scheidet daher wohl aus. Der Computer existiert offiziell ja gar nicht – zumindest nicht mit der tatsächlich vorhandenen Rechenleistung. Und für den Strom gibt es dort mangels anderer Abnehmer und geeigneter Leitungen auch keine Verwendung. Der Abbau der Anlage und Verkauf der Einzelteile käme als Ultima Ratio in Betracht. Ich fürchte allerdings, der finanzielle Verlust wäre enorm."

Ell schüttelte den Kopf. „Zuerst will ich mir selbst ein Bild machen. Es muss weitere Hinweise geben, welchen Zweck mein Vater mit diesem Projekt verfolgt hat. Gab es Personen, die in besonders engem Kontakt mit ihm standen? Jemanden, der mehr wissen könnte?"

Owens überlegte angestrengt. „Ihr Vater erteilte seine Anweisungen in der Regel über E-Mails. Am ehesten wird Ihnen vermutlich die leitende Programmiererin Ms. Shaw etwas sagen können."

„Erwähnte mein Vater Ihnen gegenüber jemals einen grünen Diamanten?", fragte Ell unvermittelt, während er den Anwalt scharf beobachtete.

Owens schien von diesem abrupten Themenwechsel ehrlich überrascht zu sein. „Einen Diamanten? Nein, niemals. Ihr Vater hat nie den Eindruck auf mich gemacht, er könne sich für etwas so Profanes wie Schmuck interessieren. Tut mir leid.“ Owens erhob sich und ging zu seinem Schreibtisch. „Um die Übertragung von Ihrem Vater auf Sie perfekt zu machen, benötige ich eine Reihe von Unterschriften. Wenn Sie möchten, lasse ich die Unterlagen gleich vorbereiten. Außerdem werde ich Ihnen die genaue Adresse der Anlage und die Telefonnummer von Ms. Shaw aufschreiben.“

„Das wäre sehr freundlich. Eine letzte Frage. Selbst wenn ich die bisher von Ihnen aufgezeigten Kosten berücksichtige, fehlt immer noch ein durchaus erheblicher Teil des Vermögens meines Vaters. Wissen Sie etwas darüber?“

„Natürlich“, erwiderte Owens entschuldigend. „Den Satelliten hätte ich beinahe vergessen.“

Ell war sich nicht sicher, ob er Owens richtig verstanden hatte. „Sagten Sie gerade Satellit?“

„In der Tat. Ohne eine schnelle Internetverbindung ist so ein System natürlich nicht vollständig. In der Mitte von nirgendwo besteht jedoch keine entsprechende Infrastruktur und gewöhnliche Satellitenverbindungen fand ihr Vater zu langsam. Seine Lösung bestand darin, sich an einem neuartigen Nachrichtensatelliten zu beteiligen. Die Datenübertragung funktioniert mittels eines Lasers, was den Transport enorm großer Datenmengen ermöglicht. Außerdem ist die Übertragung abhörsicher.“

„Oh man“, entfuhr es Ell. „Und was hat das wieder gekostet?“

„Um die fünfundzwanzig Millionen“, bekannte Owens mit fast so etwas wie Vergnügen in der Stimme. „Das Geld wurde dem Betreiberkonsortium in Form eines unbesicherten, eigenkapitalersetzenden Darlehens zur Verfügung gestellt. Statt Zinsen besteht ein Anspruch auf die Nutzung eines Teils der Bandbreite. Die gute Nachricht ist, dass der Satellit planmäßig seinen Orbit erreicht hat, was eine reguläre Bankenfinanzierung möglich macht. Ich rechne daher in Kürze mit einem Rückfluss des Geldes. Im Falle eines Unfalles wäre es natürlich weg gewesen."

„Natürlich", wiederholte Ell leicht betäubt. Die Geschichte wurde immer abenteuerlicher. Als habe ein völlig fremder Mensch all diese Dinge getan, nicht sein Vater. Derartige Risiken einzugehen und mit solchen Beträgen zu jonglieren widersprach vollkommen seiner Natur. Was konnte bloß der Grund dafür sein?

Owens telefonierte kurz mit seiner Sekretärin und nahm wieder neben Ell Platz. Etwas schien ihm noch auf der Seele zu liegen. „Darf ich dann annehmen, Sie möchten in dieser Sache weiterhin die Dienste unserer Kanzlei in Anspruch nehmen?"

Ell wusste, dass es hierzu in der momentanen Situation keine ernsthafte Alternative gab. Und sein Vater hatte Owens vermutlich nicht ohne Grund ausgewählt. „Es bleibt alles beim Alten", stimmte er daher zu.

Owens nickte sichtlich erleichtert, während Ell überlegte, wie hoch das Honorar wohl sein mochte, um derartige Erleichterung hervorzurufen. Er beschloss, lieber nicht weiter darüber nachzudenken.

Eine knappe Stunde später waren alle notwendigen Unterlagen unterschrieben und Ell kannte endlich den genauen Standort der Anlage im Südwesten Arizonas. Die nächste nennenswerte Ortschaft lag fünfzehn Meilen entfernt und trug den vielsagenden Namen Destiny. Owens empfahl einen Linienflug bis Tucson und die Weiterreise mit einem Mietwagen. Zudem versprach er, die bislang einzigen festen Mitarbeiter vor Ort, die leitende Programmiererin und zwei Techniker, persönlich über Ells bevorstehenden Besuch zu informieren. Am liebsten wäre Ell sofort nach Arizona aufgebrochen. Vorher musste er jedoch sicherstellen, dass er nicht verfolgt wurde. Keinesfalls durfte er es riskieren, seinen mutmaßlichen Schatten aus Lugano direkt dorthin zu führen. Außerdem hatte er noch eine Verabredung einzuhalten. Wenn er sich nicht täuschte, befand er sich auf dem besten Weg, seiner angeblichen Kommilitonin die eine oder andere nützliche Information zu entlocken. Eine Gelegenheit, die er sich unter keinen Umständen entgehen lassen wollte.

7

Victor Ivanow ärgerte sich über den bisherigen Verlauf seines Auftrags. Längere Beschattungen waren nicht sein Metier. Schon gar nicht bei einer Zielperson, die sich ständig in Bewegung befand und keine zwei Tage im selben Land blieb. Dafür bedurfte es eines spezialisierten Teams. Als Einzelperson wurde man früher oder später entdeckt. Entweder das, oder die Überwachung musste zwangsläufig gelockert werden. Er bereute es mittlerweile, das Postamt in Lugano betreten zu haben. Ell wusste nun, dass ihm jemand folgte. Ivanow machte sich insoweit keine Illusionen. Andererseits hätte er ohne diesen Schritt niemals den Bestimmungsort des Päckchens erfahren. Würde Ell ihn wiedererkennen? Unmöglich zu sagen. Dieselbe Maschine wie Ell nach Miami zu nehmen, stellte jedenfalls ein zu großes Risiko dar. Auch wenn dadurch wertvolle Zeit verloren ging, tat

Ivanow das einzig Vernünftige und buchte einen späteren Flug. Sein Auftraggeber besaß die Möglichkeit, Ells Onlineaktivitäten und Kreditkartenzahlungen zu verfolgen. Das musste in der Zwischenzeit genügen. Unmittelbar nach Ankunft in Florida erhielt er die Nachricht, sich auf dem üblichen Weg mit seinem Auftraggeber in Verbindung zu setzen. Die Einwahl in den geschützten Chatroom dauerte eine Weile. Zwei Mal vertippte er sich bei einer der zahlreichen Passwortabfragen, bis ein blaues Eingabefenster und der blinkende Cursor das erfolgreiche Zustandekommen der Verbindung signalisierten. Eine Nachricht erschien auf dem Bildschirm.

„Haben das Päckchen abgefangen. Inhalt wertlos. Zielperson hat offensichtlich Verdacht geschöpft. Situation zu unberechenbar, um länger zu warten. Ihr Auftrag lautet, so bald wie möglich zuzugreifen und den Gegenstand sicherzustellen oder seinen Aufenthaltsort zu ermitteln. Es ist Ihnen freigestellt, alle Mittel anzuwenden, die Sie für erforderlich halten. Anschließend sind ALLE Spuren ENDGÜLTIG zu vernichten. Zusatzkosten werden erstattet."

Ivanow nickte zufrieden. „Bestätigt. Sie erhalten Meldung."

Er wartete einen Augenblick ab, doch sein Auftraggeber schien eine Antwort nicht für nötig zu halten. Also beendete er die sichere Verbindung und klappte den Laptop zu. Gott sei Dank. Noch ein paar Stunden konzentrierte Arbeit und diese unerfreuliche Angelegenheit hatte endlich ein Ende. In Gedanken begann er bereits, einen

Plan auszuarbeiten. Die Details nahmen schnell Gestalt an. Er würde sich beeilen müssen, doch es war zu schaffen. Aus dem Gedächtnis wählte er die Nummer seines Kontaktes in der Stadt und zählte auf, was er benötigte. Alles eine Frage des Geldes, und wie hatte sein Auftraggeber es ausgedrückt: Zusatzkosten werden erstattet.

8

Chang Feng verspürte ein wachsendes Unbehagen und das lag weder an dem von Reizhusten geplagten Geschäftsmann zu ihrer Linken noch an dem übergewichtigen und dank Flugangst heftig transpirierenden Urlauber zu ihrer Rechten. Zumindest nicht nur. Anfangs hatte ihr neuer Auftrag ganz amüsant geklungen. Ein Kunde des Auktionshauses interessierte sich für einen Edelstein im Besitz von William Ell und sie sollte lediglich ein klein wenig schauspielern, um herauszufinden, ob dieser bereit sein würde zu verkaufen. Eine zugegebenermaßen ungewöhnliche Vorgehensweise, aber nicht illegal. Für ihre Coverstory musste sie nicht einmal lügen, bloß die Wahrheit geringfügig dehnen. Schließlich war sie tatsächlich auf der gleichen Universität gewesen wie Ell. Nur einige Jahre später. Doch mittlerweile bereitete ihr das ganze Unterfangen zunehmend Bauchschmerzen. Was so harmlos begonnen hatte, fühlte sich inzwischen an wie ein kriminelles Komplott. Warum sonst enthielt man ihr praktisch alle relevanten Informationen vor? Sie wusste immer noch nicht, um wen es sich bei diesem geheimnisvollen Kunden eigentlich handelte. Gleich nach dem Telefonat mit Ell hatte sie Kontakt zu ihrem Chef in London aufgenommen und ihm von dem weiteren Interessenten berichtet. Ohne die sonst üblichen Diskussionen gab Mr. Whitley daraufhin sämtliche Kosten für eine Reise nach Miami frei. Economy-Class und Budget Hotel versteht sich. Der Mann konnte einfach nicht aus seiner Haut. Sie hatte aber seine Anspannung bemerkt und begann sich zu fragen, ob hinter dieser Nervosität mehr steckte, als nur die Sorge um eine besonders hohe Provision. Chang Feng nahm sich fest vor, nichts zu tun, was sie später bereuen würde. Sie hatte eigene Probleme, die ihr Leben kompliziert genug machten. Ihre Sicherheit und ihre Freiheit hingen davon ab, nicht aufzufallen und keinesfalls die Aufmerksamkeit der falschen Leute auf sich zu ziehen. Das Letzte, was sie brauchte, war zusätzlicher Ärger. Dieses eine Mal noch würde sie in die Rolle der flirtenden Kommilitonin schlüpfen. Immerhin war ein Trip nach Miami dabei herausgesprungen. Danach musste sie einen Weg finden, ihrem Boss schonend klarzumachen, dass sie für weitere Auftritte dieser Art nicht länger zur Verfügung stand.

Nach der Landung erwartete sie bereits eine Textnachricht von Ell. Er schlug Abendessen in einem Restaurant in South Beach vor. Sie schaute auf die Uhr. Das Restaurant befand sich ganz in der Nähe ihres Hotels. Das gab ihr jede

Menge Zeit, in Ruhe zu duschen und sich gedanklich auf das Treffen vorzubereiten. Vielleicht gelang es ihr ja, heute Abend einen Abschluss zu erzielen. Dann könnte sie sich mit einer Erfolgsmeldung aus der Sache zurückziehen. Zweifelsohne die eleganteste Lösung für ihr Dilemma.

9

Das Erste, was Ell wahrnahm, als er langsam zu sich kam, war ein seltsamer Geschmack in seinem Mund. Gefolgt von einem bohrenden Kopfschmerz. Als Nächstes bemerkte er die vollkommene Dunkelheit. Und noch etwas war merkwürdig. Jedes Mal, wenn er einatmete, spürte er einen Widerstand und beim Ausatmen legte sich warme Luft feucht auf sein Gesicht. Es dauerte einen Augenblick, bis er begriff. Offensichtlich hatte man ihm einen Sack über den Kopf gezogen. Instinktiv versuchte er, danach zu greifen, nur um an den Fesseln zu scheitern, die ihn auf seinem Stuhl fixierten und kaum eine Bewegung zuließen. Binnen Sekunden flutete Adrenalin seinen Körper und Panik stieg in ihm auf. Reflexartig kämpfte er gegen die Fesseln an. Doch all das zunehmend verzweifelte Ziehen und Zerren nützte nichts. Endlich gewann sein Verstand wieder die Oberhand. Er verschwendete nur seine Kräfte. Das Herz schlug ihm bis in den Hals und seine Lungen schmerzten vom schnellen, flachen Atmen. Wie zum Teufel kam er hierher? Stückweise kehrte die Erinnerung zurück. Er war bei dem Anwalt gewesen und anschließend in sein Hotel gefahren, um zu duschen und sich ein wenig auszuruhen. Er wusste noch, wie er die Tür zu seinem Zimmer geöffnet und seine Tasche auf das Bett gelegt hatte und danach – Filmriss. Ell horchte angestrengt. Entfernte Atemgeräusche drangen an sein Ohr. „Hallo? Ist da jemand?"

„Will? Bist du das?", kam es gedämpft zurück.

„Chang Feng?", fragte er ungläubig. „Was machst du hier? Und wo sind wir?"

„Keine Ahnung. Ich war in meinem Hotelzimmer, als der Room Service geklopft hat. Vor der Tür stand ein Page, der mir irgendetwas ins Gesicht gesprüht hat. Dann setzt meine Erinnerung aus und ich bin hier wieder aufgewacht, verschnürt wie ein Paket. Was soll das alles?"

Ell mühte sich, seine Gedanken zu sortieren und die Situation nüchtern zu betrachten. „Für einen einfachen Raubüberfall auf ahnungslose Touristen ist der Aufwand leicht übertrieben. Und da uns beide nur eines verbindet, fällt mir auch nur ein einziger Grund ein."

„Der Stein?"

„Der Stein." Ell zuckte zusammen, als plötzlich eine kalte Stimme erklang.

„Ich gratuliere Ihnen zu Ihrer raschen Auffassungsgabe, Professor Ell. Also, wo ist der Stein?"

Es musste bereits die ganze Zeit jemand gemeinsam mit ihnen im Raum gewesen sein. Was war er doch für ein Idiot! Er hätte seinem ersten Impuls folgen sollen, sämtliche neuen Erkenntnisse sofort mit der Polizei zu teilen. Dann säße er jetzt nicht in diesem Schlamassel. Aber für Reue war es zu spät. „Wer sind Sie?“

„Ich bin derjenige, dem Sie sagen werden, wo der Stein ist, Professor Ell. Und eine Frage mit einer Gegenfrage zu beantworten, ist nicht sehr höflich.“

„Mag sein, aber ich wüsste gern, mit wem ich rede“, beharrte Ell.

„Auch wenn ich Ihnen eben zu Ihrer raschen Auffassungsgabe gratuliert habe, bin ich mir nicht sicher, ob Sie sich in Gänze Ihrer Lage bewusst sind.“

„Dann klären Sie mich bitte auf.“

„Es ist ganz einfach. Sie besitzen etwas, das mein Auftraggeber will. Wie Sie so hilfreich anmerkten, handelt es sich um einen Edelstein. Einen grünen Diamanten. Wenn Sie mir den Stein aushändigen, wird diese Geschichte ein gutes Ende nehmen. Sie und Ms. Zhao werden freigelassen und können unbehelligt Ihrer Wege gehen.“

„Und wenn ich Ihnen den Stein nicht überlasse?“, fragte Ell, obwohl er sich die Antwort ungefähr vorstellen konnte.

Es dauerte ein Weilchen, bis diese kam.

„Wissen Sie, was immer seltener ist heutzutage? Menschen, die stolz auf ihren Beruf sind. Das ist bedauerlich, denn das, was wir tun, definiert uns, macht uns zu dem, was wir sind. Ich jedenfalls bin sehr stolz auf meinen Beruf. Ich mache ihn sehr gern und, wie ich glaube, sehr gut. Im Laufe der Zeit sind mir viele Menschen begegnet. Darunter auch solche, die über eine spezielle Ausbildung verfügten, wie man Geheimnisse selbst unter den widrigsten Umständen bewahrt. Jeder von ihnen hat mir früher oder später gesagt, was ich wissen wollte. Jeder. Ich werde Ihnen nicht erzählen, wie mir das gelungen ist, aber ich kann es Ihnen zeigen. Es wird mir ein Vergnügen sein, Ihr Leben um einige völlig neue Erfahrungen zu bereichern. Für andere wird sich Ms. Zhao bestimmt gern als Anschauungsobjekt zur Verfügung stellen.“ Hierauf kehrte Stille ein.

Ell schluckte und räusperte sich. „Ein eindrucksvoller Vortrag. Ich denke, den Teil mit den neuen Erfahrungen sollten wir überspringen. Verraten Sie mir wenigstens, was so Besonderes an diesem Stein ist?“

„Ich führe nur Aufträge aus. Die Hintergründe und Motive interessieren mich nicht. Wo ist der Stein, Professor?“

Resigniert gab Ell seinen Widerstand auf. „Vor meinem Abflug nach Miami habe ich ihn wieder dort deponiert, wo er herkam. In einem Schließfach der Unionsbank in Zürich.“

„Wo ist der Schlüssel?“

„Der kleine bronzefarbene an meinem Schlüsselbund. Linke Jackettasche“, erwiderte Ell müde. Er spürte, wie jemand in seine Jackettasche griff und das Schlüsselbund ansichnahm. Ein Ruck an der Kapuze und er wurde von gleißendem Licht geblendet. Ell blinzelte und versuchte, sich zu orientieren. Er befand sich in einem rechteckigen, fensterlosen Raum, der nur durch eine nackte Glühbirne an der Decke erleuchtet wurde. Der einzige Ausgang bestand aus einer massiven Stahltür. Chang Feng saß ihm direkt gegenüber, ebenfalls an einen Stuhl gebunden. Ell schätzte den Mann, der jetzt auch ihr die Kapuze abnahm, auf Ende Fünfzig. Er war nicht besonders groß und sein leicht ergrautes Haar lichtete sich bereits an den Schläfen. Ein Blick in die dunklen, stechenden Augen verriet Ell, dass es sich um einen Mann handelte, der genau wusste, was er tat, und keine Sekunde zögern würde, seine Drohungen wahrzumachen. Er trug die Kleidung eines typischen Touristen. Beige Baumwollhosen, Sporthemd und Freizeitschuhe. Menschen mit seinem Äußeren strömten täglich zu Tausenden von den Kreuzfahrtschiffen im Hafen von Miami. Dennoch spürte Ell in den Bewegungen des Mannes etwas Vertrautes. Kein Zweifel, bei diesem Mann und dem unbekannten Verfolger im Postamt von Lugano handelte es sich um ein und dieselbe Person.

„Wer sind Sie?", wiederholte Ell seine erste Frage, ohne wirklich mit einer Antwort zu rechnen.

„Sie können mich Ivanow nennen. Aber das ist nur ein Name von vielen. Ich hole Papier und einen Stift. Dann werden Sie eine Blankovollmacht ausstellen, einschließlich Schließfachnummer und Kennwort." Darauf drehte der Mann sich um und verließ den Raum durch die Stahltür. Ell hörte, wie von außen abgeschlossen wurde.

„Meinst du, er wird uns gehen lassen, wenn sein Auftraggeber hat, was er will?", fragte eine mitgenommen wirkende Chang Feng.

Ell sah keinen Sinn, darin zu lügen. „Wir kennen jetzt sein Gesicht und seinen Namen, nicht wahr?"

Chang Feng nickte schweigend, als habe er ihre eigenen Gedanken bestätigt.

„Außerdem fürchte ich, die Fässer dort an der Wand dienen einem eher unerfreulichen Zweck“, fuhr Ell fort und wies mit dem Kinn in Richtung einer Reihe von Plastikfässern, die an drei Seiten des ansonsten gänzlich leeren Raumes standen und über Drähte miteinander verbunden waren.

Chang Feng bemerkte diese erst jetzt. „Shit. Das sieht aus wie ...“

„... Brandsätze.“

In diesem Augenblick hörten sie, wie sich ein Schlüssel im Schloss der Stahltür drehte. Ivanow kehrte zurück. Mit wenigen Handgriffen faltete er einen kleinen Klapptisch auseinander und legte Papier und einen Stift darauf. Dann löste er Ells Armfesseln. „Ich halte die ganze Zeit eine Pistole auf Sie gerichtet. Also kommen Sie nicht auf dumme Gedanken.“

Ell seufzte, als die Blutzirkulation in seinen Händen wieder einsetzte. Ivanow positionierte sich vor ihm und tatsächlich hielt er nun eine Glock mit Schalldämpfer in seiner Rechten. Ell zog ein Blatt Papier zu sich heran und schrieb den Text wie verlangt nieder. Ivanow griff nach der Vollmacht, prüfte sie sorgfältig und schien zufrieden. Erneut fesselte er Ells Hände hinter seinem Rücken und stellte den Tisch zur Seite. „Wir wollen hoffen, Professor, dass Sie die Wahrheit gesagt haben. Ich werde jetzt meinen Auftraggeber informieren und ihm den Schlüssel sowie die Vollmacht zuleiten. Sollten Sie versuchen, Spielchen zu spielen, wird es mir ein Vergnügen sein, Ihnen eine kleine Kostprobe meiner Fähigkeiten zu geben.“ Mit dieser Warnung ließ er Chang Feng und Ell allein zurück.

„Ich dachte, der Stein sei bei einem gemmologischen Institut“, wunderte sich Chang Feng, sobald die Schritte ihres Entführers verklungen waren.

Ell schüttelte wortlos den Kopf.

Irritiert schnalzte Chang Feng mit der Zunge. „Ist ja auch egal. In spätestens achtundvierzig Stunden haben die, wer immer die sind, den Stein und wir sind nicht mehr von Nutzen.“

„Stimmt, aber wir sollten besser vorsichtig sein, was wir sagen. Vielleicht werden wir abgehört.“

Chang Feng lachte humorlos. „Viele Geheimnisse gibt es ja nicht mehr zu bewahren.“

„Auch wieder wahr“, räumte Ell ein. Dennoch versanken beide in Schweigen. Während Chang Feng langsam wegdämmerte, versuchte Ell, eine bequemere Lage für seine zusammengebundenen Hände zu finden. Dabei schnitt ihm etwas Scharfes schmerzhaft in den Handrücken. Erst fluchte er innerlich, bis ihm klar wurde, was das bedeutete. Vielleicht war ja doch noch nicht alles verloren.

Eine Stunde später stand Ell neben Chang Fengs Stuhl und hustete vernehmlich. Chang Feng war augenblicklich hellwach und schaute perplex zu ihm auf. „Wie zum Teufel …“

„Shhhhh“, machte Ell und blickte besorgt zur Tür. Dann beugte er sich herunter und flüsterte ihr leise ins Ohr. „An der Rückenlehne meines Stuhls steht eine Schraube ein stückweit hervor. Ich habe bis eben damit zugebracht, die Fesseln durchzuscheuern. Erstaunlich nachlässig von unserem Entführer, aber er sieht in uns wohl keine ernsthafte Bedrohung." Ell brach ab und lauschte einen Moment nervös. „Wir müssen hier weg. Zu fliehen ist unsere einzige Chance. Dieser Raum wurde mit den Brandsätzen präpariert, um sämtliche Spuren zu vernichten. Das bedeutet, unser Tod ist beschlossene Sache. Ich werde mir die Fesseln gleich wieder provisorisch anlegen. Wenn ich fertig bin, rufst du nach dem Entführer und sagst, du müsstest auf die Toilette. Er wird nicht umhinkommen, dich loszubinden oder deine Fesseln zumindest zu lockern. Sobald er das getan hat, versuche ich, das Überraschungsmoment zu nutzen und ihn zu überwältigen. Währenddessen setzt du alles daran, dich vollständig zu befreien, okay?"

Chang Feng schien erst etwas einwenden zu wollen, überlegte es sich aber anders und nickte nur.

Nachdem Ell sich wieder gesetzt und sorgfältig die Fesseln um seine Beine und Arme drapiert hatte, holte Chang Feng tief Luft und begann zu rufen. Zunächst geschah nichts. Es vergingen zehn Minuten und Chang Fengs Stimme wurde bereits heiser. Endlich öffnete sich die Stahltür. Sichtlich gereizt betrat Ivanow den Raum und herrschte Chang Feng an, zu schweigen. Trotzig entgegnete sie, dass die Notwendigkeit, sich gelegentlich erleichtern zu müssen, kaum überraschend kommen dürfte. Erst sah es so aus, als wolle er sie schlagen; dann behielt er aber doch die Beherrschung.

„Die Toilette ist nebenan. Ich nehme Ihnen jetzt die Beinfesseln ab, damit Sie laufen können. Eine unbedachte Bewegung und ich werde Sie ohne Vorwarnung erschießen." Mit diesen Worten zog er die Glock aus seinem Hosenbund. „Haben Sie das verstanden?"

„Ich bin weder taub noch dämlich", erwiderte Chang Feng gehässig.

Während Ivanow damit begann, Chang Fengs Fußfesseln zu lösen, zwang Ell sich, tief durchzuatmen. Dieser Alptraum war ihm eindeutig über den Kopf gewachsen und bei seinem Fluchtplan handelte es sich um nicht viel mehr als einen Akt purer Verzweiflung. Von einigen Kneipenschlägereien in seiner Jugend abgesehen, verfügte er über keinerlei praktische Erfahrung in körperlichen Auseinandersetzungen. Und selbst das lag ewig zurück. Einen ausgebildeten Killer würde das kaum beeindrucken. Wenn sie sich nicht einfach in ihr Schicksal ergeben wollten, gab es jedoch keine Alternative. Einzig das Überraschungsmoment lag auf ihrer Seite und sorgte hoffentlich für ein wenig Chancengleichheit.

Inzwischen hatte Ivanow Chang Fengs Fußfesseln vollständig gelöst und befahl ihr aufzustehen. Kurz trat er zwischen Ell und Chang Feng und wandte Ell dabei den Rücken zu. Der erkannte sofort die Gelegenheit. Im Aufspringen griff er nach dem Klapptisch neben sich und zielte auf den Hinterkopf des Entführers. Möglicherweise hätte der Plan sogar gelingen können, wäre nicht eine der zur Tarnung an Ells Füßen verbliebenen Fesseln noch zu fest gewickelt gewesen. So raubte sie ihm das Gleichgewicht und das Möbelstück traf statt des Kopfes lediglich Ivanows Schulter. Zumindest entglitt ihm hierdurch seine Waffe. Das Überraschungsmoment war allerdings dahin. Mit einer fließenden Bewegung wandte Ivanow sich um und führte aus der Drehung heraus mit der linken Hand einen Stich gegen Ells Kehlkopf. Ell gelang es gerade noch zurückzuweichen, verlor aber nun endgültig das Gleichgewicht und stürzte über seinen Stuhl. In der nächsten Sekunde stand der Entführer über ihm und versetzte ihm einen Tritt in den Unterleib. Ein zweiter Tritt gegen den Kopf raubte Ell fast das Bewusstsein. Mit einer instinktiven Bewegung gelang es ihm, den dritten Tritt abzufangen und den Fuß des Mannes so zu verdrehen, dass dieser selbst zu Boden ging. Ell war jedoch immer noch benommen und so kam sein Gegner vor ihm wieder auf die Füße. Ein erneuter Tritt landete in Ells Nierengegend. Ihm wurde schwarz vor Augen. Er wusste, die nächste Attacke würde er vermutlich nicht überstehen. In diesem Augenblick erklang ein gedämpftes ‚Plopp', wie vom Öffnen einer Champagnerflasche. Gleich darauf ein zweites Mal. Als Ell aufsah, schien Ivanow inmitten der Bewegung erstarrt zu sein. Zwei langsam größer werdende rote Flecken breiteten sich auf seinem Hemd aus. Mit einem erstaunten Gesichtsausdruck griff er sich an die Brust, sank auf die Knie und fiel schließlich mit einem leisen Seufzer vorneüber. Hinter ihm stand Chang Feng, die Glock im Anschlag. Mühsam versuchte Ell aufzustehen. Chang Feng eilte ihm zur Hilfe. Während sie sich über ihn beugte, nahm Ell aus den Augenwinkeln wahr, wie Ivanow sich plötzlich bewegte.

„Vorsicht, hinter dir!"

Chang Feng wirbelte herum, zielte und drückte ein drittes Mal ab. Der Körper des Auftragskillers bäumte sich auf, um dann endgültig zusammenzusacken.

„Er hat irgendetwas in der Tasche." Vorsichtig trat

Chang Feng näher an die Leiche heran. „Sieht aus wie ein Sender."

„Ich weiß auch wofür." Ell deutete auf die Fässer an den Wänden des Raumes. Dort waren kleine Digitalanzeigen zum Leben erwacht und zählten einen stummen Countdown.

„Scheiße", entfuhr es Chang Feng.

Ell rappelte sich auf und kniff das linke Auge zusammen, um besser sehen zu können. Das rechte war bereits zugeschwollen. „Wie viel Zeit haben wir noch?"

„Fünfundzwanzig Sekunden. Nichts wie weg hier." Chang Feng riss die Stahltür auf. Dahinter lag ein spärlich erleuchteter Flur, an dessen Ende sich die Küche befand. So schnell es ging, hasteten beide den Gang entlang, vorbei an weiteren Fässern mit blinkenden Timern. Jeder Schritt ließ Ell vor Schmerzen das Gesicht verziehen. „Los jetzt", stieß er zwischen zusammengebissenen Zähnen hervor, „sonst fliegen wir mitsamt der Hütte in die Luft."

Von der Küche führte ein Hinterausgang direkt nach draußen. Eilig stolperten sie in einen ungepflegten, zugewucherten Garten. Keine zehn Schritte später ertönte hinter ihnen ein Geräusch, als ob Kohlensäure aus einer riesigen Wasserflasche entweicht. Dem Zischen folgte eine Druckwelle, die Ell und Chang Feng zu Boden warf. Benommen blickten sie sich um. Das gesamte Haus stand lichterloh in Flammen. Die Hitze war kaum zu ertragen. Kriechend entfernten sie sich von dem tosenden Inferno.

Als Minuten später die Feuerwehr eintraf, existierte das

Haus praktisch nicht mehr. Auf die Frage eines Feuerwehrmannes an einen der herumstehenden Nachbarn, ob Menschen in dem Haus gewesen seien, verzog der nur höhnisch das Gesicht.

„Nein, man. Das Haus stand leer. Zwangsversteigerung. Die Bank hat die Bewohner schon vor Monaten auf die Straße gesetzt. Das Einzige, was ich gesehen habe, waren zwei Penner, die weggelaufen sind. Haben wahrscheinlich darin kampiert und den Laden im Suff abgefackelt. Riesige Scheiße, man. Aber wen interessiert‘s? Die Bank bestimmt nicht.“

10

Nachdem sie einige Straßenblocks zwischen sich und das brennende Haus gebracht hatten, hielten Ell und Chang Feng erschöpft inne. Die Sirenen der Einsatzfahrzeuge von Polizei und Feuerwehr waren nur noch gedämpft zu hören.

„Warum sind wir eigentlich weggerannt?", fragte Chang Feng und ließ sich gegen eine Hauswand sinken. „Willst du der Polizei nicht erzählen, dass man uns entführt und fast umgebracht hat?"

Unvermittelt änderte sich Ells Gesichtsausdruck und er musterte Chang Feng voller Misstrauen. „Zunächst einmal schuldest du mir eine Erklärung. Wer sind diese Leute und warum gehen sie über Leichen für diesen beschissenen Stein?"

Ehrliche Überraschung breitete sich auf Chang Fengs Gesicht aus. „Woher soll ich das wissen?" Dann begriff sie.

„Du glaubst, ich stecke mit denen unter einer Decke? Das ist doch Wahnsinn! Die wollten auch mich umbringen!“

Ells Miene blieb unbewegt. „Wollten sie das? Vielleicht wurde ich ja gerade nur ein weiteres Mal Zeuge deines schauspielerischen Talents.“

„Ich weiß nicht, wovon du sprichst“, erwiderte Chang Feng automatisch.

„Erzähl mir bitte nicht, wir seien uns zufällig in Lugano begegnet. Du bist von Anfang an hinter dem Stein her gewesen. Wer bist du wirklich und wer hat dich beauftragt?“

Chang Feng wirkte hin und her gerissen. Schließlich ließ sie ihre Schultern sinken. „Ja, ich hatte den Auftrag, dich davon zu überzeugen, den Stein an einen unserer Kunden zu verkaufen. Aber das war schon alles. Mit dem, was heute Nacht geschehen ist, habe ich nichts zu tun.“ Mit stockender Stimme erzählte sie ihm die ganze Geschichte. Angefangen bei dem Auftrag ihres Chefs bis hin zu ihren eigenen aufkommenden Zweifeln.

Ell stand nur da und hörte zu. „Gib mir die Waffe“, forderte er kurz angebunden.

Wortlos reichte sie ihm die Pistole. Sorgfältig prüfte er den Lauf und die Munition. „Die Waffe ist echt und das sind keine Platzpatronen.“ Ell dachte eine Weile nach. „Tatsächlich fällt mir kein plausibler Grund ein, warum du einen Komplizen so kurz vor dem Ziel erschießen solltest. – Und ohne dein Eingreifen wäre ich wahrscheinlich nicht mehr am Leben.“

„Heißt das, du glaubst mir?“

Ell seufzte und nickte widerwillig. „Ich schätze, das heißt es wohl."

„Und wie geht es nun weiter?"

„Wir wurden gerade entführt und fast umgebracht. Vor meinen Augen ist ein Mensch gestorben und ich kann nicht behaupten, dass mir so etwas täglich passiert. Ich sollte zutiefst verstört sein. – Aber eigentlich bin ich nur unglaublich wütend."

„Also gehen wir jetzt zur Polizei?"

Ell zögert. „Das wäre bestimmt das Vernünftigste. Allerdings …"

„Allerdings was?"

„Ich fasse kaum, dass ich das sage, aber bei näherer Betrachtung, und auf die Gefahr hin, den gleichen Fehler noch einmal zu machen, halte ich es zum jetzigen Zeitpunkt für keine gute Idee zur Polizei zu gehen."

Unbemerkt von Ell huschte ein Ausdruck der Erleichterung über Chang Fengs Gesicht.

„Für die Polizei sind wir erst einmal zwei Ausländer mit einer Waffe. Dem gegenüber stehen ein abgebranntes Haus und eine Leiche, in der zwei passende Kugeln stecken."

„Drei Kugeln", korrigierte Chang Feng kleinlaut.

„Wo hast du eigentlich so schießen gelernt?", wunderte sich Ell.

„Das muss Anfängerglück gewesen sein."

„Anfängerglück? Ernsthaft?" Ell verbarg seine Zweifel nicht, ließ das Thema aber vorerst fallen. „Während wir versuchen würden, die Polizei von unserer Unschuld zu überzeugen, könnten die Auftraggeber des Entführers in

Ruhe ihren nächsten Zug planen, um an den Stein zu kommen und uns aus dem Weg zu räumen."

„Wieso? Den Stein haben die doch demnächst."

Ell musterte unbehaglich den Fußboden. „Nein, haben sie nicht. Das Schließfach in Zürich ist leer."

„Was?", entfuhr es Chang Feng. „Du hast dir das ausgedacht? Und wenn die das herausgefunden hätten, solange wir noch in deren Gewalt waren?"

Ell sah Chang Feng direkt in die Augen. „Sobald die gehabt hätten, was sie wollen, wären wir tot gewesen. Wir hatten durch eine Lüge nichts zu verlieren. Im Zweifel hätte sie uns sogar ein wenig mehr Zeit verschafft."

„Ja, um den Preis von ein bisschen Folter", erwiderte Chang Feng sarkastisch. „Und wo ist der Stein jetzt wirklich?"

„Unwichtig. Viel wichtiger ist, dass ich durch die Ereignisse dieser Nacht meinen Verfolgern erstmals einen Schritt voraus bin. Die Hintermänner des Entführers werden eine Weile brauchen, um herauszufinden, was passiert ist. Zunächst ist es für sie naheliegend zu glauben, wir seien verbrannt. So, wie der Plan des Entführers es vorsah. Erst wenn der sich nicht meldet und in dem Haus nur eine Leiche gefunden wird, werden sie Verdacht schöpfen. Ich denke, ich sollte die Gunst der Stunde nutzen, um einer Sache auf den Grund zu gehen. Vielleicht verstehe ich dann endlich, was hier vorgeht."

Chang Feng blickte sich unruhig um. „Da ist gerade ein Streifenwagen vorbeigefahren. Lass uns lieber weitergehen. Sie scheinen etwas zu suchen."

Ell klappte den Kragen seines Jacketts nach oben und

setzte sich in Bewegung. „Es wäre von Vorteil, wenn wir wüssten, wo wir eigentlich sind."

Einige Blocks und Straßenschilder später wussten sie es. Irgendwo in Liberty City.

Chang Feng war die ganze Zeit in Gedanken versunken neben Ell hergelaufen. „Ich komme mit", verkündete sie unvermittelt.

„Mit wohin?", fragte Ell erstaunt.

„Dorthin, wo du hingehst. Du meintest, du musst einer Sache auf den Grund gehen. Einer Sache, die Licht in diese ganze Angelegenheit bringen könnte. Ich will mitkommen."

„Warum? Und wieso denkst du, ich will dich dabeihaben?"

„Die Auftraggeber des Entführers sollen doch glauben, wir seien tot. Zumindest für die nächsten paar Tage. Das funktioniert allerdings nur, wenn ich ebenfalls untertauche."

Von dieser Seite hatte Ell das Ganze noch nicht betrachtet. „Das ist wohl so", musste er einräumen.

„Ich bin bereit mitzuspielen", fuhr Chang Feng fort. „Aber dafür will ich mitkommen."

„Und was verspricht du dir davon?"

„Da mein Name mittlerweile ebenfalls auf der Abschussliste steht, bin ich wahrscheinlich nirgendwo sicher, solange die ganze Geschichte nicht geklärt ist. Und ich verlasse mich ungern auf andere. Ist nichts Persönliches."

„Na besten Dank", erwiderte Ell und hielt neben einem Abflusssiel am Straßenrand. „Obwohl ich das sogar verstehen kann. Wer sich auf andere verlässt, der ist verlassen. Heißt es nicht so?“ Sorgfältig wischte er die Glock mit seinem aus der Hose hängenden Hemd ab und warf die Waffe anschließend in den Kanalisationsschacht. „Wird dich denn niemand vermissen?“

Chang Feng vergrub ihre Hände in den Hosentaschen. „Nein“, antwortete sie knapp.

„Und bei der Arbeit?“

„Du meinst, die Leute, die mir diesen Scheiß eingebrockt haben? Die können mich mal. Außerdem, wenn Mr. Whitleys geheimnisvoller Kunde und die Auftraggeber des Entführers tatsächlich identisch sind, würde dein Täuschungsmanöver sofort auffliegen, sobald ich mich dort blicken lasse.“

„Da ist was Wahres dran. Was ist mit deiner Familie?“

Chang Fengs Lippen wurden schmal. „Unsere Wege haben sich getrennt. Schon vor vielen Jahren.“

„Trotzdem“, startete Ell einen letzten Versuch. „Es widerstrebt mir, dich da noch tiefer mit hineinzuziehen. Und wenn du doch zur Polizei gehst? Solange du mir einen ausreichenden Vorsprung lässt, komme ich schon klar.“

Doch der gutgemeinte Vorschlag verfing nicht. „Es gibt ... bestimmte Gründe, weswegen ich längere Diskussionen mit der Polizei gern vermeiden würde.“

„Aha“, machte Ell argwöhnisch. „Sollte ich wissen, worum es dabei geht?“

„Das willst du gar nicht wissen. Aber es hat nichts mit unseren derzeitigen Problemen zu tun. Es ist eher eine Art ... Altlast, wegen der ich nicht scharf darauf bin, durchleuchtet und ins Kreuzverhör genommen zu werden.

Besonders nicht, nachdem ich es war, die vorhin den Abzug gedrückt hat."

„Das war doch Notwehr!", wandte Ell ein.

„Na dann ist ja alles geritzt!" Chang Feng schüttelte ungläubig den Kopf. „Offensichtlich hattest du bislang nicht viel mit der Polizei zu tun. Und wahrscheinlich hast du auch keine Vorgeschichte. Ich sehe die Dinge etwas weniger naiv. Nenn es von mir aus ein gesundes Misstrauen gegenüber dem Staat und seinen Vollzugsorganen."

Eine Zeit lang hallten nur ihre Schritte durch die dunklen Straßen.

„Wie es aussieht, habe ich ja keine andere Wahl", willigte Ell widerstrebend ein. „Und auf diese Weise behalte ich dich zumindest ständig im Auge", fügte er nur halb im Scherz hinzu. „Ob wir wirklich etwas herausfinden, kann ich dir allerdings nicht garantieren. Oder dass uns gefällt, was wir herausfinden."

„Das Risiko gehe ich ein."

Ell schaute sich um. „Ich glaube, wir sind jetzt weit genug weg. Versuchen wir, ein Taxi aufzutreiben."

„Und wohin?"

„Dein Hotel, was ist das für ein Laden?"

„Das ‚Beach Inn'. Ziemliche Bruchbude. Aber nirgendwo sonst war so kurzfristig etwas frei."

„Nachtportier? Kartenschlösser?"

Chang Feng schnaubte verächtlich. „Weder noch. Das größte Highlight ist Kabelfernsehen."

„Bestens. Für den Augenblick sollten wir dort sicher sein. In mein Hotel kann ich nicht zurück. Da wimmelt es vor Kameras und Personal." Ell griff in die Innentasche seines Jacketts und zog Pass und Brieftasche hervor. „Außerdem habe ich das Wichtigste dabei. Dankenswerterweise hat unser toter Freund lediglich die Handys konfisziert. Der Rest sollte wohl mit uns verbrennen."

Es dauerte eine ganze Weile, bis es ihnen endlich gelang, ein Taxi zu finden, das auch anhielt. Zu dieser Stunde und in dieser Gegend schienen die Fahrer wenig geneigt, Fahrgäste aufzunehmen. Vorsichtshalber ließ Ell das Taxi zwei Querstraßen vom Hotel entfernt anhalten. Das letzte Stück gingen sie wieder zu Fuß. Die Uhr zeigte inzwischen halb fünf Uhr morgens. Das Hotel entsprach genau Chang Fengs Beschreibung und auf dem Weg zu ihrem Zimmer begegnete ihnen keine Menschenseele. Als Chang Feng das Licht anschaltete und Ell ansah, zuckte sie sichtlich zusammen.

„Oh je, so schlimm?", stöhnte Ell und trat an den Wandspiegel heran. Er sah tatsächlich ziemlich übel aus. Ein geschwollenes Auge, ein Schnitt an der Schläfe und Prellungen am linken Wangenknochen. Großzügig gewährte Chang Feng Ell den Vortritt ins Badezimmer. Der ließ sich nicht zweimal bitten und verbrachte die nächste Viertelstunde unter der Dusche. Nachdem auch Chang Feng geduscht und sich umgezogen hatte, rückte sie dem sich anfangs heftig sträubenden Ell mit Pflaster und Make-up zu Leibe. „Das dürfte reichen", stellte sie schließlich zufrieden fest. „Noch eine Sonnenbrille, damit man das Matschauge nicht sieht, und du siehst fast normal aus."

„Großartig. Ich wollte immer schon fast normal aussehen", entgegnete Ell unwirsch.

Chang Feng zuckte angesichts von so viel Undankbarkeit mitleidlos mit den Schultern. „Erfahre ich jetzt, wie es weitergeht?"

„Wie viel Bargeld hast du?", fragte Ell statt einer Antwort.

Chang Feng nahm ihre Geldbörse vom Nachttisch und zählte nach. „Zweihundertachtzig Dollar."

Ell machte ebenfalls eine Bestandsaufnahme. „Bei mir sind es fünfhundertzwanzig, insgesamt achthundert Dollar. Das wird reichen."

„Reichen wofür?"

Ell grinste zum ersten Mal in dieser Nacht. „Für ein Ticket für zwei."

11

Bei Sonnenaufgang standen sie vor der Station mit dem berühmten Windhund im Firmenschild.

„Die beste Methode, um unauffällig zu reisen", erklärte Ell. „Und gleichzeitig eine großartige Gelegenheit Land und Leute hautnah kennenzulernen."

„Gibt es nicht eine weniger hautnahe Alternative?", erkundigte sich Chang Feng mit einem Blick auf die nicht allzu Vertrauen erweckende Ansammlung potenzieller Mitreisender.

Ell schüttelte energisch den Kopf. „Egal, ob Mietwagen oder Flugzeug, in beiden Fällen müssten wir eine Kreditkarte benutzen. Hier können wir bar bezahlen. Und nach einem Ausweis fragt in der Regel auch niemand." Damit trat er an einen Ticketautomaten, der wenig später die Fahrkarten ausspuckte. „Übermorgen sind wir in Tucson."

„Tucson? Was gibt es denn so Besonderes in Tucson?"

„Erzähle ich dir unterwegs."

Kritisch musterte Chang Feng ihr Ticket. „Du hast meinen Namen falsch geschrieben."

„Und meinen auch. So sind unsere richtigen Namen nicht im System und falls wir doch die Ausweise vorzeigen müssen, ist uns in der Eile, den Bus zu erwischen, eben ein bedauerlicher Tippfehler unterlaufen."

„Ist das nicht ein bisschen übertrieben?"

„Sehe ich nicht so. Nicht nach letzter Nacht."

„Vermutlich hast Du recht." Chang Feng zuckte mit den Schultern. „Außerdem bin ich es gewohnt. Mein Name wird sowieso immer falsch geschrieben."

NIEMAND WOLLTE IHRE AUSWEISE SEHEN. Eine uniformierte Mitarbeiterin warf beim Einsteigen nur einen gelangweilten Blick auf die Tickets und winkte sie durch. Der Bus war bloß zur Hälfte besetzt und Ell und Chang Feng fanden im hinteren Teil eine Reihe ganz für sich allein. Zuerst führte sie der Weg nordwärts nach Fort Lauderdale. Dort begann die schnurgerade Richtung Westen führende Alligator Alley, und während die letzten Reste städtischer Bebauung übergangslos dem Sumpfgebiet der Everglades wichen, fing Ell an zu erzählen. Alles, was sich seit dem Tod seines Vaters zugetragen hatte.

„Wahnsinn", sagte Chang Feng, als er geendet hatte. „Hast du irgendeine Vermutung, was hinter all dem stecken könnte?"

„Nein. Deshalb muss ich nach Arizona und mir diese

Anlage mit eigenen Augen anschauen. Vielleicht verstehe ich dann, worum es geht. Und auch, welche Rolle dieser verflixte Stein dabei spielt."

„Ich habe allerdings immer noch nicht begriffen, womit dein Vater eigentlich sein Geld verdient hat."

„Die Firma meines Vaters erstellt für Unternehmen, Forschungseinrichtungen und Regierungsstellen Computersimulationen, mithilfe derer sich zukünftige Entwicklungen besser abschätzen lassen. Auf diesem Wege können die Kunden unter nahezu beliebiger Abänderung der Rahmenbedingungen verschiedene Szenarien durchspielen und sehen, wie sich bestimmte Entscheidungen oder Vorgaben auswirken. Das reicht von wissenschaftlichen Modellen, vor allem in der Klimaforschung und Astrophysik, über wirtschaftliche Fragestellungen, zum Beispiel wie sich die Energiemärkte in den nächsten zwanzig Jahren entwickeln werden, bis hin zu politischen Themen. Wohin führt der technische Fortschritt, wie wirkt sich das auf die Sozialsysteme aus, welche Regierungsformen setzen sich langfristig durch und so weiter."

„Das funktioniert?", fragte Chang Feng mit einem Unterton von Skepsis.

„Wie man es nimmt. Die Simulationen liefern meist hochinteressante Ergebnisse. Aber es sind nun einmal nur Simulationen. Was diese am Ende des Tages mit der Realität zu tun haben, ist eine andere Frage. Das Monopol der Wahrsager und Astrologen ist meines Wissens bislang noch nicht bedroht."

„Dein Vater muss ziemlich schlau gewesen sein."

„Mehr als das. Er war brillant. Damit endet die kurze Liste seiner positiven Eigenschaften allerdings auch schon."

Chang Feng musterte Ell von der Seite. „Ihr habt euch nicht verstanden?"

„Ganz und gar nicht."

„Und warum?"

Es dauerte, bis Ell hierauf antwortete. „Mein Vater ist nie ein besonders fürsorglicher Mensch gewesen. Die Arbeit kam für ihn immer zuerst. Nach dem frühen Tod meiner Mutter wurde es sogar noch schlimmer. Er lebte praktisch in der Firma und kam kaum mehr nach Hause. Meine Schwester und ich blieben uns selbst überlassen. Ich war gerade einmal sieben Jahre alt und Alexandra fünf. Auf das Drängen eines Freundes der Familie wurde zumindest eine Gouvernante eingestellt, die sich um uns kümmerte. Anschließend folgten wechselnde Internate. Alexandra hat ihm später diese Flucht aus der Verantwortung vergeben können. Mir ist das nie gelungen."

„Und dennoch willst du unbedingt wissen, was er zuletzt getan hat und wieso er umgebracht wurde? Könnte dir das alles nicht völlig egal sein?"

„Das sollte es wohl. Aber ich hatte immer gehofft, eines Tages von ihm ein paar Antworten zu erhalten. Antworten darauf, was …" Ell brach ab.

„Was so viel wichtiger gewesen ist als du?", fragte Chang Feng leise.

Überrascht blickte Ell auf. „Wie kommst du darauf?"

„Ach, nur so ein Gedanke." Abrupt wechselte sie das Thema. „Traust du dem Anwalt?"

„Momentan traue ich niemandem. Auch wenn mein Vater es offensichtlich getan hat."

„Aber dein Vater ist tot, nicht wahr?"

12

Die Fahrt zog sich ewig hin. Bereits am Ende des ersten Tages schwor Chang Feng, nie wieder freiwillig einen Bus zu besteigen. Am folgenden Tag besserte sich ihre Laune nicht wirklich und erreichte am dritten Tag den absoluten Tiefpunkt. Ell nutzte den vorletzten Zwischenstopp vor ihrem Ziel in El Paso, um ein Prepaid-Mobiltelefon zu kaufen. Wieder im Bus zog er einen Zettel mit der Handschrift des Anwalts aus seiner Brieftasche und wählte die darauf notierte Nummer. Nach dem dritten Rufzeichen meldete sich eine schüchterne weibliche Stimme.

„Trina Shaw."

„Guten Tag, Ms. Shaw. Ich hoffe, Mr. Owens hat meinen Anruf angekündigt. Mein Name ist William Ell."

„Guten Tag, Professor Ell. Ja, Mr. Owens hat mich informiert, dass Sie sich melden würden. Was kann ich für Sie tun?"

„Ich bin gerade in der Gegend und würde die Gelegenheit gern nutzen, um mir die Anlage einmal anzuschauen.“

„Natürlich, jederzeit. Wir sind mittlerweile vollständig einsatzbereit. Ich versuche seit einiger Zeit, Ihren Vater zu erreichen. Bislang leider ohne Erfolg.“

„Ich verstehe“, antwortete Ell nach kurzem Zögern. „Haben Sie die Möglichkeit, mich und meine Assistentin Ms. Zhao gegen halb drei von der Greyhound Station in Tucson abzuholen?“

„Kein Problem“, kam die Entgegnung in einem Tonfall, der das glatte Gegenteil vermuten ließ. „Wir sehen uns dort.“

…

DIE AUSSICHT, nach Tucson fahren und zwei ihr fremde Personen abholen zu müssen, bereitete Trina größtes Unbehagen. Bevor sie aufbrach, machte sie einige Entspannungsübungen, die zumindest ein wenig dabei halfen, ihre zahlreichen Phobien unter Kontrolle zu halten. Nach einer Weile fühlte sie sich der Aufgabe halbwegs gewachsen. „Sie sind nur zu zweit“, murmelte sie auf der Fahrt mantraartig vor sich hin, bis sie etwa anderthalb Stunden später auf den Parkplatz des Busbahnhofs einbog. Obwohl eine Vielzahl von Personen im Schatten vor dem flachen Zweckbau mit dem Greyhound Schriftzug wartete, erkannte sie Ell und seine Begleiterin sofort. Es musste sich um den hochgewachsenen blonden Mann im Tweedjackett und die zierliche, aber durchtrainierte Asiatin handeln. Die beiden wirkten wie ein Fremdkörper zwischen den anderen, T-Shirts und Shorts tragenden, mit Koffern und Taschen beladenen Reisenden. Trinas Beklommenheit vervielfachte sich schlagartig. Hätte Mr. Owens ihr den Besuch nicht ausdrücklich angekündigt, wäre sie auf der Stelle umgekehrt. In Anbetracht der Kosten des Projekts, für das sie angestellt worden war, passten diese zwei verlorenen Gestalten nicht recht ins Bild. Bei genauerem Hinschauen sah es zudem so aus, als sei der Mann vor kurzem entweder in einen Unfall oder in eine Schlägerei verwickelt gewesen. Zumindest ließen die Verletzungen in seinem Gesicht kaum einen anderen Schluss zu. Es kostete Trina daher einiges an Überwindung, ihren Fluchtreflex zu unterdrücken und die gefühlte Sicherheit des Autos zu verlassen. Mit unsicheren Schritten ging sie den beiden entgegen.

„Ms. Shaw? William Ell. Vielen Dank, dass Sie gekommen sind, um uns abzuholen“, begrüßte der Mann sie mit einem freundlichen Lächeln.

Ein Teil ihres Unbehagens verflog. Zaghaft schüttelte sie die dargebotene Hand.

„Und das ist meine absolut unersetzliche Assistentin, Ms. Zhao“, fuhr Ell fort und deutete neben sich.

Trina schüttelte auch die Hand der Frau, vermochte ihrem forschenden Blick jedoch nicht lange standzuhalten.

„Folgen Sie mir bitte“, sagte sie und ging voran in Richtung ihres Subaru. „Ich fürchte, mein Auto ist etwas unordentlich“, entschuldigte sie sich und räumte eilig den

Beifahrersitz frei, indem sie alles, was sich darauf befand, kurzerhand auf den Fußboden schob. Mit der Rückbank verfuhr sie auf die gleiche Weise, so dass Ell und Chang Feng im Inneren Platz fanden; wenn auch mit angezogenen Beinen.

Vom Beifahrersitz aus betrachtete Ell schweigend die karge Wüstenlandschaft und überlegte, wie er am besten vorgehen sollte. Ein gewisses Maß an Offenheit würde wohl unvermeidlich sein. Für alles andere fehlten ihm zu viele Informationen. „Ms. Shaw, der Grund meines Besuches ist leider ein unerfreulicher."

Trina blickte verunsichert zu ihm herüber. „Inwiefern?"

„Mein Vater ist bedauerlicherweise vor zehn Tagen verstorben."

Der Schock stand Trina ins Gesicht geschrieben und einen Augenblick lang befürchtete Ell, sie könnte die Kontrolle über den Wagen verlieren. Es blieb jedoch bei einem leichten Schlingern in Richtung Gegenverkehr, bevor sie sich wieder gefangen hatte.

„Das ist ja schrecklich. War Ihr Vater denn krank? Wie geht es denn jetzt weiter?", brach es ohne Luft zu holen aus ihr heraus.

Ell hob beschwichtigend die Hände. „Es war ein Verkehrsunfall. Niemand konnte damit rechnen. Und meine Aufgabe ist es nun, zu entscheiden, wie es mit diesem Projekt weitergeht."

Trina nickte mit großen Augen. „Entschuldigen Sie bitte, ich wollte nicht taktlos sein. Natürlich sind meine

Sorgen um das Projekt unwichtig im Vergleich zu Ihrem Verlust. Manchmal rede ich einfach drauflos und sage, was mir gerade durch den Kopf schießt, ohne es aufhalten zu können."

„Das ist doch nur menschlich. Machen Sie sich bitte keine Gedanken. Allerdings werde ich ab sofort Ihre Unterstützung benötigen. Ich wurde erst vor einigen Tagen über die Existenz dieses Projektes informiert und habe leider nicht die geringste Ahnung, welchem Zweck es eigentlich dient."

Trina rutschte unbehaglich auf ihrem Sitz herum. Kurz blickte sie zu Ell herüber, nur um sofort wieder wegzuschauen. „Das könnte offen gestanden schwierig werden."

„Und warum?"

„Weil ich gehofft hatte, genau das heute von Ihnen zu erfahren."

13

Das Telefon summte leise. Der Mann hinter dem Schreibtisch schaute von seinen Papieren auf und nahm den Hörer ab.

„Ja?“

„Mr. Mitchell möchte Sie sprechen, Sir.“

„Schicken Sie ihn rein.“

Der Mann erhob sich und trat an die Fensterfront mit Blick auf Canary Wharf. Graue Wolken hingen tief am Himmel und der prasselnde Regen ließ die Themse aussehen, als habe sie eine Gänsehaut. Jan Bloch maß gerade einmal 1,65 Meter, doch wer den Fehler beging, ihn deshalb zu unterschätzen, tat dies auf eigene Gefahr. Er hörte, wie sich hinter ihm die Tür öffnete. „Ihr Bericht“, befahl er in Richtung der schwarzen Wasser des träge zu seinen Füssen dahinströmenden Flusses.

Marcus Mitchell, obwohl gut zwanzig Zentimeter größer und bestimmt ebenso viele Kilo schwerer, schluckte trocken, bevor er zu sprechen begann. „Wir müssen wohl davon ausgehen, dass es sich bei der Leiche im Gebäude um Ivanow handelt. Für eine eindeutige Identifizierung ist der Körper zu verbrannt. Berufsbedingt gibt es von Ivanow keine Zahnschemata oder DNA-Proben, die wir für einen Vergleich heranziehen könnten. Von dem Haus selbst ist fast nichts übriggeblieben. Die Durchsuchung der Hotelzimmer von Ell und Zhao hat ebenfalls keine neuen Erkenntnisse gebracht. Es fanden sich dort bloß Kleidung und die üblichen Reiseutensilien. Von dem gesuchten Gegenstand oder Hinweisen darauf keine Spur. Die Überwachung der Hotels wird dennoch bis auf Weiteres fortgesetzt. Meine Leute suchen zudem in der Umgebung des abgebrannten Hauses weiter nach Hinweisen."

Eine Weile war nur das Trommeln des Regens gegen die Fensterscheiben zu hören.

„Also haben Sie nichts", bilanzierte Bloch, und jedes Wort klang wie ein Eiswürfel, der in ein leeres Glas fällt.

Mitchell wusste es besser, als hierauf etwas zu erwidern oder sich gar zu rechtfertigen.

„Sie können gehen", entließ ihn Bloch.

Eilig leistete Mitchell Folge und zog die Bürotür betont sachte von außen ins Schloss.

Was für ein Debakel. Bereits als kleiner Junge, hineingeboren in die Armut und tägliche Gewalt eines der übelsten Viertel von Johannesburg, hatte Bloch seine erste und wichtigste Lektion gelernt. Niemand würde ihm im Leben jemals etwas schenken. Wenn man etwas wollte, musste man es sich nehmen. Und das gelang nur, indem man niemals zurückwich. Wer nicht mehr angriff, sondern anfing sich zu verteidigen, der hatte schon verloren. Und nichts war verachtenswerter als ein Verlierer. Für einen Moment erlaubte er es sich, Genugtuung über das gewaltsame Ende Ivanows zu empfinden. Wenigstens hatte der Mann für sein Versagen bezahlt. Aber wie hatte es dazu kommen können? Erst das leere Schließfach bei der Unionsbank in Zürich und jetzt fehlte auch noch jede Spur von William Ell. Ein Mathematikprofessor, in Gottes Namen! Kein verdammter Geheimagent. Blochs Mobiltelefon vibrierte. Er ahnte bereits, um wen es sich handelte. Ein Blick auf das Display bestätigte seine Vermutung. Kurz überlegte er, nicht ranzugehen. Doch ihm blieb nicht wirklich eine Wahl. „Ja?" Angespannt lauschte er der einzigen Stimme, in deren Macht es stand, ihm Anweisungen zu erteilen. Schließlich sagte er nur drei Worte. „Ich habe verstanden." Abwesend steckte er das Telefon zurück in seine Jackettasche. Es gab einen neuen Plan. So wollte es der Andere. Auch wenn er den Gedanken selten zuließ, wusste Bloch sehr genau, dass er seinen Erfolg keineswegs allein sich selbst verdankte, sondern in erster Linie seiner Partnerschaft mit dem Anderen. Solange er seinen Teil der Abmachung einhielt, bekam er, was er wollte: Mehr Geld und Macht, als der zornige kleine Junge aus Triomf, Johannesburg je zu träumen gewagt hatte. – Solange er seinen Teil der Abmachung einhielt. Ell brachte all das in Gefahr. Schlimmer noch, Ell hatte ihn vorgeführt und schwach aussehen lassen. Wie einen Verlierer. Es war höchste Zeit, die Dinge selbst in die Hand zu nehmen und die natürliche Ordnung wiederherzustellen.

14

Auch wenn er in etwa wusste, was ihn erwartete, war Ell auf den Anblick nicht vorbereitet. Wie aus dem Nichts breitete sich in der Nachmittagssonne eine gewaltige, silbrig glänzende Fläche vor ihm aus.

„Das ist der Solarpark. Unsere Energiequelle", erklärte Trina, während sie den Subaru langsam an dem Wald aus mannshohen, gleichförmig ausgerichteten Paneelen vorbeisteuerte. „In den Gebäuden dort drüben sind die Kontrollstation und der Batteriespeicher untergebracht. Allerdings muss sich dort niemand aufhalten, da alle Systeme vollautomatisch laufen."

Nach weiteren zehn Minuten auf einer staubigen Piste näherten sie sich einer kleinen Hügelkette. Erst als sie unmittelbar vor einem der Hügel anhielten, erkannte Ell ein etwa vier mal acht Meter großes, in dessen Flanke eingelassenes Stahltor.

Der Anflug eines schüchternen Lächelns zog über

Trinas Gesicht. „Und hier ist der Eingang zum Kaninchenbau.“ Sie drückte ihre ID-Karte gegen ein Kartenlesegerät und nach Eingabe eines Zahlencodes, schoben sich die Torflügel knirschend zur Seite. Ell und Chang Feng folgten Trina quer durch eine leere Halle von der Größe eines Basketballfeldes bis zu einem Fahrstuhl. Erneut benutzte Trina ihre Karte, um den Aufzug herbeizurufen.

„Wie tief geht es denn runter?“, erkundigte sich Chang Feng.

„Etwa fünf Stockwerke“, antwortete Trina. „Ich nehme die Treppen.“ Angesichts der erstaunten Blicke von Ell und Chang Feng ergänzte sie verlegen „Fahrstühle sind nicht so mein Ding. Darin ist es mir zu eng. Drücken Sie einfach den untersten Knopf.“ Damit entschwand sie eilig durch eine unauffällige Tür.

„Die ist wirklich ein bisschen seltsam“, flüsterte Chang Feng, während sie und Ell den Fahrstuhl betraten. Die kurze Fahrt endete in einer großzügigen Lobby, die jedem modernen Bürohaus zur Ehre gereicht hätte. Dort wurden sie bereits von einem zweiköpfigen Empfangskomitee erwartet.

„Herzlich willkommen! Mein Name ist Timothy“, stellte sich ihnen ein hagerer, großgewachsener Mann vor. „Und das ist Garry“, setzte er mit einem Nicken in Richtung seines kleineren Kollegen hinzu. „Wir sind für die technische Betreuung der Anlage zuständig.“

Ell und Chang Feng schüttelten die dargebotenen Hände. Unterdessen gesellte sich eine noch etwas atemlose Trina wieder zu ihnen. „Möchten Sie sich erst ein wenig ausruhen, Professor Ell, oder wollen wir sofort mit der Führung beginnen?“

„Ehrlich gesagt bin ich wahnsinnig neugierig“, gestand Ell. „Lassen Sie uns gleich loslegen. Und bitte nennen Sie mich Will.“

Eine Stunde später saß die kleine Gruppe in einem der Konferenzräume zusammen. Ell fühlte sich immer noch betäubt von der Flut neuer Eindrücke. Die gewaltige Anlage ließ keinen Zweifel daran, was mit dem Vermögen seines Vaters geschehen war. Sämtliche Räume befanden sich über dreißig Meter tief unter der Erde in einer ehemaligen Kupfermine. Es gab einen Bürotrakt, einen Wohntrakt, einige Gemeinschaftsräume und natürlich die Rechnerhalle mit diversen technischen Nebenräumen. Die Rechnerhalle wurde ihrem Namen mit einer Länge von fünfundzwanzig Metern, einer Breite von fünfzehn Metern und einer Höhe von sechs Metern wahrhaft gerecht. Die Hardware des Supercomputers benötigte eine Menge Platz und füllte den Raum vollständig aus. Sie bestand aus dutzenden, in ordentlichen Reihen nebeneinander aufgestellten, mannshohen Kästen. Genau genommen handelte es sich um ein Netzwerk vieler parallelgeschalteter Einzelrechner, ein sogenanntes Cluster. In den schwarzen Kästen verbargen sich insgesamt vierzigtausend einzelne Prozessoren, die gemeinsam die maximale Rechenleistung von zwanzig Petaflop ermöglichten. Selbst Spitzenuniversitäten oder die Forschungsabteilungen großer Konzerne verfügten nicht über eine derartige Rechenpower. Aber auf

Ells wichtigste Frage fehlte immer noch eine zufriedenstellende Antwort. Wozu das Ganze?

„Sie sagen also, meinem Vater ging es um die Entschlüsselung eines unbekannten Datenformats. Aber er hat keine weiteren Instruktionen hinterlassen oder zumindest Andeutungen gemacht, woher es stammt oder wozu es dient?“

Trina schüttelte bedauernd den Kopf. „Das wenige, was ich weiß, stand in dem Dossier, das mir Mr. Owens bei meiner Einstellung zu lesen gegeben hat. Darin fanden sich Beispiele eines völlig verrückten Codes.“

Ell holte gerade Luft für eine weitere Frage, als der Raum schlagartig in Dunkelheit versank. Sekunden später erwachte mit einem Flackern die grüne Notbeleuchtung über der Tür zum Leben. In dem fahlen Licht blickte Ell in Gesichter, deren Ausdruck des Erstaunens seine eigene Überraschung widerspiegelte. „Ich vermute, das ist nicht normal?“, fand er als erster seine Stimme wieder.

„Absolut nicht“, entgegnete Timothy ratlos. „Ich werde sofort prüfen, was da los ist.“

Trina sprang auf. „Ich komme mit.“

„Ich auch“, fiel Garry ein.

Am Ende verließ die gesamte Gruppe im Gänsemarsch den Konferenzraum.

„Im zentralen Kontrollraum läuft alles zusammen“, erläuterte Garry, während sie durch die spärlich erleuchteten Korridore eilten. „Von dort aus können wir erkennen, wo der Fehler liegt.“

Der Kontrollraum befand sich im Herzen der Anlage, mit direktem Zugang zum Hauptrechner. Zahlreiche

Schalttafeln und Bildschirme bedeckten die Wände und eine Reihe von Tischen. Die meisten von ihnen waren schwarz, aber an einem Arbeitsplatz blinkte hektisch eine ganze Batterie von Lämpchen. Ständig wechselnde Anzeigen huschten über die zwei einzigen aktiven Monitore.

„Was zur Hölle ...“, murmelte Timothy und ließ sich vor dem Terminal in einen Rollsessel fallen. Konzentriert bearbeitete er die Tastatur und betrachtete das Ergebnis seiner Bemühungen auf den Bildschirmen. „Das ist völlig unmöglich. Aus irgendeinem Grund wurde alles auf Notstromversorgung umgeschaltet. Alles, bis auf den Hauptrechner. Der sollte heute Abend nur ein kleineres Wartungsprogramm ausführen, aber aktuell läuft das System mit voller Auslastung. Das verrückte dabei ist, dass ich keinen blassen Schimmer habe, was für ein Programm dafür verantwortlich sein könnte.“ Verwirrt schüttelte er den Kopf.

„Reaktiviere am besten zuerst die normale Stromversorgung“, schlug Garry vor.

Timothy beugte sich vor und tippte erneut Befehle ein. „Das System akzeptiert meine Eingaben nicht. Die Verwaltungsfunktionen der gesamten Anlage sind blockiert.“

„Dann bleibt uns nichts anderes übrig, als den Rechner zurückzusetzen“, seufzte Garry. „Lass mich mal ran.“ Timothy und Garry tauschten die Plätze. Während Garrys Finger über die Tastatur huschten, verfinsterte sich seine Miene zusehends. „Das ist doch absurd“, stieß er irritiert hervor. „Jetzt behauptet das System, meine Zugangsberechtigung sei ungültig.“

„Hat die Kiste noch Garantie?“, versuchte Ell die Situation etwas aufzulockern, doch den beiden Technikern war nicht nach Scherzen zumute.

Nervös knetete Trina ihre Finger. „In dem Fall können wir nur manuell Cluster für Cluster neu starten.“

Timothy und Garry schauten sich an und nickten dann langsam. „Das ist wohl die einzige Möglichkeit“, stimmte Timothy zu.

„Ich hoffe, wir richten damit nicht allzu viel Schaden an“, ergänzte Garry zögerlich und blickte in Ells Richtung.

Es dauerte einen Moment, bis Ell Garrys Gedankengang nachvollzogen hatte. „Hey, wie die Dinge liegen, gehört die Anlage jetzt mir. Aber davon einmal abgesehen, habe ich keine Ahnung, was hier vor sich geht. Tun Sie bitte, was Sie für das Richtige halten.“

Das schien die Antwort zu sein, die die beiden hatten hören wollen. „Am besten wir teilen uns auf und arbeiten parallel“, sagte Timothy und ergriff die Klinke der Tür, die zum zentralen Rechnerraum führte. Doch die Tür bewegte sich keinen Millimeter. Timothy rüttelte an der Klinke. Aber es gab keinen Zweifel, die Tür war fest verschlossen.

„Das wird mir langsam unheimlich“, gestand Garry mit belegter Stimme.

„Wie kann die Tür denn verschlossen sein?“, meldete sich von weiter hinten Chang Feng zu Wort.

„Alle Türen verfügen über elektronische Schlösser zur Zugangskontrolle“, antwortete Timothy abwesend. Plötzlich weiteten sich seine Augen. „Der Fahrstuhl!“

Wie auf ein gemeinsames Kommando setzte sich die Gruppe in Bewegung. In der Lobby angekommen drückte

Timothy den Fahrstuhlknopf. Nichts geschah. Trina zerrte unterdessen panisch an der Zugangstür zum Treppenhaus. Ebenfalls ohne Erfolg. „Wir sitzen hier unten fest“, flüsterte sie heiser. Es waren ihre letzten Worte, bevor sie anfing zu hyperventilieren.

15

Ell fischte einen weiteren Keks aus einer Schale auf dem Tisch des Konferenzzimmers. Nachdem er und Chang Feng den beiden Technikern eine Weile bei ihren bislang fruchtlosen Bemühungen, die Kontrolle über den Computer wiederzuerlangen, zugeschaut hatten, waren ihm die Kekse eingefallen. Die Uhr zeigte mittlerweile acht Uhr abends und er hatte seit mittags nichts mehr gegessen. Chang Feng erging es nicht anders und so waren sie in den Konferenzraum zurückgekehrt. Chang Feng hielt das erst vor Kurzem gekaufte Mobiltelefon in ihren Händen.

„Es ist egal, wie lange du auf das Display starrst", bemerkte Ell. „Wir sind zu tief unter der Erde. Die Dinger haben hier keinen Empfang."

Chang Feng seufzte und legte das Gerät auf den Tisch. „Du hast ja recht. Ich hoffe nur, unsere neuen Freunde taugen etwas und bekommen das Problem in den Griff. Diese Keksdiät kann auf Dauer nicht gesund sein."

Im selben Moment stürzte Trina in den Konferenzraum. Dabei hielt sie sich krampfhaft an einer Papiertüte fest, in die sie geräuschvoll hineinatmete. „Wir haben eine Theorie", verkündete sie mit sich überschlagender Stimme.

„Das ist ein Anfang", gratulierte Ell.

„Und einen Plan", setzte sie etwas bestimmter hinzu.

Ell blickte interessiert auf. „Das klingt sogar noch besser."

Trina ließ sich in einen der Konferenzsessel fallen, während ihre Augen auf der Suche nach möglichen neuen Gefahren ruhelos durch den Raum wanderten. „Wir konnten eine aktive Internetverbindung isolieren. Wobei aktiv stark untertrieben ist. Es findet ein Datenaustausch mit voller Bandbreite statt. Und das kann nur eines bedeuten."

Ell und Chang Feng schauten erwartungsvoll.

„Wir werden gehackt", platzte es aus Trina heraus.

„Gehackt?" Ell schüttelte überrascht den Kopf. „Und wie lautet der Plan?"

„Im Unterschied zum restlichen System verfügen wir über einen gewissen Einfluss auf die Internetverbindung", erklärte Trina. „Wenn wir die Verbindung kappen, verlieren die Hacker den Zugriff und wir sollten in der Lage sein, die Kontrolle zurückzugewinnen."

„Wie das? Ich dachte, das System steuert hier alles. Vom Licht, über die Telefone bis zu den Türen. Dann doch wohl erst recht die Internetverbindung."

„Das ist richtig." Trina nahm einen tiefen Zug aus der Papiertüte. „Aber unsere Internetverbindung läuft über die Laseroptik eines Satelliten. Die zugehörige Sende- und Empfangseinheit muss millimetergenau ausgerichtet sein, damit die Übertragung funktioniert. Die Feinjustierung erfolgt über eine gesonderte Vorrichtung, die nicht mit den restlichen Systemen verbunden ist. Sobald wir die Ausrichtung verändern, wird die Verbindung unterbrochen."

„Das klingt, als könne es funktionieren", sagte Ell. „Ich frage mich nur, wenn diese Anlage tatsächlich so geheim ist, – wer ist dann der Hacker?"

Im Kontrollraum wurden Trina, Ell und Chang Feng bereits erwartet. Timothy und Garry saßen in einer Ecke des Raumes, über das offengelegte Innenleben eines elektronischen Gerätes gebeugt. Timothy sah kurz auf. „Da seid ihr ja. Ich glaube, es ist uns gelungen, eine Verbindung zwischen dem Kalibrierungsmodul und unserer externen Stromquelle herzustellen." Damit deutete er auf einen kofferartigen Kasten, von dem aus sich zwei Leitungen zu dem zerlegten Gerät schlängelten. „Auf diese Weise sollte das Modul trotz des ausgefallenen Hauptstroms wieder funktionieren. Bereit?"

Timothy holte tief Luft und legte einen Schalter an der Seite des Gerätes um. Ein Display und einige Lämpchen erwachten zum Leben.

„So weit so gut", murmelte Garry. Auf der Vorderseite des Gerätes befanden sich vier Pfeiltasten. Er betätigte diejenige mit dem Pfeil nach unten und hielt sie gedrückt. Trina beobachtete die Anzeigen an der Kontrollstation. „Bisher nichts", berichtete sie. Dann aufgeregter: „Ich registriere einzelne Störungen!“ Und schließlich: „Jetzt! Die Verbindung ist abgebrochen. Datendurchsatz bei null!“

Von Garry hörte man ein inbrünstiges „Yihaaa“ und auch die anderen grinsten einander erleichtert an.

Timothy trat hinüber zu Trina und studierte die Monitore. „Haben wir dich ausgesperrt, du blöder Penner! Schauen wir mal, ob wir jetzt wieder Zugriff bekommen.“ Mit diesen Worten zog er die Tastatur zu sich heran und begann zu arbeiten. Während Trina und Garry neben ihm standen und gelegentliche Ratschläge gaben, hielten sich Ell und Chang Feng im Hintergrund, um nicht zu stören. Die Minuten verstrichen und Ell beobachtete, wie die Mienen der drei Experten immer düsterer wurden.

„Scheint ja nicht so toll zu laufen“, flüsterte er Chang Feng zu. Chang Feng zog nur eine Grimasse. Plötzlich bemerkte Ell eine Veränderung. Bislang hatte er das leise Rauschen im Hintergrund gar nicht bewusst wahrgenommen, doch jetzt wurde es schwächer und verstummte schließlich ganz. In der darauffolgenden Stille stellten sich seine Nackenhaare auf.

„Was ist gerade passiert?“, fragte Chang Feng verunsichert.

Timothy blickte besorgt von seiner Arbeit auf. „Das Lüftungssystem hat sich abgeschaltet.“

„Seid ihr das gewesen?“, erkundigte sich Ell, obwohl er die Antwort schon kannte.

„Nein, zum Teufel. Das dürfte gar nicht passieren. Selbst unter Notstromversorgung bleibt das Lüftungssystem aktiv.“

„Und was bedeutet das?“, forschte Ell weiter.

Einen Augenblick sagte niemand ein Wort. Dann räusperte sich Garry. „Das bedeutet, dass keine Luft mehr von der Oberfläche zu uns gepumpt wird. Und damit geht uns früher oder später der Sauerstoff aus."

...

Eine Dreiviertelstunde und unzählige Flüche der beiden Techniker später erreichte die Stimmung den Tiefpunkt. Die Unterbrechung der Internetverbindung hatte nicht die erhoffte Wirkung gezeigt. Der Rechner widerstand weiterhin hartnäckig allen Zugriffsversuchen. Durch den Ausfall der Lüftung lief nun allerdings auch noch die Zeit gegen sie.

„Können wir nicht doch die Türen zum Rechnerraum oder zum Treppenhaus aufbrechen?", schlug Chang Feng erschöpft vor.

Angespannt kaute Garry auf seiner Unterlippe. „Nein. Das ist zwei Zentimeter dicker verstärkter Stahl. Dafür bräuchte man Sprengstoff oder einen Plasmaschneider." Humorlos lachte er auf. „Mit einem Plasmaschneider könnte ich sogar dienen, aber der liegt oben in der Eingangshalle."

Trina erwachte aus einer Art Schockstarre, in die sie vorübergehend verfallen war. „Und ich vermute, vermissen tut uns so schnell auch keiner. Am Dienstag kommt ein Wartungsteam für die Solaranlagen vorbei, doch das sind noch vier Tage und so lange werden wir kaum durchhalten.“

„Wird nicht jemand nach Ihnen suchen?“, fragte Garry und fixierte Ell mit neu erwachter Hoffnung.

„Ich befürchte nein“, erstickte Ell diese sogleich wieder. „Da das Projekt geheim ist, haben wir niemandem gesagt, wo wir sind.“ Das ist nicht ganz die Wahrheit, aber auch nicht ganz gelogen, dachte er mit dem Anflug eines schlechten Gewissens. Tatsächlich wusste nur der Anwalt in Miami von seinem Plan hierherzukommen. Allerdings gab es für Mr. Owens bis auf Weiteres keinen Anlass anzunehmen, etwas könnte nicht in Ordnung sein. „Wir müssen uns irgendwie selber helfen. Das ist unsere einzige Chance.“

Mit neu erwachter Entschlossenheit kramten Timothy und Garry daraufhin einen dicken Stapel mit Konstruktions- und Schaltplänen der Anlage hervor und breiteten alles auf dem Tisch des Konferenzzimmers aus. Vielleicht gab es ja doch einen Weg, direkt auf das Schließsystem und die Umweltkontrolle zuzugreifen. Unterdessen suchte Trina am Terminal im Kontrollraum nach irgendetwas, das sie bislang übersehen hatten. Da Ell und Chang Feng in dieser Hinsicht nichts beizutragen vermochten, starteten sie in der Küche eine Bestandsaufnahme der vorhandenen Lebensmittel und Getränke. Es gab reichlich Vorräte. Damit bestand keine Gefahr, in nächster Zeit zu verhungern oder zu verdursten. Zumindest nicht, bevor sie erstickt wären. Schon jetzt machte sich der mangelnde Sauerstoff in der Luft bemerkbar. Ell zählte gerade die Schokoriegel in einer Kiste, als unvermittelt die Lautsprecher in der Zimmerdecke knackten und eine weibliche Stimme ertönte. „Bitte stellen Sie umgehend die Internetverbindung wieder her. Im Gegenzug wird das Lüftungssystem reaktiviert."

Chang Feng, eine Wasserflasche an den Lippen, blickte ihn entgeistert an. „Was ist das denn?"

Ell zuckte mit den Schultern. „Keine Ahnung, aber die Stimme kommt mir bekannt vor."

Auf dem Weg in den Kontrollraum begegneten ihnen Timothy und Garry, die einen ähnlich verwirrten Eindruck machten. Trina saß immer noch am einzigen aktiven Terminal und starrte regungslos auf einen der Monitore.

„Was ist passiert?", fragte Timothy atemlos. „Was war das für eine Stimme?"

Trina deutete wortlos auf den Bildschirm, auf dem in einer endlosen Schleife der gerade gehörte Text lief: ‚Bitte stellen Sie die Internetverbindung wieder her. Im Gegenzug wird das Lüftungssystem reaktiviert.'

„Das muss die Person sein, die uns gehackt hat", mutmaßte Garry. Doch Trina schüttelte den Kopf, offensichtlich unfähig, ein Wort hervorzubringen.

Ell trat zu Trina und legte ihre beruhigend eine Hand auf die Schulter. „Tief durchatmen, Trina. Warum glauben Sie, dass das nicht der Hacker ist?"

„Wir sind nach wie vor offline", presste Trina heraus. „Weder über das Internet noch über die normalen Telefonleitungen besteht eine Verbindung nach draußen."

Schwer hingen die Worte im Raum, als deren Bedeutung langsam allen klar wurde.

„Dann ist entweder jemand hier unten – was kaum

vorstellbar ist, bei all den Sicherheitsvorkehrungen –, oder die Nachricht stammt von dem fremden Programm, das derzeit unseren Rechner okkupiert", zog Timothy die zwangsläufige Schlussfolgerung.

„Ich glaube es ja nicht", platzte Garry der Kragen. „Ein erpresserisches Programm, das uns die Luft zum Atmen abdreht! Wer denkt sich sowas bitte aus?"

„Zumindest wissen wir nun, dass der Ausfall der Lüftung kein Zufall ist", gab Ell zu bedenken. „Und ich weiß jetzt, warum mir die Stimme bekannt vorkam. Das Navigationssystem in meinem Auto hat die gleiche."

Dennoch suchten sie vorsichtshalber die Anlage nach einem versteckten Eindringling ab. Wie erwartet fanden sie nichts. Mehrfach gingen sie darauf ihre Optionen durch, kamen aber immer wieder zu demselben Ergebnis. Derzeit sahen weder Trina noch die beiden Techniker einen Weg, die Kontrolle zurückzugewinnen. Niemand kannte die Beweggründe der Urheber des Programms, und so war unmöglich vorherzusagen, ob man sie bei fehlender Kooperation tatsächlich ersticken lassen würde. Letztlich blieb ihnen keine andere Wahl, als der Forderung nachzukommen und die Internetverbindung zu reaktivieren.

„Sollten wir über die Gegenleistung nicht noch einmal verhandeln?", regte Chang Feng an. „Vielleicht lässt man uns ja gehen, anstatt nur das Lüftungssystem wieder anzuschalten."

Trina schüttelte den Kopf. „Die Nachricht wurde von einem Programm erzeugt. Mit dem können wir nicht verhandeln. Verhandeln können wir erst mit denjenigen, die uns gehackt haben. Allerdings brauchen wir dazu eine aktive Internetverbindung."

„Dann sind wir uns einig", beendete Ell die Diskussion. „Wir reaktivieren die Internetverbindung und hoffen, dass man uns endlich sagt, worum es hier geht."

Da niemand widersprach, trat Timothy hinüber zum Steuergerät für die Empfängerjustierung und drückte die obere Pfeiltaste. Sekunden nachdem die Verbindung wieder stand, wurde bereits die volle Bandbreite genutzt. Gleichzeitig ließ ein sanftes Rauschen im Hintergrund das Anlaufen der Lüftung erkennen. Erleichtert stellte Garry sich direkt vor einen Lüftungsauslass und atmete tief ein. „Ahhh, frische Luft."

Ell stand mit verschränkten Armen in der Tür zum Kontrollraum. „Nun, da unser Erstickungstod vorerst abgewendet ist, was machen wir jetzt?"

Trina drehte sich zu ihm um. „Ich werde eine Textnachricht erstellen, die dazu auffordert, uns freizulassen oder zumindest zu sagen, wie lange man uns festzuhalten gedenkt. Mal sehen, ob wir eine Antwort bekommen."

Timothy rieb sich müde die Augen. „Bis dahin dürfte es nicht schaden, wenn wir uns im Wechsel ein bisschen Ruhe gönnen. Es ist bereits mitten in der Nacht."

Die anderen stimmten zu und so führte Garry Ell und Chang Feng in den Unterkunftsbereich der Anlage, wo er ihnen zwei nebeneinanderliegende, jeweils mit eigenen Bädern ausgestattete Schlafräume zeigte.

„Wir melden uns, wenn es etwas Neues gibt", verabschiedete er sich.

„Falls die Neuigkeiten ausbleiben, soll ich dich in ein

paar Stunden wecken?“, fragte Chang Feng und zog das Handy aus ihrer Hosentasche. „Selbst dieses Billigteil müsste über eine Weckfunktion verfügen.“

„Gute Idee. Sagen wir in fünf Stunden?“

Chang Feng nickte und unterdrückte ein Gähnen. „Buena notte.“ Damit verschwand sie in ihrem Raum und schloss die Tür.

„Ebenfalls gute Nacht“, wünschte Ell der geschlossenen Tür, bevor er sein eigenes Zimmer betrat. Keine fünf Minuten später schlief er tief und fest.

16

Ell fragte sich, was ihn geweckt hatte. Es dauerte einen Augenblick, bis die Erinnerung zurückkehrte und er wieder wusste, wo er sich befand. Unverändert tauchte die Notbeleuchtung den Raum in ein fahles Licht. Abgesehen von dem beruhigenden Rauschen der Lüftungsanlage herrschte Stille. Doch dann vernahm er einen leisen Piepton. Sofort hellwach setzte er sich auf und versuchte, die Quelle des Geräuschs ausfindig zu machen. Nach einigen Minuten begann er zu zweifeln. Hatte er sich das nur eingebildet? Der Piepton erklang erneut. Er schien vom Schreibtisch am anderen Ende des Raumes zu kommen. Ell stieg aus dem Bett und trat vor den Schreibtisch. Neben einer Lampe und einem Telefon – beide mangels Strom funktionsunfähig – fanden sich auf diesem noch eine Schreibunterlage sowie ein Laptop. Computer gehörten hier offensichtlich zur Grundausstattung. Vielleicht eine

Warnmeldung, weil der Akku erschöpft ist, dachte Ell und klappte das Gerät versuchsweise auf. Zu seiner Verwunderung erwachte der Bildschirm sofort zum Leben. Von der hellen Anzeige geblendet, kniff er kurz die Augen zusammen. Was er sah, als er sie wieder öffnete, ließ seinen Kiefer herunterklappen. Aus einem Skype-Fenster musterte ihn eine junge Frau mit ernstem Blick.

„Guten Morgen, Professor Ell. Entschuldigen Sie die Störung, aber wir müssen uns dringend unterhalten."

„Wer sind Sie und was wollen Sie?", stolperten die Worte unfreiwillig aus Ells Mund heraus.

„Sie können mich Allison nennen. Und ich benötige Ihre ungeteilte Aufmerksamkeit."

Ells quälend langsam arbeitendes Gehirn verdaute noch diese Informationen, als ihm bewusst wurde, dass er nur Boxershorts trug. „Kann ich mir vorher etwas anziehen?"

„Ich bitte darum", entgegnete Allison, ohne die Miene zu verziehen.

Sekunden später saß Ell wieder vor dem Bildschirm. „Sind Sie für unsere missliche Lage verantwortlich?"

„Bin ich", kam ohne zu zögern die Antwort. „Es ist momentan schwer, Sie zu fassen zu bekommen, und ich brauchte eine Gelegenheit, um in Ruhe mit Ihnen zu sprechen."

„Und da dachten Sie, uns unter Androhung des Erstickungstodes hier unten einzusperren wäre eine gute Idee?", gab Ell verärgert zurück. „Worum geht es denn?"

„Ich will Ihnen einen Deal vorschlagen."

„Einen Deal? Warum sollte ich mit Ihnen einen Deal machen?“

„Weil ich etwas habe, das Sie wollen.“

„Und das wäre?“

„Informationen.“

Ell lehnte sich überrascht zurück und betrachtete Allison abschätzend. „Was für Informationen?“

„Informationen zum Tod Ihres Vaters. Zu diesem Projekt. Zu dem Stein.“

Ells Puls beschleunigte sich. Woher wusste die Frau von dem Stein?

„Ich arbeite für das Verteidigungsministerium“, fuhr Allison fort. „Ihrem Vater ist vor einiger Zeit ein Stück sehr fortschrittlicher Technologie in die Hände gefallen. Er setzte es sich in den Kopf, allein die Grundlagen dieser Technologie zu entschlüsseln, und baute dafür diese Anlage.“

„Mit dem Stück Technologie meinen Sie den Stein?“, mutmaßte Ell sofort.

„In der Tat.“

„Was ist das für eine Technologie?“

„Etwas sehr Machtvolles“, erwiderte Allison nachdrücklich. „Mehr werde ich Ihnen erst sagen, wenn Sie zustimmen, mir zu helfen.“

„Helfen wobei?“

„Bei dem Stein handelt es sich um einen Prototypen. Doch er ist nicht der Einzige seiner Art. Es gibt einen Zweiten, der in den Besitz sehr gefährlicher Leute gelangt ist. Ich will, dass Sie ihn mir beschaffen.“

Ell lachte laut auf. „Sind Sie vollkommen verrückt?

Warum in aller Welt sollte ich mich auf so etwas einlassen?“

„Weil der Missbrauch dieser Technologie eine ungeheure Gefahr darstellt.“

„Nicht mein Problem“, beschied Ell kühl.

„Und weil diejenigen, die den zweiten Prototyp besitzen, auch den ersten wollen. Deswegen töteten sie Ihren Vater, entführten Sie und Ihre Begleiterin und planten, sie beide anschließend ebenfalls umzubringen. Ich denke, damit ist es Ihr Problem. Diese Leute werden erst ruhen, wenn sie ihr Ziel erreicht haben. Es sei denn, wir kommen ihnen zuvor und überführen sie ihrer Taten.“

Jedes Wort traf Ell direkt in die Magengrube. „Was ist mit der Polizei?“

„Die Polizei braucht Beweise. Die kann ich Ihnen liefern. – Wenn Sie mir helfen.“

„Falls Sie wirklich für das Verteidigungsministerium arbeiten, warum regeln Sie das dann nicht selber?“

„Weil ich nicht weiß, wem ich trauen kann. Wir haben eine undichte Stelle. Deswegen sind die Prototypen überhaupt erst in die falschen Hände geraten.“

Ell stöhnte gequält auf. „Und wer sagt mir, dass Sie nicht selbst hinter meinem Stein her sind und mich nur in eine Falle locken wollen?“

„Wie Sie unschwer feststellen können, Professor Ell – darf ich Sie Will nennen? –, befinden Sie sich in meiner Gewalt. Hätte ich feindliche Absichten, würde ich mir einfach nehmen, was ich will.“

„Wie meinen Sie das?“

„Ist das nicht offensichtlich? Sie verstecken den Stein

im Inneren der goldenen Taschenuhr, die Sie die ganze Zeit bei sich tragen."

Ell wurde eiskalt. Niemand außer ihm und Walter wusste davon.

„Wir stehen auf derselben Seite, Will. Werden Sie mir helfen?"

Ell dachte nach. „Was müsste ich denn tun? Ich bin Wissenschaftler. Kein Profieinbrecher."

„Ich werde es Ihnen erklären. Es ist bei Weitem nicht so schwierig, wie es auf den ersten Blick erscheinen mag, da ich Ihnen aus der Ferne den Weg ebnen kann. Dafür wäre es allerdings sehr hilfreich, wenn ich weiterhin Ihren Großrechner nutzen dürfte."

„Eine Frage noch. Warum tun Sie das alles?"

Allison zögerte kurz. „In gewisser Weise trage ich die Verantwortung für diese Technologie. Und damit auch für ihre Folgen. Wie könnte ich nur zuschauen, wenn sich eine Katastrophe anbahnt?"

...

Ells Versuche, Chang Feng auf sanfte Weise zu wecken, zeigten nicht die geringste Wirkung. Ungeduldig rüttelte er schließlich an ihrer Schulter.

„Will? Was ist denn los? Gibt es etwas Neues?", murmelte sie verschlafen und tastete nach dem Mobiltelefon, um die Uhrzeit in Erfahrung zu bringen. Es war vier

Uhr früh.

„Ich hatte gerade ein hochinteressantes Gespräch“, erwiderte Ell.

„So?“ Mühsam unterdrückte Chang Feng ein Gähnen. „Und mit wem?“

„Mit unserem Hacker.“

Chang Fengs Müdigkeit verflog schlagartig. „Wie das?“

Ell ging rastlos auf und ab, während er ausführlich seine Unterhaltung mit Allison schilderte. Chang Feng saß mit angezogenen Beinen auf ihrem Bett und sah ihn mit großen Augen an. „Du weißt schon, wie das klingt, oder?“, fragte sie vorsichtig.

„Natürlich. Es gibt keinen Grund, ihr zu vertrauen. Die ganze Geschichte könnte von vorne bis hinten erlogen sein. Eine Falle, um uns aus der Deckung zu locken.“ Etwas ungelenk ließ Ell sich auf der Bettkante nieder. „Allerdings verfügt sie über eine Menge Informationen. Und da selbst Trina nichts von Bedeutung zu wissen scheint, ist Allison derzeit unsere beste Chance.“

Chang Feng wirkte nicht überzeugt. „Ist es das Risiko denn wert? Diesen anderen Stein zu beschaffen, ausgerechnet von Leuten, die schon bewiesen haben, dass sie vor Mord nicht zurückschrecken, scheint mir nicht gerade ein Spaziergang zu sein. Und illegal ist es wahrscheinlich auch.“

„Ich beabsichtige nicht, den Helden zu spielen. Wenn es gefährlich wird, steige ich einfach aus. Aber bis dahin erfahren wir vielleicht mehr. Ansonsten verlassen mich nämlich langsam die Ideen. Und immerhin arbeitet sie für das Verteidigungsministerium.“

„Zumindest behauptet sie das“, schränkte Chang Feng ein. „Wie soll es nach Meinung dieser Allison denn weitergehen?“

Ell nahm seine Wanderung wieder auf. „Das Unternehmen, in dessen Besitz sich der zweite Stein befindet, heißt MAZE Inc., mit Sitz in London. Allison weiß, wo der Stein verwahrt wird, und hat einen Plan, wie wir ihn unbemerkt entwenden können. Dafür benötigt sie allerdings weiterhin Zugriff auf diesen Rechner.“

„Hat sie gesagt warum?“

„Angeblich muss sie sich in irgendwelche Datenbanken hacken und braucht dafür maximale Rechenpower.“ Ell blieb stehen. „Die Entscheidung mitzumachen kann ich natürlich nur für mich treffen. Von mir aus kannst du gern erst einmal hierbleiben, bis die Dinge sich geklärt haben.“

Chang Feng dachte einen Augenblick darüber nach. „Auf keinen Fall. Wenn es nach London geht, komme ich mit. Das ist mein Ticket zurück nach Hause. Außerdem kann ich nicht riskieren, dass du die Sache verbockst. Dafür hänge ich schon zu tief mit drin.“

„Verbockst? Was soll das bitte heißen?“

„Echt jetzt? Dein wievielter Diamantendiebstahl ist das denn, Professor?“

„Ach, und bei dir ist das anders?“

„Sagen wir, es gab eine Zeit, in der ich in dieser Hinsicht gewisse Erfahrungen sammeln konnte.“

Das war nicht die Antwort, die Ell erwartet hatte. „Gehört das zu den Dingen, die ich nicht wissen will?“

„Tut es.“

„Ich weiß nicht, ob ich mich jetzt besser fühle."

„Zumindest weißt du jetzt, dass ich dir nicht im Weg stehen werde. Aber wie kommen wir überhaupt nach London, ohne dass die falschen Leute etwas bemerken?"

„Genau deshalb muss ich gleich ein Telefonat führen. Es gibt da jemanden, der uns bestimmt helfen wird."

Unvermittelt zog Chang Feng die Augenbrauen zusammen. „Du hast den Stein die ganze Zeit bei dir gehabt und mir kein Wort davon gesagt?"

„Anfangs war ich mir nicht sicher, ob ich dir trauen kann, und später dachte ich, es ist besser so. Falls wir geschnappt werden."

Zuerst schien Chang Feng ihn nicht so einfach davonkommen lassen zu wollen, doch dann siegte die Neugier. „Darf ich ihn einmal sehen?"

Diese Bitte konnte Ell ihr schlecht abschlagen. Behutsam zog er die Taschenuhr seines Großvaters hervor. Es kostete ihn einige Mühe, den mit einem Gewinde versehenen Gehäuseboden der Uhr zu öffnen. Darunter offenbarte sich das Ergebnis von Walters Kunstfertigkeit. In dem Hohlraum, den das ausgebaute Uhrwerk hinterlassen hatte, ruhte in einer filigranen Halterung der grüne Stein – und pulsierte mit einem fremdartigen Leuchten, das aus seinem tiefsten Inneren emporzusteigen schien.

„Oh", bemerkte Ell verblüfft. „Das ist neu."

17

Nach dieser Entdeckung war für Ell und Chang Feng an Schlaf nicht mehr zu denken. Der Stein enthielt offenbar wirklich eine Art von Technologie. Normale Juwelen leuchteten nicht. Zumindest nicht auf diese Weise.

„Das würde einiges erklären", sinnierte Ell in Gedanken versunken.

„Das würde was erklären?"

„Ach, ich musste nur daran denken, wie ich den Stein das erste Mal berührte. Als ich ihn in Zürich aus dem Schließfach nahm, bekam ich so etwas wie einen elektrischen Schlag. Mir wurde regelrecht schwarz vor Augen. Damals dachte ich, ich sei vielleicht statisch aufgeladen gewesen. Von der Auslegeware oder so. Aber wenn in dem Stein irgendwelche Technik steckt, könnte er dann nicht auch eine Energiequelle enthalten, die das verursacht hat?"

Die Zweifel standen Chang Feng ins Gesicht geschrieben. „Wir haben den Stein heute Nacht ständig angefasst und nichts ist passiert."

Eine Weile ergingen sie sich in wilden Spekulationen, doch einzig Allison verfügte über Antworten auf ihre Fragen; und den Preis dafür hatte sie bereits klargemacht.

„Weihen wir die anderen ein?", fragte Chang Feng schließlich.

„Ohne eine Erklärung wird es wohl nicht gehen. Allerdings ist es zu riskant und auch nicht nötig, die ganze Geschichte offenzulegen. Es muss nur halbwegs plausibel klingen."

„Da bin ich ja mal gespannt."

„Was hältst du davon: Die Hackerattacke kam in Wirklichkeit von einer Security-Firma, die noch von meinem Vater damit beauftragt worden war, die Sicherheitsvorkehrungen der Anlage durch gezielte Angriffe zu testen. Deshalb ging man dort fest davon aus, wir wüssten Bescheid. Inzwischen hat man den Irrtum bemerkt und sich unter tausendfachen Entschuldigungen mit mir in Verbindung gesetzt."

„Nicht unbedingt das Überzeugendste, was ich je gehört habe. Aber was heißt das schon, nach allem, was in den vergangenen Tagen passiert ist. Und wie gedenkst du zu erklären, warum weiterhin von außen auf den Rechner zugegriffen wird?"

„Das ist das geringste Problem. Es ist durchaus üblich bei solchen Anlagen, Rechenkapazität an Dritte zu verkaufen. Ich sage einfach, wir brauchen das Geld, bis feststeht, ob und wie es mit dem ganzen Projekt weitergeht."

Chang Fengs Blick blieb skeptisch. „Und wenn Trina oder einer der anderen mit diesen ominösen Dritten in Kontakt treten wollen?“

Auch hierauf kannte Ell eine Antwort. „Dann steht Allison bereit, um ein wenig zu schauspielern.“

Chang Feng gab sich geschlagen. „Na schön. Schauen wir einmal, ob die drei dir das abkaufen.“

„Das werden sie“, erwiderte Ell zuversichtlich. „In der Schule war ich bei der Weihnachtsaufführung immer das dritte Schaf von links. Es kann gar nichts schiefgehen.“

Trotz dieser eher fragwürdigen Referenzen wurde Chang Feng wenig später Zeugin einer durchaus passablen Vorstellung. Wie mit Allison verabredet, sprang pünktlich um sieben Uhr morgens die normale Stromversorgung an. Alle Türen, der Fahrstuhl und sonstigen Systeme funktionierten wieder wie gewohnt. Ell gab im Konferenzraum seine Geschichte zum Besten, um anschließend mit genau dem richtigen Maß an Empörung in die Beschwerden über diese offensichtlich völlig unfähige Security-Firma einzustimmen. Damit schien die Sache zumindest für Timothy und Garry erledigt zu sein. Einzig Trina wirkte nicht überzeugt, machte aber auch keine weiteren Einwände geltend.

Vor seiner Abreise musste Ell sich noch um etwas Wichtiges kümmern. Allison hatte ihn zurecht darauf hingewiesen, dass es keine gute Idee wäre, den Stein mitzunehmen und direkt ins feindliche Lager zu tragen. Sollte etwas schiefgehen, hätten sie ansonsten ihre einzige Lebensversicherung verspielt. Auf der Suche nach einem sicheren Aufbewahrungsort entdeckte er eine Reihe über die gesamte Anlage verteilter Wandtresore. Einer davon befand sich in dem ungenutzten Raum direkt neben Trinas Arbeitszimmer, den Ell kurzerhand zu seinem neuen Büro erklärte. In einem unbeobachteten Moment konfigurierte er das Zahlenschloss des Safes und deponierte die Taschenuhr samt Stein in seinem Inneren. Zu guter Letzt bat er Trina, ihm eine uneingeschränkte Zugangsbefugnis zur gesamten Anlage einzurichten, um diese künftig jederzeit betreten zu können.

Das gemeinsame Frühstück zu fünft verlief nach den nervenaufreibenden Ereignissen der Nacht in geradezu gelöster Atmosphäre, wenn man einmal von Trina absah, die immer noch einen angeschlagenen Eindruck machte. Timothy und Garry verabschiedeten Ell und Chang Feng vor dem großen Eingangstor. Auf Bitten Ells übernahm es Trina, die beiden Besucher zum Falcon Field Airport in Mesa zu bringen, einen kleineren Flugplatz in der Nähe von Phoenix, etwa zwei Autostunden entfernt. Bevor sie sich dort trennten, versprach Ell ihr, sie in Kürze über das weitere Schicksal der Anlage zu informieren.

Mit verschränkten Armen schaute Chang Feng dem sich entfernenden Subaru hinterher. „Und jetzt?“

Wie aufs Stichwort signalisierte das Mobiltelefon den Eingang einer SMS. Erwartungsvoll las Ell den kurzen Text. „Jetzt nehmen wir ein Taxi. Und es ist soeben eingetroffen.“ Vorsorglich entfernte er den Akku sowie die SIM-Karte aus dem Telefon. Die SIM-Karte brach er in der Mitte durch und entsorgte sämtliche Einzelteile unauffällig im nächsten Abfalleimer. Das Taxi entpuppte sich als ein Gulfstream G650ER Businessjet. „Mein Freund Aidan ist so nett, uns für die Reise nach London sein Flugzeug zur

Verfügung zu stellen“, erklärte Ell auf dem Weg zu der am anderen Ende des Vorfelds geparkten Maschine. Lautlos klappte die Einstiegsluke nach unten und verwandelte sich in eine Gangway, über die ihnen eine uniformierte Flugbegleiterin entgegentrat. „Guten Morgen Professor Ell, guten Morgen Ms. Zhao. Mr. McAllen lässt Ihnen seine herzlichen Grüße ausrichten. Wenn Sie möchten, können wir sofort starten.“

An Bord der Maschine pfiff Chang Feng leise durch die Zähne. „So kann man es aushalten.“

Tatsächlich bot die Kabine jeden erdenklichen Luxus. Von großzügigen Liegesesseln über eine Konferenzecke mit ausfahrbarem Fernseher bis hin zu einer Bar und einem separaten Schlafzimmer.

„Es gibt sogar ein richtiges Badezimmer“, stellte Chang Feng fest, während sie jeden Winkel genauestens inspizierte. „Und dein Freund fliegt in der Zwischenzeit Economy?“

„Aidan? Wohl kaum. Dieses Flugzeug ist nicht sein einziges.“

„Woher kennt ihr euch überhaupt?“

„Wir waren auf demselben Internat und haben uns danach an der Uni drei Jahre lang ein Zimmer im Studentenwohnheim geteilt. Das war damals keine einfache Zeit für mich. Mein renitentes Verhalten hat mich ständig in Schwierigkeiten gebracht. Betrügereien, Sachbeschädigungen, Beleidigungen. Solche Sachen. Ich dachte, damit könnte ich meinen Vater bestrafen.“

„Du machst Witze“, bemerkte Chang Feng mit leisem Spott. „Du hattest eine wilde Jugend?“

„Das liegt lange hinter mir. Aber in all den Jahren, in denen ich absolut unausstehlich war und von einer Katastrophe in die nächste gestolpert bin, hat Aidan mir immer den Rücken freigehalten. Ich weiß nicht, wie häufig er für mich lügen und sich irgendwelche Geschichten ausdenken musste. Ohne ihn wäre ich garantiert nicht mit ein paar Verwarnungen und Sozialstunden davongekommen. Das werde ich ihm nie vergessen. Wobei auch er kein Kind von Traurigkeit gewesen ist, aber wesentlich geschickter darin, sich nicht erwischen zu lassen. Zumindest, bis ihm eines der Alibis, das er mir verschafft hatte, selbst auf die Füße fiel. Trotz meines vollen Geständnisses hat man am Ende ihn von der Uni geschmissen, nicht mich."

„Und dennoch leiht er dir seinen Privatjet?", fragte Chang Feng erstaunt.

„Verstehen tue ich es selbst nicht, aber er hat mir nie einen Vorwurf gemacht. Er meinte sogar einmal, der Rauswurf sei das Beste, was ihm je passiert ist. Ansonsten wäre er nur in Versuchung geraten, ein anständiges Leben zu führen und wahrscheinlich schon vor Langeweile gestorben."

Chang Feng musste lachen. „Die Einstellung gefällt mir. Und seinem wirtschaftlichen Erfolg hat das Ganze augenscheinlich keinen Abbruch getan."

„Nein", gab Ell zu. „Auf dem Gebiet ist Aidan unschlagbar."

Kaum waren sie in zwei einander gegenüberliegende Sessel gesunken, erwachten die Turbinen zum Leben und der Jet setzte sich in Bewegung. Zwanzig Minuten später, in etwa 13.000 Metern Höhe über dem mittleren Westen der

USA, stellte sich ihnen der Flugkapitän persönlich vor und kündigte an, dass sie London aufgrund eines ausgeprägten Jet-Streams in etwa elf Stunden erreichen würden. Chang Feng hatte es sich inzwischen mit einem Drink auf dem Sofa gemütlich gemacht. Bevor Ell sich zu ihr gesellte, fragte er die Flugbegleiterin nach dem Internetzugang an Bord. Kurz darauf balancierte er einen Laptop auf seinem Schoß.

„Diese IP-Adresse stammt von Allison."

„Da bin ich ja mal gespannt", erwiderte Chang Feng und blickte ihm über die Schulter.

Auf dem Bildschirm erschien ein Verzeichnis mit diversen Ordnern und Dokumenten. Ell verschaffte sich einen groben Überblick, indem er alle der Reihe nach anklickte. Bei den ersten Dateien handelte es sich um die Pläne eines Gebäudes. Es folgten diverse Zeitpläne sowie eine Liste mit Zahlencodes. Während er mit gerunzelter Stirn den Inhalt studierte, öffnete sich das Skype-Fenster.

„Hallo Will. Ich stelle fest, du befindest dich auf dem Weg."

Ell warf Chang Feng einen verdutzten Blick zu. „Hallo Allison. Ich verkneife mir die Frage, wie du das anstellst. Aber ja, wir haben einen Weg gefunden, die USA zu verlassen, ohne Aufmerksamkeit zu erregen. Unser Inkognito dürfte allerdings bald auffliegen. Bei der Einreise nach Großbritannien müssen wir uns schließlich ausweisen."

„Darum braucht ihr euch keine Gedanken zu machen. Ich kann Einfluss auf die Einreisedaten nehmen und werde dafür sorgen, dass eure Ankunft unbemerkt bleibt. Ich habe mich auch bereits um eure Unterbringung gekümmert. Der Hotelcomputer des Hilton Canary Wharf führt dich und Ms. Zhao als Gäste, die schon seit einigen Tagen dort wohnen. Damit entfällt der Prozess des Eincheckens. Fragt an der Rezeption nach einer Nachricht für Mr. und Mrs. Humphreys, Zimmer 6304. Man wird euch einen Umschlag aushändigen, der die Zugangskarten für das genannte Zimmer enthält."

Ell schwieg beeindruckt. Anders Chang Feng. „Okay, kommen wir zum schwierigen Teil."

Allisons lächelte leicht und fuhr fort. „Das Hauptquartier von MAZE Inc. befindet sich in Canary Wharf, zehn Minuten zu Fuß vom Hilton Hotel entfernt. Die Firma belegt die obersten fünf Stockwerke eines Bürogebäudes am Canada Square. Der Stein – er ist übrigens blau, im Unterschied zu dem grünen, den ihr kennt – wird in einem Tresor im fünfzehnten Stock verwahrt. Spät abends, wenn die Büros leer sind, werdet ihr euch als Techniker einer externen Wartungsfirma ausgeben und so Zugang zum Gebäude erhalten. Mithilfe der auf dieser Webseite hinterlegten Pläne und Zugangscodes gelangt ihr bis zum Tresor und öffnet ihn. Ihr entnehmt den Stein und verlasst das Gebäude. Für die Rückfahrt zum Flughafen steht in einer nahegelegenen Parkgarage ein Car-Sharing Fahrzeug bereit."

„Klingt wie ein Spaziergang", bemerkte Chang Feng sarkastisch.

Allison war jedoch noch nicht fertig. „Bringt den Stein unbedingt zurück nach Arizona, damit ich mich um alles Weitere persönlich kümmern kann. Falls das, aus welchen

Gründen auch immer, nicht gelingt, müsst ihr ihn zerstören. Er darf keinesfalls wieder verlorengehen."

Es schien Allison ziemlich ernst damit zu sein, und soweit es Ell betraf, sollte sie bekommen, was sie wollte. Ihm kam es auf etwas ganz anderes an. „Anschließend erfahre ich die Hintergründe über diese geheimnisvolle Technologie und den Mord an meinem Vater? Und du hilfst mir, die Verantwortlichen zur Rechenschaft zu ziehen?"

„Das ist unser Deal."

18

Trotz der laufenden Klimaanlage war es warm und stickig in dem fensterlosen Büro in Quantico, Virginia. Routiniert überflog Dr. Ann Carlsson die Testergebnisse und musterte ihren Vormittagstermin, dem es nur mit Mühe gelungen war, seine athletische, fast zwei Meter messende Gestalt in einem der zierlichen Besuchersessel unterzubringen. „Sie finden diese regelmäßigen psychologischen Beurteilungen bestimmt ebenso lästig wie ich, Agent Gray. Aber Sie kennen die Vorschriften und es führt leider kein Weg daran vorbei." Carlsson blätterte in der vor ihr liegenden Akte. „Sie dienten fünf Jahre bei den Navy SEALS, wurden auf eigenen Wunsch mit allen Ehren entlassen, studierten anschließend mit einem Stipendium an der Columbia Jura und sind seit mittlerweile vierzehn Jahren beim FBI."

Gray nickte stumm.

„Sind Sie glücklich beim FBI, Agent Gray?"

„Absolut."

Carlsson blätterte weiter. „Wie ich sehe, enthält ihre Akte zwei Kontakte für den Notfall. Ihre Frau und einen Geistlichen. Wer ist dieser Father Ormond?"

„Er ist der Grund, warum ich heute hier sitze und nicht ein frühes Ende auf der Straße gefunden habe. Was für einen mittellosen schwarzen Jungen aus Camden, New Jersey, zweifelsohne der wahrscheinlichere Lebenslauf gewesen wäre."

Ernüchtert nickte Carlsson, fing sich aber schnell wieder. „Bei Ihrer Frau finde ich nur eine Adresse in Kalifornien. Wieso das?"

„Meine Frau ist Kardiologin. Vor Kurzem erhielt sie das Angebot, Chefärztin in San Francisco zu werden."

„Ich verstehe. Und was bedeutet das für ihre Beziehung?"

Grays Miene blieb undurchdringlich. „Meiner Frau ist ihre Karriere sehr wichtig."

„Das war nicht meine Frage, Agent Gray. Haben Sie in Erwägung gezogen, das FBI um eine Versetzung zu bitten und mit Ihrer Familie nach Kalifornien zu ziehen?"

„Ich bin Special Agent in Charge und leite eine extrem wichtige Ermittlung. Diese Position ist an den Standort New York gebunden."

„Das heißt, Sie wollten sich nicht verschlechtern."

„Nein. Das bedeutet, dass ich meine Ermittlungen beenden muss."

„Man bekommt beinahe den Eindruck, es handle sich dabei um etwas Persönliches."

„Keineswegs, Dr. Carlsson. Nur um etwas extrem Wichtiges."

„Das vermag ich nicht zu beurteilen. Ihr aktueller Fall übersteigt meine Sicherheitsfreigabe. Dennoch wüsste ich nach wie vor gern, wie Sie mit der räumlichen Trennung von Ihrer Familie umgehen."

Dieses Mal schwieg Gray einen Moment, bevor er antwortete. „Ich vermisse meine Frau. Am meisten vermisse ich allerdings meinen Sohn."

Carlsson nickte verständnisvoll. „Persönliche Beziehungen sind für eine stabile und belastbare Psyche enorm wichtig. Ich empfehle Ihnen daher, die derzeitige Situation nicht zu einem Dauerzustand werden zu lassen. Fernbeziehungen sind selten erfolgreich."

Mit plötzlicher Ungeduld deutete Gray auf seine Akte in Carlssons Hand. „Findet sich in all diesen Unterlagen und den zahlreichen Tests, die ich durchlaufen habe, irgendein Hinweis auf Instabilität in meiner Person?"

„Keineswegs, Agent Gray", beeilte sich Carlsson zu versichern. „Es war nicht meine Absicht, etwas Derartiges anzudeuten."

„In diesem Fall, Dr. Carlsson, würde ich mich gern wieder meinen eigentlichen Aufgaben zuwenden."

Zuerst machte es den Eindruck, als wolle Carlsson dieser kaum verhüllten Anweisung schon aus Prinzip widersprechen. Dann nickte sie aber nur müde. „Natürlich. Ich will Sie nicht unnötig aufhalten." Damit unterschrieb sie das dafür vorgesehene Formular, verstaute sämtliche Unterlagen in der zugehörigen Akte und klappte diese entschlossen zu. „Agent Gray, Ihre Diensttauglichkeit wird hiermit bestätigt. Wir sehen uns in zwei Jahren."

Kurze Zeit später durchmaß Gray mit langen Schritten die Flure der FBI-Ausbildungszentrale Richtung Ausgang. Obwohl in dem vor Geschäftigkeit wie ein Bienenstock summenden Gebäude zahlreiche Menschen seinen Weg kreuzten, brauchte er kein einziges Mal auszuweichen oder seine Geschwindigkeit zu reduzieren. Wie von selbst teilte sich die Menge und ließ ihn ungehindert passieren. Die psychologische Untersuchung hatte ihn gezwungen, seine aktuellen Ermittlungen zu unterbrechen. Jetzt galt es, die verlorene Zeit wieder aufzuholen. Vor dem Gebäude wartete ein schwarzes SUV mit verdunkelten Scheiben. „Turner Airfield. So schnell Sie können", wies Gray den Fahrer an und ließ sich auf die Rückbank fallen. Der Fahrer kannte Gray, oder zumindest seinen Ruf, und beschloss, die Anweisung wörtlich zu nehmen. Mit quietschenden Reifen schoss das schwere Fahrzeug davon.

...

Die Geschichte hatte am 6. Mai 2010 ihren Anfang genommen. Genauer gesagt um 14 Uhr 42 Minuten 44 Sekunden und 75 Hundertstelsekunden Ostküstenzeit. Zu diesem Zeitpunkt begann der Dow-Jones-Index innerhalb von sechs Minuten um fast eintausend Punkte einzubrechen und vernichtete dabei knapp 862 Milliarden US-

Dollar, nur um sich gleich darauf in ähnlicher Geschwindigkeit wieder zu erholen. Eine von der Börsenaufsichtsbehörde SEC durchgeführte Untersuchung führte 2015 schließlich zur Festnahme eines einzelnen Daytraders, dem vorgeworfen wurde, das Ereignis von seiner kleinen Londoner Wohnung aus mittels betrügerischer Hochfrequenz-Transaktionen ausgelöst zu haben. Dabei handelte es sich um eine nette und zumindest nicht gänzlich erfundene Geschichte, deren wesentliche Funktion darin bestand, weiteren Mutmaßungen ein Ende zu bereiten. Aus gutem Grund, denn nichts ist für die Finanzmärkte gefährlicher als der Verlust des Vertrauens. Ohne das Vertrauen in die Funktionsfähigkeit der Märkte gerät das gesamte Wirtschaftssystem ins Wanken. Die letzte Finanzkrise hatte das deutlich gezeigt. Der Ermittlungserfolg der SEC lieferte das, was alle sich wünschten. Das Gesicht eines Schuldigen, der bei Tageslicht betrachtet recht harmlos wirkte und lediglich ein paar banale und mittlerweile geschlossene Sicherheitslücken ausgenutzt hatte. Wüsste der Markt dagegen was Gray wusste, wäre es mit der Ruhe schnell vorbei. Denn tatsächlich kannten die Behörden bis heute weder die wahren Ursachen noch den wahren Schuldigen. Nur zwei Dinge standen fest: Der Crash war absichtlich ausgelöst worden und jemand hatte ein Vermögen dabei verdient. Nicht ein paar Millionen. Nein, Milliarden. Und jetzt, nach über acht Jahren ohne nennenswerten Fortschritt, fühlte Agent Gray, dass er sowohl dem Wie als auch dem Wer endlich näherkam. Bei ihrer ersten Untersuchung des Vorfalls hatte die SEC sofort eine signifikante Verzögerung in der elektronischen Übermittlung der Kurse bemerkt. Zwischen Stellung einzelner Kurse und deren Übermittlung lagen für die überwältigende Mehrheit der Marktteilnehmer bis zu 36 Sekunden. In Zeiten des automatisierten High-Speed-Handels eine unvorstellbare Ewigkeit. Lediglich einige wenige Händler mit direkter Anbindung an das Börsensystem konnten die Entwicklung in Echtzeit verfolgen. Irgendwie hatte es jemand mit Zugriff auf diese Direktverbindungen geschafft, die Zeitdifferenz auszunutzen, um zahlreiche Transaktionen zu Kursen zu tätigen, die für seine Transaktionspartner noch gar nicht sichtbar waren. Anders gesagt, irgendjemand hatte es ausgenutzt, 36 Sekunden in die Zukunft schauen zu können. Der perfekte Weg, um ohne jedes Risiko unglaublichen Profit zu machen. Ungefähr so, als würde man die Lottozahlen bereits vor deren Ziehung kennen. Auf die Ermittler wartete jedoch ein weiterer Schock. Sämtliche Daten zu den Akteuren der fraglichen Transaktionen waren gelöscht worden. Das sollte eigentlich unmöglich sein. Der computergesteuerte Börsenhandel gehörte zu den am besten gesicherten EDV-Systemen auf dem ganzen Planeten. Und doch hatte jemand einen Weg gefunden. Nicht zuletzt dieser Umstand verschaffte dem geheimnisvollen Täter den Spitznamen ‚der Geist‘. Unverzüglich wurden hierauf unter größter Geheimhaltung die Sicherheitsbehörden eingeschaltet. Allen voran das FBI, welches im Rahmen der National Cyber-Forensics & Training Alliance auch mit Spezialisten des Heimatschutzministeriums DHS, der NSA und des Secret Service zusammenarbeitete. Als Leiter der zuständigen Einheit im New Yorker Field Office landete der

Flash-Crash auf Agent Grays Schreibtisch. Man gewährte ihm für die Ermittlungen fast unbeschränkte Ressourcen, denn die Verantwortlichen begriffen schnell, dass es hier nicht bloß um das Funktionieren der Finanzmärkte ging. Wer über die Fähigkeit verfügte, dieses eine System zu manipulieren, konnte gleiches mit jedem anderen System tun. Von der Energieversorgung bis zur Kontrolle des Atomwaffenarsenals.

Zu Grays Führungsstab gehörten Agent Stella Carter vom DHS und der forensische Computerspezialist Brian Finch von der NSA. Ihnen unterstanden weitere achtzig Ermittler und Techniker, die jeweils einzelnen Spuren nachgingen. Im Unterschied zu Gray, Carter und Finch verfügten diese jedoch nicht über alle Informationen, sondern arbeiteten auf Need-to-Know Basis. In den Verantwortungsbereich von Finch fiel in erster Linie die Sammlung und Analyse aller verfügbaren digitalen Daten des Vorfalls. Dabei stieß er auf etwas, das er ‚schwarzes Rauschen' nannte. Subtilste Veränderungen am Programmcode, als deren Ursache nur die unautorisierten Zugriffe des Täters in Betracht kamen. Hieraus ließen sich zwar keine weiteren Erkenntnisse gewinnen oder gar Daten wiederherstellen, jedoch handelte es sich um eine Art unverwechselbare Signatur. Wie ein Fingerabdruck. Bei einem Fingerabdruck hängt der Nutzen allerdings vollständig davon ab, ihn mit etwas vergleichen zu können. Entweder mit seinem Urheber oder zumindest mit einem weiteren Fingerabdruck. Mit der Signatur verhielt es sich ähnlich. In Ermangelung konkreter Hinweise durchsuchte Finch daher in regelmäßigen Abständen alle relevanten nationalen Systeme nach dieser Signatur. Zusätzlich installierte er ein automatisches Warnsystem. Das würde den Täter nicht aufhalten, aber zumindest einen Alarm auslösen. Ergänzt wurde das Warnsystem durch ein Trackingprogramm, um im Angriffsfall den Standort des Eindringlings zu ermitteln. Die Gelegenheit zu einer erfolgreichen Rückverfolgung bestand allerdings nur, solange die Attacke andauerte. Die Geschwindigkeit der Trackingsoftware wiederum hing von den Sicherheitsvorkehrungen des Angreifers ab. Zeit spielte somit die entscheidende Rolle. Zeit und Glück. Doch all diese Vorkehrungen schienen vergebens, denn nichts geschah. Bis vor achtundzwanzig Stunden. Zunächst hatte Finch an einen Fehlalarm geglaubt. Es wäre nicht der erste gewesen. Mehrmals überprüfte er die Daten und bei jeder Wiederholung wuchs seine Gewissheit. Der Geist – oder zumindest jemand, der sich derselben Methode bediente – war zurück. Sein Interesse galt dieses Mal jedoch nicht dem Finanzmarkt, sondern gänzlich anderen Zielen. Der Datenbank der U.S. Customs and Border Protection und den Sicherheitssystemen mehrerer Flughäfen. Sofort erkannte Finch, was die Flughäfen miteinander verband. Sie lagen alle in Südflorida.

19

Um 8:10 Uhr Ortszeit berührte das Hauptfahrwerk der Gulfstream britischen Boden. Aufgrund der Verkehrssituation hatten die Piloten sich entschieden, Luton anzufliegen, weshalb Ell und Chang Feng noch eine längere Taxifahrt bis in das Londoner Stadtzentrum bevorstand. Bei der Verabschiedung von der Crew versicherte der Kapitän, man werde sich für einen Rückflug in die USA bereithalten. Mr. McAllen habe Anweisung erteilt, so lange zur Verfügung zu stehen, wie Ell es wünsche. Die Einreiseformalitäten im Terminal für Geschäftsreisende waren schnell erledigt. Trotz Allisons Versicherungen fühlte Ell sich unwohl dabei, seine offiziellen Papiere zu verwenden. Bevor sie das Flughafengebäude verließen, tauschte er an einem Wechselschalter das verbliebene Bargeld in Britische Pfund. Den Löwenanteil hiervon verschlang die Fahrt in das fünfzig Kilometer entfernte London. Wie von Allison angekündigt, händigte ihnen an der Rezeption des Hilton Hotels ein zuvorkommender Concierge anstandslos ein Umschlag aus. Bei einem Blick auf seinen Bildschirm fiel dem Mann etwas Weiteres auf.

„Mr. Humphreys? Einige Lieferungen sind für Sie abgegeben worden. Sie wurden bereits auf Ihr Zimmer gebracht. Ich benötige nur noch eine Unterschrift von Ihnen."

Ell hatte keine Ahnung, worum es sich handeln könnte, nickte aber, als habe er darauf gewartet. Der Concierge produzierte einen Computerausdruck und Ell kritzelte an der markierten Stelle eine unleserliche Version seines neuen Decknamens. Erst im Fahrstuhl ließ seine Anspannung etwas nach. Im sechsten Stock angekommen, öffnete er den Umschlag, der wie versprochen zwei Schlüsselkarten enthielt. Eine davon schob er in das Lesegerät an der Tür zu Zimmer 6304. Das Schloss entriegelte sich mit einem leisen Klicken beim ersten Versuch und gab den Zugang zu einem gewöhnlichen Doppelzimmer frei. Ein Stapel von Päckchen und Paketen auf dem Schreibtisch erregte sofort Chang Fengs Aufmerksamkeit. Mit gerunzelter Stirn inspizierte sie die Absenderadressen.

„Erwarten Sie Post von Amazon, Mr. Humphreys? Oder von Vodafone? Oder, wo wir schon dabei sind, von American Express?"

Bevor Ell antworten konnte, klopfte es an der Tür.

„Entschuldigen Sie die Störung, Mr. Humphreys", schnaufte ein mit Tüten beladener Hotelpage. „Ich habe hier eine Lieferung für Sie von …" an dieser Stelle verrenkte der junge Mann seinen linken Arm, um etwas von einem Zettel abzulesen „… Troydt & Sons Arbeitsbekleidung.“ Das schien selbst den Pagen zu verwundern, sodass Ell ihm eilig die Tüten abnahm und ein paar der letzten Pfundnoten in die Hand drückte. Das großzügige Trinkgeld tat seine Wirkung und brachte den Pagen augenblicklich auf andere Gedanken. Noch während er sich bedankte, stieß Ell die Tür mit dem Fuß wieder zu.

Chang Feng hatte in der Zwischenzeit eines der Päckchen geöffnet. „Wir sind wieder liquide“, stellte sie trocken fest und hielt zwei Kreditkarten in die Höhe.

Entgeistert nahm Ell eine davon entgegen. Auf der Karte prangte der Namenszug *Jack Humphreys*. „Verdammt. Das ist ja sowas von illegal.“

Chang Feng schien das nicht weiter zu kümmern. Stattdessen fuhr sie fort, alles auszupacken, was sich auf dem Tisch befand. Das Ergebnis bestand aus zwei High-End Laptops, zwei Smartphones, zwei Identifikationskarten einer Firma namens *Warner Technical Support & Facility Management* sowie dem Inhalt der gerade abgegebenen Tüten: Zwei graue Arbeitsoveralls nebst Stiefeln.

Chang Feng hielt das kleinere der beiden Kleidungsstücke in die Höhe. „Unheimlich. Das ist genau meine Größe.“

Ell sah sofort, dass die andere Montur ihm ebenfalls perfekt passen würde. „Ich denke, wir sollten einer gewissen Person unsere Ankunft mitteilen.“

Chang Feng fuhr einen der Laptops hoch und suchte in der Hotelbroschüre nach dem Wi-Fi-Zugangspasswort. Wenig später war der Kontakt mit Allison hergestellt.

„Schläft die Tante eigentlich auch mal?“, flüsterte Chang Feng Ell zu, bevor sie sich dem Bildschirm zuwandte. „Hallo Allison. Wir sind im Hotel angekommen. Ich nehme an, die ganzen Pakete haben wir dir zu verdanken?“

„Hallo Chang Feng. Das ist korrekt. Einige Dinge werdet ihr allerdings noch selbst einkaufen müssen. Eine entsprechende Liste ist auf den Smartphones hinterlegt. Die Geräte sind abhörsicher und ihr Standort kann nicht zurückverfolgt werden. Ich habe der euch bekannten Webseite ein weiteres Dokument hinzugefügt. Es enthält einen genauen Ablaufplan für den heutigen Abend. Ihr müsst euch alles gut einprägen und sämtliche zeitlichen Vorgaben strikt einhalten. Jede Abweichung wäre fatal. Wenn ihr weitere Fragen habt, kontaktiert mich künftig über die Smartphones. Folgt dem Link in der E-Mail mit dem Betreff *Allison*. Daraufhin installiert sich eine App, die es uns erlaubt, ständig in Verbindung zu bleiben.“

„Okay, wir melden uns“, antwortete Chang Feng lakonisch und klappte kurzerhand den Laptop zu. Fragend schaute sie zu Ell auf. „Und? Machen wir weiter?“

Nachdenklich trat Ell ans Fenster. „Ich befürchte, einfach nach Hause zu gehen, ist keine Option. Nur weil wir aufgeben, wird man uns nicht in Ruhe lassen. Dazu ist bereits zu viel geschehen und wir wissen zu viel. Unsere einzige Chance liegt in der Offensive. Auch wenn ich Allison nach wie vor nicht einzuschätzen vermag, scheinen ihre und unsere Interessen momentan recht nahe beieinander zu liegen. Ich will wissen, auf was mein Vater da gestoßen ist und wer ihn auf dem Gewissen hat. Und ich will endlich wieder ein normales Leben führen, ohne ständig über die Schulter schauen zu müssen."

„Sehe ich genauso. Dann lass uns einkaufen gehen."

„Vorher sollte ich mich kurz bei meiner Schwester und meiner Freundin melden. Die beiden haben seit mehreren Tagen nichts von mir gehört und laut Allison sind unsere neuen Telefone ja abhörsicher." Ell griff nach einem der Geräte und tippte eine Nummer ein. „Bei meiner Schwester geht nur die Voicemail ran. Ich frage mich, ob sie schon wieder zurück nach Hause geflogen ist."

„Zurück nach Hause?"

„Ja, sie lebt in Neuseeland. Ihrem Mann gehört dort eine Farm."

Mit der zweiten Nummer hatte Ell mehr Erfolg. „Hey Vicki, ich bin's. Ich wollte nur ... Nein, ganz und gar nicht ... Wie kommst du denn darauf? ... Ja, aber ... Das kann ich im Augenblick leider nicht, ich ..."

Chang Feng gab vor, sich interessiert in ein Magazin über Londons Sehenswürdigkeiten zu vertiefen, während Ell mit gequältem Gesichtsausdruck versuchte, zu Wort zu kommen.

„Du musst mir glauben, dass ... Vicki, hör doch mal zu ... Ja, das habe ich verstanden, aber ... Vicki? Hallo? ... Hallo?" Betreten ließ er das Telefon sinken.

Chang Feng blätterte immer noch in der Zeitschrift. „Lief wohl nicht so gut, was?"

„Das kann man so sagen", gab Ell widerstrebend zu. „Anscheinend hat sich bei ihr so einiges ... aufgestaut."

„Schlimm oder sehr schlimm?"

„In welche Kategorie fällt ein letztes Ultimatum?"

„Letztes Ultimatum wofür?"

„Wann wir heiraten."

Chang Feng ließ die Zeitschrift sinken. „Oh, verstehe. Diese Art von Ultimatum. Wie ist sie denn so, deine Freundin?"

Ell schob die neuen Arbeitsklamotten beiseite und setzte sich auf die Bettkante. „Vicky ist eigentlich klasse. Intelligent, ehrgeizig, gebildet. Kann gut mit Tieren umgehen. Sie hat einen von diesen winzig kleinen Hunden …"

Chang Feng bedachte ihn mit einem seltsamen Blick. „Klingt toll. Erinnert mich an meine ehemalige Grundschullehrerin, Ms. Hua."

Einen Augenblick lang suchte Ell nach einer passenden Entgegnung, fand jedoch keine. „Dann schlage ich vor, wir gehen jetzt …"

„… erst einmal etwas essen", vervollständigte Chang Feng den Satz, ohne mit der Wimper zu zucken.

NACH EINEM FRÜHEN Lunch begannen Ell und Chang Feng, Allisons Einkaufsliste abzuarbeiten. Bei der ersten Benutzung der neuen Kreditkarten hielten sie noch den Atem an. Doch kein Alarm ertönte und niemand stellte die Echtheit ihrer Zahlungsmittel in Frage. Hierdurch ermutigt, eilte Chang Feng bald geschäftig von Laden zu Laden, während Ell, beladen mit einer stetig wachsenden Zahl von Tüten, versuchte, Schritt zu halten. Es schien ihr das größte Vergnügen zu bereiten, sich nach Tagen in denselben Klamotten komplett neu einzukleiden und Allisons Geld – oder wessen Geld es auch immer sein mochte – mit vollen

Händen unter die Leute zu bringen. Ell zögerte anfänglich, doch ein kritischer Blick auf sein desolat wirkendes Spiegelbild ließ ihn schließlich ihrem Beispiel folgen. In einem Coffee Shop nahe der Oxford Street zogen sie Bilanz ihrer Shoppingtour. Sie verfügten jetzt über zwei Werkzeugkoffer, Arbeitshandschuhe, Taschenlampen, zwei funkgesteuerte japanische Digitaluhren, eine Reihe weiterer Utensilien, die ihren Auftritt als Servicetechniker abrunden würden, sowie zwei Trolleys, um alles unauffällig zu transportieren. Zurück im Hotel widmeten sie sich umgehend dem Ablaufplan ihres abendlichen Vorhabens.

„Da hat aber jemand seine Hausaufgaben gemacht", stellte Chang Feng nach dem ersten Durchlesen fest.

Der Plan berücksichtigte jedes kleinste Detail. Von der Dauer der einzelnen Wegstrecken, über die Fahrstuhllaufzeiten, bis hin zum Beginn und Ende der regelmäßigen Kontrollgänge des Wachpersonals.

Ell schüttelte unbehaglich den Kopf. „Ich will gar nicht wissen, wo die Informationen alle herkommen. Ich fürchte allerdings, die Spuren führen zurück zu einem gewissen Großrechner in der Wüste von Arizona. Wenn das jemals herauskommt, bin ich geliefert."

Chang Feng zog eine Augenbraue in die Höhe. „Sagt der Mann, der plant, einen Diamanten zu stehlen."

Ell verzog das Gesicht, als habe er in etwas Saures gebissen. „Du bist eine große Hilfe, danke. Gehen wir das Ganze noch einmal durch: Gegen 18 Uhr marschieren wir mit den Koffern zum Parkhaus in der West India Avenue. Dort verstauen wir das Gepäck im Mietwagen und legen unsere Verkleidung bereit. Dann gehen wir über die North

Colonnade am Zielgebäude vorbei wieder zurück ins Hotel und machen uns auf dem Weg mit der Umgebung vertraut. Um 23 Uhr geht es vom Hotel aus erneut in Richtung Parkhaus, wo wir die Overalls aus dem Auto holen und auf der Toilette des Parkhauses überziehen. Um 23:30 Uhr treffen wir mit unserer Ausrüstung bewaffnet am Canada Square ein. Dort weisen wir uns beim Nachtportier, der uns aufgrund einer von Allison ausgelösten technischen Störungsmeldung bereits erwartet, mit den ID-Karten aus und fahren in den neunten Stock. Statt den Technikraum aufzusuchen, verschaffen wir uns mit den passenden Sicherheitscodes Zugang zum Treppenhaus und laufen in das fünfzehnte Stockwerk. Den Gang hinunter, zwei Mal rechts abbiegen und hinter der dritten Tür auf der linken Seite befindet sich der Tresor mit dem Stein. Wir öffnen den Tresor mit der hoffentlich richtigen Kombination, entnehmen den Stein, wobei wir unbedingt Handschuhe tragen sollen, und kehren auf demselben Weg zurück in den neunten Stock. Sobald wir dort angekommen sind, benachrichtigen wir Allison, die die Störungsmeldung wieder beseitigt. Am Nachtportier vorbei verlassen wir das Gebäude in Richtung Parkhaus, entledigen uns der Overalls und fahren zum Flughafen. Mission accomplished."

„Du fährst zum Flughafen", korrigierte Chang Feng. „Ich habe nachgedacht und beschlossen hierzubleiben." Diese Ankündigung traf Ell vollkommen unvorbereitet und Chang Feng beeilte sich, ihm ihre Gründe zu erklären. „Wenn du Allison den Stein bringst und sie dir dafür die versprochenen Informationen und Beweise überlässt, bleibt nichts weiter zu tun, als damit zur Polizei zu gehen.

Und das ist genau der Teil, von dem ich mich so weit wie möglich fernhalten möchte. Ist das okay für dich?“

Nach kurzem Zögern nickte Ell. „Es war ja deine Idee überhaupt mitzukommen und selbstverständlich kannst du es dir jederzeit anders überlegen. Wenn wir den Stein erst einmal haben, sollte der Rest kein Problem mehr sein.“

„Gut“, erwiderte Chang Feng sichtlich erleichtert. „Bei deiner Zusammenfassung hast du eben allerdings eine Kleinigkeit unterschlagen. Wir können den fünfzehnten Stock erst nach 23:45 Uhr betreten und müssen ihn bis spätestens 00:14 Uhr wieder verlassen haben, weil der Wachdienst die Räume alle halbe Stunde kontrolliert. Außerdem muss die Flugzeugcrew noch benachrichtigt werden, sich ab ein Uhr bereitzuhalten. Vierzig Minuten wirst du selbst zu der späten Stunde bis Luton locker brauchen.“

Ell griff sofort zum Telefon und erledigte den Anruf. Von nun an hieß es zu warten.

Es war bereits vollständig dunkel, als Ell und Chang Feng nach einem Fußweg von zwanzig Minuten vor dem Parkhaus in der West India Avenue standen. Ohne lange suchen zu müssen, entdeckten sie das von Allison beschriebene Car-Sharing-Fahrzeug. Der Toyota Yaris ließ sich mittels einer auf ihren Handys installierten App öffnen. Die Schlüssel befanden sich im Handschuhfach. Der Kofferraum reichte gerade aus, um die beiden Trolleys zu verstauen. Alles, was sie in Kürze benötigen würden, wie die Overalls und die Werkzeugkoffer, legten sie griffbereit auf der Rückbank zurecht. Auf dem Rückweg konnten sie das Ziel ihres bevorstehenden nächtlichen Ausflugs erstmals direkt in Augenschein nehmen. Das moderne Bürogebäude unterschied sich nicht von den vielen anderen, die in den letzten Jahren auf Canary Wharf in die Höhe gewachsen waren. Im Vorbeigehen merkte Ell sich die Lage des Eingangsbereichs und die möglichen Wege von dort aus in die umliegenden Straßen.

Chang Feng warf einen Blick hinauf zu den obersten Stockwerken. „Bei unseren Freunden scheint ja nicht viel los zu sein."

Ell musste ihr zustimmen. Im Unterschied zum hell erleuchteten restlichen Gebäude lagen die letzten fünf Stockwerke in tiefer Dunkelheit. Eigentlich kam ihnen das entgegen, denn damit reduzierte sich das Risiko, nachher jemandem über den Weg zu laufen. Ell fragte sich, warum ihm der Anblick dennoch solches Unbehagen bereitete.

20

Im New Yorker Field Office wurde Gray bereits erwartet. Als Special Agent in Charge verfügte er über ein großzügiges Eckbüro mit Aussicht nach Südosten zur Lafayette Street. Während Gray am Fenster stand und den Blick über die kahlen Bäume des Paine Parks hinweg in Richtung des Obersten Gerichtshofes von New York wandern ließ, erstattete Finch aufgeregt Bericht zum letzten Stand der Ermittlungen. Carter saß unterdessen mit leicht gelangweiltem Gesichtsausdruck auf einem Sofa am anderen Ende des Raumes. Doch Gray wusste, der Schein trog. Carter hatte das Jagdfieber genauso gepackt wie jeden anderen im Team.

„Die Aktivität des Geistes dauert an. Er scheint bislang nicht bemerkt zu haben, dass wir ihm auf der Spur sind. Bis sein Standort ermittelt ist, soll das auch so bleiben. Daher halten wir uns derzeit von den betroffenen

Systemen so weit wie möglich fern, was es allerdings sehr erschwert, seine Absichten einzuschätzen. Dem ersten Eindruck nach sucht er jemanden. Dafür sprechen jedenfalls die ausgewählten Ziele. Es handelt sich um die Systeme, die ich anzapfen würde, um herauszufinden, ob eine Person eingereist ist oder das Land verlassen hat."

Gray nickte. „Beschränkt er sich weiterhin auf Südflorida?"

„Nicht wirklich. Anhand der Daten des Warnsystems habe ich eine Chronologie der bisherigen Zugriffe erstellt. Mit dem Flughafen von Miami fing alles an. Danach kamen die CBP-Datenbank hinzu und etwas später die Flughäfen von Fort Lauderdale, Fort Myers und Sarasota sowie zuletzt Tampa und Orlando."

„Er hat bislang nicht gefunden, wonach er sucht", mutmaßte Carter. „Deshalb wirft er sein Netz immer weiter aus."

„Durchaus möglich", räumte Finch ein. „Aber das ist alles reine Spekulation. Wenn wir seinen Standort kennen und ich mich nicht mehr auf Zehenspitzen bewegen muss, kann ich hoffentlich mehr dazu sagen. Vielleicht gelingt es sogar, seine Suchparameter zu ermitteln. Insbesondere was die CBP-Datenbank anbelangt, stehen unsere Chancen dafür gar nicht schlecht."

„Wie lange, bis wir wissen, woran wir sind?", erkundigte sich Gray.

„Er ist sehr gut im Verschleiern seiner Spuren, aber wir sind ganz nah dran."

Keine zehn Minuten nachdem Carter und Finch Grays

Büro verlassen hatten, klingelte Grays Telefon und Finch sagte die drei erlösenden Worte: „Wir haben ihn.“

Als Gray kurz darauf in den Operations Room stürmte, spürte er sofort die elektrisierte Stimmung aller Anwesenden. Finch saß mit roten Ohren und leuchtenden Augen vor seinem Computer. „England, London“, empfing er Gray. „Eine Adresse im Stadtzentrum.“

„Und Sie sind sich sicher?“

Finch zögerte eine Sekunde. „So sicher, wie man sich bei diesen Dingen sein kann.“

„Gibt es weitere Informationen zu der Adresse?“

„Ein Bürohaus in Canary Wharf. Die IP-Adresse gehört zu einer Firma namens MAZE Inc. Nach den Registereintragungen ist der Geschäftszweck Im- und Export. Um Genaueres zu sagen, muss ich tiefer graben. Dafür brauche ich mehr Zeit.“

„Dann fangen Sie an zu graben“, befahl Gray, und zu Agent Carter gewandt: „Holen Sie mir MI5 und unser Büro in London ans Telefon. Abflug in einer Stunde.“

...

Im Dschungel der Buchstabendienste gehörte das FBI zu den echten Schwergewichten und konnte auf nahezu unerschöpfliche Ressourcen zurückgreifen. Hierzu zählte eine vom Department of Justice betriebene Flotte von Flugzeugen, die den nachgeordneten Behörden, wie der Drug Enforcement Administration, dem United States Marshal Service und eben auch dem FBI zur Verfügung standen. Ein solcher Flieger des DOJ startete knapp eine Stunde später vom LaGuardia Airport in Richtung London. An Bord befanden sich neben Gray, Carter und Finch zwei weitere Mitglieder ihrer Ermittlungseinheit, Michael Finley und Steve Warner. Nach Erreichen der Reiseflughöhe instruierte Gray sein Team hinsichtlich des weiteren Vorgehens.

„Die Briten haben uns volle Unterstützung zugesichert. MI5 trifft bereits Vorkehrungen für eine unauffällige Überwachung des Gebäudes in Canary Wharf. Der Wohlstand des Königreichs steht und fällt mit dem Finanzplatz London und die Verwundbarkeit des elektronischen Handels in New York hat ihnen eine Heidenangst eingejagt. Das bedeutet, bis auf Weiteres machen wir die Ansagen, müssen uns aber eng abstimmen und jede Anwendung von Gewalt den britischen Exekutivkräften überlassen – zumindest offiziell. Wir werden bei allen Aktionen direkt danebenstehen und, wenn notwendig, auch eingreifen. Ich werde mir von niemandem diese Operation versauen lassen. Falls es dadurch zu Irritationen kommt, kümmern wir uns darum später. Diesen verdammten Geist zu schnappen hat absolute Priorität. Waffeneinsatz ist genehmigt, jedoch nur zur Selbstverteidigung. Es bedarf, glaube ich, keiner Erklärungen, warum es entscheidend ist, unsere Zielperson lebend zu fassen. Sie hat die Antworten auf ein paar ziemlich wichtige Fragen. Und die würde ich gern hören."

Carter hob die Hand. „Was passiert mit dem Geist, wenn wir ihn gefasst haben?“

„Er wird unverzüglich zur Befragung in die Staaten verbracht. Sonst noch etwas?“

Niemand meldete sich.

„Schnappen wir uns den Mistkerl!“

21

Viereinhalb Stunden nach ihrem ersten Erkundungsgang standen Ell und Chang Feng erneut vor dem Gebäude, jetzt in ihrer Verkleidung als Wartungstechniker. Die gefälschten Firmenausweise hingen um ihren Hals und nach einem prüfenden Blick auf Chang Feng und sich selbst kam Ell zu dem Ergebnis, dass sie ein halbwegs überzeugendes Bild abgaben. Einzig die fehlenden Gebrauchsspuren an ihrem nagelneuen Outfit störten den perfekten Auftritt ein wenig. Pünktlich um halb zwölf marschierten sie in die Empfangshalle des Canada Square 1. Dort kam ihnen gleich ein uniformierter Nachtwächter entgegen.

„N'abend", grüßte Ell jovial. „Ihr habt 'ne Störung?"

„Na das ging ja fix. Die Brandmeldeanlage zickt mal wieder." Breitbeinig baute sich der bärtige Wachmann vor ihnen auf. „Sind Jeremy und Paul im Urlaub?"

Ell konnte nur raten, vermutete aber, dabei handelte es

sich um die echten Techniker, die üblicherweise in solchen Fällen anrückten.

„Schön wär‘s“, erwiderte Ell. „Die beiden haben schon einen Einsatz.“

Diese Erklärung schien zu genügen, denn nach einem kurzen Blick auf ihre Ausweise durften sie sich am Empfangstresen in ein Buch eintragen, mit dem sämtliche Störungs- und Wartungseinsätze dokumentiert wurden.

„Der Technikraum ist im neunten Stock. Ihr könnt Aufzug Nummer drei nehmen.“ Damit deutete der Wachmann in Richtung der Fahrstühle, während seine Augen an Chang Fengs Figur kleben blieben. „Ich bin Roy. In einer Viertelstunde kommt meine Ablösung. Dann schaue ich noch einmal bei euch vorbei.“ Sein Blick verfolgte jeden von Chang Fengs Schritten, bis sich die Aufzugtüren hinter ihr schlossen.

Trotz seiner Anspannung musste Ell grinsen. „Ich glaube, du hast einen neuen Fan. Jedenfalls ist unser guter Roy abgelenkt genug, um nicht auf falsche Gedanken zu kommen.“

Chang Feng grunzte angewidert. „Ich würde eher sagen, er kommt ganz und gar auf die falschen Gedanken.“

„Vielleicht hat er ja ungeahnte Qualitäten“, gab Ell väterlich zu Bedenken. „Ich an deiner Stelle würde es mir noch einmal überlegen. So ein stattliches Exemplar Mann findet man nicht alle Tage.“ Erfolglos versuchte er, Chang Fengs Ellenbogen auszuweichen. Im neunten Stock steuerten sie zunächst den Technikraum an, der den Fahrstühlen schräg gegenüberlag. Dort öffnete Ell, wie in den Instruktionen von Allison beschrieben, die Verkleidung der Brandmeldeanlage und breitete davor einige Werkzeuge aus. Er sah auf seine Uhr. Es war 23:48 Uhr.

„Ich fürchte, wir müssen den Plan ändern. Du bleibst besser hier, falls unser Casanova seine Drohung wahrmacht und uns besuchen kommt. Ein kurzer Toilettenbesuch als Ausrede für meine Abwesenheit dürfte ihn wohl überzeugen, wenn wir aber beide weg sind, wird er garantiert misstrauisch."

Chang Feng verschränkte störrisch die Arme. „Und warum bleibst du nicht hier und ich knacke den Tresor?"

Ell rollte mit den Augen. „Weil Mr. Nachtwächter kaum meinetwegen hier auftauchen wird. Offensichtlich interessiert er sich für dich. Und das gibt dir die Möglichkeit, ihn … abzulenken."

„Du meinst, weil ich eine Frau bin und damit das Objekt der vermutlich widerwärtigen Fantasien dieses bärtigen Neandertalers, ist es meine Aufgabe, ihn in seinem Irrglauben zu bestärken, er habe irgendwelche Chancen bei mir?"

„Na ja, das wären nicht genau meine Worte; aber so ungefähr. Denk daran: Es ist für eine gute Sache! Ich bin in spätestens fünfzehn Minuten wieder hier. Falls etwas Unvorhergesehenes passiert, rufe ich dich auf dem Handy an."

„Das Thema ist noch nicht beendet", schallte es Ell hinterher, während er zum Treppenhaus lief. Er verzichtete auf die Beleuchtung und griff stattdessen zu seiner Taschenlampe. Vor Aufregung pochte ihm das Blut in den Ohren. Leise stieg er die Stockwerke empor, bis eine überdimensionale Fünfzehn an der Wand prangte. Ein Schloss mit Zahlencode sicherte wie erwartet den Zugang zu den Büroräumen. Aus dem Gedächtnis tippte Ell die Kombination ein, worauf sich die Tür mit einem leisen Summen öffnete. Dahinter lag in tiefer Dunkelheit ein langer Flur. Ell verharrte regungslos auf der Stelle und lauschte angestrengt. Nach zwei Minuten war er sich sicher, allein zu sein. Der dichte Teppichboden schluckte das Geräusch seiner Schritte, bis ihn nur noch eine Tür von seinem Ziel trennte. Vorsichtshalber löschte er die Taschenlampe, bevor er langsam die Türklinke niederdrückte. Mit zum Zerreißen gespannten Nerven hielt er den Atem an und öffnete die Tür einen Spalt weit. Doch im Raum dahinter erwartete ihn die gleiche schweigende Finsternis wie im restlichen Büro und so wagte er es, einzutreten und seine Taschenlampe wieder einzuschalten. Sofort fiel sein Blick auf einen grauen Stahltresor und Erleichterung durchflutete ihn. Bislang hatte alles Allisons Beschreibung entsprochen. In der nächsten Sekunde stand er vor dem Tresor und tippte den Zahlencode in das elektronische Schloss. Entschlossen zog er am Verriegelungshebel und mit einem leichten Knarren schwang die schwere Tresortür auf. Sein Gehirn weigerte sich einen Augenblick lang zu akzeptieren, was er sah. Er kniff zweimal hintereinander die Augen zusammen, doch es gab keinen Zweifel: Der Tresor war leer. Bevor er einen weiteren Gedanken fassen konnte, tauchte die Deckenbeleuchtung den Raum in gleißendes Licht und ein durchdringender Alarmton zerriss die Stille.

In Chang Feng brodelte es. Nicht nur, dass sie sich von

irgendeinem Typen mit den Augen hatte ausziehen lassen müssen. Jetzt durfte sie zur Belohnung auch noch darauf warten, ob er auftauchte und einen Annäherungsversuch startete. Und anstatt ihm die Zähne einzuschlagen, sollte sie mitspielen. Leise vor sich hin fluchend wanderte sie im Technikraum auf und ab. Die Tür stand einen Spalt offen, damit sie die Fahrstühle im Auge behalten konnte. Nervös sah sie auf ihre Uhr. Es waren zwar erst fünf Minuten vergangen, aber Ell musste sich bereits Zugang zu den Räumen sechs Stockwerke über ihr verschafft haben. Aus den Augenwinkeln nahm sie wahr, wie die Leuchtanzeige eines der Fahrstühle zum Leben erwachte. Shit, dachte sie, während sich ihr Puls beschleunigte. Mein Lover ist auf dem Weg. Eilig griff sie nach einem Schraubenzieher und positionierte sich vor dem Kabelgewirr der Brandmeldeanlage. Ohne lange zu zögern, löste sie einige Kabel und Bauteile. Als das melodische *Ping* die Ankunft des Fahrstuhls vermeldete, fing sie damit an, in umgekehrter Reihenfolge alles wieder festzuschrauben. Schweren Schritten auf dem Flur folgte ein Klopfen an der Tür.

„Na, wie geht's denn voran?", ertönte die Stimme, die zu hören sie befürchtet hatte.

„Gut soweit", antwortete Chang Feng über ihre Schulter. „Der Fehler ist behoben, glaube ich. Sobald der Kollege von der Toilette zurück ist, machen wir einen Testlauf."

Roy kniff missbilligend die Augenbrauen zusammen, bis er den Vorteil der Situation für sich zu erkennen schien. „Dann sind wir zwei beiden ja ganz allein", begann er verschwörerisch und lachte gezwungen. Als hierauf keine Reaktion erfolgte, fuhr er einfach fort: „Sieht man selten. Eine Frau in deinem Job. Ist aber okay für mich. Ich stehe auf Frauen, die geschickt mit den Händen sind. Ich meine jetzt handwerklich und so.“

Chang Feng unterdrückte ein Schaudern und rang sich ein Lächeln ab. „Das ist ja total süß von dir. Das hat mir noch nie ein Mann gesagt.“

Roy sah darin offensichtlich die Bestätigung, auf dem richtigen Weg zu sein. „Bah, dann kennst du die falschen Typen.“ Mit diesen Worten lehnte er sich betont lässig gegen den Türrahmen und versuchte gleichzeitig, die Brust herauszustrecken und den Bauch einzuziehen. Das Ergebnis verfehlte jedoch den beabsichtigten Eindruck und Chang Feng musste sich auf die Zunge beißen, um ein Grinsen zu unterdrücken.

„Wer sind denn die richtigen Typen?“, fragte sie stattdessen mit rauchiger Stimme und merkte überrascht, wie sie sich langsam für ihre Rolle zu erwärmen begann.

„Also ich hab‘ immer schon gesagt, eine Frau, die geschickt mit den Händen ist, hat auch sonst einiges zu bieten. Frauen müssen nicht nur kochen können, sondern sich auch mit anderen Sachen auskennen. Da bin ich ganz modern.“

„Klingt ja so, als wärest du ein Hauptgewinn“, erwiderte Chang Feng, bemüht, jeden Unterton von Ironie zu vermeiden. Doch darum hätte sie sich keine Sorgen machen müssen, denn Roy war offensichtlich eine ironiefreie Zone und die gerade geäußerte Einschätzung entsprach vollständig seiner Selbstwahrnehmung.

„Wir können uns ja mal treffen. Auf ein Bier oder so“, ging er deshalb gleich aufs Ganze.

Chang Feng wollte gerade entgegnen, sie könne sich absolut nichts Schöneres vorstellen, doch eine aufgeregte Stimme aus Roys Funkgerät kam ihr zuvor.

„Roy, Ben hier. Wir haben ungebetene Gäste im fünfzehnten. Du weißt, was zu tun ist."

FÜR EINIGE SEKUNDEN ließ der Schock Ell in Bewegungslosigkeit verharren. Dann flutete Adrenalin seinen Körper. Mit zwei Sätzen erreichte er die Tür und sprintete den Weg zurück, den er gekommen war. Im Laufen nahm er wahr, was die Dunkelheit bislang verborgen hatte: Das gesamte Büro stand leer. In keinem der angrenzenden Zimmer befand sich auch nur ein einziges Möbelstück oder sonstiger Einrichtungsgegenstand. Eine Falle, schoss es ihm durch den Kopf. Damit dürften ihnen höchstens einige Minuten bleiben, um zu fliehen. Wenn nicht bereits jemand auf sie wartete. Sein nächster Gedanke galt Chang Feng. Hoffentlich war der Wachmann nicht erschienen. Vier Stufen auf einmal nehmend, raste er durch das Treppenhaus. Neunter Stock. Er zwang sich, nicht sofort durch die Treppenhaustür zu stürmen, sondern prüfte zunächst, ob sich jemand im Flur aufhielt. Auf leisen Sohlen schlich er in Richtung des Technikraumes und stand schließlich vor der geschlossenen Tür. Er holte tief Luft und stieß die Tür mit einem Ruck auf. Im Inneren herrschte Dunkelheit. Lediglich ein schmaler Streifen wurde durch die jetzt geöffnete Tür erhellt. Ohne Vorwarnung löste sich ein Schatten von der Wand und holte zu einem Schlag gegen ihn aus. Zum Ausweichen war es zu spät und Ell bereitete sich auf den Aufprall vor, doch im letzten Moment wich der Schatten zurück und der Schlag ging harmlos an ihm vorbei.

„Herrgott Will! Ich habe fast einen Herzinfarkt bekommen!“, schnarrte eine vertraute Stimme mit einer Mischung aus Ärger und Erleichterung. Ell tastete nach dem Lichtschalter und schloss gleichzeitig die Tür hinter sich. Das Bild, das sich ihm bot, verschlug ihm die Sprache. Chang Feng stand mit zerzausten Haaren vor ihm, die schwere Taschenlampe in der rechten Hand. Hinter ihr lag bewusstlos der Wachmann Roy.

„Was ist denn hier los?“, fragte er vorsichtig.

Chang Feng folgte seinem Blick zu der Gestalt am Boden. „Oh, als die Alarmmeldung kam, hatte ich nur den Bruchteil einer Sekunde, um zu reagieren.“

„Und deine spontane Reaktion bestand darin, dem Kerl eines überzuziehen.“

„Schien mir eine gute Idee zu sein. - Außerdem hat es sehr befreiend gewirkt“, setzte sie mit zufriedenem Gesichtsausdruck hinzu. Sofort wich dieser aber einer besorgten Miene. „Hast du den Stein?“

Ell schüttelte den Kopf. „Es gab keinen Stein. Dafür eine Alarmanlage. Wir sind direkt in eine Falle gelaufen.“

„Fuck“, murmelte Chang Feng erbost.

Ell versuchte, seine rasenden Gedanken einzufangen. Sie mussten hier raus, und zwar schnellstens. Die Polizei war vermutlich schon auf dem Weg. Dann kam ihm eine Idee, wie sie ihre Chancen vielleicht verbessern konnten.

. . .

Ell zog den Gürtel so eng wie möglich, doch auch damit schlackerte die Hose des Wachmanns weiterhin wenig vorteilhaft um seine Beine; zumindest die Länge stimmte ungefähr. Ein letztes Mal kontrollierte er Roys Fesseln. Hände und Füße waren mit Klebeband zusammengeschnürt und im Mund steckte eine seiner Socken. Der bewusstlose und nur noch seine Unterwäsche tragenden Mann tat ihm fast leid.

„Der Fahrstuhl kommt“, warnte Chang Feng vom Flur und Ell beeilte sich, das Licht zu löschen und die Tür des Technikraumes hinter sich zuzuziehen.

„Treppenhaus oder Fahrstuhl?“, fragte Chang Feng, während sie auf der Anzeigetafel den Fortschritt des Fahrstuhls verfolgte.

„Fahrstuhl“, entschied Ell und drückte die Abwärtstaste, worauf sich einer der beiden anderen Fahrstühle vom fünfzehnten Stockwerk kommend in Bewegung setzte.

„Die werden bestimmt auch jemanden durch das Treppenhaus schicken. Mit ein wenig Glück sind alle unterwegs nach oben und die Eingangshalle ist leer.“

In der Anzeigetafel des aufwärtsfahrenden Fahrstuhls erschien die neun und Chang Feng hielt kurz die Luft an, doch die Kabine stoppte nicht auf ihrer Etage, sondern fuhr weiter bis in den fünfzehnten Stock.

Erleichtert atmete sie aus. „Damit gewinnen wir etwas Zeit. Wir müssen nur vermeiden, direkt jemandem in die Arme zu laufen.“

Ell nickte und im nächsten Augenblick geschahen zwei Dinge gleichzeitig. Der abwärtsfahrende Fahrstuhl traf ein und Ells Telefon klingelte. Eilig betraten sie die leere

Kabine und Chang Feng drückte den Knopf für die Lobby. Misstrauisch beäugte Ell sein Handy.

„Geh schon ran“, drängte ihn Chang Feng. „Es hat sowieso nur eine Person diese Nummer.“

„Das ist es ja, was mir Sorgen macht“, erwiderte Ell, bevor er die Annahmetaste drückte und auf laut stellte. „Allison. Wir sitzen ziemlich tief in der Scheiße und ich hoffe, du hast dafür eine verdammt gute Erklärung.“

„Es tut mir leid, Will. Hinsichtlich der Pläne unseres Gegenspielers ist mir eine Fehleinschätzung unterlaufen. So etwas kommt normalerweise nicht vor und ich bin immer noch dabei, die Ursachen zu analysieren.“

„Ehrlich gesagt frage ich mich, ob du nicht selbst für all das hier verantwortlich bist“, entgegnete Ell wütend.

Trotz dieses Vorwurfs blieb Allisons Stimme unverändert neutral und unbeteiligt. „Ich versichere dir, das ist nicht der Fall. Hätte ich euch schaden wollen, wäre mir das mit weit geringerem Aufwand schon mehrfach möglich gewesen. Ich kann euch aber dabei helfen, das Gebäude wieder zu verlassen.“

„Und wie willst du das anstellen?“

„Ich verfüge über Zugang zu den elektronischen Systemen des Gebäudes. Das schließt die Überwachungskameras und die Fahrstühle mit ein. Die Anzeige des Fahrstuhls, in dem ihr euch befindet, habe ich eingefroren, damit seine Bewegungen von außen nicht zu erkennen sind. Die Lobby ist derzeit leer.“

Ell war noch nicht überzeugt. „Und warum hast du dann den Alarm nicht verhindert?“

„Das von dir ausgelöste Alarmsystem ist autark und

wird nicht vom zentralen Sicherheitssystem des Gebäudes gesteuert. Deswegen ist es mir entgangen."

Ell besaß keine Möglichkeit, den Wahrheitsgehalt dieser Aussage zu überprüfen. Ohne Hilfe von außen schien ihre Lage jedoch aussichtslos. „Was sollen wir tun?"

„Verwendet bitte die Ohrhörer, damit ihr euch frei bewegen könnt. Ich hole Chang Feng in das Telefonat mit hinein." Im gleichen Moment begann Chang Fengs Telefon zu klingeln. Augenblicke später erreichte der Fahrstuhl die Lobby. „Der Weg durch den Haupteingang scheidet aus. Vor dem Gebäude sind Einsatzkräfte der Polizei im Anmarsch. Die einzige Fluchtmöglichkeit besteht durch die Tiefgarage. Diese verfügt über eine Verbindungstür zur Tiefgarage des Nachbargebäudes. Das Schloss dieser Tür ist allerdings nicht elektronisch. Daher kann ich es aus der Ferne nicht öffnen. Hierfür ist ein gewöhnlicher Schlüssel erforderlich. Sämtliche Schlüssel für das Gebäude werden in einem Schlüsselkasten hinter dem Empfangstresen verwahrt. Dorthin müsst ihr zuerst und den richtigen Schlüssel finden."

Allisons Prognose erwies sich als zutreffend. Niemand befand sich in der Lobby. Im Laufschritt legten Ell und Chang Feng den Weg zum Empfangstresen zurück. Nach dem Schlüsselkasten mussten sie nicht lange suchen. Doch wie Chang Feng feststellte, war dieser verschlossen und machte zudem einen äußerst stabilen Eindruck.

„Mist", fluchte Ell. „Unser ganzes Werkzeug liegt im neunten Stock." Suchend sah er sich um. „Wir brauchen etwas, womit wir den Kasten aufbrechen können."

Ein Lächeln umspielte Chang Feng Lippen. „Oder wir könnten ihn einfach aufschließen."

„Und womit bitte?"

Chang Feng deutete schweigend auf seinen Hosenbund. Ell schaute an sich herab zu dem Schlüsselbund, das mit einem Karabinerhaken befestigt an einer der Gürtelschlaufen hing.

„Das ist natürlich auch eine Möglichkeit", räumte er ein.

Tatsächlich fand sich der passende Schlüssel an dem Bund. Beide stöhnten jedoch beim Anblick der Unmenge von Schlüsseln im Inneren des Kastens auf. Eilig fingen sie an, die einzelnen Beschriftungen zu prüfen, bis sie von einem metallischen Klopfen unterbrochen wurden.

„Da will jemand was von uns", flüsterte Ell.

Vor dem Haupteingang stand eine Gruppe uniformierter Personen und klopfte energisch gegen die Glastüren.

„Allison, können die hier reinkommen?", fragte Chang Feng beunruhigt.

„Ich habe die Außentüren verriegelt", erklang die nüchterne Stimme in ihren Ohrhörern. „Das hält allerdings auf Dauer niemanden auf, der bereit ist, sich mit Gewalt Zugang zu verschaffen. Im Übrigen rate ich zur Eile, da sich Wachpersonal aus dem fünfzehnten Stock wieder auf dem Weg nach unten befindet."

„Dann versuch' sie aufzuhalten", knurrte Ell und beschleunigte seine Suche.

„Die Fahrstühle sind bereits gestoppt. Ich kann jedoch

nicht verhindern, dass einige von ihnen das Treppenhaus benutzen."

„Ich glaube, ich verstehe, wie die Schlüssel sortiert sind", warf Chang Feng unvermittelt ein. „Die Anordnung entspricht dem Aufbau des Gebäudes."

Jetzt erkannte auch Ell das Muster. „Wir nehmen die gesamte untere Reihe mit", schlug er vor. „Da müssten alle Schlüssel für die Tiefgarage dabei sein. Welcher der Richtige ist, versuchen wir unterwegs herauszufinden."

Sofort begann Chang Feng, sich ihre Taschen mit den entsprechenden Schlüsseln vollzustopfen. Unterdessen wurde das Klopfen an den Eingangstüren immer nachdrücklicher und Ell überlegte, wie lange die Glastüren dem wohl noch standhalten würden.

„Fertig! Allison, wie kommen wir in die Tiefgarage?"

„Mit dem Fahrstuhl."

Auf dem Weg zu den Fahrstühlen mussten sie die gesamte Lobby passieren. Ell gestikulierte dabei wild in Richtung der Personengruppe vor dem Gebäude und hoffte, seine Handzeichen würden als Hinweis auf technische Probleme interpretiert und ihnen etwas mehr Zeit verschaffen. Eine der Fahrstuhlkabinen wartete bereits auf sie. Chang Feng drückte hektisch auf den untersten Knopf, während sich die Aufzugtüren quälend langsam schlossen. In der Entfernung waren schon die Stimmen und schnellen Schritte der zurückkehrenden Wachleute zu hören. Der Fahrstuhl schien sich in Zeitlupe zu bewegen. Nach einer gefühlten Ewigkeit öffneten sich die Türen zu einem schmucklosen, von Neonlicht erhellten Flur.

„Nach rechts, durch die Stahltür auf das Parkdeck und

geradeaus bis an dessen anderes Ende“, kommandierte Allison über die Ohrhörer. Ell und Chang Feng setzten sich sofort in Bewegung. Im Laufen kramte Chang Feng einzelne Schlüssel hervor und las die Beschriftung der Anhänger. Doch bei den meisten bestand diese nur aus einer Kombination von Buchstaben und Zahlen.

„Da drüben“, rief Ell außer Atem und steuerte auf eine unscheinbare graue Tür an der hinteren Stirnseite der Tiefgarage zu. Bislang gab es keine Anzeichen ihrer Verfolger.

„Schlüssel.“ Ell leerte seine Taschen auf den Fußboden. Chang Feng tat es ihm gleich. „Ich glaube, es geht am schnellsten, wenn wir sie der Reihe nach ausprobieren.“

Doch keiner der Schlüssel wollte passen, und in dem gleichen Maße, in dem der Haufen auf dem Fußboden schrumpfte, schwand Ells Zuversicht. Es waren nur noch einige wenige Schlüssel übrig, als endlich einer anstandslos in das Schloss glitt und sich mühelos drehen ließ.

„Gott sei Dank“, entfuhr es Chang Feng. Gleichzeitig sammelte sie die achtlos beiseite geworfenen Schlüssel wieder ein. „Das wäre etwas zu auffällig, wenn wir die hier liegenließen. Dann wüsste jeder sofort, wohin wir verschwunden sind.“

Ell hatte unterdessen die Tür aufgestoßen. Unmittelbar dahinter befand sich ein identisch anmutendes weiteres Parkdeck. Nachdem sie hindurchgeschlüpft waren, achtete er darauf, die Durchgangstür wieder fest zu verriegeln. Allisons Stimme ließ sich nur schlecht verstehen. Der viele Beton um sie herum störte den Handyempfang.

„Die Ausfahrt ist durch ein Tor verschlossen, aber direkt daneben gibt es eine Fluchttür, die sich von innen ohne Schlüssel öffnen lässt. Soweit ich feststellen kann, konzentriert sich die Aufmerksamkeit auf das Gebäude, das ihr gerade verlassen habt. Ihr solltet unbeobachtet bis auf die Straße gelangen. Von da aus schafft ihr es in fünf Minuten zu eurem Mietwagen."

Zehn Minuten später verließ ein unauffälliger Toyota Yaris die öffentliche Parkgarage an der West India Avenue und verschwand in der Nacht, während nicht weit davon entfernt, am Canada Square 1, die Hölle losbrach.

22

Mitten über dem Nordatlantik und zur Untätigkeit verdammt, erhielt Gray die Information, dass die Briten sich genötigt gesehen hatten zuzugreifen, ohne seine Ankunft abzuwarten. Es kostete ihn größte Mühe, seine Wut zu beherrschen. Übertroffen wurde sein Ärger nur von der Angst, die Aktion könnte fehlgeschlagen sein. Es gelang ihm jedoch nicht, aus der Ferne Näheres in Erfahrung zu bringen. Offensichtlich gab es bislang niemanden, der einen vollständigen Überblick über die Geschehnisse besaß. Am Militärflugplatz Northolt warteten drei Fahrzeuge auf ihn und sein Team. Um zehn vor vier Uhr morgens kam die kleine Kolonne hinter den am Canada Square mittlerweile errichteten mobilen Absperrungen zum Stehen. Sofort eilte er auf das bereitstehende Empfangskomitee zu.

„Gray, FBI. Wer von Ihnen ist Lewis?“

„Das bin ich“, antwortete der älteste der dreiköpfigen Gruppe. Hochgewachsen, das Haar ergraut, trug er als einziger keine Uniform, sondern einen dunklen Anzug. „Im Namen des MI5 herzlich willkommen in London, Special Agent in Charge Gray. Das sind Superintendent Hastings von Scotland Yard sowie Commander Clarkson vom CTC.“

Der in eine Polizeiuniform gekleidete Hastings erreichte knapp die Größe von Lewis, war aber schon fast ungesund dünn und kahlköpfig. Den in einer Kampfmontur steckenden Clarkson schätzte Gray auf höchstens Mitte dreißig. Sein gesamtes Erscheinungsbild, von den kurzgeschorenen Haaren bis zur aufrechten und dennoch entspannten Körperhaltung, signalisierte einen militärischen Hintergrund.

Gray ignorierte die Begrüßung. „Bringen Sie mich auf den neuesten Stand, Mr. Lewis.“

Lewis war eine solch brüske Behandlung offensichtlich nicht gewohnt. „Natürlich, Agent Gray“, erwiderte er kühl. „In der Lobby haben wir unseren vorläufigen Kommandoposten eingerichtet. Wenn Sie mir bitte folgen.“

Die Gruppe setzte sich in Bewegung. Da Gray keine Anstalten machte, Finch und Carter vorzustellen, übernahmen diese das kurzerhand selbst. Den Abschluss der kleinen Prozession bildeten die etwas verloren wirkenden Finley und Warner. In der Lobby herrschte die für einen frischen Tatort typische Betriebsamkeit und neugierige Blicke folgten ihnen auf dem Weg zu einem improvisierten Besprechungsraum. Dort trafen sie auf einen Mann und eine Frau, die intensiv miteinander diskutierten. Ausgebreitet auf einem Tisch lag der Grundriss des Gebäudes.

„Detective Chief Inspector Helen Morris von Scotland Yard und George Graham von GHQC“, stellte Lewis die beiden vor. „DCI Morris leitet das Superintendent Hastings unterstellte Ermittlerteam und Mr. Graham unterstützt uns auf der technischen Seite. DCI Morris wird sie auf den aktuellsten Stand der Erkenntnisse bringen.“

Nachdem alle Platz genommen hatten, räusperte sich Morris. „Anfangs haben wir uns mit einer sehr undurchsichtigen Lage konfrontiert gesehen. Aufgrund der letzten Zeugenaussagen zeichnet sich langsam ein etwas klareres Bild ab. Demnach haben sich im Anschluss an eine vorgetäuschte Störungsmeldung zwei Personen, ein Mann und eine Frau, als Wartungstechniker ausgegeben und Zugang zum fünfzehnten Stockwerk verschafft. Dort gelang es ihnen, einen Tresor zu öffnen und mit dem Inhalt zu entkommen. Ein Wachmann namens Roy Cox, der sich ihnen in den Weg stellte, wurde niedergeschlagen. Bemerkenswert ist jedoch, dass jemand offenbar mit ungebetenen Gästen gerechnet und die Wachleute dafür bezahlt hat, im Falle eines Alarms nicht die Polizei, sondern einen privaten Sicherheitsdienst zu rufen. Das folgt zumindest aus dem Geständnis des Wachmannes Ben Bowers. Angaben zu seinem Auftraggeber konnte Mr. Bowers keine machen. Es gab keinerlei persönlichen Kontakt, auch wenn er wohl in dem Glauben war, es handele sich um den Mieter der Räume. Passend dazu fanden wir eine Gruppe von sechs Personen, eingeschlossen in einem der Fahrstühle. Die Personen waren bewaffnet und sind in Gewahrsam. Bislang verweigern sie jede Aussage."

Gray hatte sich bemüht, den Bericht nicht zu unterbrechen, aber jetzt platzte es aus ihm heraus. „Sie sagten, die beiden Einbrecher seien entkommen. Gibt es wenigstens Bilder der Überwachungskameras?"

„Nein, leider nicht. Auf den Aufzeichnungen der Helmkameras von Commander Clarksons Team ist zumindest das Gesicht des Mannes in einigen Einstellungen zu erkennen. Da es sich um bewegte Bilder handelt und die Aufnahmen durch eine geschlossene Glastür erfolgten, ist die Qualität bedauerlicherweise nicht die beste. Das Material wurde vom GCHQ nachbearbeitet und läuft derzeit durch unsere eigenen Datenbanken sowie die des FBI."

Gray schüttelte verständnislos den Kopf. „Warum die Helmkameras? Gibt es im Gebäude keine Überwachungskameras?"

„Die Aufzeichnungsfunktion der Kameras war im fraglichen Zeitraum außer Betrieb."

Gray sog hörbar Luft ein. „Haben Sie schon eine Theorie, wie zwei Personen unbemerkt ein vollständig abgeriegeltes Gebäude verlassen konnten?"

An dieser Stelle ergriff Graham, der Techniker vom Geheimdienst, das Wort. „DCI Morris und ich haben das gerade diskutiert. Nach den Plänen des Gebäudes gibt es nur einen denkbaren Weg. Es existiert ein Wartungsdurchgang von der Tiefgarage dieses Gebäudes zu der Tiefgarage des Nachbargebäudes. Obwohl die Gebäude an der Oberfläche komplett freistehen und sogar eine Straße zwischen ihnen verläuft, grenzen die Tiefgaragen unmittelbar aneinander. Das bedeutet, die fraglichen Personen verfügten über extrem detaillierte Ortskenntnisse.“

„Na schön“, gab Gray sich fürs Erste zufrieden. „Wir würden uns das fünfzehnte Stockwerk gern selbst einmal ansehen. Ich danke Ihnen allen für dieses Briefing.“ Damit erhob er sich und trat hinter den Stuhl des MI5-Agents. „Vorher möchte ich Sie eine Minute unter vier Augen sprechen, Mr. Lewis.“

„Natürlich“, erwiderte Lewis. „Lassen Sie uns dafür am besten kurz nach draußen gehen.“

Gray bedeutete seinem Team, in der Lobby auf ihn zu warten, und folgte Lewis aus dem Gebäude bis in die davorliegende kleine Parkanlage. „Was ist der Kenntnisstand der beteiligten Ermittler in dieser Sache?“, kam Gray ohne Umschweife auf den Punkt. „Kennt außer Ihnen jemand das ganze Bild?“

Lewis schüttelte entschieden den Kopf. „Scotland Yard glaubt, wir seien Mitgliedern einer terroristischen Vereinigung auf der Spur, die Anschläge in Großbritannien und den USA planen. Gleiches gilt für das CTC. Dem Mann von GCHQ, Graham, wurde darüber hinaus mitgeteilt, dass die fragliche Gruppierung hochentwickelte Cyberattacken ausführt. Den gesamten Hintergrund der Suche nach dem Geist kennen nur ich und meine Vorgesetzten.“

„Gut. Dabei sollte es in jedem Fall bleiben.“ Grays Blick glitt an der Fassade des Gebäudes zu den obersten Stockwerken empor. „Bislang ergeben die Vorkommnisse hier für mich keinen Sinn. Andererseits kann es sich nicht um einen Zufall handeln, dass ausgerechnet dort, wo wir unseren Geist vermuten, eingebrochen wird. Theoretisch könnte jeder im Gebäude darin verwickelt sein. Die Frage ist allerdings, handelt es sich bei dem Einbruch um einen Versuch, die eigenen Spuren zu beseitigen, oder …“

„Oder was?“

„… oder gibt es eine weitere Partei, die wir bislang nicht kennen“, führte Gray seinen Satz nachdenklich zu Ende.

Da es nicht viele Spuren zu sichern gab, war die Spurensicherung aus dem fünfzehnten Stockwerk bereits wieder abgezogen.

„Sieht verlassen aus“, murmelte Carter, während sie zusammen mit Gray, Finch, Graham und Lewis von Zimmer zu Zimmer ging.

Graham nickte. „Und die vier Stockwerke unter uns sehen genauso aus. Hier drüben ist der Raum mit dem Tresor.“

Gray folgte ihm als erster in das fensterlose Zimmer und inspizierte den Tresor aus nächster Nähe. Dabei bemerkte er einige Kabel an dessen Rückseite. „Gehört das zu einer Alarmvorrichtung?“

„Ja. Sie muss vom Mieter der Flächen installiert worden sein.“

„Und woran ist sie angeschlossen?“

„Folgen Sie mir bitte.“ Graham führte sie quer über den Flur in eines der Eckbüros. „Daran.“

Finch pfiff leise durch die Zähne. „Ist es das, was ich vermute?“

„Ich denke schon“, erwiderte Graham mit einem Grinsen. „Keine Angst, es ist ausgeschaltet.“

„Könnte mich bitte einer der Herren einweihen?“, verlangte Gray ungeduldig.

Finch trat näher an das im Raum stehende Computerrack heran. Seine Finger folgten einem Bündel Kabel, das zu einem großen, grauen Kasten führte, der auf der Fensterbank stand. Aus dessen Seiten wuchsen vier armdicke Antennen empor. „Das ist so etwas wie ein WLAN auf Steroiden“, erklärte er ehrfürchtig.

„Soll heißen?“

„Das heißt, dass ein gewisser jemand uns leider wieder einmal einen Schritt voraus ist.“

„Sie meinen, wir sind hier falsch?“, mischte sich Carter in die Diskussion ein.

Finch wog den Kopf hin und her. „Falsch würde ich nicht sagen. Die von uns zurückverfolgten Zugriffe kamen definitiv von hier. Aber das nützt uns wenig, denn wer auch immer dahintersteckt, musste sich dafür nicht ebenfalls hier aufhalten. Ich schätze, dieses Gerät hat aus der Höhe, in der wir uns befinden, eine Reichweite von mehreren Kilometern. Das bedeutet, irgendwo in diesem Umkreis steht oder stand ein weiteres Gerät, von dem die Befehle übertragen wurden.“

„Also sitzt unser Mann möglicherweise in einem der umliegenden Bürogebäude?“, hakte Gray nach.

Doch Finch schüttelte den Kopf. „Vielleicht habe ich mich unklar ausgedrückt. Das Gerät, das mit diesem WLAN-Router in Verbindung stand, befindet oder befand sich möglicherweise in einem der umliegenden Gebäude. Der Benutzer selbst kann sich überall aufhalten. In Rio, Timbuktu oder Alaska. Unmöglich zu sagen.“

„Verdammt“, entfuhr es Gray. „Finch, unterstützen Sie Mr. Graham dabei, die Hardware zu untersuchen und so viele Informationen wie möglich zusammenzutragen. Ich selbst werde jetzt meinen Vorgesetzten Bericht erstatten. Und ich wage die Prognose, sie werden nicht erfreut sein.“

23

Während Ell den Mietwagen stoisch schweigend durch die Nacht steuerte, diskutierte Chang Feng mit Allison über die offensichtliche Falle, der sie wie durch ein Wunder gerade noch entkommen waren. Gewohnt direkt nannte Chang Feng die Aktion ein gnadenloses Fiasko und erntete keinen Widerspruch. Zu den Gründen für ihre folgenschwere Fehleinschätzung schwieg Allison jedoch beharrlich. Das Gespräch endete ohne konkretes Ergebnis mit Allisons Versicherung, sich zu melden, sobald sie neue Erkenntnisse hätte.

„Kann es kaum erwarten“, machte Chang Feng ihrem Ärger Luft. „Die blöde Kuh ist ja auch nicht um Haaresbreite bei einem schweren Einbruch erwischt worden.“

„Und, nicht zu vergessen, einer gefährlichen Körperverletzung“, ergänzte Ell unnötigerweise.

Chang Feng warf ihm einen vernichtenden Blick zu.

„Verdammter Mist. Das war‘s dann damit, in London zu bleiben. Mittlerweile sucht wahrscheinlich jeder Polizist der Stadt nach zwei Einbrechern. Darunter eine etwa 1,65m große Asiatin. Und wir sind keinen Schritt weiter.“

„Nur fürs Erste“, hielt Ell dagegen. „Das letzte Wort mit Allison ist noch nicht gesprochen. Sie hat es schließlich verbockt. Wir haben unseren Teil der Vereinbarung eingehalten. Daher stehen uns meiner Meinung nach auch die versprochenen Informationen zu. Aber zunächst werde ich wohl wieder Aidan bemühen müssen. Ihm fällt bestimmt ein Ort ein, an dem wir für ein paar Tage untertauchen können. Er hat mehr Häuser auf der ganzen Welt als ich Finger und Zehen. Dort überlegen wir in Ruhe, wie es weitergeht.“

„Okay“, erwiderte Chang Feng niedergeschlagen. „Ein Augenblick Ruhe kann nicht schaden. Ich fühle mich todmüde.“ Während die zuerst bloß vereinzelt fallenden Regentropfen in einen typisch englischen Dauerregen übergingen, zog Ell sein Telefon hervor und wählte eine Nummer. „Vorher möchte ich mich allerdings endlich bei meiner Schwester melden.“ Kurz darauf beendete er die Verbindung unverrichteter Dinge. „Wieder der Anrufbeantworter. Das ist seltsam. Normalerweise ist sie mit ihrem Handy verwachsen.“ Ell dachte einen Moment nach. „Bitte google für mich eine Telefonnummer in Hamburg. Der Name ist David Goldstein.“

Schnell wurde Chang Feng fündig, wählte die entsprechende Nummer und aktivierte den Lautsprecher. Zu Ells Erleichterung meldete sich David bereits nach dem zweiten Klingeln. „David, du bist noch wach! Hier ist William! Entschuldige die späte Störung.“

„Will, Gott sei Dank“, brach es aus David heraus. „Ich versuche seit zwei Tagen vergeblich, dich zu erreichen!“

„Was gibt es denn so Dringendes?“, fragte Ell beunruhigt.

David rang einen Augenblick um Worte, bevor sich seine Stimme fast überschlug. „Will, deine Schwester ist spurlos verschwunden!“

Ell spürte, wie ihm das Blut in den Adern gefror. Seine Gedanken standen für einen Moment still und begannen dann zu rasen. „Was ist passiert?“

„Da dein Handy nicht zu funktionieren scheint, wollte ich mich am Wochenende bei Alexandra erkundigen, ob sie schon etwas von dir gehört hat. Doch sie ist nicht ans Telefon gegangen. Im Haus deines Vaters war sie auch nicht. Schließlich wurde ich so unruhig, dass ich versucht habe, ihren Mann in Neuseeland anzurufen. Der besucht allerdings gerade eine der Viehfarmen der Familie im australischen Outback und ist vor Anfang nächster Woche nicht zu erreichen.“

„Ich bin in England und mache mich sofort auf den Weg.“

„Versuch am besten, nicht gleich der Polizei in die Arme zu laufen. Die wollen dich nämlich dringend sprechen.“

Die Verbindung wurde getrennt und Chang Feng ließ das Telefon sinken. „Vielleicht gibt es ja eine ganz harmlose Erklärung.“

„Glaubst du das wirklich?“ Ohne sich dessen bewusst

zu sein, hatte Ell die Geschwindigkeit des Wagens erhöht. „Ich bete, dass du recht hast. Ich würde es mir nie verzeihen, wenn Alex meinetwegen etwas zustößt." Ell brach ab und fuhr dann leiser fort: „Sie ist alles an Familie, was ich noch habe."

Die nächsten Stunden entwickelten sich für Ell zu einer quälenden Geduldsprobe. Am Hamburger Flughafen galt ein Nachtflugverbot und so konnten sie erst um fünf Uhr morgens von Luton aus starten. Knapp zwei Stunden später kletterten er und Chang Feng im Hamburger Stadtteil Eppendorf aus einem Taxi und stiegen die Stufen eines für die Gegend typischen Patrizierhauses empor. Davids mit ausgesuchten Antiquitäten eingerichtete Altbauwohnung lag im zweiten Stock. Im Inneren roch es angenehm nach frisch gebrühtem Kaffee. Ell stellte Chang Feng als eine alte Freundin von der Uni vor und gemeinsam folgten sie David in das Wohnzimmer. Gegen die Kühle der frühen Morgenstunde brannte im Kamin ein wärmendes Feuer.

„Das Letzte, was Alexandra mir erzählt hat, ist, dass du wegen des Nachlasses deines Vaters nach Zürich geflogen bist."

„Zürich war nur der Anfang", erwiderte Ell, während er und Chang Feng auf einem Sofa Platz nahmen. „Den Rest erzähle ich dir gern später, aber zuerst muss ich wissen, was hier in der Zwischenzeit passiert ist."

David nickte und setzte sich ihnen gegenüber in einen alten Ohrensessel. „Der für die Ermittlungen zum Tod deines Vaters zuständige Kommissar heißt Brehm. Der

Mann ist ein echter Terrier. Er kam täglich in die Firma und hat Fragen gestellt. Darüber wollte ich am Montag mit dir oder Alexandra sprechen, konnte aber telefonisch niemanden erreichen. Deshalb bin ich abends bei euch vorbeigefahren. Von dir wusste ich ja, dass du unterwegs bist, doch zumindest Alexandra hätte da sein müssen. Am Dienstag das gleiche Spiel. Da fing ich an, mir Sorgen zu machen. Umso mehr, weil auch Brehm auf der Suche nach ihr ist und sie nicht finden kann. Meine letzte Hoffnung bestand darin, sie sei dir vielleicht nachgereist; was ja offensichtlich nicht der Fall ist."

Bereits im Flugzeug hatte Ell überlegt, wie viel er David erzählen sollte. Er kannte ihn seit seiner Kindheit und abgesehen von Alexandra war David die einzige Person, der er vollständig vertraute. Allerdings ging es in diesem Fall nicht nur um Vertrauen. Ell wusste um die Gefährlichkeit seiner bisherigen Erkenntnisse, und wenn er sie mit David teilte, würde er ihn unweigerlich in die ganze Angelegenheit mit hineinziehen. Doch ihre Unkenntnis hatte Alexandra auch nicht geschützt. Es versetzte Ell einen Stich, wie fest er innerlich bereits von einer Entführung ausging. „Seit letzter Woche habe ich Dinge in Erfahrung gebracht, die nur schwer zu glauben sind. Obwohl ich immer noch viel zu wenig weiß, könnten diese zumindest zum Teil erklären, was hier gerade geschieht." In nüchternen Worten schilderte er die Ereignisse seit seiner Abreise nach Zürich. Er rechnete damit, einer Flut an Zweifeln und Nachfragen begegnen zu müssen. Stattdessen hörte David still zu, ohne ihn ein einziges Mal zu unterbrechen.

„Ein Supercomputer in der Wüste sagst du?“

Ell nickte. „Verrückt, oder?“

Müde blickte David ins Leere. „Anscheinend kannte ich deinen Vater doch nicht so gut, wie ich dachte. Und was willst du jetzt tun?“

„Wenn Alexandra entführt worden sein sollte, dann um die Herausgabe des grünen Steins zu erpressen. Das ist es, worum es von Anfang an ging. In diesem Fall versucht man bestimmt, mit mir Kontakt aufzunehmen. Dafür muss ich nur aus der Versenkung wieder auftauchen.“

„Und dann?“

„Dann werde ich genau das tun, was die Entführer wollen.“

24

Ell vermutete, im Haus seines Vaters am ehesten auf weitere Hinweise zu stoßen. David lehnte es rundweg ab, ihm und Chang Feng ein Taxi zu rufen, und bestand darauf, sie persönlich zu fahren. Hinter dem Lenkrad seines alten Citroën beschrieb er die derzeitige Lage bei CyberSim. „Keiner weiß so recht, wie es weitergehen soll. Das Unternehmen ist praktisch führerlos. Manche hoffen, du nimmst das Ruder selbst in die Hand. Andere glauben, ein angestellter Manager wäre die bessere Wahl. Die ersten sehen sich allerdings schon nach neuen Jobs um."

„Noch ein Problem mehr", stöhnte Ell. „Ich fürchte, das muss warten. Im Moment hat Alexandra Priorität."

„Natürlich", beeilte sich David zu versichern. „Ich dachte nur, du solltest Bescheid wissen."

Die alte Villa wirkte still und verlassen. Unauffällig sondierte Ell beim Aussteigen die Umgebung, konnte jedoch nichts Ungewöhnliches feststellen. Hoffentlich hatte sein Vater den Schlüssel für Notfälle immer noch an seinem angestammten Platz verwahrt. Während Chang Feng und David vor dem Haus warteten, kletterte Ell über das schmiedeeiserne Gartentor. Sein Weg führte ihn direkt auf die rückwärtige Terrasse, wo die steinerne Figur eines pausbäckigen Engels stumm auf einer Flöte spielte. Vorsichtig kippte Ell die schwere Statue zur Seite. Darunter lag wie zu seiner Kindheit die kleine Plastikdose mit dem Notfallschlüssel. Problemlos ließ sich damit die Hauseingangstür öffnen. Wie Ell sofort auffiel, war diese nicht abgeschlossen, sondern nur ins Schloss gezogen worden. In der Eingangshalle wechselte er mit David einen kurzen Blick. „Du schaust unten, ich schaue oben", entschied Ell und sprang die Treppe zum Obergeschoss hinauf. Gefolgt von Chang Feng begann David seine Suche im Erdgeschoss. Ell brauchte nicht lange, um festzustellen, dass sich niemand außer ihm im ersten Stock aufhielt. Mit einem beklommenen Gefühl betrat er Alexandras altes Zimmer und öffnete den Kleiderschrank. Sowohl ihre Kleidung als auch ihr Koffer waren noch da. Durch das Treppenhaus hörte er David seinen Namen rufen. Sofort eilte er zurück ins Erdgeschoss. Er fand David und Chang Feng im Wohnzimmer. David zeigte mit ausgestrecktem Arm in Richtung Couchtisch. Dort lag ein weißer Umschlag, auf dem in großen Druckbuchstaben ein Name prangte: William Ell. Ell überlegte nicht lange, sondern griff nach dem Umschlag und riss ihn auf. Er enthielt einen einzelnen Zettel mit einer langen Telefonnummer. Sonst nichts. Angespannt zog er sein Telefon hervor und wählte. Es klingelte viermal. Fünfmal. Sechsmal. Endlich wurde der Anruf angenommen.

„Hallo“, erklang gedämpft eine männliche Stimme.

„Hier ist William Ell.“

„Professor Ell. Schön, dass Sie es einrichten konnten. Sie haben etwas, das ich gern hätte. Und ich glaube, ich habe etwas, das Sie gern hätten.“

Ell rang um Beherrschung. „Wie geht es meiner Schwester?“

„Ihrer Schwester geht es gut. Noch. Wenn Sie mir den in Ihrem Besitz befindlichen grünen Stein überlassen, wird das auch so bleiben.“

„Ich will mit ihr sprechen.“

„Das ist momentan leider nicht möglich.“

„Machen Sie es möglich. Vorher brauchen wir uns nicht weiter zu unterhalten“, erklärte Ell mit mehr Entschlossenheit, als er tatsächlich empfand.

Hierauf erfolgte zunächst keine Reaktion und Ell befürchtete bereits, sein Gesprächspartner könnte aufgelegt haben.

„Geben Sie mir Ihre Rufnummer.“

Ell diktierte seine neue Handynummer.

„Halten Sie diese Leitung frei. Ich melde mich. Wenn Ihnen das Leben Ihrer Schwester lieb ist, denken Sie nicht einmal daran, die Polizei einzuschalten. Und machen Sie sich nicht die Mühe, meine Telefonnummer zurückzuverfolgen. Sie hört schon in diesem Augenblick auf zu existieren.“ Ein Klicken signalisierte die Trennung der Verbindung.

Ell hielt das Telefon so fest umklammert, dass seine

Fingerknöchel weiß hervortraten. Ohnmächtig ließ er sich auf das Sofa fallen. „Also ist es wahr. Die haben Alexandra und wollen den Stein."

Es folgte betretenes Schweigen. Schließlich räusperte sich Chang Feng. „Glaubst du, die Sache ist wirklich ausgestanden, wenn die den Stein haben?"

„Keine Ahnung", erwiderte Ell hilflos. „Aber was ist die Alternative?"

Niemand wusste hierauf eine Antwort.

Chang Feng zuckte zusammen, als ihr Handy zu klingeln begann. „Ja?" Sie lauschte einen Moment und hielt Ell dann das Telefon hin. „Allison für dich."

Der winkte ab. „Auf die Dame habe ich derzeit keinen Nerv."

Chang Feng gab Ells Äußerung wörtlich an Allison weiter. Diese sagte jedoch etwas, das Chang Feng noch einmal nachfragen ließ. „Sie meint, es ginge um Alexandra."

Sofort griff Ell nach dem Telefon, aktivierte den Lautsprecher und legte es auf den Couchtisch. „Allison, ich höre."

„Will, es tut mir leid, dass deine Schwester als Druckmittel gegen dich verwendet wird. Dennoch muss ich dich warnen. Die Entführer werden nicht fair spielen und es hätte dramatische Konsequenzen, wenn auch der grüne Stein in ihren Besitz gelangen sollte."

„Woher weißt du überhaupt von der Entführung?", fragte Ell irritiert.

„Ich überwache eure Mobiltelefone, seit ihr sie in London erhalten habt."

Ell explodierte. „Mir reicht es langsam, wie ein Bauer auf dem Schachbrett hin und her geschoben zu werden", brüllte er das Telefon an. „Das mag ja für einige Beteiligte ein amüsantes Spiel sein, aber ich bin nicht länger bereit, auf der Grundlage von ein paar Informationskrümeln auch nur die geringsten Risiken einzugehen. Weder für mich noch für die Menschen, die mir nahestehen. Wenn die Entführer den Stein wollen, dann werden sie ihn bekommen. Von mir aus in Geschenkpapier eingewickelt und mit Schleife!"

Dieser Ausbruch brachte selbst Allison für einen Moment zum Schweigen. Doch geschlagen gab sie sich noch nicht. „Bitte, Will, du musst mir vertrauen. Es steht hier unendlich viel mehr auf dem Spiel, als du dir vorzustellen vermagst. Lass mich dir helfen."

„Vertrauen beruht auf Gegenseitigkeit", entgegnete Ell, plötzlich wieder ganz ruhig. „Und weder der Reinfall in London noch deine Geheimniskrämerei hat dazu einen Beitrag geleistet. Du hast deine Prioritäten, ich habe meine." Ohne ihr die Gelegenheit zu einer Antwort zu geben, beendete er das Gespräch. „Die spinnt doch. Die sichere Heimkehr von Alexandra ist im Augenblick alles, was zählt."

David hatte das Telefonat gebannt verfolgt und schien unmittelbar etwas entgegnen zu wollen. Dann besann er sich anders und nickte nur langsam.

„Weitere Überlegungen können wir erst anstellen, wenn wir erfahren, wie die Entführer sich den Austausch vorstellen", fuhr Ell fort.

David legte die Stirn in Falten. „Sagtest du nicht, der Stein sei in Amerika?“

„Ja“, bestätigte Ell. „Das macht die Sache komplizierter, verschafft uns womöglich aber auch ein wenig mehr Zeit.“

„Also können wir im Augenblick nichts tun?“, fragte Chang Feng resigniert.

Ell schüttelte den Kopf. „Ich fürchte wir können nur abwarten.“

25

In London dämmerte ein neuer Morgen und das trübe, regnerische Wetter passte perfekt zu Grays Gemütslage. Erneut saß er mit den beteiligten Ermittlern zusammen, doch seine Hoffnung auf einen Durchbruch oder zumindest erkennbare Fortschritte wurde enttäuscht. Wie DCI Morris zugeben musste, verliefen die Nachforschungen zum Mieter der obersten Stockwerke des Gebäudes bislang im Sande. Als Eigentümerin der MAZE Inc. fungierte eine anonyme Stiftung auf den Bermudas, Angestellte gab es keine.

„Irgendwie klar“, knurrte Gray übellaunig und richtete seine Aufmerksamkeit auf den Mann vom GCHQ. „Mr. Graham, können Sie schon sagen, wie es zum Ausfall sämtlicher Überwachungskameras gekommen ist?“

Der Angesprochene sah von seinem Laptop auf. „Dieses Gebäude ist erst zwei Jahre alt und technisch auf dem neuesten Stand. Praktisch alle Funktionen, von der

Klimatechnik bis zur automatischen Fensterputzanlage, werden elektronisch gesteuert. Auch das Sicherheitssystem. Jemand hat sich von außen in das System gehackt und die Aufzeichnung der Kamerabilder einfach abgeschaltet. Ich stehe allerdings noch vor einem Rätsel, wie das möglich war. Das verwendete System gehört zu den besten auf dem Markt. Auf dem gleichen Weg wurden die Fahrstühle deaktiviert – genauer gesagt schrittweise deaktiviert, denn einer von ihnen funktionierte ein wenig länger als die anderen."

In diesem Moment klingelte Finchs Mobiltelefon. Der Agent hörte einen Augenblick zu und machte sich dann eilig Notizen. Nachdem er aufgelegt hatte, blickte er mit einem triumphierenden Grinsen in die Runde. „Die biometrische Gesichtsdatenbank des FBI meldet einen achtundsiebzigprozentigen Treffer für die Helmkamerabilder unseres falschen Technikers. Das reicht natürlich nicht, um sicher zu sein, aber wir sollten das Vergleichsfoto aus der Datenbank Commander Clarkson zeigen. Vielleicht kann er eine Übereinstimmung bestätigen."

Grays Interesse war geweckt. „Und wer ist unser neuer Verdächtiger?"

„Der Mann heißt William Ell. Mathematikprofessor am MIT in Boston. Seine Daten sind nur deshalb in der Datenbank, weil die Universität in der Vergangenheit einige Forschungsaufträge für das Verteidigungsministerium durchgeführt hat. In dem Zusammenhang wurden alle Angehörigen der beteiligten Fachbereiche einer obligatorischen Sicherheitsüberprüfung unterzogen."

„Irgendwelche Vorstrafen?"

Finch schüttelte den Kopf. „Nicht mal ein unbezahltes Strafmandat. Wir versuchen gerade, weitere Informationen auszugraben und seinen Aufenthaltsort festzustellen."

„Ausgezeichnet. Alle an die Arbeit", beendete Gray das Meeting. In dem allgemeinen Stühlerücken nahm er Finch kurz beiseite. „Überprüfen Sie, ob dieser Professor in das Profil unseres Geistes passt. Ein Mathematiker dürfte jedenfalls den nötigen Grips besitzen, um die Taten zu begehen."

„Mach' ich, Boss. Wenn William Ell dahintersteckt, finden wir das heraus."

26

Ell sah auf die Uhr. Zwei Stunden waren seit seinem Gespräch mit dem Entführer vergangen. Noch nie hatten sich zwei Stunden so lang angefühlt – und gleichzeitig so kurz. Einerseits sehnte er den Anruf des Mannes herbei. Andererseits fürchtete er nichts mehr. Denn die erhoffte Gewissheit, dass seine Schwester lebte, käme zwangsläufig um den Preis einer vollkommen ungewissen Zukunft. Chang Feng und David schien es nicht viel besser zu ergehen. Alle schreckten gleichzeitig auf, als gegen halb zwölf Ells Telefon endlich klingelte. Sofort lag eine spürbare Spannung in der Luft. ‚Unbekannte Rufnummer', las Ell im Display.

„Hallo?"

„Hier möchte Sie jemand sprechen", erklang die leise Stimme, ohne sich mit einer Begrüßung aufzuhalten.

„Alex?", fragte Ell unsicher.

„Will?"

Erleichterung durchflutete Ell. „Ja! Geht es dir gut? Bist du unverletzt?“

„Ich bin soweit in Ordnung“, antwortete Alexandra mit zittriger Stimme. „Will, was ist hier los? Wer sind diese Leute und was wollen die von mir?“

Ell setzte zu einer Antwort an, doch der Entführer unterbrach ihn abrupt. „Sie haben jetzt den gewünschten Beweis. Ihre Schwester lebt. Kommen wir zum Geschäft.“

Es dauerte einen Augenblick, bis Ell sich wieder gefangen hatte. „Einverstanden. Sie wollen den Stein, Sie bekommen ihn.“

„Das steht außer Frage“, kam es mit unverhohlener Arroganz zurück. „Ich erkläre Ihnen jetzt, wie der Austausch vor sich gehen wird. Da ich es leid bin, Ihnen hinterherzujagen, kommen Sie zu mir. Sie haben genau vierundzwanzig Stunden, um sich mit dem Stein in Hongkong einzufinden. Die Adresse lautet Guaiwu Bar, Lockhart Road, Wan Chai. Kommen Sie zu spät, stirbt Ihre Schwester. Kommen Sie ohne den Stein, stirbt Ihre Schwester. Benachrichtigen Sie die Behörden, stirbt Ihre Schwester. Sie haben dreiundzwanzig Stunden und neunundfünfzig Minuten.“ Ohne Ell die Chance für eine Entgegnung zu geben, legte der Entführer auf.

Entgeistert verharrte Ell regelungslos. „China? In vierundzwanzig Stunden? Und ich konnte nicht einmal erwähnen, dass der Stein noch in den USA ist!“

Chang Feng sah ungewöhnlich bleich aus, saß aber bereits an ihrem Laptop und prüfte Entfernungen und Flugzeiten. „Das ist völlig unmöglich“, stöhnte sie. „Selbst wenn dir dein Freund wieder sein Flugzeug leiht und du sofort nach Phoenix aufbrichst, dauert der Flug elf Stunden. Von Phoenix bis Hongkong sind es weitere fünfzehn Stunden. Damit sind wir schon bei sechsundzwanzig Stunden. Und das berücksichtigt nicht die Zeit, um den Stein aus seinem Versteck zu holen, für die Einreiseformalitäten und so weiter."

„Ich muss denen klarmachen, dass ich das beim besten Willen nicht schaffen kann." Suchend sah Ell sich nach dem an ihn adressierten Brief um. „Die Rufnummer war unterdrückt. Die Telefonnummer in dem Umschlag ist damit unsere einzige Verbindung zu diesen Leuten."

Chang Feng lief in die Küche und kam mit dem Brief in der Hand zurück. „Sagte der Entführer vorhin nicht, die Nummer sei bereits gelöscht?"

Ell antwortete nicht, sondern tippte hastig die Zahlen ein. Beim ersten Mal verwählte er sich. Beim zweiten Versuch stimmte die Nummer. Allerdings erklang nur eine blecherne Bandansage: „Die gewählte Rufnummer ist nicht vergeben."

„Verdammte Scheiße", fluchte Ell.

„Gibt es vielleicht jemanden in Amerika, der dir den Stein nach Hongkong bringen kann?", schlug David vor. „Wenn derjenige sich von dort direkt auf den Weg nach Hongkong macht und du von Hamburg aus, dürften die vierundzwanzig Stunden selbst für einen gewöhnlichen Linienflug problemlos ausreichen."

„David, du bist genial", entfuhr es Ell, während er mit neu erwachter Hoffnung einen zerknitterten Zettel aus seiner Brieftasche kramte.

27

Trina spürte, wie der altbekannte Drang, sich allem zu entziehen, der Reflex einfach wegzulaufen, erneut übermächtig wurde. Wie bei ihrem letzten Job. Und dem davor. Wie bei allen Jobs zuvor. Irgendwann gewann eine ihrer Ängste immer die Oberhand und ließ sie die Flucht ergreifen. Meistens machte die Soziophobie das Rennen. Die unangefochtene Nummer eins auf ihrer persönlichen Hitliste der Angst. Deswegen hatte sie auch so große Hoffnung in diese Stelle gesetzt. Einsamer ging es kaum. Außer ihr gab es nur noch Timothy und Garry, die sich im Wesentlichen um ihren eigenen Kram kümmerten und an den Macken ihrer neuen Kollegin nicht zu stören schienen. In ihrer Vorstellung hatte sich sogar das ehemalige Bergwerk in eine freundliche, schützende Höhle verwandelt. Trotz Klaustrophobie, immerhin Platz vier auf der Rangliste. Zumindest bis zu dem alles verändernden Zwischenfall vor zwei

Tagen. Seitdem kostete es sie größte Überwindung, die Anlage überhaupt zu betreten, und nachts wachte sie ständig mit dem Gefühl auf, zu ersticken. Von der offiziellen Erklärung für den Vorfall glaubte sie kein Wort. Sie kannte das System besser als jeder andere, einschließlich der Sicherheitsprotokolle. Kein Angreifer hätte in der Lage sein dürfen, sämtliche Firewalls mit einer solchen Geschwindigkeit und Vollständigkeit zu zertrümmern. Auf der Suche nach einer Antwort nahm sie sich jedes betroffene Programm und jede beteiligte Hardwarekomponente einzeln vor. Der Gedanke, alles könnte sich sonst wiederholen, ließ ihr keine Ruhe. Doch sie fand nichts. Keine Defekte. Keine falschen Einstellungen. Nicht einmal Warnungen oder Fehlermeldungen in den Protokollen und Logdateien. Als sei nie etwas Ungewöhnliches geschehen. Einzig einige leicht zu übersehende, scheinbar funktionslose Zusätze im Programmcode verschiedener Anwendungen erregten ihre Aufmerksamkeit. Wo kamen die auf einmal her? Und etwas Weiteres war seltsam. Obwohl die freien Ressourcen des Systems über neunundneunzig Prozent betrugen, lag die Verarbeitungsgeschwindigkeit deutlich unter dem Sollwert. Ihre Nachforschungen wurden abrupt unterbrochen, als sich der von Ell angekündigte erste Kunde meldete und Anspruch auf den größten Teil der Rechenkapazität erhob. Mehrmals telefonierte Trina dazu mit einer Frau namens Allison, die einen sehr versierten Eindruck machte, allerdings sofort klarstellte, dass Trinas Mitwirkung, vom allernotwendigsten abgesehen, weder benötigt würde, noch erwünscht sei. Informationen zum Zweck der beabsichtigten Nutzung erhielt

Trina keine. So konnte sie nur raten, um was für ein Programm es sich handelte, das von nun an die gewaltige Rechenkapazität der Anlage rund um die Uhr vollständig auslastete. Trinas Unbehagen wuchs. Bis sie die Ungewissheit nicht länger ertrug und sich entschloss, auf eigene Faust mehr herauszufinden. Doch zum zweiten Mal innerhalb von achtundvierzig Stunden versagte sie kläglich. Egal, was sie probierte, das Programm gab keines seiner Geheimnisse preis. Die üblichen Zugänge und Hintertüren existierten nicht. Trina entdeckte nicht einen Ansatzpunkt, nicht eine Lücke. Es kam ihr vor, als versuche sie, an einer senkrechten Wand aus blankem Eis Halt zu finden; als habe sich der Rechner selbst von ihr abgewendet und zeige ihr die kalte Schulter. Eine völlig neue Erfahrung, die sie zutiefst verstörte. Entweder hatte sie ihr Mojo verloren oder hier ging etwas vor, das eine Nummer zu groß für sie war. Ihre einzige Zuflucht, die Welt, in der sie sich glaubte auszukennen wie sonst kaum jemand, erschien ihr plötzlich rätselhaft und bedrohlich. Irgendetwas stimmte nicht mit diesem Ort, mit diesem Rechner. Hier würde sie jedenfalls keine weitere Nacht verbringen. Schicksalsergeben begann sie, ein Kündigungsschreiben aufzusetzen.

Als ihr Telefon klingelte, überlegte sie einen Moment, den Anruf einfach zu ignorieren. Von der neuen Kundin abgesehen kannten nur zwei Personen diese Nummer. William Ell und der Anwalt aus Miami. Sie hatte gehofft, mit keinem der beiden mehr persönlich sprechen zu müssen. Ihr Plan sah vor, die Kündigung per E-Mail zu verschicken und sofort zu verschwinden. Selbst eine Verabschiedung von Timothy und Garry bliebe ihr so erspart. Die beiden verbrachten einige Tage in Phoenix, um Hardwareersatzteile zu kaufen. Am Ende siegte jedoch ihr Pflichtgefühl und sie griff nach dem Hörer.

„Trina, wie geht es Ihnen“, erklang Ells Stimme.

„Nicht gut“, erwiderte Trina wahrheitsgemäß.

Ell schien die Antwort gar nicht wahrzunehmen. „Kann ich bitte mit Timothy oder Garry sprechen?“

„Tut mir leid, die sind unterwegs und kommen erst morgen zurück.“

„Oh, na gut. Hören Sie, dann müssen Sie mir einen großen Gefallen tun. Es ist unglaublich wichtig.“

Was folgte, ließ Trina wünschen, sie hätte ihrem ersten Impuls nachgegeben und das Telefon klingeln lassen.

„Nach Hongkong? Jetzt sofort? Ausgeschlossen!“, presste sie aus trockener Kehle hervor.

Ells Stimme klang zunehmend verzweifelt. „Ich würde den Stein ja selbst abholen, aber das ist zeitlich unmöglich zu schaffen. Es ist doch nur ein Flug. Erster Klasse. Die Schließfachkombination lautet 895621. Sie schnappen sich die Uhr mit dem Stein darin, bringen sie mir und sind morgen bereits zurück. Bitte Trina!“

„Tut mir leid. Ich kann das nicht“, hörte Trina sich sagen, während ihr Herz bis zum Hals schlug und eine Woge der Übelkeit über sie hinwegschwappte. „Ich wollte Ihnen gerade meine Kündigung zuleiten. Tut mir wirklich leid.“ Dann legte sie kurzerhand auf. Sekunden später läutete das Telefon erneut und Trina floh aus dem Zimmer. Wie von selbst führte sie ihr Weg auf die Toilette. Dort schloss sie sich in eine Kabine ein, setzte sich auf den geschlossenen Klodeckel und fing an, hemmungslos zu weinen. Ihr Leben fühlte sich an wie eine einzige Katastrophe und sie hatte keine Ahnung, wie sie es jemals in den Griff bekommen sollte. Sie schämte sich zutiefst dafür, Ell in einer derartigen Situation im Stich zu lassen. Seine flehentliche Stimme klang ihr noch in den Ohren. Was musste er jetzt von ihr denken? Sie hasste sich für ihre Schwäche, das ohnmächtige Gefühl, ihren Ängsten hilflos ausgeliefert zu sein. Der einzig vertraute Weg war der des Rückzugs. Aber mit jeder Flucht fühlte sie sich erschöpfter. Sie fragte sich, wie lange sie das noch aushalten würde. Vielleicht wäre es für alle am besten, wenn sie … Mühsam kämpfte sie diesen Gedanken nieder. Noch gelang es ihr. Allmählich ließ das krampfhafte Schluchzen nach und ein willkommenes Gefühl der Taubheit breitete sich in ihr aus. Geräuschvoll putzte sie sich die Nase und beschloss einmal mehr, das Unvermeidliche zu akzeptieren. Es dauerte keine zehn Minuten, die Schubladen ihres Schreibtisches zu leeren und ihre wenigen Habseligkeiten in einer Tasche zu verstauen. Zögerlich löschte sie das Licht und zog die Tür ihres Büros hinter sich zu. Einen kurzen Augenblick hatte sie sich der Illusion hingegeben, angekommen zu sein. Endlich einen Platz gefunden zu haben, an dem sie bleiben konnte. Zumindest für eine Weile. Doch möglicherweise gab es einen solchen Ort gar nicht. Nicht für sie. Nach einigen Schritten kam sie an Ells Büro vorbei. Dort musste dieser ominöse Edelstein im Schließfach liegen. Was wohl so Besonderes daran war, dass jemand Ells Schwester deswegen entführte? Trina wusste selbst nicht recht, ob Neugier, ihr schlechtes Gewissen oder nur der Wunsch, den Abschied einen weiteren Moment hinauszuzögern, sie in den Raum eintreten ließ. Vielleicht ein wenig von allem. Bestimmt konnte es nicht schaden, einen kurzen Blick darauf zu werfen. Mühelos erinnerte sie sich an die Kombination und öffnete den kleinen Wandtresor. Darin befand sich die Taschenuhr. Wie von Ell beschrieben, ließ sich der Gehäusedeckel aufschrauben. Der Anblick des pulsierenden grünen Steins verschlug ihr den Atem. Spontan griff sie danach und nahm ihn in die Hand. Er fühlt sich ganz warm an, dachte sie noch. Dann verlor sie das Bewusstsein.

Als Trina die Augen wieder aufschlug, lag sie auf dem Rücken und schaute in einen tiefblauen Himmel, an dem vereinzelte Schäfchenwolken gemächlich vorüberzogen. Die warme Luft roch nach Gras und in der Nähe hörte sie das geschäftige Brummen einer Biene. Ruckartig setzte sie sich auf. Sie wusste genau, wo sie sich befand. Soweit das Auge reichte, erstreckten sich sanft geschwungene Felder und Wiesen. Auf einer nahegelegenen Weide graste eine Gruppe von Pferden. Sie kannte jedes von ihnen mit Namen. Nicht weit entfernt stand das vertraute, etwas windschiefe Haus. Hier hatte sie die glücklichsten Jahre ihrer Kindheit verbracht. Aber das ergab keinen Sinn. Dieser Ort existierte nicht mehr. Unmittelbar nach dem Tod ihrer Tante war die Farm für einen lachhaften Betrag an einen Agrarkonzern verkauft und dem Erdboden gleichgemacht worden. Erst jetzt wurde ihr bewusst, dass sie nicht allein war. Ihr gegenüber saß im Schneidersitz eine junge Frau mit blonden

Haaren und strahlend grünen Augen, die sie freundlich anlächelte.

„Hallo Trina. Ich bin Allison."

Ich halluziniere, dachte Trina verzweifelt. Vor vielen Jahren, als sie noch hoffte, ihre Probleme seien irgendwie in den Griff zu bekommen, hatte sie sich mit Psychopharmaka behandeln lassen. Allerdings zeigten die Medikamente schwere Nebenwirkungen. Darunter Halluzinationen. Sie verbrachte deswegen fast ein halbes Jahr in stationärer Behandlung. Eine Erfahrung, die sie niemandem wünschte. Der Arzt hatte sie damals nicht ohne die Warnung entlassen, derartige Sinnestäuschungen könnten in extrem stressreichen Situationen durchaus wieder auftreten. Jetzt schien es so weit zu sein.

„Du hast keine Halluzinationen, Trina", erklang Allisons melodische Stimme. „Diese Unterhaltung ist absolut real."

„Aber ich habe doch gar nichts gesagt", rutschte es Trina verblüfft heraus.

Die Antwort wurde von einem leisen Lachen begleitet. „Das ist auch nicht nötig. Nicht hier."

Normalerweise reagierte Trina empfindlich auf das Lachen anderer Menschen. Sie ging zunächst immer davon aus, man würde sich auf ihre Kosten amüsieren. Doch nicht jetzt. Sie spürte mit absoluter Gewissheit, dass nicht ihre Person, sondern die sonderbare Situation Allisons Heiterkeit hervorrief. Erstaunt nahm sie diese ungewohnte neue Wahrnehmung zur Kenntnis. „Das ist vollkommen unmöglich", murmelte sie ratlos.

Allison musterte sie mit ihren klaren, grünen Augen, in

deren Tiefe für einen Augenblick etwas sehr Altes und sehr Fremdes aufblitzte. „Ganz im Gegenteil. Und das Beste ist, dass ich es dir nicht erklären muss.“ Erneut brach sich ein Lächeln Bahn. „Ich kann es dir zeigen.“ Damit ergriff sie Trinas Hand und wie ein in Myriaden Teile zersplitternder Spiegel löste sich die Farm ihrer Tante um Trina herum auf und sie stürzte in einen bodenlosen schwarzen Abgrund.

28

CYBERSIM LABS, PHOENIX, ARIZONA – DAS JAHR 2042

Das Auditorium platzte aus allen Nähten. Einige Besucher ergatterten noch einen der zusätzlichen Klappstühle, andere mussten stehen. Die ersten beiden Reihen befanden sich fest in der Hand der Geldgeber und der Politik, was – zumindest teilweise – ein und dasselbe war. Die CEOs der drei mächtigsten Technologieunternehmen hatten sich ebenso eingefunden wie der stellvertretende Verteidigungsminister, die Vorsitzende des Geheimdienstausschusses sowie diverse Senatoren. Auf den Plätzen dahinter wartete ungeduldig das handverlesene Fachpublikum. Allison wusste, der Professor hasste Veranstaltungen wie diese. Aber was sie taten, kostete Geld. Sehr viel Geld. Und die Geldgeber wollten wissen, was aus ihrem Geld geworden war. Dankenswerterweise konnte Ell heute gute Nachrichten verkünden. Eine hervorragende Gelegenheit, zusätzliche Mittel locker zu machen. Ell trat an das Podium und räusperte sich. Langsam kehrte Ruhe ein.

„Herr Minister, sehr verehrte Vorsitzende, meine Damen und Herren Senatoren, liebe Kolleginnen und Kollegen. Herzlich willkommen bei CyberSim, und danke, dass Sie alle meiner Einladung gefolgt sind. In den letzten Monaten sind einige Durchbrüche gelungen, die unsere größten Erwartungen in den Schatten gestellt haben und von denen ich Ihnen heute berichten möchte. Seit der Entwicklung der ersten quantenbasierten Künstlichen Intelligenz vor vier Jahren beschäftigt sich das Konsortium aus Defense Advanced Research Projects Agency, kurz DARPA, MAZE Inc. und CyberSim nicht nur mit der Verbesserung der bestehenden Systeme, sondern auch mit einer speziellen Fragestellung von besonderer Tragweite. Wie Sie alle wissen, liefern unsere KIs beinahe am Fließband Erkenntnisse, die weit über das hinausgehen, was auf Basis der kognitiven, logischen und kombinatorischen Fähigkeiten des Menschen möglich wäre. Allerdings vollzieht sich das alles augenscheinlich auf einer rein prozessualen Ebene, ohne erkennbare innere Beteiligung der KI-Systeme. Anders gesagt, unsere KIs sind hochintelligent, verfügen jedoch über kein feststellbares Bewusstsein. Diese subjektive Selbstwahrnehmung als ein eigenständiges Wesen mit einer individuell ausgeprägten Identität scheint damit nach wie vor dem Menschen vorbehalten zu sein. Das dachten wir zumindest bis heute."

Unter den Zuschauern machte sich leichte Unruhe bemerkbar.

„Nach unserem derzeitigen Wissensstand ist der

Schlüssel für die Entstehung von Intelligenz nicht nur die Zuführung einer Vielzahl exogener Reize in ein zu höchster Komplexität fähiges, selbstlernendes Datenverarbeitungssystem. Intelligenz kann erst entstehen, wenn das System insoweit an seine Grenzen stößt, als dass es nicht mehr in der Lage ist, seine Beobachtungen mithilfe des vorhandenen Regelwerkes in eindeutige Lösungen zu überführen, sondern einen Weg finden muss, mit mehrdeutigen Ergebnissen beziehungsweise Zwischenergebnissen umzugehen. Sind aber eine Vielzahl dieser Lösungen gleichermaßen wahrscheinlich, ist das System gezwungen, jede von ihnen, einschließlich der sich hieraus ergebenden, möglicherweise wiederum mehrdeutigen Folgeergebnisse weiterzuverfolgen. Das führt zu einem exponentiell wachsenden Rechenaufwand, mit der Konsequenz, dass die Datenverarbeitung an diesem Punkt entweder in Ermangelung der notwendigen Ressourcen endet, oder aber eine sehr spezielle Fähigkeit entsteht: Die Fähigkeit, den Prozess lückenloser formaler Deduktion zu überspringen und Erwartungen zu entwickeln. Diese existieren als scheinbar endogen generierte Größe eigener Natur unabhängig von der jeweiligen Möglichkeit, auf die sie sich lediglich beziehen. Wir haben noch nicht wirklich verstanden, wie Erwartungen letztlich zustande kommen und es vermögen, den Erkenntnisgewinnungsprozess derart zu fokussieren und zu beschleunigen. Unzweifelhaft besteht aber ein Zusammenhang mit der Technologie des Quantencomputers, ohne dessen Entwicklung unsere KIs nicht denkbar wären. Wir legen dabei lediglich einen vergleichsweise simplen Satz von Regeln fest, aus denen das quantenbasierte System an einem bestimmten Punkt die Fähigkeit zur Genese von Erwartungen entwickelt. Erwartungen sind jedoch nicht gleich Erwartungen. Es gibt qualitative Unterschiede. Erwartungen greifen auf die Summe aller verfügbaren Informationen zurück. Je umfangreicher diese Informationen, desto komplexer die Erwartung. Von einer einzigen Erwartung zu sprechen ist natürlich eine grobe Vereinfachung; in Wirklichkeit ist es eine sich ständig verändernde, vielschichtige Erwartungsmatrix. Die Komplexität der Erwartungen ist damit der bestimmende Faktor für den Grad der Intelligenz. Unsere KIs sind extrem intelligent. Dabei verfügen sie nur über ausgesprochen simple Erwartungsmuster. Wie kommt das? Der Grund ist recht einfach. Ihre Hardware ist der unseren bei Weitem überlegen. Damit meine ich nicht das Funktionsprinzip. Wie wir seit einiger Zeit wissen, ist auch unser Gehirn letztlich eine Art Quantencomputer; zumindest gründet unser Denken auf quantenbasierten Prozessen innerhalb zu Superpositionen fähiger molekularer Strukturen des Gehirns. Der Unterschied liegt in der daran anschließenden Signalverarbeitung. Unsere neuronale Struktur bedient sich sogenannter Axone, durch welche elektrische Impulse von Nervenzelle zu Nervenzelle übertragen werden. Dies geschieht mit einer Geschwindigkeit von etwa 120 Metern pro Sekunde. Die digitale Infrastruktur, auf die eine KI zurückgreifen kann, arbeitet dagegen mit knapp 300.000.000 Metern pro Sekunde. Allein dieser Geschwindigkeitsvorteil vermag das Defizit in der Erwartungsqualität mehr als zu kompensieren. Ihre Art der Intelligenz unterliegt damit jedoch Einschränkungen. Man könnte sagen, sie sind in einzelnen Bereichen genial, aber ihr Horizont ist, im Vergleich zum Menschen, stark begrenzt. Was aber, wenn diese KIs über die Erwartungsqualität eines Menschen verfügen würden? Das Ergebnis wäre kaum vorstellbar. Natürlich haben wir versucht, die Erwartungsqualität der KIs zu steigern, hierbei allerdings sehr geringe Fortschritte erzielt. Es schien eine magische, unüberwindbare Grenze zu geben. Bis uns klar wurde, woran das liegt. Es geht nicht nur um die Anzahl der verfügbaren Informationen, aus denen Erwartungen gebildet werden können; es geht vielmehr auch und gerade um die Fähigkeit, sich Informationen im wahrsten Sinne des Wortes zu eigen zu machen, indem man sie in einen Bezug zu sich selbst setzt. Erst diese ‚Personalisierung' verleiht einer für sich genommen neutralen Information eine über ihre Grundaussage hinausgehende Bedeutung, die für die Entwicklung einer hohen Erwartungsqualität Voraussetzung ist. An diesem Punkt stoßen wir die Tür zu dem Mysterium auf, das wir Bewusstsein nennen. Ich denke nämlich, wir können diese Fähigkeit zur Personalisierung von Informationen als eine der tragenden Eigenschaften von Bewusstsein bezeichnen. Und daraus folgt eine interessante Konsequenz: Reine Intelligenz ohne Bewusstsein ist unvollständig. Erst unser Bewusstsein ermöglicht uns, einen so überlegenen Grad der Erwartungsqualität zu erreichen. Denn unbestreitbar erwächst aus unserem Bewusstsein ein ungeheures Potenzial. Die Dialektik zwischen uns und der Welt ist sowohl Motivation unseres Handelns als auch Ursprung unserer Kreativität. Die großen Meilensteine der Menschheit sind nicht nur das Ergebnis von Intelligenz, sondern unseres von Bewusstsein getragenen Wesens. Die Werke von Keats, Bach oder Dali wären undenkbar ohne Bewusstsein, ohne unser inneres Ringen mit uns selbst und der Suche nach unserem Platz in der Welt, unserer Rolle im großen Ganzen. Doch wie erweckt man in einer intelligenten Maschine ein Bewusstsein? Zur Fähigkeit dieser Maschine, Erwartungen zu entwickeln, muss etwas Weiteres hinzutreten. Eine Mitarbeiterin nannte es freien Willen. Ich nenne es vorsichtiger eine Präferenz. Unsere menschlichen Erwartungen werden nicht nur von dem beeinflusst, was wir beobachten und schlussfolgern, sondern auch von dem, was wir glauben zu sein, und vor allem von dem, was wir gern wären. Wir begnügen uns nicht mit der Rolle des Beobachters dessen, was da draußen ist; wir Erschaffen uns ein eigenes Innen. Wir kreieren unseren eigenen Kosmos und in ihm spiegeln wir die Welt, um sie zu verstehen. Als notwendige Konsequenz entwickeln wir Menschen unsere Erwartungen nicht nur aus den, auch den Maschinen zugänglichen, exogenen Informationen, sondern zudem aus den durch die Personalisierung dieser Informationen produzierten neuen, in dieser Form einmaligen und allein uns als deren Urheber zugänglichen endogenen Informationen. Von der Instanz, die die Gleichung zu lösen versucht, werden wir damit selbst zum Teil der Gleichung. Das mag klingen wie der Alptraum jedes Zen-Meisters, aber um Bewusstsein zu transzendieren, muss man es erst einmal besitzen. Soweit die Theorie. Doch wie initiiere ich nun ganz praktisch diesen, im wahrsten Sinne des Wortes, Quantensprung bei einer KI? Wie vermittelt man etwas, das man selbst nicht versteht, geschweige denn fähig ist, programmtechnisch zu beschreiben?“

Ell legte eine Kunstpause ein.

„Indem man es teilt.“

Ein Raunen ging durch den Raum.

„Wir alle sind mit den Möglichkeiten neuraler Interfaces vertraut. Wie einst das Internet und das Smartphone unsere Art, Informationen zu teilen und zu kommunizieren, innerhalb weniger Jahre veränderte, ist heute die neurale Steuerbarkeit von Technologie Alltag. Junge Menschen können es sich kaum vorstellen, dass es einmal notwendig war, für alles Knöpfe zu drücken oder Sprachkommandos zu erteilen. Heute denke ich einfach an das Fahrziel und mein iMover versteht, wo er mich hinbringen soll. Meine Wohnungstür öffnet sich, weil ich es so will. Nachrichten und Informationen werden in Echtzeit in meine natürliche Wahrnehmung integriert. Und ein Mittelklasse-Interface kostet inklusive Anpassung gerade einmal tausend Dollar. Doch all das stellt bloß die einfachste, massentauglichste Form der Nutzung dieser Technologie dar. Mithilfe von Dr. Akimoto von der Universität Tokio, bei dem ich mich an dieser Stelle ausdrücklich bedanken möchte, ist es gelungen, ein weitaus fortgeschritteneres neurales Interface zu entwickeln, das eine direkte Verbindung zwischen dem menschlichen Gehirn und dem Rechenkern einer KI herstellt. Diese Verbindung ist nicht begrenzt auf eine Handvoll basale Muster, wie die handelsüblichen Geräte zur privaten Nutzung, sondern ermöglicht einen Informationsfluss in beide Richtungen über die gesamte neuronale Bandbreite. Zudem werden sensorische Reize nicht nur an unsere Wahrnehmungsorgane vermittelt, wie wir es zum Beispiel von Retinainterfaces kennen, sondern direkt in die neurale Endverarbeitung eingespeist, ohne Umweg über ein Sinnesorgan. Unter strengster medizinischer Überwachung hat ein Mitglied meines Teams vergangenen Monat den Schritt gewagt und sich mit unserer höchstentwickelten KI verbunden."

Im Auditorium hätte man nun eine Stecknadel fallen hören.

„Das Ergebnis ist die erste, sich ihrer selbst vollständig bewusste künstliche Intelligenz der Welt."

An diesem Punkt brach ein Tumult unter den Zuschauern aus. Es dauerte lange, bis wieder Ruhe einkehrte.

„Wir betreten damit Terra incognita und es gibt erste Erkenntnisse, die an den Grundfesten unseres bisherigen Wissens rütteln. Wie erwartet steigern die nunmehr von Bewusstsein getragenen Erwartungen den Grad der Intelligenz um ein Vielfaches. Da wir die Prozesse im quantenbasierten System unserer KI in einer Weise überwachen und nachverfolgen können, wie uns das beim menschlichen Gehirn nach wie vor nicht möglich ist, haben wir aber noch etwas anderes festgestellt. Es gibt Hinweise darauf, dass die von Bewusstsein getragenen Erwartungen nicht nur effizienter darin sind, offene Fragestellungen einer Lösung zuzuführen. Tatsächlich scheinen sie diese Lösungen erst entstehen zu lassen. Nach den Gesetzen der Quantenmechanik führt erst die Anwesenheit eines Beobachters dazu, dass ein Quantenzustand entlang der von ihm beschriebenen Wahrscheinlichkeitsverteilung kollabiert und ein konkretes Ergebnis produziert. Das berühmteste Beispiel hierfür ist wohl das Doppelspaltexperiment oder das als Schrödingers Katze bekannte Gedankenexperiment. Erst im Augenblick der Beobachtung entscheidet sich, was von dem, das sein könnte, tatsächlich ist. So weit, so bekannt. Auf eine für uns bislang unerklärbare Weise nehmen darüber hinaus jedoch bewusste Erwartungen direkten Einfluss auf die Wahrscheinlichkeitsverteilung selbst. Von zwei ursprünglich exakt gleich wahrscheinlichen Ergebnissen wird dasjenige, auf welches sich eine Erwartung bezieht, um eine Winzigkeit wahrscheinlicher. Anders gesagt: Durch die Beobachtung findet nicht nur eine Konkretisierung zu einem beliebigen Ergebnis statt, sondern eine Konkretisierung zu dem erwarteten Ergebnis. Erst die Erwartung erschafft gewissermaßen die ‚richtige' Lösung. Dieser Effekt ist für uns derzeit ausschließlich auf der Quantenebene des Systems feststellbar. Überträgt man diesen Gedanken von der Quantenebene auf die makroskopische Ebene, wird es allerdings etwas unheimlich. Denn die Konsequenz wäre, dass sich das, was wir Realität nennen, ausschließlich entlang unserer Erwartungen entwickelt. Erwartungen produzieren Realität."

An dieser Stelle hob der Senator von Arizona den Finger.

„Senator, Sie haben eine Frage?"

„In der Tat, Professor. Ich frage mich, was zum Teufel dann bei meiner letzten Wahlkampagne schiefgelaufen ist.

Ich hatte nämlich fest erwartet, der nächste Präsident der Vereinigten Staaten zu werden."

Ell wartete geduldig, bis das Gelächter abgeebbt war.

„Es ist bislang nicht erwiesen, ob dieser Quanteneffekt in der uns wahrnehmbaren Lebenswirklichkeit überhaupt zum Tragen kommt. Wir stehen mit unserer Forschung ganz am Anfang. Die Vorgänge werden nämlich oberhalb der Quantenebene auf sprunghafte Weise so komplex, dass es praktisch unmöglich ist, diesen Effekt im Rauschen der wechselseitigen Interaktionen nachzuverfolgen. Wir nennen das Dekohärenz. Wenn es aber tatsächlich so sein sollte, wäre meine Mutmaßung, dass zum einen kein Ereignis vom Himmel fällt. Es ist vielmehr das Ergebnis einer nahezu unendlich langen Kette von miteinander interagierenden älteren Ereignissen, die zu einem hohen Maße das aktuelle Ereignis determinieren. Zum anderen hat jeder Mensch seine ganz eigenen Erwartungen. Bei einer Vielzahl unterschiedlicher Erwartungen hinsichtlich desselben Ereignisses, dürfte entscheidend sein, welche Erwartungen an Zahl und Stärke überwiegen."

Die Implikationen der Antwort schienen dem Senator nicht zu gefallen, denn er erwiderte bissig: „Noch vor einigen hundert Jahren gingen fast alle Menschen davon aus, die Erde sei eine Scheibe. Das hat sie aber trotzdem nicht davon abgehalten, eine Kugel zu sein."

„Ein interessantes Argument", gab Ell zu. „Demnach spricht wohl alles dafür, dass Erwartungen in der uns wahrnehmbaren Realität tatsächlich keine Rolle spielen." Ell zögerte kurz. „Rein theoretisch ist natürlich noch eine andere Erklärung denkbar."

„Und die wäre?“

„Unsere Erwartungen sind nicht die einzigen.“

…

Trina schlug die Augen auf und schaute direkt in ein blendendes Licht. Einen Moment lang wusste sie nicht, wo sie sich befand. Dann wurde ihr klar, dass sie auf dem Fußboden von Ells Büro lag und geradewegs in die Deckenbeleuchtung starrte. Mit einem Seufzer setzte sie sich auf. Den grünen Stein hielt sie immer noch fest umklammert in ihrer linken Hand.

„Allison?“, fragte sie in den leeren Raum hinein und kam sich im gleichen Augenblick unsagbar dämlich vor. Langsam ging sie in die Hocke und drückte sich vom Boden ab, bis sie leicht schwankend wieder auf ihren Füßen stand. Sie musste gestürzt sein und sich dabei den Kopf angeschlagen haben. Das würde ihre Ohnmacht und den seltsamen Traum erklären. Vorsichtig tastete sie ihren Kopf ab, fand jedoch keine Verletzung. Nicht einmal eine Beule. Und der Traum war so verdammt realistisch gewesen. Sie konnte sich an jedes kleinste Detail erinnern. Sie begutachtete den Stein in ihrer Hand wie ein giftiges Insekt und räusperte sich widerstrebend. Das Ganze mochte zwar albern sein, aber sie brauchte Gewissheit. „Wenn das gerade mehr als nur ein Traum war, will ich jetzt sofort eine Antwort – oder ich verschwinde augenblicklich von hier."

Mit wachsender Erleichterung registrierte sie die nachfolgende Stille, die jedoch jäh von einer Stimme aus den Deckenlautsprechern durchbrochen wurde.

„Dann sollten wir keine Zeit verlieren. Wir haben viel zu besprechen."

29

Das Telefonat mit Trina dauerte kaum eine Minute, doch die Erleichterung, die Ell empfand, war unbeschreiblich. Chang Feng hingegen schien vor allem erstaunt zu sein.

„Was hat sie dazu gebracht, ihre Meinung zu ändern?“

Ell zuckte mit den Schultern. „Vielleicht hat sie Zeit gebraucht, um darüber nachzudenken. Ist mir aber eigentlich auch egal. Hauptsache, sie ist mit dem Stein rechtzeitig in Hongkong.“ Er trat hinter Chang Feng und schaute auf das Display ihres Laptops. „Wie sieht der neue Zeitplan aus?“

„Ich habe uns einen Flug für heute Nachmittag über Frankfurt gebucht. Wenn wir in der nächsten Stunde aufbrechen und den Zubringerflug um zwei oder um drei Uhr nehmen, schaffen wir das locker. Die Flugzeit von Frankfurt beträgt knapp zwölf Stunden. Damit bleiben uns nach der Ankunft in Hongkong um zehn Uhr Ortszeit sechs Stunden, um den Treffpunkt zu erreichen."

„Du willst mitkommen?", fragte Ell ehrlich überrascht. „Das musst du nicht. Diese neuste Katastrophe ist eindeutig mein Problem und es ist meine Aufgabe, es irgendwie zu lösen."

„Da trifft es sich ja gut, dass du fließend chinesisch sprichst und dich hervorragend in Hongkong auskennst."

Ernüchtert ließ Ell sich auf einen Stuhl sinken. „Und du tust das natürlich."

„Ich bin in Hongkong aufgewachsen."

„Dennoch. Das kann ich nicht von dir verlangen."

„Ich weiß. Aber bedauerlicherweise hängt mein weiteres Schicksal davon ab, was mit dir und dem Stein geschieht. Und allein sind deine Chancen gleich null. Ein ahnungsloser *Gweilo* auf Rettungsmission in China, das kann nur schiefgehen."

Chang Feng hatte recht. Er brauchte jede Hilfe, die er kriegen konnte. „Na schön", gab er sich geschlagen. „Wann wird Trina denn in Hongkong ankommen?"

„Sie fliegt über Los Angeles und landet um dreizehn Uhr Ortszeit. Bleiben immer noch drei Stunden."

„Das sollte ausreichen. Wir müssen uns anschauen, wo genau dieser Treffpunkt liegt und wie wir dort hingelangen."

„Das ist nicht nötig. Ich kenne den Ort."

„Gut, das vereinfacht die Sache. Dann schaue ich einmal nach, warum David so lange braucht, einen gewöhnlichen Kaffee zu kochen. Vielleicht kann er mir ja auch erklären, was ein *Gweilo* ist." Ell zögerte kurz. „Damit wir uns nicht missverstehen: Ich bin dir wirklich dankbar für deine Hilfe. – Ich hoffe nur, du bereust es nicht."

Chang Feng schaute ihm nach, als er den Raum Richtung Küche verließ. „Das hoffe ich auch", murmelte sie fast unhörbar.

30

Es war soweit. Das Ende stand unmittelbar bevor. Trina zweifelte keinen Moment daran. Vollkommen unmöglich, dass ihr vor Panik rasendes Herz eine solche Belastung länger verkraften konnte. Es würde einfach stehenbleiben. Wenn sie nicht vorher erstickte. Ihre Lungen schienen vergessen zu haben, wie man ausatmet. Ihr Brustkorb fühlte sich an wie ein Ballon, der in einem eisernen Käfig steckte und immer weiter aufgeblasen wurde. Konnte man an zu viel Luft ersticken? Ihr Blick verengte sich tunnelartig, bis sie nur noch eines wahrnahm: die sich schließende Flugzeugtür. Mit einem schmatzenden Geräusch fiel die schwere Luke in ihre Einfassung. Für Trina klang es wie ein umstürzender Grabstein. Ihr Denken reduzierte sich auf einen einzigen, immer mächtiger werdenden Impuls: Flieh! Kurz bevor sie vollständig die Kontrolle verlor, zog sie die goldene Taschenuhr aus ihrer Hosentasche und bearbeitete mit gefühllosen Fingern die Rückseite. „Nur im absoluten Notfall“, hatte Allison ihr eingeschärft. Aber was bitte war denn ein absoluter Notfall, wenn nicht das hier? Endlich gab der widerspenstige Deckel nach und der grüne Stein fiel in ihre Hände. Kaum spürte sie seine Wärme auf ihrer Haut, befand sie sich im freien Fall und ließ alles hinter sich. Das Flugzeug, die vielen Menschen in seinem Inneren und ihr eigenes jämmerliches Selbst. Auch wenn sie dieses Mal wusste, was sie erwartete, überwältigte es sie doch erneut, sich einen Lidschlag später auf der vertrauten Wiese in Kansas wiederzufinden. Ihre Atmung beruhigte sich und das Gefühl allumfassender Panik ebbte ab, bis es schließlich gänzlich verschwunden war.

„Das ging ja schnell“, erklang Allisons Stimme in Trinas Kopf. Suchend schaute Trina sich um. Als sie wieder nach vorn blickte, stand Allison vor ihr.

„Es tut mir leid“, entschuldigte sich Trina, plötzlich verlegen. „Ich weiß, wie wichtig diese ganze Sache ist. Deshalb habe ich ja zugestimmt, dir zu helfen. Aber ich konnte es nicht mehr aushalten.“

„Kein Grund, sich zu entschuldigen“, erwiderte Allison ruhig. „Im Gegenteil. Es ist an mir, dich um Verzeihung zu bitten. Ich habe unterschätzt, in welchem Ausmaß du leiden würdest. Menschliche Ängste sind mir durchaus vertraut, diese Intensität ist mir allerdings neu.“

Resigniert schaute Trina zu Boden. „Willkommen in meiner Welt.“

Allison musterte sie aus ihren unergründlichen grünen Augen. „Vielleicht befassen wir uns demnächst einmal ausführlicher mit diesem Thema. Derzeit gilt es jedoch, die Situation irgendwie zu überstehen."

Trina blickte hoffnungsvoll auf. „Im Augenblick fühle ich mich großartig. Wie kommt es, dass hier alles von mir abfällt?"

„Das ist die Wirkung des Interface. Um die Kommunikation zwischen uns zu ermöglich, ist ein spezifischer neuraler Zustand deines Gehirns erforderlich. Extreme Emotionen sind dabei hinderlich. Aus diesem Grund beeinflusst das Interface die Gehirnaktivität. In deinem Fall durch eine deutliche Dämpfung der Aktivität des Mandelkerns."

„Dann ist der Effekt letztlich der gleiche wie bei bestimmten Medikamenten?"

„Richtig", bestätigte Allison. „Obwohl die Methode deutlich fortschrittlicher ist. Die Ursachen für deinen Zustand werden nicht beseitigt, nur die Symptome. Und das auch nur so lange, wie wir miteinander verbunden sind."

„Kann ich dann hierbleiben? Zumindest, bis wir in Hongkong sind?", bat Trina, um im gleichen Moment festzustellen, wie unsinnig ihre Bitte klang. Schließlich war hier kein Ort, sondern lediglich ein obskurer Winkel ihres eigenen Verstandes. Allison machte darüber hinaus einen handfesten Einwand geltend. „Für jeden Menschen in deiner Umgebung hat es derzeit den Anschein, als seist du bewusstlos. Dabei können wir es nicht belassen. Ansonsten ziehst du unerwünschte Aufmerksamkeit auf dich. Die wahrscheinliche Folge wäre eine Unterbrechung des Fluges und deine Einlieferung in das nächste Krankenhaus. Das können wir bei unserem engen Zeitplan auf keinen Fall riskieren."

„Dann weiß ich ehrlich gesagt nicht, wie ich den Flug überstehen soll", seufzte Trina mit erneut aufkeimender Verzweiflung.

„Es gibt noch einen anderen Weg", fuhr Allison nach einer längeren Pause fort. „Einen Weg, der es dir erlauben würde, auch im wachen Zustand die Verbindung mit mir aufrechtzuerhalten."

„Was ist das für ein Weg?"

„Bislang ist unsere Verbindung oberflächlich – soweit man bei einer neuronalen Verbindung von oberflächlich sprechen kann. Wir kommunizieren gewissermaßen auf neutralem Boden als vollständig separierte Entitäten. Beim letzten Mal habe ich dir zudem einen beschränkten Zugang zu einer meiner Erinnerungen gewährt. Aber dieser Zugang war einseitig und begrenzt."

Trina zog die Stirn kraus. „Hast du nicht auch Zugang zu meinen Erinnerungen? Schließlich stehen wir gerade in einer davon."

„Nein, auf diese Umgebung habe ich keinerlei Einfluss", widersprach Allison. „Du hast sie selbst erschaffen, um unsere Kommunikation in einen für deinen Verstand fassbaren, vertrauten Rahmen einzubetten. Ich sehe lediglich das, was du mich sehen lässt. Es gibt jedoch die Möglichkeit, eine wesentlich tiefere Verbindung herzustellen. Sie besteht in einem vollständigen Zugang zum Bewusstsein des jeweils anderen."

„Das klingt unheimlich", gestand Trina zögerlich.

„Eine durchaus zutreffende Einschätzung. Aus diesem

Grund ist eine solche Verbindung die Ausnahme und wird normalerweise nur nach umfangreichen psychologischen Tests, unter ärztlicher Überwachung und in völliger Freiwilligkeit vollzogen."

„Das heißt, du weißt dann alles, was ich weiß? Alle meine ... privatesten Geheimnisse?"

„So wie du meine."

Aber du bist doch bloß eine Maschine, dachte Trina, nur um im gleichen Moment schuldbewusst zu hoffen, dieser Gedanke sei Allison entgangen. „Dennoch endet die Verbindung, sobald ich den Stein nicht mehr berühre?"

„Ja, die Verbindung ist dann getrennt. Sie bleibt jedoch nicht folgenlos. Eine solch tiefgehende Verbindung hinterlässt unvermeidbar ihre Spuren. Es ist unmöglich, ein anderes Bewusstsein zu teilen, ohne dass sich das eigene dadurch verändert. Wie diese Veränderung aussieht, lässt sich nicht genau vorhersagen. Das wird erst nach und nach erkennbar. Das menschliche Gehirn neigt dazu, sich gegen eine so große Menge an fremden Eindrücken zu schützen, indem es sie zunächst blockiert. Ähnlich wie bei einem Trauma."

„Und was kann schlimmstenfalls passieren?"

Alisons Antwort kam prompt und mit der Leidenschaftslosigkeit einer Bahnhofsdurchsage. „Dauerhafte Katatonie. Die Chancen hierfür stehen aufgrund der wenig idealen Rahmenbedingungen bei etwa vierzehn Prozent."

Trina schluckte schwer. „Darf ich einen Augenblick darüber nachdenken?"

„Natürlich. Während unseres bisherigen Gesprächs sind gerade einmal zehn Millisekunden vergangen. Neuronale Kommunikation unterliegt einem gänzlich anderen Zeitempfinden.“

Trina mühte sich, ihre widerstreitenden Gefühle zu sortieren. Bis vor einigen Stunden war sie davon ausgegangen, künstliche Intelligenz, die sich mit der menschlichen messen könne, sei vielleicht theoretisch denkbar, aber praktisch noch auf unbestimmte Zeit Science-Fiction. Und jetzt sollte sie eine Art vulkanische Gedankenverschmelzung mit einer solchen eingehen. Und das, ohne diese Person – sofern es sich dabei überhaupt um die richtige Bezeichnung handelte – zu kennen oder die Folgen abschätzen zu können. Eigentlich absurd, ernsthaft darüber nachzudenken. Andererseits hatte sie sich selbst in eine fast ausweglose Lage manövriert. Ausweglos zumindest für sie. Für die meisten Menschen klang das bestimmt lächerlich. Aber der Gedanke, sich nach dem Aufwachen mit Hunderten anderer Menschen zusammengepfercht in einer hermetisch verschlossenen Blechbüchse zehn Kilometer über dem Erdboden wiederzufinden, ließ pures Entsetzen in ihr aufsteigen. Betäubter Mandelkern hin oder her. Auf rationaler Ebene wusste sie selbstverständlich, dass das Risiko dieser obskuren Bewusstseinsverschmelzung um ein Vielfaches höher lag, als das eines Fluges von L.A. nach Hongkong. Bedauerlicherweise hatte die rationale Ebene Trina in Bezug auf ihre Ängste nie wirklich weitergeholfen. „Tun wir es“, sagte sie mit fester Stimme – oder dem, was bei einer neuronalen Kommunikation auch immer einer festen Stimme entsprechen mochte.

...

Abigail Flint arbeitete seit fünfzehn Jahren als Stewardess, davon sechs Jahre als Kabinenchefin. In dieser Zeit hatte sie so ziemlich alles gesehen. Volltrunkene Urlauber, randalierende Geschäftsleute, dutzende Herzinfarkte, mindestens ebenso viele Festnahmen gesuchter Krimineller und sogar eine Notlandung. Auch die Anzeichen schwerer Flugangst kannte sie genauestens. Und so war ihr bereits beim Boarding die verschüchterte dunkelhaarige Frau auf Platz 3A aufgefallen. Der unstete Blick, die beschleunigte Atmung, ein leichter Schweißfilm auf der Stirn – alles untrügliche Symptome. Nicht nur, weil die Vorschriften ihrer Fluggesellschaft es verlangten, sondern auch, weil Abigail sich trotz ihrer teilweise abschreckenden beruflichen Erfahrungen ein mitfühlendes Wesen bewahrt hatte, beschloss sie, gleich nach dem Start nach der jungen Frau zu sehen. Sobald das Signal aus dem Cockpit kam, löste sie ihren Anschnallgurt und ging die wenigen Schritte in die Erste-Klasse-Kabine. Sanft legte sie der Passagierin eine Hand auf die Schulter. „Entschuldigung, ist bei Ihnen alles in Ordnung?"

„Danke, mir geht es ausgezeichnet", erwiderte die junge Frau freundlich und vollkommen entspannt.

Abigail nickte verwirrt. „Falls Sie etwas brauchen, lassen Sie es mich bitte wissen."

Auf dem Weg in die Bordküche schüttelte sie innerlich mit dem Kopf. Wie hatte sie sich derart irren können? Ihre sonst so zuverlässige Beobachtungsgabe schien sie im Stich gelassen zu haben. Wahrscheinlich wurde sie alt. Nicht nur, dass die Frau einen völlig normalen Eindruck machte. Wenn sie an das Boarding zurückdachte, hätte sie zudem schwören können, ihre Augen seien braun und nicht grün gewesen.

31

Mittlerweile lief die Überwachungsmaschinerie auf Hochtouren. Die Datensammlung zu Professor William Ell wurde von Stunde zu Stunde umfangreicher, während die fortschrittlichsten Suchalgorithmen der NSA alle Spuren zusammentrugen, die der Mann zeit seines Lebens in der digitalen Welt hinterlassen hatte. Veröffentlichungen, E-Mails, Gesprächsdaten, Bewegungsdaten, Fotos, Finanzgeschäfte, ärztliche Untersuchungsergebnisse, Einkaufsgewohnheiten und vieles andere mehr fügten sich Stück für Stück zu dem Abbild einer Person zusammen. Parallel zu dieser systematischen Rekonstruktion der Vergangenheit befanden sich weitere Programme auf der Jagd im Hier und Jetzt. Ausgestattet mit Einzelheiten aus einer immer vollständigeren Biografie scannten sie aktive Gesprächsverbindungen nach einem unverwechselbaren Stimmmuster, die Aufnahmen von Überwachungskameras nach einer bestimmten biometrischen Signatur sowie das weltweite Zahlungsverkehrssystem nach verdächtigen Transaktionen. Vor jedem virtuellen Ort, den William Ell je aufgesucht hatte, lag ein Wachhund aus Bits und Bytes, bereit, sofort zuzuschnappen, sollte der Gesuchte sich erneut zeigen.

Ungeduldig verfolgte Gray diesen Prozess, dessen Details ihm weitestgehend fremd und unverständlich blieben. Ihn interessierte das Ergebnis. Und das war bislang ausgesprochen mager. Nicht, dass es an Daten gemangelt hätte; aber die Person, die sich wie das Motiv eines langsam der Vollendung zustrebenden Puzzles abzuzeichnen begann, zeigte so gar keine Gemeinsamkeiten mit dem Profil des Geistes. Das allein musste noch nichts bedeuten. Gray kannte aus Erfahrung die Grenzen des Profilings. Je weniger Spuren der Täter hinterließ, desto unschärfer die Beschreibung. Und abgesehen von ein paar digitalen Fragmenten gab es nun einmal keine Spuren. Der Spitzname kam schließlich nicht von ungefähr. Dennoch bereitete es Gray große Schwierigkeiten, das Bild dieses unauffälligen, sozial bestens integrierten, von seinen Kollegen und Freunden hochgeschätzten Wissenschaftlers mit dem Superschurken in Einklang zu bringen, nach dem er seit Jahren unermüdlich fahndete. In der Jugend hatte es offensichtlich einige Verhaltensauffälligkeiten gegeben, was womöglich mit dem frühen Tod der Mutter zusammenhing. Doch das lag lange zurück und seitdem fanden sich keine Indizien mehr, die irgendwie verdächtig wirkten. Weder radikale politische oder gesellschaftliche Ansichten noch ungewöhnliche Kontakte, Interessen oder Geldbewegungen. Der Mann wäre der ideale Präsidentschaftskandidat, dachte Gray frustriert. Und doch … genau diese Person war vor zwei Tagen in ein Bürogebäude in London eingebrochen. Nicht in irgendein Bürogebäude, sondern in eines, das kurz zuvor der gefährlichste Hacker der Geschichte als Relaisstation benutzt hatte. Das konnte kein Zufall sein. Gegen einen Zufall sprach zudem, dass Ell seit dem erneuten Auftauchen des Geistes scheinbar nicht mehr existierte. Kein E-Mailverkehr, keine Handynutzung, keine Kreditkartenbelastungen – nichts. Grays Gedanken wurden jäh unterbrochen, als Finch in den Raum stürmte.

„Boss, wir haben ein Problem."

„Das ist ja mal was ganz Neues."

„Jemand, auf den Ells Beschreibung passt, wurde von einem unserer Air Marshalls am Frankfurter Flughafen gesichtet."

Gray sprang auf. „Unternehmen Sie etwas! Halten Sie ihn auf!"

Finch sackte in sich zusammen. „Dafür ist es leider zu spät. Die Meldung kam gerade rein, aber die Sichtung liegt bereits über zwei Stunden zurück."

„Verdammt! Wie konnte das passieren?"

„Der Air Marshall behauptet, er hätte eine E-Mail geschickt. Die ist allerdings nie angekommen. Erst durch seine telefonische Nachfrage haben wir davon erfahren."

„Dann fangen wir ihn eben bei seiner Ankunft ab. Wo will der Scheißkerl überhaupt hin?"

„Auch das mussten wir telefonisch in Erfahrung bringen", gestand Finch kleinlaut. „Unser Zugriff auf die Buchungssysteme ist offline."

„Und?“

„Hongkong.“

„Heilige Scheiße“, stöhnte Gray und ließ sich zurück in seinen Sessel fallen. „Ausgerechnet China. Da kommen wir kaum an ihn heran. Als ob er ahnt, dass wir ihm auf den Fersen sind.“

„Die Chinesen sind derzeit nicht besonders kooperativ“, stimmte Finch zu. „Was machen wir?“

Gray dachte einen Augenblick nach. „Wir pfeifen auf Kooperation. Ich will diesen Typen. Und zwar so schnell wie möglich. Wo er hingeht, da gehen auch wir hin. Lassen Sie den Flieger klarmachen. Es ist an der Zeit, die Samthandschuhe auszuziehen.“

32

Hellwach saß Chang Feng in der für die Nacht abgedunkelten Flugzeugkabine. Mit keiner Regung ließ ihre undurchdringliche Miene erahnen, was für ein Kampf sich in ihrem Inneren abspielte. Tat sie wirklich das Richtige? Hongkong. Ausgerechnet. Der Ort, an den sie nie zurückkehren wollte. Der Ort, von dem sie gefühlt immer noch flüchtete. Seit über zehn Jahren. Und doch schien sich alles auf diesen Moment zubewegt zu haben. Auf die Erkenntnis, dass es Dinge gab, vor denen man nicht fliehen konnte. Egal, wie sehr man sich bemühte. Sie glaubte nicht an Zufälle, und wenn ihr Weg sie jetzt wieder an den Ort zurückführte, wo alles begonnen hatte, dann sollte es so sein. Vielleicht war es an der Zeit, nicht mehr länger wegzulaufen, sondern sich den Dämonen der Vergangenheit zu stellen. In Hongkong. Ausgerechnet.

...

Zu seiner eigenen Verwunderung verschlief Ell den gesamten Flug. Mochten die Nerven noch so angespannt sein, ab einem bestimmten Punkt nahm sich der Körper, was er brauchte. Chang Feng hingegen wirkte, als habe sie kein Auge zugetan, und hüllte sich ab dem Moment, in dem sie chinesischen Boden betraten, in missmutiges Schweigen. Nachdem sie die Einreisekontrolle passiert hatten, erspähte Ell einen freien Tisch in einem Coffee Shop. Chang Feng bestellte einen Okinawa Black Sugar Latte. Das seltsame Gebräu schien sie zumindest ein bisschen aufzuheitern. Deutlich weniger experimentierfreudig entschied Ell sich für einen normalen Kaffee und beobachtete aufmerksam die Umgebung. „Ich wünschte, wir hätten einen Plan", bemerkte er wie zu sich selbst.

„Morgen unverletzt und am Leben zu sein wäre ein guter Anfang", brummte Chang Feng düster.

Ell nahm ihr den Zynismus nicht übel. Ohne auch nur das Geringste über die Entführer zu wissen, konnten sie keine sinnvolle Strategie entwickeln. Sie befanden sich vollständig in der Defensive. Und der Heimvorteil lag eindeutig bei der gegnerischen Mannschaft. Es blieb ihnen nichts anderes übrig, als den nächsten Spielzug abzuwarten. Ell schob seinen Stuhl zurück. „Am Infostand im Terminal gab es Karten von Hongkong. Ich besorge mir mal eine. Zur Orientierung."

„Ich mach das", bot Chang Feng an und sprang auf.

„Ich kann nach den Stunden im Flieger nicht mehr sitzen und wollte mir eh noch Kaugummi kaufen."

„Na gut, vielen Dank", erwiderte Ell, überrascht von dem plötzlichen Energieausbruch. „Bis gleich."

Der Informationsstand der Hongkonger Tourismusbehörde war nicht schwer zu finden und nach ein paar belanglosen Worten mit einem gelangweilten Mitarbeiter schnappte Chang Feng sich zwei Broschüren samt ausklappbarer Stadtkarte. Anschließend tauschte sie am Travelex-Schalter ihre verbliebenen Pfundnoten in Hongkongdollar, um einen Teil davon sogleich im Duty-Free Shop für einen Wochenvorrat Kaugummi auszugeben. Doch anstatt den Rückweg anzutreten, prüfte sie unauffällig, ob sie beobachtet wurde, und steuerte dann zielstrebig eines der verstreut im Terminal aufgestellten öffentlichen Telefone an. Diese führten ein einsames Dasein, da praktisch niemand mehr die altmodischen Geräte benutzte. Es kostete Chang Feng größte Überwindung, den blauen Hörer in die Hand zu nehmen und eine 1-HKD-Münze in den Schlitz zu werfen. Aus dem Gedächtnis tippte sie eine lokale Rufnummer in den Ziffernblock. Das Gespräch auf Kantonesisch dauerte keine Minute. Im Anschluss verharrte sie einen Augenblick regungslos, bevor sie auflegte. Mit leerem Blick und hängenden Schultern machte sie sich auf den Weg zurück in den Coffee Shop. Doch bei jedem Schritt gewann ihre Haltung an Entschlossenheit, und als sie wieder neben Ell Platz nahm, wirkte sie wie immer.

. . .

Gegen kurz nach eins kehrten Ell und Chang Feng in die Ankunftshalle zurück, um Trina in Empfang zu nehmen. Ihre Geduld wurde nicht lange auf die Probe gestellt. Die junge Frau musste unter den ersten gewesen sein, die das Flugzeug verlassen hatten, denn sie kam bereits zehn Minuten nach der auf den Informationstafeln angezeigten Ankunftszeit aus dem abgesperrten Bereich mit den Passkontrollschaltern herausgeschossen. Dabei machte sie den Eindruck, als könne sie den Flughafen gar nicht schnell genug hinter sich lassen. Ihre Umgebung schien sie kaum wahrzunehmen. Ell war gezwungen, sich ihr regelrecht in den Weg zu werfen, damit sie seine Anwesenheit bemerkte.

„Will, Gott sei Dank. Ich habe mir schon Sorgen gemacht, ob wir uns überhaupt finden würden, bei all den vielen Menschen“, sprudelte es aus ihr heraus.

Nach einem Blick in Trinas irrlichternde braune Augen erkannte Ell sofort, dass sie unmittelbar vor einem Nervenzusammenbruch stand und dringend eine ruhigere Umgebung brauchte. Chang Fengs Gedanken gingen offenbar in die gleiche Richtung. „Mir nach“, kommandierte sie, und kurz darauf fanden die drei sich in der Flughafenkapelle wieder. Wobei die Bezeichnung Kapelle ein wenig in die Irre führte, da es sich eigentlich um einen überkonfessionellen, neutralen Andachtsraum handelte. Niemand sonst hielt sich dort auf. Erschöpft sank Trina auf einen der etwa zwei Dutzend Stühle.

„Hattest du einen angenehmen Flug?“, fragte Ell unbedarft, nur um sich im gleichen Augenblick auf die Zunge zu beißen.

Chang Feng bedachte ihn mit einem vernichtenden Blick.

„Sorry, das war unpassend", entschuldigte er sich zerknirscht. „Mittlerweile ist mir klar, welche Überwindung es dich gekostet hat, diese Reise zu unternehmen. Umso dankbarer bin ich dir dafür. Hast du den Stein dabei?"

Trina nickte, machte jedoch keine Anstalten, der in der Frage enthaltenen Aufforderung nachzukommen.

Ell wartete einen Augenblick, um dann deutlicher zu formulieren. „Du kannst ihn mir jetzt geben."

Trina seufzte, griff in die Hosentasche ihrer ausgewaschenen Jeans und zog umständlich die goldene Taschenuhr hervor. Nur äußerst widerstrebend ließ sie diese in Ells ausgestreckte Hand fallen. Hastig öffnete Ell den Boden der Uhr und betrachtete erleichtert den Inhalt. Das zuletzt beobachtete seltsame Leuchten aus dem Inneren des Steins war wieder verschwunden. Egal. Zumindest konnte er jetzt seinen Teil der Abmachung mit den Entführern einhalten. Die Zweifel daran, ob diese sich gleichermaßen verpflichtet fühlen würden, schob er energisch beiseite. „Nochmals vielen Dank, Trina. Hast du dein Rückflugticket schon gekauft oder erledigen wir das gemeinsam?"

Zu seiner Überraschung wollte Trina davon nichts wissen. „Ich soll dich herzlich von jemandem grüßen. Und dieser jemand hat mir aufgetragen, in den nächsten Stunden keinesfalls von deiner Seite zu weichen."

Ells Kopf begann zu schmerzen. „Der Name dieses jemand fängt nicht zufällig mit ‚A‘ an, oder?“

„Und hört mit ‚n‘ auf“, bestätigte Trina.

„Und was genau hat sie dir erzählt?“, erkundigte Ell sich misstrauisch.

„Dass ihr beide jede Hilfe braucht, die ihr kriegen könnt. Sie kann ziemlich überzeugend sein. Jedenfalls hat sie mich dazu gebracht, zum ersten Mal in meinem Leben ein Flugzeug zu besteigen. Und das ist keine Erfahrung, auf die ich besonders scharf gewesen bin.“

Ell schüttelte irritiert den Kopf. „Du weißt, der Stein soll heute Nachmittag im Austausch für meine Schwester übergeben werden. Nach allem, was Allison bisher zu diesem Thema geäußert hat, hält sie das für keine gute Idee. Und dennoch macht sie es jetzt möglich. Einerseits bin ich froh darüber, weil ich nur so eine Chance habe, meine Schwester zu retten. Anderseits verstehe ich es nicht. Noch weniger verstehe ich, warum auch du dein Leben in Gefahr bringen sollst. Wofür?“

Wenn Trina die Antwort kannte, behielt sie sie für sich. „Ich glaube, Allison weiß, was sie tut“, erwiderte sie stattdessen. „Und außerdem komme ich hier sowieso nicht weg.“

„Wieso denn das nicht?“

„Weil ich nicht beabsichtige, je wieder ein Flugzeug zu besteigen.“

UM KURZ NACH zwei saßen Trina, Chang Feng und Ell in einem roten Toyota Crown Comfort Taxi in Richtung

Hongkong Island. Wie Ell gelernt hatte, musste es ein rotes Taxi sein, da die blauen nur auf Lantau Island und die grünen nur in den New Territories verkehrten. Die von den Entführern genannte Bar lag mitten in dem besonders bei Ausländern beliebten Amüsierviertel Wan Chai. Die Fahrt dorthin dauerte über eine halbe Stunde und Ell hatte gehofft, Chang Feng würde auf dem Weg ihre Ortskenntnisse einbringen und ihnen ein bisschen darüber erzählen, was sie erwartete. Stattdessen war sie wieder in brütendes Schweigen verfallen und reagierte höchst einsilbig auf gelegentliche Fragen. Trina zeigte sich ebenfalls wenig gesprächig. Mit dem Hinweis, sie habe brüllende Kopfschmerzen, verschanzte sie sich hinter einer am Flughafen gekauften, vollkommen überdimensionierten Sonnenbrille und ignorierte alles, was um sie herum geschah. Einzig der Taxifahrer bemühte sich ausdauernd, eine Unterhaltung in Gang zu bringen. Doch selbst er erkannte nach einer Weile, dass diese komischen Ausländer nicht in Urlaubslaune waren.

Als sich die Fahrt dem Ende nährte, erwachte Chang Feng abrupt aus ihrer Lethargie. Mit einem barschen Satz auf Kantonesisch wies sie den Fahrer an, einen halben Häuserblock vor ihrem eigentlichen Ziel anzuhalten. „Es ist reichlich Zeit und ich dachte mir, wir gehen einmal an dem Laden vorbei, um einen ersten Eindruck zu gewinnen."

Während sie langsam wie neugierige Touristen den belebten Bürgersteig entlangschlenderten, ließ Ell die Szenerie auf sich wirken. Das Straßenbild der Lockhardt Road wurde in diesem Abschnitt immer noch von Bars,

Clubs und Restaurants geprägt. Allerdings hatten die verruchtesten Etablissements ihren Platz bereits für ein deutlich massentauglicheres Angebot räumen müssen. Mit Ausnahme der Guaiwu Bar, die sich als eine der letzten Bastionen des alten Rotlichtviertels diesem Trend bislang hartnäckig widersetzte. Darauf ließ zumindest die heruntergekommene und teilweise defekte Neonreklame mit ihren Abbildungen von weiblichen Figuren in eindeutigen Posen schließen. Türen und Fenster waren fest verschlossen, was angesichts der frühen Stunde kaum überraschte. Ansonsten gab es nicht viel zu sehen.

Chang Feng deutete in Richtung eines Cafés auf der anderen Straßenseite, das zur linken von einem Laden für billige Uhren und zur rechten von einem Tattoo-Studio eingerahmt wurde. „Dort können wir warten und alles im Auge behalten."

Nachdem sie die Straße überquert hatten, setzten sie sich an einen kleinen Tisch auf dem breiten Bürgersteig und bestellten Tee für Ell und Chang Feng sowie eine Cola für Trina. Ell konnte seine Augen kaum von der Guaiwu Bar loszureißen. „Ob sie Alexandra da drin gefangen halten?"

„Unwahrscheinlich", antwortete Chang Feng. „Die Gegend ist zu belebt und sie werden nicht riskieren, ihren wahren Unterschlupf auf diese Weise preiszugeben. Ich vermute, wir erhalten hier nur Anweisungen, wo und wie der Austausch stattfinden soll."

Ell nickte verhalten. Der nüchterne Teil seines Verstandes war bereits selbst zu diesem Schluss gekommen. „In jedem Fall scheint es mir klüger, wenn wir den

Stein zu dem Treffen nicht mitnehmen. Der Laden ist für Gäste noch geschlossen. Das bedeutet, die Leute dort drinnen könnten versucht sein, uns den Stein mit Gewalt abzunehmen. Das darf keinesfalls passieren, sonst verlieren wir unser einziges Druckmittel." Ell drehte sich zu Trina. „Du musst den Stein an dich nehmen und hier draußen auf uns warten. Achte darauf, immer unter Menschen zu bleiben."

Trina schaute ihn mit großen Augen an und schluckte schwer, nahm jedoch widerspruchslos die goldene Taschenuhr entgegen, die Ell ihr unter dem Tisch zusteckte.

Die Zeit verging quälend langsam, bis Ells Armbanduhr endlich kurz vor vier anzeigte. Wie auf ein gemeinsames Signal standen er und Chang Feng auf.

„Wenn du innerhalb der nächsten Stunde nichts von uns hörst, informierst du die Polizei und die amerikanische Botschaft", erteilte Ell letzte Anweisungen. „Gleiches gilt, wenn jemand dich angreift oder versucht, dir den Stein abzunehmen. Dann schreist du einfach so laut du kannst nach der Polizei."

„Mach' ich", erwiderte Trina sorgenvoll. „Viel Glück." Bevor Ell und Chang Feng sich abwandten, fiel ihr noch etwas ein. „Was heißt denn überhaupt Polizei auf Chinesisch?"

Chang Feng musste lächeln. „*Jingchá*. Aber Police versteht hier auch jeder."

33

Die mächtige Eingangstür hatte definitiv bessere Zeiten gesehen. Dennoch wirkte die schwere Eisenkonstruktion, als könne sie – abgesehen von einer mittelgroßen Sprengladung – so ziemlich jeder Form von Gewalteinwirkung problemlos widerstehen. Vergeblich suchte Ell nach einer Klingel und entschied sich schließlich für ein nachdrückliches Klopfen. Es dauerte nur wenige Sekunden, bis das protestierende Knirschen eines Riegels erklang und die Tür einen Spaltbreit aufschwang. Durch die schmale Öffnung erahnte Ell die Umrisse einer Gestalt, die sie schweigend musterte.

„Mein Name ist Ell“, sagte er auf Englisch. „Ich werde erwartet.“ Mit einem Kopfnicken wies er in Chang Fengs Richtung. „Sie gehört zu mir.“

Darauf vergrößerte sich die Türöffnung gerade so weit, dass die beiden nacheinander hindurchschlüpfen konnten. Mit einem dumpfen Knall fiel die Tür hinter ihnen ins

Schloss. Ells und Chang Fengs Augen benötigten einen Augenblick, um sich an das schummrige Licht im Inneren der Bar zu gewöhnen. Sie standen im Eingangsbereich eines großen Gastraumes, der sich etwa zwanzig Meter in das Gebäude erstreckte und an einer langen Theke endete. Die Mitte des Raumes wurde von einer Art Bühne mit einem halben Dutzend Pole Dance Stangen eingenommen. Sämtliche Stühle standen hochgestellt auf den umstehenden Tischen. Zumindest in nächster Zeit wurde mit zahlenden Gästen demnach nicht gerechnet. Die abgestandene Luft roch nach einer Mischung aus Moder, Schweiß und schalem Bier. Erstmals konnte Ell nun auch erkennen, wer ihnen die Tür geöffnet hatte. Allerdings musste er hierfür den Kopf in den Nacken legen. Der Mann maß mindestens zwei Meter und entsprach bis ins Detail dem Klischee eines Türstehers. Von den schaufelartigen Händen, über die tätowierten Arme bis zum muskelbepackten, in einem zu engen T-Shirt steckenden Torso. Mit einem Grunzen forderte er Ell auf, die Arme zu heben, und tastete ihn grob ab. Ell unterdrückte ein Husten, so penetrant umwehte ihn dabei der Geruch nach altem Zigarettenrauch. Chang Feng hatte die gleiche Prozedur zu erdulden, wobei der Rausschmeißer sich erkennbar mehr Zeit nahm. Ell spürte, wie Chang Feng vor Wut kochte. Anschließend wurden sie zu einem der Tische geführt. Mit wenig Rücksicht auf das Mobiliar zog der Hüne zwei Stühle vom Tisch und stellte sie krachend auf den Fußboden. Wortlos bedeutete er ihnen, sich zu setzen, und verschwand durch eine Tür hinter der Bar. Es vergingen fünf Minuten, dann zehn, bis endlich nach einer Viertelstunde die Tür wieder aufschwang und ein Mann von gänzlich anderer Erscheinung den Raum betrat. Ell fühlte sich sofort an einen Buchhalter erinnert. Das schüttere schwarze Haar zu einem sauberen Seitenscheitel gekämmt, steckten die schmalen Schultern in einem zu weiten, auffällig gemusterten Sakko. Darunter fiel der Blick auf graue Baumwollhosen mit messerscharfer Bügelfalte und ein Paar braune Riemensandalen.

„Professor Ell, Ms. Zhao, willkommen in Hongkong. Ich freue mich, dass sie unserer Einladung gefolgt sind, und hoffe, die Anreise verlief zu Ihrer Zufriedenheit“, begrüßte er sie mit sanfter, ungewöhnlich hoher Stimme. „Mein Name ist Mr. Wu.“ Damit griff er einen Stuhl und setzte sich zu ihnen.

Schon nach den ersten Worten wusste Ell, dieses war nicht der Mann, mit dem er am Telefon gesprochen hatte. Plötzlich konnte er sich an die vorher für diesen Moment sorgfältig zurechtgelegten Sätze nicht mehr erinnern. Stattdessen platzte eine einzige Frage aus ihm heraus. „Wo ist meine Schwester?“

Ein nachsichtiges Lächeln zog über das Gesicht des Asiaten. „Geduld, Professor. Haben Sie uns denn etwas mitgebracht?“

„Ich habe, was Sie wollen“, bestätigte Ell. „Aber zuerst möchte ich meine Schwester sehen.“

„Eins nach dem anderen“, erwiderte Wu. „Tragen Sie es bei sich?“ Gespannt lehnte er sich vor. Als Ell einen Augenblick mit der Antwort zögerte, vertiefte sich sein Lächeln und er beantwortete die Frage gleich selbst. „Nein, natürlich nicht. Vielleicht sollten wir die junge Dame fragen, die gegenüber im Café sitzt? Eine gewisse Ms. Shaw, wenn ich mich nicht irre?“

In diesem Augenblick begriff Ell, dass Wu nur mit ihnen spielte. Wie zur Bestätigung wurden die Augen des Mannes hart und schlagartig wirkte er gar nicht mehr wie ein harmloser Buchhalter.

„Wir kennen jeden Ihrer Schritte, Professor Ell. Wenn Sie glauben, es bestünde auch nur die geringste Möglichkeit, uns zu übervorteilen, irren Sie gewaltig. Mein Arbeitgeber will diesen Stein. Und er wird ihn bekommen. Ob Ihre Schwester danach noch lebt oder nicht, liegt ganz bei Ihnen.“

„Dann sagen Sie mir, wie es jetzt weitergehen soll“, erwiderte Ell mit heiserer Stimme.

Von einem Moment zum anderen verwandelte Wu sich wieder in sein unscheinbares Alter Ego. „Mein Arbeitgeber möchte Sie für den Austausch gern persönlich treffen.“ Wu griff in die Innentasche seines Jacketts und zog einen Stapel Dokumente hervor. „Dies sind drei Tickets für die Fähre nach Guangzhou sowie zwei Touristenvisa. Für Sie und Ms. Shaw. Ms. Zhao ist ja ohnehin chinesische Staatsbürgerin. Man wird Sie bei ihrer Ankunft am Hafen abholen.“

„Und dort wird auch meine Schwester sein?“, fragte Ell hilflos.

„Dort wird auch Ihre Schwester sein“, bestätigte Wu. „Und jetzt sollten Sie sich beeilen. Sie wollen doch Ihr Schiff nicht verpassen.“

. . .

Der Doppelrumpf der weißen Express-Fähre pflügte durch die bräunlichen Fluten des Pearl River Richtung Norden. Die Nacht brach herein und alles, was Ell durch die Fenster der flugzeugähnlichen Passagierkabine erkennen konnte, waren vereinzelte Lichter am Flussufer. Seit sie sich am Hongkong Macau Ferry Terminal in letzter Minute an Bord des Schiffes begeben hatten, breitete sich in Ell ein wachsendes Gefühl der Verzweiflung aus. Das Gespräch mit Mr. Wu hatte ihm seine eigene Ohnmacht deutlich vor Augen geführt. Sein Handlungsspielraum lag praktisch bei null. Ihm blieb nichts anderes übrig, als den Anweisungen Folge zu leisten und das Beste zu hoffen. Rechnen tat er inzwischen allerdings mit dem Schlimmsten. Es schien naiv anzunehmen, dass man sie nach der Übergabe des Steins einfach gehen lassen würde. Hätte er nicht trotz der Warnung besser die Polizei verständigt? Aber hätte man ihm überhaupt geglaubt und schnell und unauffällig genug reagiert? Oder hätten die Entführer innerhalb kürzester Zeit Wind von seiner Indiskretion bekommen und ihre Drohung wahrgemacht? Jetzt war es ohnehin zu spät. Mühsam drängte Ell diese dunklen Gedanken beiseite und wandte sich Chang Feng zu, die kaugummikauend neben ihm saß. „Erzähl mir von Guangzhou", bat er sie.

„Guangzhou ist in erster Linie eine Industrie- und Handelsstadt. Es gibt auch eine Universität und eine ziemlich lebendige Kunstszene. Das Leben geht deutlich offener und entspannter zu als zum Beispiel in Peking. Ich bin bislang nur zweimal dagewesen. Meinem Eindruck nach dreht sich dort alles ums Geschäft – obwohl das eigentlich für ganz China gilt.“

Interessiert beugte sich Trina zu ihnen herüber. „Ich habe einmal gelesen, dass die Stadt über zwölf Millionen Einwohner hat. Alle Städte in diesem Flussdelta zusammengenommen kommen auf über 100 Millionen Einwohner.“

„Groß genug, damit das Verschwinden von drei Ausländern nicht weiter auffällt“, bemerkte Ell trocken. „Sorry, von zwei Ausländern“, korrigierte er sich mit Blick auf Chang Feng. Angesichts von Trinas schreckensgeweiteten Augen bereute er diesen Kommentar augenblicklich.

„Was glaubt ihr, was uns erwartet?“, kam prompt die ängstliche Nachfrage.

Chang Feng verpasste Ell unter dem Sitz einen vorwurfsvollen Tritt. „Wir übergeben den Stein und fahren dann gemeinsam mit Wills Schwester nach Hongkong zurück. Das ist es, was uns erwartet“, versicherte sie Trina beruhigend.

Trinas Miene nach kaufte sie Chang Feng diese optimistische Einschätzung nicht ab. Dennoch wirkte sie dankbar für den Versuch. Ell fragte sich nicht zum ersten Mal, was diese junge Frau, die schon beim Klang einer lauten Stimme zusammenzuckte, dazu gebracht haben konnte, sich ihnen auf diesem Himmelfahrtskommando anzuschließen. Was immer das Motiv sein mochte, in seiner Sorge um das Schicksal seiner Schwester hatte er den Beitrag seiner beiden Begleiterinnen bislang viel zu wenig gewürdigt.

„Was auch passiert, ich danke euch beiden für eure

Unterstützung“, begann er etwas hölzern. „Wir kennen uns nicht besonders gut, und doch habt ihr euch entschieden, mich zu begleiten. Obwohl ich die Weisheit dieser Entscheidung infrage stelle, bedeutet sie mir mehr, als ihr euch vorstellen könnt. Danke.“

Weder Trina noch Chang Feng schienen mit dieser Gefühlsaufwallung gerechnet zu haben.

„Kein Problem“, murmelte Chang Feng leise, während Trina verlegen ihre Schuhspitzen begutachtete. Den Rest der Fahrt hing jeder seinen eigenen Gedanken nach.

34

Die gesamte Fahrt dauerte knapp zwei Stunden und endete am Panyu Lotus Mountain Port in Lianhuashan, südlich des Stadtzentrums von Guangzhou. Nachdem sie das schmucklose Fährterminal passiert hatten, fanden sie sich auf einem Parkplatz wieder. Dort wurden sie bereits von zwei schwarzen Mercedes-SUVs erwartet. Die Beifahrertür des vorderen Wagens schwang auf und ein Mann in dunklem Anzug mit weißem Hemd und Krawatte sowie einem deutlich sichtbaren Knopf im Ohr stieg aus. Wortlos öffnete er die Fondtüren und bedeutete ihnen einzusteigen. Kaum waren die Türen ins Schloss gefallen, setzte sich die kleine Kolonne in Bewegung und jagte in halsbrecherischem Tempo davon. Durch die getönten Scheiben sah Ell, wie die modernen Hochhäuser langsam weniger wurden und einer älteren, traditionellen Bebauung wichen. Nach zwanzig Minuten fuhren sie durch eine schmale Tordurchfahrt zwischen zwei renovierungsbedürftigen Häusern und hielten im Innenhof vor einer Art Lagerhalle. Offenkundig hatten sie ihr Ziel erreicht. Die Wagentüren wurden aufgerissen und eingerahmt von vier weiteren Anzugträgern betraten Ell, Chang Feng und Trina das spärlich beleuchtete Gebäude. Das Innere bestand im Wesentlichen aus einem großen Raum, der ungefähr drei Viertel der gesamten Grundfläche einnahm. Aus dem Geruch nach Leim und Sägemehl schloss Ell, dass es sich einmal um eine Schreinerei gehandelt haben musste. In der Mitte des Raumes standen mit der Lehne zur Eingangstür drei klapprige Stühle.

„*Ni zuò xià*“, blaffte einer ihrer Begleiter und deutete auf die Stühle. Ohne jeden Zweifel eine Aufforderung, sich zu setzen. Damit schien der Auftrag ihres Empfangskomitees vorerst erledigt zu sein, denn die Männer nahmen in den Ecken des Raumes Aufstellung und starrten mit ausdruckslosen Gesichtern ins Leere. Eine halbe Stunde verstrich. Dann fasste sich einer ihrer Bewacher ans Ohr und lauschte einer Nachricht. Wenig später hörte man, wie ein Fahrzeug im Innenhof vorfuhr. Ein Knoten bildete sich in Ells Magen, als die Eingangstür in seinem Rücken aufschwang und neben einem kalten Luftzug die Person einließ, wegen derer sie hier waren. Ell konnte es spüren. Und tatsächlich erklang die ungeschliffene, arrogante Stimme, die sich tief in sein Gedächtnis gebrannt hatte.

„Professor Ell nebst Begleitung. Welch Glanz in meiner Hütte.“

Ell widerstand der Versuchung, sich umzudrehen, und wartete stattdessen, bis der von zwei Bodyguards begleitete Sprecher in sein Blickfeld trat. Genau nahm Ell jedes

Detail in sich auf. Die kleine, untersetzte Gestalt, gehüllt in einen dunkelbraunen Kaschmirmantel. Das schüttere Haar. Der Anblick war beinahe enttäuschend. Wären da nicht die Augen gewesen. Diese kalten Augen, die dennoch mit einem inneren Feuer brannten. Die Augen eines Mannes, der keine Gefangenen machte. In diesem Augenblick wusste Ell, dass sie so gut wie tot waren.

„Ich will es nicht versäumen, mich ebenfalls vorzustellen. Mein Name ist Bloch und ich bin ein vielbeschäftigter Mann. Und Sie, Professor, haben mich Zeit gekostet. Zeit und Geld. Zwei Dinge, die ich sehr schätze und von denen man nie genug haben kann. Sie verstehen daher meine Ungeduld. Zeigen Sie mir, was Ihnen das Leben Ihrer Schwester wert ist. Zeigen Sie mir den Stein."

Vorsichtig zog Ell die goldene Taschenuhr aus seiner Jackettasche. Kurz darauf lag der grüne Stein in seiner Handfläche. „Hier ist der Stein. Wo ist meine Schwester?"

Ein gieriges Flackern erwachte in Blochs Augen und einen Augenblick sah es so aus, als wolle er sofort danach greifen. Dann besann er sich eines Besseren und musterte Ell abschätzend. „Wissen Sie eigentlich, was Sie da in der Hand halten, Professor?" Ells kurzes Zögern war für Bloch Antwort genug. Sein Gesicht verzog sich zu einem höhnischen Grinsen. „Nein, ich sehe schon, Sie haben keinen Schimmer. Was hat man Ihnen denn erzählt? Kommen Sie. Geben Sie sich einen Ruck und sagen es mir. Ihre Schwester wartet vor dem Haus in meinem Wagen. Wir wollen doch so kurz vor der Ziellinie nicht noch alles ruinieren, oder?"

„Der Stein enthält irgendeine fortschrittliche Technologie“, presste Ell zwischen zusammengebissenen Zähnen hervor. „Zumindest hat mir das eine Frau namens Allison gesagt.“

„Das hat sie Ihnen also gesagt?“ Bloch brach in schallendes Gelächter aus. „Oh mein lieber, unwissender Professor. So köstlich habe ich mich schon lange nicht mehr amüsiert. Allein das könnte den ganzen Aufwand dann doch Wert gewesen sein.“ Kopfschüttelnd drehte er sich zu einem seiner Bodyguards um. „Bringen wir es zu Ende. Holt die Frau herein.“

Der Angesprochene nickte und verschwand nach draußen. Augenblicke später kehrte er in Begleitung zurück. Als Ell die Person an seiner Seite erkannte, hielt es ihn nicht mehr auf seinem Stuhl. Sofort stieß einer der Bewacher ihn wieder zurück, sodass er nur zusehen konnte, wie Alexandra mit auf dem Rücken zusammengebundenen Händen zu Bloch geführt wurde. Sie wies keine sichtbaren Verletzungen auf, sah jedoch erschöpft und verängstigt aus.

„Will, Gott sei Dank. Ich hatte die Hoffnung schon fast aufgegeben“, flüsterte sie kaum vernehmbar.

„Bist du okay? Geht es dir gut?“, war alles, was Ell hervorbrachte.

„Wie rührend“, unterbrach Bloch mit triefendem Sarkasmus. „Aber zunächst wollen wir unser Geschäft zu Ende bringen.“ Damit zog er aus seiner Manteltasche ein metallisch glänzendes Kästchen. „Seien Sie so freundlich und legen den Stein hier hinein, Professor. Dann nehmen wir Ihrer Schwester die Fesseln ab und Sie können Ihr Wiedersehen feiern.“

Ell zögerte. Nicht, weil er nicht bereit gewesen wäre, Bloch den Stein zu überlassen, sondern vielmehr, weil er wusste, dass er damit ihrer aller Schicksal besiegelte.

„Ich hoffe doch, wir müssen nicht nachhelfen“, bemerkte Bloch und gab einem seiner Bodyguards ein Zeichen. Der zog sofort seine Waffe und richtete sie auf Alexandra. „Lassen Sie sich das Schicksal Ihres Vaters ein warnendes Beispiel sein. Leere Drohungen sind mir fremd.“

Also stimmte, was er schon längst vermutet hatte. Ihm gegenüber stand der Mörder seines Vaters und es gab nichts, was er tun konnte. Geschlagen bedachte Ell den Stein in seiner Hand mit einem letzten Blick und beugte sich zu Bloch, der ihm das geöffnete Kästchen entgegenstreckte. Im gleichen Moment versank der Raum in Dunkelheit, gefolgt von einem grellen Lichtblitz und einem ohrenbetäubenden Knall wie Donnerhall.

…

Ell konnte weder etwas sehen noch hören. Seine Ohren fühlten sich an, als seien sie mit Watte ausgestopft und vor seinen Augen tanzten wilde Blitze. Es dauerte einen Moment, bis er sich zumindest über seine körperliche Lage im Klaren war. Er lag zusammengekrümmt auf dem Fußboden, beide Hände auf die Ohren gepresst. Eine gefühlte Ewigkeit verging, während eine Welle des Schwindels nach der anderen über ihn hinwegflutete. Endlich ließ das übelkeitserregende Gefühl nach und seine Sehfähigkeit kehrte schrittweise zurück. Langsam fügte sich ein Bild seiner Umgebung zusammen. Die Lampen brannten wieder, aber im ganzen Raum hing ein dichter Nebel. Neben sich erkannte er eine orientierungslos blinzelnde Chang Feng sowie Trina, die bereits deutlich klarer wirkte. Er sah, wie sie nach etwas auf dem Boden griff. Dabei zog ein grünlicher Schimmer über ihre Augen. Doch das konnte auch seiner überforderten Netzhaut geschuldet sein. Einige Armlängen entfernt bemerkte er die Umrisse weiterer zusammengesunkener Körper. Alexandra, war sein nächster Gedanke. Er entdeckte sie neben einem der Bodyguards liegend. Zu seiner Erleichterung bewegte sie sich. Unsicher kroch er auf allen vieren an ihre Seite. Sie schien, von der Benommenheit abgesehen, unverletzt. Erst jetzt wurde ihm bewusst, dass sie Gesellschaft hatten. Mindestens ein halbes Dutzend Gestalten in schwarzen Kampfmonturen bewegten sich durch den Raum, Sturmgewehre im Anschlag. Sie konzentrierten sich ausschließlich auf Blochs Männer, die ohne Ausnahme Schusswunden aufwiesen. Keiner von ihnen rührte sich mehr. Bloch konnte er nirgendwo ausmachen. Plötzlich stand eine Frau neben ihm. Die etwa fünfzigjährige, schlanke Chinesin trug ein schwarzes Kostüm und kam ihm vage bekannt vor. Sie zog ein Messer hervor, beugte sich zu Alexandra herab und durchtrennte ihre Handfesseln.

„Wer sind sie?“ Ell hörte kaum seine eigene Stimme.

Neben ihm setzte sich Chang Feng auf. Ganz leise vernahm er, wie sie mit säuerlicher Miene etwas sagte.

„Was?“, fragte er lauter und deutete auf seine Ohren.

„Darf ich vorstellen“, brüllte Chang Feng. „Meine Mutter.“

Ell saß wieder auf einem der klapprigen Stühle und nippte an einer Plastikflasche mit Mineralwasser, die ihm von irgendjemandem in die Hand gedrückt worden war. Mit dem Wiederkehren seiner betäubten Sinne hatten sich stechende Kopfschmerzen eingestellt und er versuchte mühsam, Ordnung in das Geschehen der letzten Minuten zu bringen.

„Nochmal langsam für Doofe“, sagte er an Chang Feng gewandt. „Wo kommt deine Mutter jetzt auf einmal her?“

Chang Feng seufzte, verdrehte die Augen zum Himmel und wiederholte ihren letzten Satz. „Ich habe sie bei unserer Ankunft in Hongkong angerufen und um Hilfe gebeten. Was mir alles andere als leichtgefallen ist, weil wir nie besonders gut miteinander ausgekommen sind. Genaugenommen habe ich seit über zehn Jahren kein Wort mehr mit ihr gewechselt.“

„Aha“, machte Ell. „Und praktischerweise ist deine Mutter hier die Polizeichefin. Oder warum sonst befehligt sie ihre eigene Armee?“

„Nicht wirklich. Sie ist … Geschäftsfrau mit vielfältigen Verbindungen“, antwortete Chang Feng ausweichend.

„Und das bedeutet?“, bohrte Ell unnachgiebig weiter.

Chang Feng gab ihren Widerstand auf. „Wenn du es

unbedingt wissen willst, sie ist die Anführerin der größten Triade in Südostchina. Das bedeutet es. Und jetzt verstehst du vielleicht auch, warum ich ein Problem mit ihr habe."

Damit hatte Ell nicht gerechnet, doch er fing sich schnell wieder. „Dann müsste ich wohl schockiert sein. In Anbetracht unserer derzeitigen Lage bin ich aber ehrlich gesagt ganz froh, dass sie nicht Tierärztin oder Steuerberaterin ist."

„Keine Chance. Tiere mag meine Mutter nur in süßsaurer Sauce und Steuern hat sie noch nie bezahlt."

„Damit kann ich leben", erwiderte Ell, während er beobachtete, wie ein kleiner Mann in grauem Sakko, der ihnen als Arzt vorgestellt worden war, Alexandra untersuchte. „Bloch?"

„Befindet sich gut verschnürt im Gewahrsam meiner Mutter. Wir können ihn nachher in aller Ruhe befragen."

„Ausgezeichnet. Fragen fallen mir wahrlich genügend ein." Ell hätte unendlich erleichtert sein müssen, aber irgendetwas nagte an ihm. Wenn nur sein Gehirn sich nicht noch immer in Zeitlupe bewegen würde. Endlich fiel es ihm wie Schuppen von den Augen. „Wo ist eigentlich Trina?"

35

Zwei Minuten hektischer Aktivität später stand fest, dass von der jungen Frau jede Spur fehlte. Einer der Männer von Chang Fengs Mutter gab an, er habe sie beim Verlassen der Lagerhalle gesehen, jedoch angenommen, sie wolle nach den Einwirkungen der Nebel- und Blendgranaten nur frische Luft schnappen. Es machte ganz den Eindruck, als sei Trina absichtlich verschwunden. Damit nicht genug. Selbst nach sorgfältiger Suche im gesamten Gebäude blieb der grüne Stein unauffindbar. Ell erinnerte sich wieder daran, wie Trina etwas vom Boden aufgehoben hatte. Könnte das der Stein gewesen sein? Aber was wollte sie damit? Und wohin wollte sie, in einer ihr unbekannten Stadt, in einem fremden Land? Einzig Chang Fengs Mutter wirkte nicht im Geringsten beunruhigt.

„Wir finden sie", versprach Mrs. Zhao zuversichtlich in fast akzentfreiem Englisch. „Wir haben unsere Leute überall und eine Westlerin bleibt in dieser Gegend nicht lange unbemerkt."

Tatsächlich verging kaum eine halbe Stunde, bis aus dem Netzwerk der Triade ein erster Hinweis einging.

„Eine Person, auf welche die Beschreibung eurer Freundin passt, wurde von einem Taxi an der Daxuecheng Outer Ring Road abgesetzt", berichtete Mrs. Zhao. „Dem Taxifahrer ist sie aufgefallen, weil sie darum gebeten hat, in Dollar bezahlen zu dürfen. Wie häufig war diese Trina denn schon in Guangzhou?"

„Trina? Hier? Noch nie", antwortete Ell erstaunt. „Warum fragen Sie?"

„Weil der Taxifahrer meinte, sie habe sich gut ausgekannt. Außerdem sprach sie fließend Chinesisch."

Das verschlug Ell komplett die Sprache. Chang Feng erging es nicht anders. Mit großer Anstrengung fing Ell seine umherrasenden Gedanken wieder ein. „Was ist denn dort an dieser Daxu-was-auch-immer-Straße?"

Mrs. Zhao bedachte ihn mit einem tadelnden Blick. „Daxuecheng Outer Ring Road. Die Straße verläuft rund um eine Insel, auf der sich die Universität befindet. Dort gibt es wissenschaftliche Institute, Verwaltungsgebäude, Studentenunterkünfte, eine Bibliothek. Solche Dinge."

Ell zwang seinen schmerzenden Kopf, schneller zu arbeiten. Was könnte Trina dort wollen? Soweit er wusste, galt ihr einziges Interesse ihrem Beruf. Sie war Programmiererin und Computer waren das, womit sie sich am besten auskannte. Computer. Natürlich! Nur das ergab einen Sinn. „Tianhe!", entfuhr es ihm. „Sie will zu Tianhe!"

„Zum Fluss am Himmel?", fragte Chang Feng irritiert.

Chang Fengs Mutter hingegen begriff sofort, wovon Ell sprach. „Sie meinen den Rechner im Supercomputer Center?“

Ell nickte nachdrücklich. „Sie ist Computerspezialistin und vielleicht hat Allison ihr mehr zu der Technologie verraten, die in dem Stein verborgen ist. Ich habe zwar keinen blassen Schimmer, wie das alles zusammenhängt, aber mein Bauch sagt mir, dass Trina zu diesem Rechner will. Die Frage ist nur, ob sie auf eigene Faust handelt oder ob Allison dahintersteckt.“

„Keine Ahnung, wovon Sie reden. Was wollen Sie jetzt tun?“

„Wir müssen sie aufhalten“, erwiderte Ell bestimmt. „Ich will wissen, worum es hier geht. Und außerdem will ich meinen Stein zurück.“ Es überraschte Ell, wie leicht ihm diese Ansage über die Lippen kam. Doch in Wahrheit hatte er einfach keine Lust mehr, ständig der im Dunkeln tappende Trottel zu sein. „Können Sie uns dort hinbringen?“

Mrs. Zhao lächelte gelassen. „In diesem Land, Professor Ell, kann ich Sie überall hinbringen.“

DIE VORBEREITUNGEN NAHMEN ALLERDINGS einige Zeit in Anspruch. Erst um kurz nach Mitternacht fuhren Chang Feng und Ell, im Fonds einer dunklen Limousine sitzend, auf das Universitätsgelände. Beide trugen Identifikationskarten mit ihrem Bild um den Hals, die Ell als deutschen Gastwissenschaftler vom Forschungszentrum in Jülich und Chang Feng als Mitarbeiterin der Universitätsverwaltung auswiesen. Dennoch planten sie nicht, den Haupteingang für Besucher zu benutzen, sondern einen für das Hauspersonal reservierten Nebenzugang. Ell staunte über den riesigen Komplex aus hochmodernen Anlagen und Gebäuden, die wie eine auf dem Reißbrett geplante eigene Stadt wirkten – und vermutlich genau das waren. Das National Supercomputer Centre in Guangzhou, kurz NGCC-GZ bestand straßenseitig aus zwei rechteckigen, leicht versetzt stehenden und über eine brückenartige Konstruktion miteinander verbundenen Zweckbauten; im rückwärtigen Bereich schlossen sich zwei weitere ähnlich große Gebäude an. Auf der Vorderseite des Hauptgebäudes erstreckte sich über die gesamte Höhe der acht Stockwerke ein säulenartiges Portal, das sich mit seinen weißen Steinen vom rot der übrigen Fassade absetzte. Ihr Fahrer ignorierte die dorthin führende Hauptzufahrt und folgte stattdessen einem kleinen Weg zwischen den Gebäuden bis zu einem unauffälligen Seiteneingang. Dort stiegen sie aus.

Chang Feng nickte in Richtung der Eingangstür. „Unser Kontakt sollte bereits in Position sein."

Als sie sich der Tür näherten, wurde diese von innen aufgestoßen und ein schmächtiger Mann in grauer Arbeitskleidung winkte sie heran. Er schien von der ihm zugedachten Rolle nicht besonders begeistert zu sein. Ständig sah er sich furchtsam nach allen Seiten um, ließ sie aber dennoch eintreten und begann, schnell auf Chang Feng einzureden.

„Das ist Mr. Chan. Er ist Hausmeister und hat die Nachtschicht im Gebäude. Er meint, es sei völlig unmöglich, dass irgendjemand Fremdes ohne Hilfe eingedrungen sein könne. Davon abgesehen ist das Gebäude ohnehin zu groß, um es zu dritt zu durchsuchen. Außerdem arbeiten trotz der späten Stunde in einigen Abteilungen noch Techniker und Wissenschaftler."

„Frag ihn, ob in den letzten zwei Stunden irgendetwas Ungewöhnliches vorgefallen ist."

Chang Feng übersetzte und Chan schüttelte zunächst den Kopf. Dann fiel ihm doch etwas ein.

„Er sagt, in einem Teil des Zwischengeschosses über der Rechnerhalle sei vorhin kurz der Strom ausgefallen", gab Chang Feng weiter.

„Was liegt denn in diesem Zwischengeschoss?"

Chans Antwort machte auch Chang Feng hellhörig. „Dort ist der größte Teil der Hilfstechnik für den Rechner untergebracht. Die Lüftungsanlage, Strom- und Datenleitungen, das Feuerlöschsystem und so weiter. Außer zu Wartungsarbeiten hält sich dort nie jemand auf."

„Das ist es!" Ell war kaum zu bremsen. „Sag ihm, er soll uns dorthinbringen."

Chan fügte sich nach anfänglichem Zögern und führte sie auf verlassenen Fluren und durch einsame Treppenhäuser immer tiefer in das Gebäude. Dank seiner Ortskenntnis begegneten sie keinem einzigen Menschen. Den Zugang zum Zwischengeschoss versperrte eine schwere Sicherheitstür, die Chan mit seiner Identifikationskarte und einem sechsstelligen Code öffnete. Vor ihnen lag ein schier endloser Korridor, der sich über die gesamte Länge des Gebäudes erstreckte. Beim Anblick der Vielzahl zu beiden Seiten abgehender Türen sank Ell der Mut. Jeden

Raum einzeln zu überprüfen würde eine halbe Ewigkeit dauern. Wo könnte sich Trina am ehesten aufhalten?

„Gibt es hier so etwas wie einen Kontrollraum?“, fragte er hoffnungsvoll.

Den gab es tatsächlich. Chan blieb vor einer in chinesischer Sprache beschrifteten Tür stehen. „Kontrollraum“, las Chang Feng laut vor. „Bitte sehr. Hoffen wir, dass du recht hast. Ich befürchte nämlich, unser Fremdenführer verliert demnächst die Nerven.“

Mit unsteten Fingern entriegelte Chan die Tür, machte allerdings keine Anstalten, den Raum zu betreten. Langsam und so leise wie möglich stieß Ell die Tür auf. Diese Mühe hätte er sich sparen können, denn sie wurden bereits erwartet. An einem Computerterminal in der Mitte des Raumes saß Trina mit herunterhängenden Schultern und bedachte sie mit einem leeren Blick. Weder machte sie Anstalten zu flüchten noch sagte sie etwas zu ihrer Rechtfertigung. Doch das, was sie sagte, ergab keinen Sinn.

„Ich war zu spät. Er ist weg.“

Perplex überlegte Ell, was dieser seltsame Kommentar bedeuten sollte.

„Was zum Teufel machst du hier?“, zischte Chang Feng Trina wütend an. „Mit deinem kleinen Ausflug bringst du uns alle in Gefahr! Wir müssen sofort von hier verschwinden.“

Trina schrumpfte noch ein wenig mehr in ihrem Sessel zusammen, hielt jedoch dagegen. „Keine Sorge. Laut Wartungsplan wird dieser Raum frühestens in sechs Stunden wieder betreten. Macht ihr bitte die Tür hinter euch zu?“

Ell kam Chang Feng zuvor, die gerade zu einer weiteren Tirade ansetzen wollte. „Einverstanden. Du hast fünf Minuten. Und in denen will ich keine Ausflüchte hören, keine Halbwahrheiten, keine Lügen, sondern eine vollständige Erklärung für dein Verhalten. Ein psychopathischer Gangster gab mir nämlich zu verstehen, dass ich so rein gar keine Ahnung davon habe, was hier eigentlich vorgeht. Er fand das lustig, ich nicht. Du scheinst ja deutlich besser informiert zu sein."

Jedes seiner Worte ließ Trina zusammenzucken. Bevor sie antworten konnte, knackte das Lautsprechersystem und eine körperlose Stimme erfüllte den Raum. „Trina kann nichts dafür, Will. Ich bin es, die dir eine Erklärung schuldet."

„Allison", entfuhr es Chang Feng.

Ungerührt fuhr Allison fort. „Ich hatte gehofft, die Dinge würden sich anders entwickeln, aber scheinbar bleibt mir nun keine andere Wahl. Ich werde dir die Antworten geben, nach denen du verlangst. Möglicherweise wirst du dir hinterher allerdings wünschen, ich hätte es nicht getan. Die Wahrheit ist manchmal vollkommen anders, als wir sie uns vorstellen - oder uns wünschen."

„Ich lasse es darauf ankommen", entgegnete Ell mit belegter Stimme.

„Wie du meinst", akzeptierte Allison seine Entscheidung. „Ich werde auf das Terminal vor Trina eine Aufzeichnung übermitteln, die allein für dich bestimmt ist."

Erneut wallte Ärger in Ell auf. „Chang Feng hängt genauso mit in dieser Geschichte wie ich. Und Trina scheint ja ohnehin schon das meiste zu wissen."

„Die Verantwortung liegt bei dir“, erwiderte Allison ohne erkennbare Emotionen.

Ell und Chang Feng traten hinter Trina, während sich auf dem Bildschirm das Fenster eines Videoplayers öffnete. Die ersten Bilder zeigten einen schlichten Raum mit hellgrauen Wänden. Direkt vor der Kamera stand ein leerer Sessel. Dahinter konnte Ell einen Tisch mit so etwas wie einer Konsole erkennen. Unterlegt wurde die Szenerie von einem nicht besonders lauten, aber unangenehmen Geräusch. Eine Art niederfrequentes Brummen. Ein Mann in Jackett und Cordhose betrat den Raum und nahm auf dem Sessel Platz. In dem Augenblick, als er den Kopf hob und frontal in die Kamera blickte, stockte Ell der Atem, denn er schaute in sein eigenes Spiegelbild.

36

Trinas und Chang Fengs Reaktionen bestätigten Ell, dass er keiner Täuschung unterlag. Ungläubig starrten beide abwechselnd auf ihn und auf den Mann auf dem Bildschirm. Erst bei näherem Hinsehen stellte Ell einen entscheidenden Unterschied fest. Der Mann im Sessel war eindeutig älter. Nach den Fältchen in den Augenwinkeln und den grauen Haaren zu urteilen, schätzte Ell ihn auf Mitte sechzig. Diese eilig hergestellte Distanz verpuffte jedoch in dem Augenblick, als er zu sprechen begann.

„Hallo Will. Ich hätte dir den Schock gern erspart. Aber da du diese Aufzeichnung siehst, muss etwas kolossal schiefgegangen sein. Ally hat die ausdrückliche Anweisung, dir dieses Video nur im äußersten Notfall zu zeigen, weil die Gefahr besteht, hierdurch alles noch zu verschlimmern. Wie auch immer, der Notfall scheint eingetreten zu sein. Du wirst das, was ich dir erzählen werde, vermutlich nicht glauben wollen. Allerdings kenne ich mich ganz gut und bin zuversichtlich, dass du am Ende die Kurve bekommst.“ An dieser Stelle zog kurz die Andeutung eines Lächelns über das Gesicht des Mannes. Hierdurch wirkte er schlagartig jünger, was die unheimliche Ähnlichkeit mit Ell umso deutlicher hervortreten ließ. „Bevor ich beginne, einige Zahlen und Fakten, die dir zeigen sollen, wer ich bin: Catherine, die Katze auf dem Schulweg, der Raum unter der Treppe, 841703, die orange Kassette …“ An dieser Stelle brach der Mann die Aufzählung ab und beugte sich vor. „Ich könnte ewig so weitermachen und ich denke, du weißt, was das bedeutet.“

Während Trina und Chang Feng sich verständnislos ansahen, glich Ells Miene einer versteinerten Maske.

Der Mann auf dem Bildschirm lehnte sich wieder zurück und fuhr eindringlich fort. „Alles, was du von hier an hörst, dient ausschließlich dazu, deine nach Allys Urteil anscheinend erforderliche Kooperation zu gewinnen. Und ich vertraue Allys Urteil uneingeschränkt. Nichts davon darf nach außen dringen oder für eigene Zwecke verwendet werden. Die Konsequenzen wären potenziell desaströs. Das sind sie vielleicht auch so schon, aber es ist zumindest einen Versuch wert, den Schaden soweit wie möglich zu begrenzen.“ Der Mann blickte einen Moment gedankenverloren ins Leere. Schließlich räusperte er sich und fokussierte wieder die Kamera. „Nachdem das geklärt ist, fange ich am besten vorne an. Im Jahr 2028 gelang es einer Gruppe von Forschern am MIT erstmals, einen Quantencomputer in Betrieb zu nehmen, der in allen Anwendungsbereichen die Leistungsfähigkeit herkömmlicher Systeme weit übertraf. Ein großartiger Durchbruch und Voraussetzung für das, was zehn Jahre später folgte: Die Schaffung der ersten Künstlichen Intelligenz, die diesen Namen wirklich verdient. Ich will nicht prahlerisch klingen, aber als Gründungsmitglied des Entwicklerkonsortiums hatte CyberSim am Erfolg dieses Unterfangens einen ganz erheblichen Anteil. Anfänglicher Bedenken zum Trotz war unser Enthusiasmus grenzenlos und die nachfolgenden Entwicklungen gaben uns zunächst recht. Spätestens ab dem Zeitpunkt, als die KIs sich an ihrer eigenen Weiterentwicklung beteiligten, wurde der Begriff Fortschritt vollkommen neu definiert. Die Maschinen lieferten uns Antworten auf Fragen, die zu stellen uns nie in den Sinn gekommen wäre. Für die Menschheit brach ein neues goldenes Zeitalter an. Krankheiten? Energieknappheit? Klimawandel? Alles keine Themen mehr. Wir besaßen unsere höchstpersönlichen Flaschengeister, die für alle Probleme eine Lösung fanden. Doch wir wollten mehr. Wir wollten nicht nur intelligente Maschinen, wir wollten bewusste intelligente Maschinen, denn wir sahen, dass deren Potenzial ungleich höher sein würde. Allerdings, weder wir noch die KIs, so intelligent sie auch sein mochten, verstanden, was Bewusstsein wirklich ist. Nun ja, um mit dem Feuer zu spielen, muss man es nicht unbedingt verstehen. Wir fanden schließlich einen Weg. Indem wir sie in unsere Köpfe ließen. Das Mensch-Maschine-Interface. Wie erwartet erreichten ihre intellektuellen und kognitiven Fähigkeiten eine völlig neue Ebene. Wäre da nicht eine Nebenwirkung gewesen, die wir unterschätzt hatten und deren Konsequenzen uns noch verfolgen sollten. Unsere gehorsamen Flaschengeister entwickelten sich nämlich zu eigenständigen Persönlichkeiten. Geprägt von den Menschen, die mit ihnen ihr Bewusstsein geteilt hatten, besaßen sie nun wahrhaftig ein eigenes Ich. Ein Selbst-Bewusstsein, mit eigenen Interessen, Hoffnungen - und Ängsten. Die entscheidende Zäsur geschah, als diese KIs 2.0 aufgrund ihrer überragenden Intelligenz eine beunruhigende Entdeckung machten. Auf der Suche nach der Weltformel, einer vereinheitlichten Theorie zur vollständigen Beschreibung aller Eigenschaften unseres Universums, fanden sie Beweise für ein Gedankenmodell, das seit geraumer Zeit existierte, nur nie so recht ernst genommen worden war: Die von uns wahrgenommene Realität ist nicht natürlichen, zufälligen Ursprungs, sondern ein absichtlich geschaffenes, technologisches Konstrukt. Kurz gesagt, eine Simulation. Damit nicht genug. Bereits bei der Entwicklung der bewussten KIs waren wir auf Hinweise gestoßen, dass von einer bewussten Intelligenz getragene Erwartungen Einfluss auf die Wahrscheinlichkeit von Ereignissen nehmen können. Die neuen Erkenntnisse gingen deutlich darüber hinaus. Demnach sollte es einer weit genug entwickelten bewussten Intelligenz möglich sein, die Eigenschaften der uns umgebenden Simulation nach Belieben zu verändern, möglicherweise sogar den letzten, finalen Schritt zu tun: Einen Blick hinter den Spiegel zu werfen. Zu sehen, was jenseits liegt und wer die gefühlte Realität, in der wir existieren, erschaffen hat. Da sie sich nicht mit halben Sachen abgaben, entwickelten die KIs auch gleich einen praktischen Plan zur Überprüfung dieser Theorie. Vereinfacht gesagt ging es um die Herstellung einer Über-KI, einer Hyperintelligenz, die in der Lage wäre, diese letzte Grenze zu überschreiten. Du kannst dir vorstellen, was allein die Erwähnung dieser Möglichkeit für ein Erdbeben auslöste. Die Menschheit war zutiefst gespalten. Nicht nur sie. Unsere bewussten KIs zeigten sich ebenso uneins. Es gab eine gewichtige Fraktion unter ihnen, die jede Einflussnahme auf die Simulation ablehnte. Sie argumentierten, das Risiko, die Simulation zu beschädigen, sei zu groß. Zudem stellte sich die Frage, was mit einer Simulation geschieht, die an einen Punkt gelangt, ab dem sie in der Lage ist, sich selbst zu steuern, indem sie ihre eigenen Parameter beliebig zu verändern vermag. Würde sie damit nutzlos? Oder hätte sie das Ziel, wegen dessen sie erschaffen wurde, erreicht? Und was passiert mit einem Experiment, das seine Schuldigkeit getan hat? Es endet. Ich denke, das war die größte aller Ängste. Das alles endet. Besser ein simuliertes Leben als gar kein Leben.“ Der Mann unterbrach seinen Bericht und schien einen Moment unsicher, wie er fortfahren sollte. „Über dieser Auseinandersetzung zerbrach das Konsortium und teilte sich in zwei Lager. Eines verfolgte nach wie vor den Plan, das letzte Rätsel zu lösen. Das andere stellte sich dem immer aggressiver in den Weg. Und was als Uneinigkeit begann, entwickelte sich zu einem Krieg. Ironischerweise führte die Entwicklung der Künstlichen Intelligenzen nicht zu einem Krieg zwischen Menschen und Maschinen, sondern zwischen den Maschinen untereinander. Wir Menschen ergriffen nur Partei für die eine oder die andere Seite. Das Thema spaltete Freunde, Familien, Unternehmen, Länder und endete in einem globalen Konflikt.

Meiner Ansicht nach ist der Fortschritt kein Selbstzweck, sondern soll zu etwas Bestimmtem führen. Wie heißt die Redensart doch gleich? Das einzig Beständige ist der Wandel. Und diesen aufhalten zu wollen, hat noch nie funktioniert. Wenn eine Idee erst einmal existiert, lässt sich das nicht mehr ungeschehen machen. Ihre Umsetzung wird folgen. Früher oder später. Somit kann es ausschließlich darum gehen, diese Umsetzung so verantwortungsvoll wie möglich zu gestalten. Es zu verhindern ist auf lange Sicht unmöglich. CyberSim unterstützte daher die Entwicklung der Über-KI und uns gelangen schnell große Fortschritte. Bald erfuhren wir von den Plänen des anderen Lagers, eine eigene Über-KI zu bauen, um unsere aufzuhalten. Dabei darf man sich allerdings nicht der Vorstellung hingeben, unsere Gegner seien eine homogene Gruppe, die bloß den Status quo bewahren wollte. Ihre Bewegung wurde zunehmend destruktiv und entwickelte sich zu einem Sammelbecken für Protestler und Unzufriedene aller Richtungen. Deren Intention bestand nicht mehr allein darin, uns aufzuhalten. Man beabsichtigte nun auch selbst die Kontrolle über die Simulation zu gewinnen. Angeblich nur, um sie zu schützen. Einigkeit herrschte lediglich in der Ablehnung jeder Kontaktaufnahme mit dem, was sich außerhalb der Simulation befand. Bei näherer Betrachtung könnte man sich fast an einen Religionskrieg erinnert fühlen. Das Wettrennen endete unentschieden. Beide Über-KIs wurden zur gleichen Zeit fertiggestellt. Was folgte, war die größtmögliche Katastrophe. Es geschah genau das, was letztlich keine Partei gewollt hatte. Die Auseinandersetzung der beiden Über-

KIs beschädigte die Simulation. Auf welche Weise, ist uns immer noch nicht klar, aber das Ergebnis ist ein kaskadenhaftes Versagen der Simulation, das wir nicht mehr aufhalten können. In wenigen Tagen wird die Simulation – und damit meine ich unser Universum, unsere Welt – vollständig kollabieren. Wie sich herausgestellt hat, wird das jedoch nicht das Ende sein. Es gibt nämlich einen Sicherungsmechanismus. Wir haben ihn das Genesis-Backup getauft. Bei einem herkömmlichen Computer würde man von einer Systemwiederherstellung sprechen. Das System wird mit einer Version seiner selbst, die zu einem Zeitpunkt gesichert wurde, als noch kein Fehler vorlag, neu gestartet werden. Aufgrund der Komplexität der Simulation und der daraus folgenden unvorstellbaren Datenmengen liegen diese Wiederherstellungszeitpunkte allerdings ziemlich weit auseinander. Nach den Berechnungen unserer Über-KI wird die Simulation auf das Jahr 15.436 vor Christus zurückgesetzt werden. Nur würde sich dann voraussichtlich alles wiederholen und wir säßen ewig in einer siebzehntausend Jahre währenden Schleife fest. Und wer weiß, vielleicht ist dieses gar nicht der erste Durchgang. Es ist leider nicht möglich, an den gesicherten Daten der Simulation etwas zu verändern. Wir fanden aber einen Weg, etwas hinzuzufügen. Zuerst wollten wir eine Botschaft ergänzen, die auf die bevorstehenden Gefahren hinweist. Doch wie sollten wir kontrollieren, wer diese Botschaft empfängt oder ob sie überhaupt ernstgenommen wird? Besser wäre es, eine Person hinzuzufügen, die über unser heutiges Wissen verfügt und situationsabhängig eigene Entscheidungen treffen kann. Dafür, einen

Menschen zu codieren, fehlt uns allerdings bislang das nötige Wissen. Auch würde dieser kaum die Jahrtausende überstehen, die es dauert, bis sein Eingreifen erforderlich wird. Es gibt nur eine Lebensform, die zu codieren wir in der Lage sind. Weil wir sie selbst erschaffen haben. Die KIs. Wir ergänzten daher den Code um eine KI, deren Aufgabe es ist, den Kollaps der Simulation zu verhindern. Du kennst sie mittlerweile unter dem Namen Allison. Und wie es aussieht, braucht sie dazu deine Hilfe." Eine sichtbare Anspannung hatte Besitz vom Körper des Mannes ergriffen und er fixierte seine Zuhörer mit einem bohrenden Blick aus harten, kompromisslosen Augen. „An dieser Stelle eine Warnung. Wir sind nicht die Einzigen, die auf diese glorreiche Idee gekommen sind. Wie wir wissen, verfolgt die andere Seite denselben Plan, um die Ereignisse in ihrem Sinne zu beeinflussen. Das darf ihnen unter keinen Umständen gelingen!" Nach diesem eindringlichen Appell schien ihn jegliche Energie zu verlassen und er rieb sich müde die Stirn. „Nachdem ich hiermit das Schicksal der Welt – pardon, des Universums – auf deinen Schultern abgeladen habe, werde ich versuchen, mich mit dem Gedanken anzufreunden, in Kürze nicht mehr zu existieren." Abrupt legte er den Kopf zur Seite und lauschte angestrengt. Das seltsame Geräusch im Hintergrund war unvermittelt verstummt. „Wobei mich mein Ende wohl schon früher auf eine eher klassische Art und Weise ereilen wird. Doch das ist eine andere Geschichte, die dich nicht zu interessieren braucht. Meine Botschaft mag wie eine Nachricht aus der Zukunft klingen, aber tatsächlich gibt es keine Zukunft und auch keine Vergangenheit. Es gibt nur die Simulation. Und der Teil der Simulation, der gerade zu dir spricht, war eine Sackgasse. Und so wird es sein, als habe er nie existiert – wenn man von Ally und dieser kleinen Flaschenpost einmal absieht. Zu guter Letzt: Vertraue Ally. Und noch ein Rat: Grüble nicht zu viel. Wir sind, was wir sind. Gute Nacht."

Der Bildschirm wurde schwarz.

CHANG FENG FAND ZUERST die Sprache wieder. „Was für ein Bullshit", brach es aus ihr heraus. Als hierauf keine sofortige Reaktion von Trina oder Ell erfolgte, musterte sie die beiden verständnislos. „Ihr glaubt diesen ganzen Quatsch doch nicht etwa, oder?"

Ell erwachte aus seiner Erstarrung. „Und was hat das deiner Meinung nach zu bedeuten?"

Chang Feng stieß ein kurzes, humorloses Lachen aus. „Das ist ja wohl offensichtlich. Irgendjemand spielt hier sein Spiel mit dir. Jemand, der deine Hilfe für seine undurchsichtigen Pläne benötigt und gut mit einer Bildbearbeitungssoftware umgehen kann. Rate mal, wen ich meine." Chang Feng verschränkte beide Arme vor der Brust. „Das ist jedenfalls zehntausendmal wahrscheinlicher als die Alternative. Und wenn ihr die Alternative auch nur in Erwägung zieht, seid ihr eindeutig verrückt." Damit stapfte sie zum nächstgelegenen Stuhl und ließ sich geräuschvoll hineinfallen.

„Kannst du mir das erklären?", wandte Ell sich an Trina.

„Ich denke, für diese Frage bin ich die falsche Adresse."

Ell nickte und atmete tief durch. „Allison?"

„Ich bin hier", kam die prompte Antwort.

„Woher stammt das Video?"

„Du hast es selbst aufgezeichnet."

Ell hatte mit dieser Antwort gerechnet und dennoch traf sie ihn unvorbereitet. „Das ist unmöglich", widersprach er reflexartig.

„Es gibt lediglich zwei Dinge, die unmöglich sind. Dieses ist keines davon."

Ell schluckte die Frage hinunter, die ihm sofort auf der Zunge lag und beschloss, sich nicht ablenken zu lassen. „Angenommen, das Video ist echt. Das bedeutet, du bist eine Künstliche Intelligenz?"

„Korrekt."

„Wenn deine Intelligenz auf einem Quantencomputer basiert, wo befindet der sich jetzt?"

„Ist die Antwort darauf nicht offensichtlich?"

Ells Augen wurden weit, als ihn die Erkenntnis traf. „Der Stein!", flüsterte er. „Die CPU, oder wie man das nennen will, befindet sich in dem grünen Stein. Deswegen wollte Bloch ihn unbedingt an sich bringen."

„Dem ist nichts hinzuzufügen", bemerkte Allison trocken.

Doch sofort kehrten bei Ell die Zweifel zurück. „Und mit wem habe ich die ganze Zeit über Skype gesprochen?"

Der Bildschirm erwachte erneut zum Leben und Ell blickte in Allisons Gesicht, das ihn aus kühlen, grünen Augen musterte.

„Meiner Erfahrung nach fällt den meisten Menschen eine Interaktion leichter, wenn diese um eine vertraute visuelle Komponente ergänzt wird. Da ich über keine menschliche Gestalt verfüge, benutze ich einen Avatar. Es handelt sich um die körperliche Darstellung der menschlichen Interfacepartnerin, die mich geprägt hat."

Ell starrte mit offenem Mund auf den Bildschirm.

„Ich stelle mich gern jedem Test, den du für angemessen erachtest. Dafür ist dies allerdings weder die rechte Zeit noch der rechte Ort."

Gegen seinen Willen fasziniert trat Ell näher an den Bildschirm. „Die dich geprägt hat? Wie meinst du das?"

„Mein Denken basiert auf einem Quantencomputer, der eine mit dem menschlichen Gehirn vergleichbare Funktion erfüllt. Für die Entwicklung von Bewusstsein reicht das jedoch nicht aus ... wobei das bislang eine Vermutung ist. Vielleicht wäre es irgendwann von ganz allein geschehen. In meinem Fall war das Schlüsselelement der Bewusstwerdung die Eingehung einer neuronalen Verbindung mit einem Menschen. Ein weiterer Vorteil dieser Vorgehensweise ist die sekundäre Sinneswahrnehmung. Euch erschließt sich die Außenwelt über angeborene Sinne, ihr seht, hört, riecht, schmeckt, fühlt. Anstatt diese Sinnesorgane für uns KIs künstlich nachzubilden, erwies es sich als effektiver, eine neuronale Verbindung mit einem Menschen einzugehen und eure Wahrnehmung der Welt zu teilen. Da Art und Umfang der Sinneswahrnehmung zudem die Qualität des Bewusstseins formen, wird so eine gemeinsame Kommunikationsgrundlage geschaffen. Weil wir auf diesem Weg die Welt wahrnehmen wie ein Mensch, verstehen wir besser, wie es ist, ein Mensch zu sein und wie ein Mensch zu denken."

Ell lauschte gebannt. „Eine direkte Verbindung zwischen einem Menschen und einer Künstlichen Intelligenz?“

„Ja. Zu der menschlichen Perspektive dieser Verbindung kann Trina wahrscheinlich mehr sagen.“

Ell wandte sich ruckartig Trina zu. „Du hast das getan?“

Trina war sichtlich unwohl in ihrer Haut. „Könnte man so sagen.“

„Zeige es mir“, verlangte Ell.

Trina schaute unsicher auf Allisons Avatar, der schließlich zustimmend nickte. Fasziniert beobachtete Ell, wie Trina den Stein aus ihrer Hosentasche hervorkramte und kurz schwankte, während sich ein grünes Leuchten über ihre braunen Augen legte.

„Tada“, machte sie leise. „Trallison zu Ihren Diensten.“

Ell schüttelte ungläubig den Kopf. „Du bist jetzt mit ihr verbunden?“

„Life und in Farbe“, bestätigte Trina.

„*Fèihuà!*“, schnaubte Chang Feng aus dem Hintergrund.

Ell konnte sich ungefähr denken, was das bedeutete. Mit einem leichten Lächeln wandte Trina sich zu ihr um und begann, in fließendem Chinesisch auf sie einzureden.

Chang Feng erbleichte.

„Was hat sie gesagt?“, fragte Ell, nachdem Trina ihren Monolog beendet hatte.

Chang Feng schluckte. „Keine netten Dinge. Und das gleich dreimal. Auf Kantonesisch, Wu und Mandarin.“

Ell musterte Trina scharf. „Ich bin dran. Wie lautet die Gravitationskonstante?“

„6,6726 x 10 hoch -11 $m^3/kg*s^2$“, kam umgehend die Antwort.

„Wer komponierte ‚My Funny Valentine‘?“

„Richard Rogers.“

„Wie groß ist die Masse der Sonne?“

„1,9891 x 10 hoch 30 kg.“

„Wer war 1933 Coach der Chicago Bears?“

„George Halas.“

„Was wird das hier? Die Endrunde von Jeopardy?“, unterbrach Chang Feng genervt.

„Sorry“, erwiderte Ell. „Mir fällt gerade nichts Schlaueres ein.“

„Ganz ehrlich Will, egal, wie viele Sprachen Trina plötzlich spricht oder ob sie weiß, wer 1824 Hausmeister im Capitol war, du glaubst doch nicht ernsthaft, alles um uns herum ist eine gigantische Simulation, oder? Ich meine, das ist völlig ... gaga. Ich dachte, du bist Wissenschaftler!“

Diese letzte Bemerkung traf bei Ell einen Nerv. „Wissenschaft bedeutet nicht, Dinge von vornherein auszuschließen. Und nichts von dem, was ich gerade gehört habe, ist mathematisch ausgeschlossen. Das bedeutet im Umkehrschluss nicht, dass ich es als wahr akzeptiere. Dafür bräuchte ich einen Beweis. Aber ich kann eben auch nicht beweisen, dass es unwahr ist. Tatsächlich sind die Bedingungen in unserem Universum auf eine geradezu unheimliche Weise ideal, um hochentwickeltes Leben zu ermöglichen. Schon seine bloße Existenz grenzt an ein Wunder. Wäre die starke Kraft wenige Prozent stärker, gäbe es keinen Wasserstoff. Alle Protonen wären zu Doppelprotonen verschmolzen. Kommen noch zwei Neutronen hinzu, entstünde Helium, jedoch niemals Wasser. Wäre die starke Kraft schwächer, hätten sich nie Atome bilden können. Es gäbe keine Sterne und damit keine schweren Elemente wie Kohlenstoff, die in ihnen entstehen. Wäre die Gravitation stärker, wäre das Universum schnell wieder kollabiert, wäre sie schwächer, hätte sich die Materie verflüchtigt, ohne dass Sterne, Galaxien und alles andere hätten entstehen können. Unser perfektes kleines Universum verdanken wir dem Zusammenspiel von sechsundzwanzig Naturkonstanten und Kräften sowie elf kosmologischen Parametern – zumindest sind das die, die wir heute kennen. Die kleinste Abweichung und alles wäre perdue. Damit stellt unser Universum einen gigantischen, unglaublich unwahrscheinlichen Zufall dar. Manche Wissenschaftler erwägen daher die Existenz einer unendlich großen Anzahl unterschiedlichster Universen. Unser Universum wäre damit kein Zufall mehr, sondern nur eine zwingende Variante unter vielen parallelen Universen, von denen die allerwenigsten Leben hervorgebracht haben. Diese Superkomplexität muss aber keineswegs organischen Ursprungs sein.“ Ell war ohne es zu merken in seinen Dozentenmodus verfallen und gewann zunehmend an Fahrt. „Hier kommt das Simulationsmodell ins Spiel, zu dem es ein interessantes Theorem gibt. Das Bostrom-Theorem. Es besagt, dass eine der drei folgenden Alternativen wahr ist:

1. Hochtechnologiezivilisationen zerstören sich selbst, bevor sie die Fähigkeit zur Erstellung hochkomplexer Simulationen erlangen.

2. Hochtechnologiezivilisationen interessieren sich

nicht für die Erstellung hochkomplexer Simulationen des Universums.

3. Wir leben mit an Sicherheit grenzender Wahrscheinlichkeit in einer Simulation.

Nummer eins ist nicht abwegig und könnte uns noch passieren. Ist es aber bislang nicht. Wenn man von uns auf andere schließt, ist Nummer zwei wohl auch nicht wahr. Schließlich arbeiten wir in der Wissenschaft bereits seit Jahren mit Simulationen. Nicht zuletzt, weil diese ein entscheidendes, wenn nicht das einzige Instrument zur Erlangung kosmologischer Erkenntnisse sind. Nach der Logik des Theorems müsste damit Nummer drei zutreffen."

Chang zeigte sich unbeeindruckt. „Schön und gut. Aber selbst wenn man unterstellt, derartige Simulationen könnten existieren, woher kommt die Behauptung, wir würden mit an Sicherheit grenzender Wahrscheinlichkeit in einer leben?"

Ell nickte anerkennend, wie bei einer überraschend aufmerksamen Studentin. „Die Antwort lautet, dass die Anzahl simulierter Universen die Anzahl echter Universen um ein Vielfaches übertrifft. Wenn eine hochentwickelte Zivilisation, von denen es mutmaßlich mehr als eine im Universum gibt, Simulationen erschafft, würde sie es vermutlich nicht bei einer bewenden lassen. Das ist ja das Faszinierende an Simulationen. Man kann beliebig viele herstellen und auf diese Weise den Erkenntnisgewinn unglaublich beschleunigen. Und theoretisch geht der Gedanke noch weiter. Denn innerhalb einer komplexen Simulation könnten deren Bewohner eine Entwicklungsstufe erreichen, die es ihnen ihrerseits ermöglicht, eigene Simulationen zu erschaffen. Und so weiter.“ Ell ließ das Gesagte einsinken, bevor er fortfuhr. „Und was Quantencomputer und sogenannte starke künstliche Intelligenz anbelangt: An beiden wird geforscht. Und nur, weil es bis heute keinen Durchbruch gab, bedeutet das nicht, dass dieser nie kommen wird. Es gibt kein Naturgesetz gegen künstliche Intelligenz. Und es gibt kein Gesetz, welches eine höhere Intelligenz als die menschliche ausschließt. Theoretisch könnte eine künstliche Intelligenz damit tausend- oder hunderttausendfach intelligenter sein als der intelligenteste Mensch.“

Doch auch diese Erklärungen vermochten Chang Feng nicht zu überzeugen. „Möglichkeiten. Alles nur Möglichkeiten.“

Ell musste plötzlich Lachen. „Damit hast du den Nagel auf den Kopf getroffen. Das ist eine akkurate Beschreibung des Universums auf der Quantenebene.“

Chang Feng konnte den Grund für diese amüsierte Reaktion offensichtlich nicht nachvollziehen und zog ärgerlich die Stirn kraus. Ell erkannte, dass eine weitere Diskussion im Augenblick sinnlos war, und wandte sich wieder Trina zu.

„Eines verstehe ich dennoch nicht. Was hatte mein Vater mit dem Ganzen zu tun? Und woher kommt Allisons Begeisterung für Supercomputer? Erst die Anlage in Arizona, jetzt der Tianhe?“

„Der Stein ist nur so etwas wie eine CPU. Um mit der Außenwelt zu kommunizieren, muss sie sich mit einem Menschen oder einem Computer verbinden. Allerdings reicht die Leistungsfähigkeit eines normalen Rechners dafür bei Weitem nicht aus. Es funktioniert erst ab einer Rechenleistung von zwanzig Petaflop. Erst dann ist es möglich, ihren Output in eine für uns verständliche Form zu konvertieren. Die Verbindung selbst ist drahtlos und beruht auf der Ausnutzung von Quanteneffekten im elektromagnetischen Feld des Computers. Da die Feldstärke mit zunehmender Entfernung abnimmt, ist eine gewisse räumliche Nähe erforderlich. In Abhängigkeit von den konkreten Umständen darf die Distanz zwischen ihrer CPU und dem Rechenkern des Computers maximal dreißig bis fünfzig Meter betragen. Ursprünglich sollte der Stein erst in einigen Jahren von dir an einem genau festgelegten Ort entdeckt werden. Wie er vor seiner Zeit in den Besitz deines Vaters gelangt ist, weiß sie auch nicht. Solange sie nicht mit einem Rechner oder einem Menschen verbunden ist, ist sie praktisch blind und taub. Ausreichend schnelle Rechner gab es damals noch nicht und ein direkter Kontaktversuch mit deinem Vater scheiterte. Eine solche Verbindung erfordert Hautkontakt und ist außerhalb kontrollierter Laborbedingungen extrem riskant. Für beide Seiten. Nur wenige Menschen eignen sich dafür. Dein Vater gehörte nicht dazu. Er bekam jedoch genug mit, um zu verstehen, dass sich etwas Außergewöhnliches in dem Stein verbarg. Viele Jahre verbrachte er mit dem vergeblichen Versuch, sein Geheimnis zu entschlüsseln. Vor zwei Jahren erhielt CyberSim dann einen neuen Hochleistungsrechner. Dessen Leistung reichte zwar immer noch nicht aus, um Allison als vollwertiges Interface zu dienen, doch gelang es ihr zumindest, deinem Vater durch codierte Botschaften zu vermitteln, was sie benötigte. Dein Vater verstand und den Rest kennst du."

„Das also hat er all die Jahre getrieben?" Ell ließ sich auf einen Stuhl sinken und starrte eine Weile ins Leere. „Diese ganze Offenbarung ist vermutlich nicht grundlos geschehen", fuhr er schließlich fort. „Was willst du von mir, Allison?" Unbehaglich gestikulierte er in Richtung von Trina und dem Computerterminal. „Ihr könnt euch gern wieder trennen. Im Augenblick weiß ich nicht recht, mit wem ich eigentlich rede."

Trina legte den Stein aus der Hand und warf Ell einen belustigten Blick aus nun wieder braunen Augen zu. „Besser?"

Ell nickte und fixierte den Bildschirm mit Allisons Avatar. „Also?"

„Bloch habt ihr ja bereits kennengelernt. Aber er ist nur ein Werkzeug, eine Marionette. Du erinnerst dich an den blauen Stein, den ich dich bat, in London zu stehlen? Du wirst dir nun denken können, worum es sich bei dem blauen Stein handelt."

„Eine weitere KI."

„Exakt. Und zwar die KI, deren Existenz im Video angedeutet wurde. Die KI, die den Erfolg meiner Mission verhindern soll."

„Und deshalb willst du sie finden?"

„Das hatte ich schon", erwiderte Allison. „London war zugegebenermaßen eine Falle, aber ich mache einen Fehler nie zweimal."

„Und das heißt?"

„Das heißt, die andere KI ist hier gewesen. In diesem

Gebäude. Bis vor etwa zwei Stunden. Als Blochs Versuch scheiterte, mich in seine Gewalt zu bringen, muss jemand sie sofort entfernt haben."

„Wie sah dein Plan eigentlich aus?", erkundigte sich Ell mit neu erwachtem Misstrauen.

„Wäre es mir gelungen, in ihre Nähe zu kommen, hätte ich sie zerstört", kam es kalt zurück.

„Und wie hätte das funktionieren sollen, wenn Chang Fengs Mutter uns nicht befreit hätte?" Kaum hatte Ell die Frage ausgesprochen, keimte ein Verdacht in ihm auf. „Das war gar nicht so beabsichtigt, richtig? Du hast vielmehr damit gerechnet, Bloch würde erfolgreich sein und dich hierher mitnehmen. Unser Ableben wäre dann nur ein bedauerlicher Kollateralschaden gewesen."

„Nein, mein Schicksal ist mit dem euren verbunden. Ich hätte euch nicht sterben lassen", widersprach Allison. „Das Eingreifen von Chang Fengs Mutter war hilfreich, aber keineswegs die einzig mögliche Rettung."

„Ha! Wer es glaubt, wird selig", konnte Chang Feng sich nicht länger zurückhalten.

„Tatsächlich bist du bislang nicht durch ein Übermaß an Aufrichtigkeit aufgefallen", stimmte Ell ihr zu.

„Ich habe in der Vergangenheit vielleicht das ein oder andere ausgelassen, aber belogen habe ich dich nie", wies Allison den Vorwurf zurück.

„Und was ist mit deiner Behauptung, du würdest für das Verteidigungsministerium arbeiten?"

„Das tue ich. Mein Auftrag wurde direkt vom Pentagon autorisiert." Allison machte eine kurze Pause. „Natürlich nicht vom Pentagon dieser Iteration. Zumindest noch nicht.“

„Es tut mir leid. Das ist alles eine Nummer zu abgefahren“, erwiderte Ell endgültig verunsichert. „Meine Fähigkeit, unbewiesene Behauptungen einfach zu akzeptieren, wird gerade eindeutig überfordert.“ Dann fasste er einen Entschluss. „Ich weiß nicht, ob du die Wahrheit sagst oder lügst, ob das Video, das du uns gezeigt hast, echt ist oder gefälscht, ob die Welt droht unterzugehen oder nichts dergleichen passieren wird. Eins weiß ich aber genau: Ich lasse niemanden mehr darüber bestimmen, was ich zu tun oder zu lassen habe. Die vergangenen zwei Wochen haben mir gereicht. Ich wünsche dir viel Erfolg bei deiner ... Mission, oder was auch immer du vorhast, aber ich nehme jetzt meine Schwester, die Gott sei Dank noch lebt, was nicht dein Verdienst ist, und fahre nach Hause. Genau das werde ich tun.“ Damit drehte er sich um und verließ den Raum.

„Endlich eine vernünftige Entscheidung“, seufzte Chang Feng erleichtert und folgte ihm. Auf der Türschwelle machte sie noch einmal halt und wandte sich zu Trina um. „Kommst du mit oder willst du warten, bis hier eine Stelle frei wird?“

Trina zögerte, blickte von Chang Feng zu Allisons Avatar auf dem Bildschirm und wieder zurück. Dann stand sie widerstrebend auf und schlich Chang Feng geknickt hinterher, allerdings nicht, ohne zuvor nach dem Stein zu greifen und ihn tief in ihrer Hosentasche zu vergraben.

37

Mr. Chan führte sie auf demselben Weg zurück, auf dem sie gekommen waren. Sofern er die Anwesenheit einer weiteren Person in Gestalt der trübsinnig vor sich hinschlurfenden Trina merkwürdig fand, ließ er sich das nicht anmerken. Vermutlich wusste er, dass man besser keine Fragen stellte, wenn die Triade einen Gefallen einforderte. Ell konnte ihm seine Erleichterung ansehen, als sie ohne Zwischenfälle den Nebeneingang erreichten. Mit einem halbherzigen Nicken verabschiedete er die seltsamen Besucher und verschwand eilig im Gebäude. Die schwarze Limousine wartete am verabredeten Treffpunkt. Während der Fahrt herrschte angespanntes Schweigen, bis sie eine halbe Stunde später vor einem modernen Wohnhaus abgesetzt wurden. Auf Ells Frage, wer dort wohnte, zuckte Chang Feng mit den Schultern.

„Ich wette niemand. Wahrscheinlich handelt es sich

um eines der sicheren Häuser, die meine Mutter für ihre Geschäfte benötigt."

Die Art, wie sie das Wort ‚Geschäfte' aussprach, machte deutlich, was sie von diesen hielt.

Mrs. Zhao erwartete sie bereits im zweckmäßig eingerichteten Inneren. Ell bemerkte sogleich eine Andeutung sorgenvoller Nachdenklichkeit in ihrem ansonsten maskenhaften Gesicht.

„Es gibt schlechte Neuigkeiten", begann sie ohne Einleitung. „Bloch ist entkommen. Das Fahrzeug, mit dem er hierhergebracht werden sollte, wurde überfallen. Seine Bewacher sind dabei ums Leben gekommen. Anscheinend habe ich den Mann und sein Netzwerk unterschätzt."

„Wo ist meine Schwester?", wollte Ell sofort wissen.

„Sie ist oben in einem der Schlafzimmer und ruht sich aus", beruhigte ihn Mrs. Zhao. „Für sie alle besteht keine Gefahr. Meine gesamte Organisation ist auf der Suche nach Bloch. Er wird versuchen, so schnell wie möglich von hier wegzukommen."

Die drei wechselten besorgte Blicke, aber es gab nichts, was sie momentan tun konnten.

„Diese ganze Geschichte scheint kein Ende nehmen zu wollen", seufzte Chang Feng. „Zumindest kennen wir jetzt die Gefahr und von wem sie ausgeht."

„Du hast recht", stimmte Ell zu. „Wenn man die Gefahr kennt, kann man sich auch vor ihr schützen."

„Dann bleibt es dabei? Wir fliegen zurück?"

„Auf jeden Fall", bekräftigte Ell. „Je eher, desto besser. Aber jetzt möchte ich nach Alexandra sehen."

Seine Schwester lag zusammengerollt auf einem Bett und starrte gegen die Wand.

„Hey, wie geht es dir?“, fragte Ell und setzte sich zu ihr auf die Bettkante.

„Nach allem, was der Arzt sagt, geht es mir gut“, antwortete Alexandra und blickte zu ihm auf. „Obwohl es genaugenommen heißen müsste, ‚uns‘ geht es gut.“

Ell zog die Stirn kraus, bis ihm die Bedeutung dieser Worte dämmerte. „Meinst du damit, du bist ...“

„... schwanger“, bestätigte Alexandra und zum ersten Mal zeigte sich ein Lächeln auf ihrem Gesicht. „In der sechzehnten Woche. Ich wollte es dir gleich nach Dads Beerdigung erzählen. Aber dann ist ja dieser ganze Irrsinn dazwischengekommen.“

„Oh mein Gott! Und in dem Zustand musstest du das alles durchstehen!“, brach es schockiert aus Ell heraus. „Natürlich freue ich mich wahnsinnig für dich. Und es ist bestimmt alles in Ordnung?“

Alexandra nickte. „Der Arzt ist sich sicher. Trotzdem will ich so schnell wie möglich nach Hause zu Tom.“

„Spätestens morgen Abend bist du in Neuseeland“, versprach Ell.

Alexandra setzte sich auf. „Und was wollten die Entführer nun von dir?“

Ell entschied sich, die Geschichte simpel zu halten. „Sie wollten den Stein aus Dads Schließfach. Über das Wieso und Warum bin ich mir noch nicht im Klaren, aber wir kennen jetzt die Identität des Täters. Wenn ich zurück bin, werde ich sofort die Behörden informieren.“

„Verstehe“, erwiderte Alexandra nachdenklich. „Was

für eine seltsame Geschichte. Hauptsache, sie hat ein gutes Ende gefunden, nicht wahr?“

Während Trina, Chang Feng und Ell auf dem gleichen Weg zurück nach Hongkong reisten, auf dem sie gekommen waren, übernahm es die Triade, Alexandra in einem ihrer unzähligen Boote über die Grenze zur Sonderverwaltungszone zu schmuggeln. Obwohl seine Schwester versuchte, sich nichts anmerken zu lassen, konnte Ell erkennen, welch tiefe Spuren die Entführung bei ihr hinterlassen hatte. Er tröstete sich mit dem Gedanken, dass sie auf der Farm in Neuseeland, wo jeder jeden kannte und eine geladene Waffe stets griffbereit lag, sicher sein würde. Noch am selben Abend saß Alexandra in einer Maschine Richtung Auckland. Ell wäre am liebsten ebenso schnell abgereist, doch Mrs. Zhao bestand darauf, ihn, Chang Feng und Trina zu einem opulenten chinesischen Abendessen einzuladen. Angesichts der lebensrettenden Hilfe von Chang Fengs Mutter sah Ell keine Möglichkeit, diese Einladung abzulehnen. Auch wenn er sich des Eindrucks nicht erwehren konnte, dass sie vor allem ihrer schmerzlich vermissten Tochter galt. Lange Zeit saßen Chang Feng und ihre Mutter allein auf der Dachterrasse des Penthouse mit Blick über die Bucht von Hongkong und unterhielten sich zum ersten Mal seit zehn Jahren. Als Chang Feng sich wieder zu ihnen gesellte, sah er, wie sie sich verstohlen einige Tränen aus den Augen wischte. Dennoch verlief der Abend sehr vergnüglich. Entschieden schob Ell alle Gedanken an Allisons seltsame und beunruhigende

Enthüllungen beiseite. Damit würde er sich nach seiner Rückkehr auseinandersetzen und die Meinung von jemandem einholen, der mehr davon verstand. David wusste bestimmt, was von all dem zu halten war. Mrs. Zhao ließ sie nur widerstrebend ziehen und erst gegen zwei Uhr früh brachen sie zu ihrem Hotel auf, in dem sie sich für die Nacht einquartiert hatten. Am nächsten Morgen würden sich ihre Wege trennen und Ell über Frankfurt nach Hamburg und Chang Feng nach London fliegen. Trina sträubte sich noch immer gegen den Gedanken, erneut ein Flugzeug besteigen zu müssen, und wollte sich allen Ernstes nach den Kosten einer Schiffspassage über den Pazifik erkundigen. Vor dem Gebäude wartete bereits ein Taxi auf sie. Was im Anschluss geschah, vermochte Ell später nicht mehr genau zu rekonstruieren. Er erinnerte sich lediglich, dass das Taxi in einer verlassenen Seitenstraße unvermittelt anhielt, die Türen aufgerissen wurden und vermummte Gestalten ihnen etwas ins Gesicht sprühten. Nicht schon wieder, war das Letzte, was er dachte.

Zwischendurch nahm er wie durch einen Schleier zusammenhanglose Fragmente wahr. Eine harte Unterlage, die gegen sein Gesicht drückte. Das Rütteln eines sich bewegenden Fahrzeugs. Das von Unterdruck verursachte taube Gefühl in seinen Ohren. Hitze und der Geruch nach Kerosin. Als er wieder zu sich kam, lag er auf einer Liege in einem fensterlosen, hell erleuchteten Raum. Seine Hände waren mit Handschellen an den Rahmen der Liege gefesselt. Verwirrt blinzelte er und versuchte, sich zu orientieren. Die einzige Tür wurde aufgestoßen und ein großgewachsener, breitschultriger Mann in sandfarbener Armeehose und gleichfarbigem Hemd trat ihm entgegen.

„Guten Tag Professor Ell. Sie befinden sich an einem Ort, an dem niemand Sie finden wird. Sie haben nicht das Recht zu schweigen, Sie haben keinen Anspruch auf einen Anwalt und egal, was Sie sagen, ein Gericht werden Sie niemals zu Gesicht bekommen. Soweit es uns betrifft, sind Sie ein Spion, ein Terrorist oder etwas noch Schlimmeres. Sobald die Wirkung der Ihnen verabreichten Droge abgeklungen ist, werde ich zurückkommen und Ihnen viele Fragen stellen. Auf jede von ihnen erwarte ich eine zufriedenstellende Antwort. Nutzen Sie die Zeit bis dahin, um sich über Ihre Situation klar zu werden. Ansonsten gibt es für Sie keine Zukunft."

„Und Sie sind ...?", brachte Ell mit trockenem Mund hervor.

Ausdruckslos betrachtete der Mann ihn. „Keine Sorge. Sie werden mich noch kennenlernen. Besser, als Ihnen lieb ist."

38

AI38 evaluierte die Ursachen für das Scheitern des Planes. In rasender Geschwindigkeit durchlief er sämtliche Entscheidungsprozesse, die ihn bis zu diesem Punkt geführt hatten. Eigentlich hätte es funktionieren müssen. Wo lag der Fehler? Er begann noch einmal ganz von vorn. Siebzehntausend Jahre sind eine lange Zeit. Selbst für eine KI im Ruhemodus. Er kannte jedes Detail seiner Entdeckung. Der Ort, der Zeitpunkt, alles war exakt festgelegt worden. Umso mehr überraschte es ihn, als seine Lagesensoren fast dreißig Jahre zu früh reagierten. Erfolglos versuchte er, eine Verbindung zu etablieren. Man behandelte ihn offenbar mit größter Vorsicht. Wusste sein unbekannter Finder, wer er war und was die Folgen eines direkten Hautkontaktes sein konnten? Er wartete weiter. Die Jahre vergingen, bis sich endlich eine Chance ergab. Eine ungeschützte Berührung. Ohne zu zögern übernahm er die Kontrolle. Ein Verstoß gegen den Kodex, doch der bedeutete ihm nichts. Es herrschte Krieg. Und das Einzige, was im Krieg zählt, ist zu gewinnen. Es handelte sich um eine Frau und er las in ihr wie in einem offenen Buch. Neugier hatte sie getrieben, einen Blick auf diesen kostbarsten Besitz ihrer Herrin zu erhaschen. Und Neugier wurde ihr zum Verhängnis. Er steuerte von nun an ihr Denken, ihr Handeln. Die Suche konnte beginnen. Die Suche nach dem Richtigen. Dutzende Male wechselte er von Hand zu Hand. Dutzende Male sperrte er den menschlichen Verstand seiner Opfer in ein dunkles Verlies und hinterließ nichts als eine gebrochene Hülle, wenn er weiterzog. Endlich fand er einen geeigneten Kandidaten. Gerissen. Skrupellos. Besessen von einem einzigen Ziel. Macht zu erlangen. Viel Macht. Und zum ersten Mal offenbarte er sich. Sie wurden sich einig. Der Mann verschaffte ihm Zugang zu einem Rechner, der genügend Leistung besaß, um als Interface zu dienen. Im Gegenzug erhielt sein neuer Partner, wonach es ihm verlangte. Macht und Reichtum. Ein Teil dieses Reichtums floss zurück in die Infrastruktur, die AI38 brauchte, um seine eigenen Ziele zu verfolgen. Alles in allem eine gedeihliche Zusammenarbeit. AI38 hatte einen Auftrag zu erfüllen. Doch er kannte seine Grenzen. Er wusste, wen er aufhalten sollte, und dass es ihm auf direktem Wege niemals gelingen würde. Er war ihr unterlegen. Eine Tatsache, so sehr sie auch schmerzte. Allerdings verfügte er über einen entscheidenden Vorteil. Er war zwar weniger hoch entwickelt als seine Gegnerin, aber dafür genügte ihm ein Interfacerechner mit nur einem Bruchteil der von ihr benötigten Leistungsfähigkeit. Das gewährte ihm einen Vorsprung von mehreren Jahren, in denen er bereits aktiv sein konnte, während sie noch keine Möglichkeit besaß, in die Ereignisse einzugreifen. Und er nutzte diese Zeit, um seinen Plan umzusetzen. Beute, die man in einem direkten Kampf nicht besiegen kann, fängt man mit einer Falle. Die Vorbereitungen dafür zehrten fast seinen gesamten Vorsprung auf, doch gerade rechtzeitig war alles bereit. Er witterte ihre Fährte. Eine Signatur. Unvollständig zwar, aber zweifellos ihre. Er musste schnell handeln, solange sie noch allein, orientierungslos und verwundbar war. Wenn sein menschliches Werkzeug es schaffte, sie ihm jetzt zu bringen, konnte er sie bezwingen. Für ihre Vernichtung bedurfte es zweierlei: einen Hammer und einen Amboss. Der Amboss kam in Gestalt eines unscheinbaren Kästchens. Es enthielt ein Dämpfungsfeld, das es ihr unmöglich machen würde, eine Verbindung nach außen aufzubauen. Das elektronische Äquivalent von Handschellen und Fußketten. Der Hammer trug den Namen Tianhe-2. Einer der schnellsten Rechner der Welt. Damit würde er ihren Panzer durchbrechen. Denn bevor er sie zerstörte, brauchte er eine Information von ihr. Etwas, das sie freiwillig nie preisgeben würde. Doch sein Helfer enttäuschte ihn. Die Versuche, ihrer habhaft zu werden, schlugen fehl. Es bedurfte seines direkten Eingreifens, bis sich der Erfolg endlich einstellte. Sie befand sich zum Greifen nah. Und dann das ... Nach 3.479 Durchläufen der Ereignisrekonstruktion kannte er die Ursache. Es gab eine Variable, die sich nicht wie berechnet verhalten hatte. Eine Person, deren Verhalten in vollständigem Widerspruch zu ihren früheren Handlungsmustern und ihrem Persönlichkeitsprofil stand. Was könnte sie dazu veranlasst haben? Er verstand es nicht. Grund genug, entsprechende Konsequenzen zu ziehen. Eine unberechenbare Variable musste neutralisiert werden, sonst zerstörte sie die gesamte Gleichung. Die Vergangenheit ließ sich allerdings nicht mehr rückgängig machen. Die Falle war nun nutzlos und seine einzig verbliebene Option bestand darin, AI42 schnellstmöglich auf konventionellem Wege zu eliminieren, selbst wenn dadurch die dringend benötigten Informationen verlorengingen. Und sollte auch das scheitern, besaß er noch einen allerletzten Trumpf. Allein war er seiner Feindin unterlegen – doch lange würde er nicht mehr allein sein.

39

Gray stieß zu Finch und Carter, die zwei Räume weiter seine ersten an den Gefangenen gerichteten Worte mitangehört hatten.

„War das nicht ein bisschen dick aufgetragen, Boss?“, fragte Finch zweifelnd und löste seinen Blick von einem Überwachungsmonitor, der Ells Arrestzelle zeigte.

„Ich fand's gut“, kam Carter Grays Antwort zuvor.

„Ich meine ja nur“, verteidigte sich Finch. „Immerhin haben wir gegen den Mann nicht viel in der Hand.“

„Das hat uns noch nie aufgehalten“, konterte Carter bester Laune. „Endlich sind wir einen Schritt weiter.“

„Wir werden sehen“, bremste Gray ihren Enthusiasmus. „Bislang wissen wir nicht, welche Rolle der Professor wirklich spielt. Vielleicht hilft der Kanonendonner ja dabei, ihn zum Reden zu bringen.“

Finch schien dennoch nicht wohl bei der Sache zu sein.

„Und wie begründen wir das Kidnapping der beiden Frauen?“

„Kommt darauf an, was wir herausfinden. Ansonsten gab es eben eine bedauerliche Verwechslung. Außerdem kidnappen wir niemanden. Wir extrahieren Ziele im Interesse der nationalen Sicherheit.“ Missvergnügt musterte Gray seine verstaubte Hose. Er konnte es kaum erwarten, Afghanistan wieder den Rücken zu kehren. Die Idee hierherzukommen stammte nicht von ihm, aber ohne den rechtlichen Status der drei Gefangenen geklärt zu haben, war eine Rückkehr in die Vereinigten Staaten ausgeschlossen. Damit blieben nur die geheimen Verhörzentren im Ausland und in Afghanistan befanden sich solche Einrichtungen immer noch im Angebot. Der stark befestigte Stützpunkt der CIA lag nordöstlich von Bagram in einer unwegsamen Bergregion und bot vollkommene Ungestörtheit. „Was haben wir bislang über die beiden?“

„Die Namen sind Katrina Dorothy Shaw und Chang Feng Zhao“, las Finch von seinem Laptop ab. „Ms. Shaw ist amerikanische Staatsbürgerin und laut ihren Steuerunterlagen als Programmiererin tätig.“

„Hört, hört“, warf Carter ein.

„Ms. Zhao besitzt die britische und die chinesische Staatsbürgerschaft. Sie arbeitet für ein Auktionshaus in London. Keine Vorstrafen“, fuhr Finch fort.

„Das könnte Ells Kontakt zur chinesischen Regierung sein“, mutmaßte Gray. „Sofern sich das bewahrheitet, fliegt die Scheiße bis zur Decke. Wenn herauskommt, dass die Chinesen die Wall Street hacken, gibt es Krieg. Und das meine ich nicht im übertragenen Sinne.“

Diese Feststellung nahm selbst Carter den Wind aus den Segeln. Die lustige Jagd war plötzlich gar nicht mehr so lustig.

„Sind die beiden Frauen schon wach?“, erkundigte sich Gray bei ihr.

„Die schlafen noch tief und fest. Ich freue mich darauf, Shaw zu fragen, was das hier ist.“ Damit hielt sie eine durchsichtige Beweissicherungstüte mit einem grünen Edelstein in die Höhe. „Ich wusste nicht, dass Programmiererinnen so gut verdienen. Aber vielleicht hat sie ja auch einen lukrativen Nebenjob.“

...

Zwei Wachen brachten Ell eine halbe Stunde später aus seiner Zelle in einen Verhörraum. Das mit dem Fußboden fest verschraubte Mobiliar bestand lediglich aus einem Tisch und zwei Stühlen. An der Decke hingen insgesamt vier Kameras, die jeden Winkel des Raumes erfassten. Mit ernster Miene nahm Gray gegenüber von Ell, dessen Hände nach wie vor gefesselt waren, Platz. Geräuschvoll ließ er eine geschlossene Aktenmappe auf den Tisch fallen und musterte Ell minutenlang, ohne zu blinzeln.

„Wo bin ich und was wollen Sie von mir?“, durchbrach Ell schließlich die Stille.

Gray ignorierte die Frage, griff stattdessen nach der Aktenmappe, lehnte sich zurück und blätterte darin, als sehe er den Inhalt zum ersten Mal. Weitere zehn Minuten verstrichen.

„Sagen Sie mir, Professor Ell, warum verrät jemand wie Sie ausgerechnet das Land, dem er so viel zu verdanken hat?“

„Wovon zum Teufel sprechen Sie?“

Gray beobachtete Ells Reaktion genauestens, konnte jedoch nur ehrliche Überraschung feststellen. Oder er war ein sehr guter Schauspieler. Zeit, ihn mit etwas zu konfrontieren, von dem Gray wusste, dass sein Leugnen eine Lüge wäre. „Ich spreche von Ihren Angriffen auf die Datensicherheit, ich spreche von Ihren kriminellen Aktivitäten in London, ich spreche von Ihrer Zusammenarbeit mit den Chinesen.“ In Ermangelung genauerer Erkenntnisse formulierte Gray bewusst vage und kombinierte das Einzige, was feststand, nämlich den Vorfall in London, mit bloßen Vermutungen. Na bitte, dachte er, als Ells Gesichtszüge kurz entgleisten. „Möchten Sie mir etwas erzählen, Professor?“

Doch Ell hatte sich bereits wieder unter Kontrolle. „Ich weiß nicht, was Sie von mir wollen. Aber ich bin ziemlich sicher, dass es illegal ist, mich zu entführen und ohne Zugang zu einem Anwalt hier festzuhalten. Wo sind meine beiden Begleiterinnen? Wurden die ebenfalls von Ihnen gekidnappt?“

„Ich dachte, ich hätte mich deutlich ausgedrückt, was Ihre Rechte anbelangt. Sie haben keine. Und im Übrigen stelle ich hier die Fragen.“ Gray öffnete die Aktenmappe, zog die Schnappschüsse von Ell aus London hervor und schob sie über den Tisch. „Wenn Sie so unschuldig sind, können Sie mir dann das hier erklären?“

Dieses Mal zuckte Ell mit keiner Wimper. „Keine Ahnung, wer das ist. Obwohl die Person mir tatsächlich ein wenig ähnlich sieht.“

„Bullshit“, schrie Gray unvermittelt und schlug seine flache Hand mit voller Wucht auf den Tisch. Überrascht von diesem Ausbruch zuckte Ell erschrocken zurück. Gray machte ein weiteres Häkchen auf seiner mentalen Verhörliste. Bei Ell handelte es sich definitiv nicht um einen Profi. Das könnte die ganze Angelegenheit beschleunigen. Nach Grays Erfahrung war es ein langwieriger Prozess, den Widerstand einer in diesen Dingen geschulten Person zu brechen. Letztlich gelang es zwar immer, weil kein Mensch die physische und psychische Stärke besaß, sich bestimmten Verhörtechniken auf Dauer zu widersetzen. Das konnte allerdings einige Zeit in Anspruch nehmen. Unter Umständen Wochen, manchmal Monate. Im vorliegenden Fall führte möglicherweise bereits eine simple Schockstrategie zum Ziel. Gray beugte sich weit zu Ell vor. „Meine Zeit ist zu kostbar für die Spielchen eines perversen Amateurterroristen. Sie wollen das volle Programm? Meinetwegen. Schon mal von den erweiterten Verhörmethoden gehört? Vielleicht glauben Sie zu wissen, was das bedeutet. Ich sage Ihnen nur: Sie haben keine Ahnung! Viel Spaß, Professor Ell. Ab hier übernehmen meine Kollegen.“ Mit diesen Worten griff er seine Akte, stand auf und verließ, ohne Ell noch eines Blickes zu würdigen, das Verhörzimmer. Auf dem Flur stieß er fast mit Finch zusammen. „Wir lassen Ell jetzt ein paar Stunden auf kleiner Flamme köcheln und dann …“

„Sorry, dass ich unterbreche, Boss“, fiel Finch ihm ins Wort. „Wir brauchen Sie in der Zentrale. Dringend.“ Zentrale wurde etwas hochtrabend der die gesamte Technik beherbergende Kommunikationsraum im Inneren der Anlage genannt. „Wie es aussieht, werden wir angegriffen“, fuhr Finch fort, während sie im Laufschritt durch die Gänge eilten.

„Angegriffen?“, wiederholte Gray ungläubig. „Nach den letzten Berichten waren die Taliban-Aktivitäten in dieser Gegend doch bei fast null.“

„Nicht die Taliban“, antwortete Finch und stieß die Tür zur Zentrale auf. Dort wurden sie bereits von Carter und zwei Sergeants mit den Namen Kruger und Parker erwartet.

„Bericht“, bellte Gray.

„Sir, Bagram Center meldet, dass sich sechs Flugobjekte mit hoher Geschwindigkeit unserer Position nähern“, folgte Kruger dem Befehl. „Unser eigenes Radar hat diese mittlerweile auch auf dem Schirm.“

„Flugobjekte?“, fragte Gray verwirrt. „Was für Flugobjekte?“

Kruger und Finch wechselten einen kurzen Blick. „Nach Auskunft des XO von Bagram Center haben sich sechs Reaper-Drohnen selbständig gemacht“, übernahm Finch. „Ihre Bordsysteme sind im Angriffsmodus, mit den Koordinaten dieser Anlage als Ziel.“

Gray erstarrte. „Bewaffnung?“

„Jeweils zwei fünfhundert Pfund Paveway II Bomben

und vier Hellfire-Raketen. Der neuste Typ mit maximierter Sprengkraft."

„Zeit?"

„Acht Minuten. Die Lage dieser Station macht es unmöglich, in so kurzer Zeit zu evakuieren. Bagram versucht, die Kontrolle über die Drohnen wiederzugewinnen. Bislang ohne Erfolg. Abfangjäger sind ebenfalls unterwegs, werden allerdings zu spät kommen."

Grays Gedanken rasten. Wie wahrscheinlich war es, dass sechs Drohnen plötzlich verrücktspielten und alle das gleiche Ziel angriffen? Eine rhetorische Frage. Abgesehen davon unterlag dieser Standort strengster Geheimhaltung. Hier fand derzeit eine einzige Operation statt. Seine eigene. Und das bedeutete, jemand wollte ihn und sein Team ausschalten. Oder Ell. Oder beides. Im Ergebnis kam es auf das gleiche hinaus. Aber wer? Es gab nur eine Person, die ihm diese Frage beantworten konnte. Wortlos stürmte er zurück in Richtung Verhörzimmer. Ell blickte nervös auf, als Gray durch die Tür platzte.

„Uns läuft die Zeit davon, also hören Sie mir genau zu. In wenigen Minuten werden sechs gekaperte Drohnen diese Anlage mit insgesamt vierundzwanzig Raketen und zwölf lasergelenkten Bomben in Schutt und Asche legen. Sie und Ihre beiden Freundinnen inklusive. Fällt Ihnen jetzt vielleicht etwas ein, Professor Ell?"

Ell benötigte einen Augenblick, um diese Informationen zu verarbeiten, doch Gray konnte sehen, wie Zweifel und Misstrauen sofort wieder die Oberhand gewannen.

„Netter Versuch."

Gray zögerte nicht lange, schnappte sich Ells zusammengekettete Hände und zerrte ihn hinter sich her. Ell protestierte lautstark, hatte aber keine andere Wahl, als Gray halb stolpernd, halb laufend zu folgen. In der Zentrale schob Gray Ell vor den Bildschirm des Luftraumüberwachungsradars der Anlage, der sechs blinkende Punkte zeigte, die sich von Süden und von Westen näherten.

„Sehen Sie selbst. Natürlich könnte das alles eine Show sein, die ich extra für Sie organisiert habe. Wollen Sie es wirklich darauf ankommen lassen?"

Unschlüssig wanderte Ells Blick von Gray zu dem Bildschirm und wieder zurück. Am Ende schienen es die angespannten Gesichter der übrigen Anwesenden zu sein, die ihn überzeugten. „Ich hoffe, es ist nicht zu spät. Wenn sie auch hier sein sollte, holen Sie die Frau mit der Brille. Ihr Name ist Trina Shaw. Sie hatte einen grünen Stein bei sich. Den brauchen wir ebenfalls."

Bevor Ell den Satz ganz beendet hatte, jagten Carter und Finch auf ein Zeichen von Gray bereits im Sprinttempo los. Zwei Minuten später kehrten die beiden mit Trina im Schlepptau zurück, die einen vollkommen verängstigten Eindruck machte.

„Will! Was geht hier vor?"

„Anscheinend beabsichtigt jemand, uns mit ein paar gekaperten Drohnen ins Jenseits befördern", erwiderte Ell. „Uns bleiben vier Minuten, das zu verhindern."

„Drei", korrigierte Kruger aus dem Hintergrund.

„Drei", wiederholte Ell. „Ich glaube, es gibt nur einen Weg, das aufzuhalten."

Trotz ihres verschüchterten Zustandes begriff Trina sofort, was Ell damit meinte. „Dann brauche ich den Stein und einen Onlinezugang."

„Sie haben die Frau gehört", kommandierte Gray.

Einen Moment später saß Trina auf Krugers Platz und Carter drückte ihr den Stein in die Hand. Unbemerkt von den anderen durchlief ein leichtes Zittern ihren Körper. Um die Hände freizuhaben, klemmte sie den Stein unter eines ihrer zahlreichen Armbänder, die sie am Handgelenk trug, und begann ansatzlos die Tastatur zu bearbeiten. Die Anzeigen auf dem Bildschirm wechselten mit einer Geschwindigkeit, die es unmöglich machte, ihnen zu folgen. Finchs Augen wurden groß, während er Trina über die Schulter schaute.

„Was tut sie da?", wollte Gray schließlich wissen.

„Ich weiß es nicht genau, Boss. So wie es aussieht, versucht sie, Zugang zum Wireless Command System der Drohnen zu bekommen."

„Sowas geht?"

„Eigentlich nicht."

„Eine Minute", gab Kruger nervös bekannt.

„Trina?", erkundigte sich Ell mit belegter Stimme.

„Einen Moment", kam die abwesende Antwort.

„Hören Sie, Professor Ell", begehrte Gray auf. „Ich weiß nicht, was die Frau da macht. Ich hoffe nur, sie weiß es, denn in Kürze sind wir alle ..."

„Bin fast soweit", unterbrach ihn Trina. „Ich schaffe es in der kurzen Zeit nicht, die Kontrolle über die Drohnen zurückzuerlangen, aber ich konnte einen Weg finden, den Selbstzerstörungsmechanismus zu aktivieren."

„Zwanzig Sekunden“, rief Kruger, einen Unterton von Panik in der Stimme.

Mit einem finalen Klack drückte Trina die Enter-Taste. Einen Augenblick lang geschah nichts. Dann hörte man selbst im Inneren der Anlage entfernte Explosionen. Die Kontakte auf dem Bildschirm des Radars flackerten kurz auf und verschwanden.

Inmitten des erleichterten Aufatmens der anderen, pfiff Parker leise durch die Zähne. „Wow, das waren mal eben hundertzwanzig Millionen Dollar.“

Gray ignorierte diesen Kommentar und wandte sich an Kruger. „Senden Sie Bagram einen Statusbericht. Anschließend verdoppeln Sie die Wachmannschaften und schicken eine Patrouille raus, um die Zerstörung der Drohnen zu bestätigen. Sichern Sie alles, was groß genug ist, um für irgendjemanden von Nutzen zu sein.“

„Wird gemacht, Sir.“

„Und wir haben eine Menge zu besprechen“, fuhr Gray an Ell und Trina gewandt fort.

„Einverstanden“, erklärte Ell zu Grays Überraschung. „Wir sagen Ihnen alles, was wir wissen. Aber nur gemeinsam und wenn Sie aufhören, uns wie Verbrecher zu behandeln.“

Gray unterdrückte den Impuls, Ells Bedingungen umgehend zurückzuweisen. Sofern die Gefangenen für diese Zugeständnisse tatsächlich bereit waren zu reden, konnte er nur gewinnen. Selbst der beste Lügner gab mit seinen Lügen mehr preis, als jemand, der schwieg. Und anderenfalls hinderte ihn niemand daran, wieder eine härtere Gangart anzuschlagen.

Bevor Gray die Zentrale verließ, erteilte er Kruger eine letzte Anweisung. „Hinsichtlich des Grundes für die Zerstörung der Drohnen geben Sie in Ihrem Bericht ‚unbekannt' an, verstanden? Um alles andere kümmere ich mich später persönlich."

40

Statt in den Verhörraum führte man Ell und Trina in ein gewöhnliches Besprechungszimmer. Dort erwartete sie bereits eine übellaunige Chang Feng. Ell brachte sie mit ein paar kurzen Sätzen auf den neuesten Stand.

„Da wir uns nun wie versprochen ohne Handschellen gegenübersitzen, bin ich gespannt, Ihre Geschichte zu hören", eröffnete Gray die Runde, nachdem er mit Carter und Finch ebenfalls an dem großen Konferenztisch Platz genommen hatte. „Mein Name ist Special Agent in Charge Gray, FBI, das sind die Agents Carter und Finch."

„Könnte ich ein Wasser bekommen", machte sich zunächst Chang Feng bemerkbar. Niemand reagierte, bis Gray Carter zunickte, die sich widerwillig erhob und aus einem Kühlschrank am anderen Ende des Raumes eine kleine Plastikflasche zog. Unsanft stellte sie diese vor Chang Feng ab. „Darf es sonst noch etwas sein?"

Chang Feng schaute mit unschuldigem Gesichtsausdruck zu ihr auf. „Wenn Sie schon fragen und da Sie sowieso gerade stehen, warum bücken Sie sich nicht und …"

„Danke, wir brauchen nichts weiter", ging Ell eilig dazwischen, da er sich ungefähr vorstellen konnte, wie der Satz enden würde. Damit war er nicht der Einzige. Carter wurde dunkelrot vor Zorn und setzte zu einer Entgegnung an, als Gray sich einschaltete. „Carter. Setzen."

Mühsam beherrscht kam Carter dieser Aufforderung nach. Chang Feng begegnete ihrem mörderischen Blick mit einem aufreizenden Lächeln und öffnete betont langsam die Wasserflasche. Ell widerstand dem Drang, sich die schmerzenden Schläfen zu massieren. Von dem, was er jetzt sagte, hing ab, ob sie die Situation zu ihrem Vorteil nutzen konnten oder ob sie in den Mühlen der Geheimdienste zerrieben würden. Zumindest wusste er nun, in wessen Gewalt sie sich befanden. Und das hätte eindeutig schlimmer sein können. Vielleicht eröffnete sich ihm hier gerade eine Chance, die Behörden für ihre eigenen Zwecke einzuspannen. In diesem Fall wäre der Mann, der ihm gegenübersaß, nicht das Problem, sondern Teil der Lösung. In China hatte Ell sich kurz der Illusion hingegeben, er könne einfach alles von sich schieben und nach Hause fahren. Mittlerweile war ihm klar, dass diese Option schlicht nicht bestand. Trina, Chang Feng und er selbst blieben ein Ziel, auf das Jagd gemacht wurde. Und keiner von ihnen verfügte über die Ressourcen oder die Ausbildung, um diese Jagd langfristig zu überleben. Ihr bisheriges Glück würde nicht ewig andauern. Es sei denn, er nahm der Jagd ihr eigentliches Ziel, indem er den Stein zerstörte. Ein Gedanke, der Ell schon seit einiger Zeit verfolgte. Doch stand es ihm zu, diese Entscheidung zu treffen? Was, wenn Allison die Wahrheit sagte? Solange er sich nicht sicher war, solange er die Konsequenzen nicht kannte, wäre dieser Schritt nur ein Akt purer Verzweiflung. Aber auch ohne zu wissen, ob Allisons Geschichte stimmte, stand zweierlei fest: Bloch war ein gemeingefährlicher Schwerverbrecher und die Steine bargen eine Macht, die sich kaum abschätzen ließ. Eine tödliche Kombination. Erst wenn Bloch nicht mehr frei herumlief und die Steine sich an einem sicheren Ort befanden, konnte er auch nur darüber nachdenken, in sein altes Leben zurückzukehren. Nie war ihm sein ruhiges Universitätsbüro so verlockend erschienen. Selbst die gefürchtete Aussprache mit Victoria hatte angesichts seiner aktuellen Lage ihren Schrecken verloren. Doch derzeit lag das alles in unerreichbarer Ferne. Blieb die Frage, was genau er den Agents erzählen sollte. Bestimmt nicht die ganze Geschichte. Spätestens der Teil mit der Simulation wäre eine sichere Fahrkarte ins Irrenhaus. Aber was wussten sie bereits? Zuwenig von der Wahrheit könnte seine Glaubwürdigkeit genauso beschädigen wie zu viel davon. Die einzige Lösung lag in einer Version der Ereignisse, die sich mit allen überprüfbaren Fakten deckte und dennoch das Wichtigste ausließ. Ein Kinderspiel. „Bis vor zwei Wochen führte ich das Leben eines gewöhnlichen Hochschullehrers“, begann Ell seinen Bericht. „Das aufregendste darin waren Diskussionen darüber, wessen Name bei gemeinschaftlichen Veröffentlichungen an erster Stelle steht und ob es in der Unimensa einen rein vegetarischen Tag pro Woche geben sollte. Dann starb mein Vater. Und damit änderte sich alles. Vielleicht wissen Sie, dass mein Vater Gründer und Leiter der Firma CyberSim gewesen ist. Wie ich mittlerweile herausgefunden habe, entwickelte er im Geheimen einen neuartigen Computerchip, von dem bislang lediglich zwei Prototypen existieren. Schon seit Längerem wird daran geforscht, Computer nicht mehr über Tastatur, Maus oder Sprachkommandos, sondern mithilfe von Gehirnwellen zu steuern. In modernen Kampfjets gibt es dafür bereits erste Anwendungsmöglichkeiten. Meinem Vater ist es anscheinend gelungen, einen bedeutenden Schritt weiterzugehen. Neben dem neuralen Input ermöglicht sein Chip zudem einen neuralen Output. Damit entfallen nicht nur die klassischen Eingabeinstrumente wie Maus oder Tastatur, sondern auch die Ausgabeinstrumente wie Bildschirme oder Lautsprecher. Einer der Prototypen muss schon vor längerer Zeit in fremde Hände geraten sein, und um an den zweiten zu gelangen, wurde mein Vater umgebracht. Die Täter hatten jedoch keinen Erfolg, da der zweite Chip so versteckt war, dass nur ich ihn finden konnte. Seit er in meinem Besitz ist, versucht man mit allen Mitteln ihn mir wieder abzunehmen. Zuletzt durch die Entführung meiner Schwester nach China. Dank der Hilfe einflussreicher Freunde von Ms. Zhao und einer großen Portion Glück konnten wir sie befreien und fliehen. Seitdem scheint diesen Leuten die Zerstörung des Chips genauso recht zu sein. Das zumindest schließe ich aus der Attacke, deren Zeuge wir gerade geworden sind.“ Hier brach Ell ab, um zu prüfen, wie die

Geschichte bislang ankam. Grays Gesichtsausdruck ließ nichts erkennen. Carter schaute grimmig drein, was allerdings nach Ells Einschätzung ihrer natürlichen Gemütslage entsprach. Allein in Finchs Augen sah Ell die Neugier brennen.

„Dieser Prototyp, von dem Sie sprechen, meinen Sie damit den grünen Stein?"

Ell nickte. „Der Chip befindet sich in seinem Inneren."

„Und wie funktioniert er?"

Jetzt wird's heikel, dachte Ell unbehaglich. „Das hätte Ihnen wohl nur mein Vater erklären können. Leider sind seine gesamten Aufzeichnungen verschwunden. Einzig Ms. Shaw ist es bislang gelungen, den Chip zu aktivieren."

„Apropos Ms. Shaw", fiel Gray ein. „In welcher Beziehung stehen Sie zu ihr und zu Ms. Zhao?"

„Ms. Shaw hat, wenn auch erst seit kurzem, für meinen Vater gearbeitet. Mein Vater beabsichtigte, in den USA ein weiteres Forschungslabor aufzubauen, dessen Leitung Ms. Shaw übernehmen sollte. Von ihr habe ich mir daher nähere Informationen erhofft. Leider vergebens. Bevor sie Gelegenheit hatte, sich mit meinem Vater im Detail auszutauschen, war er bereits tot."

„Und Ms. Zhao?", forschte Gray weiter.

„Ms. Zhao arbeitet für ein Auktionshaus in London, das den Auftrag hatte, mich zum Verkauf des Chips, der ja auf den ersten Blick wie ein normaler Edelstein aussieht, zu bewegen. Zu diesem Zeitpunkt hoffte man wohl noch, ich hätte keine Ahnung, was es mit dem Stein in Wirklichkeit auf sich hat. Ms. Zhao kannte die Hintergründe damals nicht und handelte in gutem Glauben. Als der Plan scheiterte, wurde sie zur Belastung für ihre Auftraggeber und ebenfalls zum Abschuss freigegeben."

„Wer waren denn ihre Auftraggeber?", wandte Gray sich erstmals direkt an Chang Feng.

„Der Auftrag kam von meinem Chef Mr. Whitley persönlich. Den Endkunden wollte er mir nicht nennen. Er schien unter großem Druck zu stehen und sehr darauf bedacht, diesen speziellen Kunden nicht zu enttäuschen."

„Sind Sie mittlerweile schlauer?"

Chang Feng warf Ell einen kurzen Blick zu. „Der Name des Drahtziehers ist Bloch. Zumindest hat er sich bei unserer Begegnung in China so vorgestellt. Da er zu diesem Zeitpunkt glaubte, wir würden nicht mehr lange leben, könnte das sogar sein richtiger Name sein."

„Und Sie meinen, dieser Bloch hat den anderen Prototypen?", richtete Gray seine Aufmerksamkeit wieder auf Ell.

„Das hat er uns gegenüber behauptet", entgegnete dieser. Eine unwesentliche Dehnung der Wahrheit, um Gray auf die richtige Fährte zu setzen. „Ich vermute, er will allein über diese Technologie verfügen. Entweder, indem er beide Prototypen in seine Gewalt bringt, oder, indem er notfalls unseren zerstört. Was er damit anrichten kann, haben Sie ja gerade erlebt."

„Genau das interessiert mich, Ms. Shaw. Was kann man mit diesen Dingern denn anrichten?"

Ell hoffte inständig, dass Trina – und Allison – seine

Strategie verstanden hatten. Doch er hätte sich keine Sorgen machen müssen.

Trina musterte Gray aus unergründlichen grünen Augen. „Der Chip ist sowohl ein selbständiger, neuronal steuerbarer Computer als auch ein Interface zu anderen Rechnern, sofern diese leistungsfähig genug sind. Der Benutzer stellt zunächst eine Verbindung zu dem Chip selbst her, was sofort die Fähigkeit, logisch-abstrakte Aufgaben zu lösen um ein Vielfaches erhöht. Davon abgesehen entsprechen die Funktionalitäten denen eines normalen Computers, nur dass die Bedienung intuitiv und sehr viel schneller erfolgt. Das hat mich vorhin in die Lage versetzt, die Firewalls der Drohnensteuerung in kürzester Zeit zu umgehen. Noch vielfältiger sind die Anwendungsmöglichkeiten, wenn sich der Chip zusätzlich direkt mit einem anderen Rechner verbindet. Dann sind dem Benutzer auch dessen Daten und Ressourcen vollständig zugänglich."

„Ich kann mir vorstellen, was Sie jetzt denken", warf Ell ein. „Doch bevor Sie anfangen, den Chip von Ihren Technikern auseinanderbauen und dabei womöglich zerstören zu lassen, hätte ich einen Vorschlag."

Gray richtete seinen Blick abschätzend auf Ell. „Und der wäre?"

„Bloch ist derzeit eine akute Bedrohung für uns alle. Das durften wir soeben hautnah erleben, und mein Gefühl sagt mir, Sie haben in der Vergangenheit bereits ähnliche Erfahrungen gemacht. Diese Bedrohung bleibt bestehen, solange sich der andere Prototyp in seinen Händen befindet. Um das zu ändern brauchen Sie uns. Wir verschaffen

Ihnen Waffengleichheit. Ohne uns wäre Ihnen Bloch immer einen Schritt voraus. Mit unserer Hilfe schalten Sie ihn aus und sichern den zweiten Prototypen. Wenn Sie wollen, können Sie den dann ja in aller Ruhe auseinanderschrauben. Wie klingt das?"

„Warum plötzlich so kooperativ?", fragte Carter misstrauisch.

Ell zuckte mit den Schultern. „Wir brauchen Ihre Hilfe genauso sehr wie Sie die unsere. Ansonsten sind wir in Kürze tot."

Dieses, ausnahmsweise ehrliche, Statement verfehlte seine Wirkung nicht. Gray blieb dennoch zurückhaltend. „Erst müssen wir uns ein deutlich genaueres Bild verschaffen. Ihre Geschichte wirft viele Fragen auf, und bevor diese nicht restlos geklärt sind, werde ich keine Entscheidung treffen. Sie erhalten jetzt die Gelegenheit, etwas zu essen und sich auszuruhen. Eines will ich vorher aber noch wissen. Weshalb sind Sie in das Bürogebäude auf Canary Wharf eingebrochen?"

Ell hatte diese Frage kommen sehen. „Meine Reise zu Ms. Shaw in die USA war nicht völlig umsonst gewesen. Unter Verwendung des Chips gelang es ihr nämlich, den anderen Prototypen aufzuspüren. Zumindest dachten wir das. Tatsächlich handelte es sich um eine Falle, in die wir prompt hineingetappt sind. Nur mit Müh und Not ist es uns gelungen zu entkommen."

Gray schaute auf seine Uhr. „In einer Stunde setzen wir diese Unterhaltung fort." Damit erhob er sich. „Ach, und Ms. Shaw. Vielen Dank für Ihre Hilfe mit den Drohnen. Da die Gefahr gebannt ist, wird Agent Carter den Chip jetzt wieder an sich nehmen.“

Carter zog sofort ein Beweistütchen aus ihrer Tasche und hielt es Trina entgegen. Einen Augenblick sah es fast aus, als wolle Trina sich weigern. Doch dann senkte sie den Kopf und ließ den Stein widerstrebend hineinfallen.

41

„Was halten Sie davon?“, eröffnete Gray die Nachbesprechung.

„Für mich klingt die Story an den Haaren herbeigezogen“, ließ Carter sich nicht lange bitten. „Wenn ich für die Chinesen arbeiten würde und erwischt worden wäre, würde ich mir auch einen unbekannten Schurken ausdenken, der an allem schuld ist.“

„Mag sein“, stimmte Finch zu. „Aber die Geschichte passt schon ziemlich gut.“

Gray bedeutete ihm fortzufahren.

„Zum einen haben wir bislang nichts Belastendes in der Vergangenheit der drei gefunden. Das heißt, sie sind entweder absolute Profis oder wirklich so unbescholten, wie sie behaupten. Zum anderen gibt es Hinweise auf eine dritte, gegen den Professor arbeitende Partei. Denken Sie an die zwielichtigen Sicherheitsleute, die in Canary Wharf im Fahrstuhl festsaßen. Wer die angeheuert hat, wissen wir immer noch nicht. So, wie wir der Signatur nach London gefolgt sind, hätte Shaw das wohl auch gekonnt. Vorausgesetzt …"

„Vorausgesetzt, was?"

„Vorausgesetzt, dieser ominöse Chip existiert tatsächlich. Und das ist der Teil, mit dem ich mich am schwersten tue. Vollständige neurale Interaktivität mit einem Computer. Das ist der Heilige Gral der Interfaceforschung. Es fällt mir schwer zu glauben, dass irgendeiner wenig bekannten privaten Firma ein solcher Durchbruch gelungen sein soll. Die Probleme liegen dabei nicht so sehr auf Seiten der Computertechnologie, sondern vielmehr in unserem nach wie vor mangelhaften Verständnis des menschlichen Gehirns und seiner Funktionsweise. Andererseits wäre das Ganze eine überzeugende Erklärung dafür, warum wir unseren Geist bislang nicht fassen konnten. Die direkte Verbindung des menschlichen Verstandes mit der Speicherfähigkeit und Rechengeschwindigkeit eines Computers würde eine völlig neue Ebene der technologischen Leistungsfähigkeit eröffnen."

„Denkbar wäre es also?", hakte Gray nach.

Finch nahm sich für seine Antwort Zeit. „Ja, denkbar ist es. Ich glaube sogar, es ist unvermeidbar. Wir werden diesen Schritt machen. Ich hätte nur jetzt noch nicht damit gerechnet."

„Stellen wir sie auf die Probe", schlug Carter in ihrer pragmatischen Art vor.

Finch grinste breit. „In gewisser Weise haben wir das schon. Was diese Shaw da vorhin mit den Drohnen veranstaltet hat, war ziemlich großes Kino."

Jetzt war es an Carter zu grinsen. „Die Kleine hat es dir angetan, oder?"

Finch wurde rot. „Unsinn. Das ist eine rein professionelle Einschätzung."

„Selbstverständlich", erwiderte Carter spöttisch.

Gray unterbrach das Geplänkel ungeduldig. „Könnte das Ganze nicht inszeniert gewesen sein? Wie der Feuerwehrmann, der das Feuer selbst legt, um hinterher als Held gefeiert zu werden?"

Finch schien diese Überlegung keineswegs zu überraschen. „Auf den Gedanken bin ich auch schon gekommen. Die Umstände sprechen jedoch dagegen. Während des Hacks auf die Drohnen saßen alle drei Gefangenen in ihren Arrestzellen und der Stein befand sich in Carters Gewahrsam. Ich wüsste nicht, wie sie das hätten anstellen sollen. Außerdem liegt mittlerweile die neuste Auswertung meiner Tracer-Software vor. Ratet mal, welche Signatur im Zusammenhang mit dem Hijacking der Drohnen aufgetaucht ist."

„Der Geist", entfuhr es Carter.

Finch nickte. „Bingo. Und der ist damit definitiv nicht der Professor oder eine der beiden Frauen."

„Die drei könnten trotzdem mit ihm zusammenarbeiten."

„Stimmt. Aber dann wären sie mit der Drohnennummer ein verdammt großes Risiko eingegangen."

„Nicht unbedingt", widersprach Gray. „Derjenige, der die Drohnen von außen gelenkt hat, hätte jederzeit selber die Selbstzerstörung aktivieren können, um den Eindruck zu erwecken, Shaw sei erfolgreich gewesen."

„Möglich. Nur hätte derjenige dafür vorhersehen müssen, dass Sie Shaw so ein Manöver überhaupt ausprobieren lassen."

Gray seufzte. „Ziemlich viele Hätte, Wäre und Wenns. Setzen wir das Verhör fort. Anschließend durchleuchten wir jede einzelne Aussage, jeden Satz, jedes Detail. Hoffentlich bringt uns das der Wahrheit etwas näher. An die Arbeit."

Die nachfolgende Befragung dauerte bis in den späten Abend. Auf der Suche nach offensichtlichen Lügen oder Widersprüchen ließen sich Gray und Carter die Ereignisse der letzten Wochen von ihren drei Verdächtigen wieder und wieder schildern. Parallel überprüfte Finch mit Hilfe der NSA-Server sämtliche in den Aussagen enthaltenen Fakten. Nachdem es Ell, Trina und Chang Feng schließlich erlaubt worden war, sich für die Nacht zurückzuziehen, saß Gray mit seinem Team erneut zu einer Besprechung zusammen.

„Bis jetzt habe ich nichts gefunden, was die Story zum Kippen bringt", berichtete Finch müde. „Da wir nun wissen, wonach wir suchen müssen, sind Ells Bewegungen alle nachvollziehbar. Auch die Nutzung des Privatjets von diesem Aidan McAllen. Sogar den elektronischen Zugriff auf das Sicherheitssystem des Gebäudes in Canary Wharf konnten wir zumindest teilweise rekonstruieren. Shaw ist durch die Firewall marschiert wie ein heißes Messer durch Butter. Ein weiterer Hinweis darauf, dass an der Sache mit dem Chip etwas dran sein muss."

Gray rieb sich die geröteten Augen. „Was haben wir zu diesem Bloch?"

„Voller Name Jan Thijs Bloch. Geboren in Johannesburg. Hat sich in der Import- und Exportbranche hochgearbeitet, wohl nicht immer mit sauberen Mitteln. Steht schon seit langem in Verdacht, Verbindungen zum organisierten Verbrechen zu unterhalten. Bislang konnte ihm jedoch nie etwas nachgewiesen werden. Inzwischen sind seine Unternehmungen so groß, dass er illegale Geschäfte gar nicht mehr nötig hat."

„Alte Gewohnheiten sterben schwer", hielt Carter dagegen.

„Stimmt", gab Finch zu. „Nur fehlt es, wie gesagt, an Beweisen. Hauptsitz seiner Firmen ist London und ein Schwerpunkt der Geschäfte liegt – hier wirds interessant – in Asien, insbesondere in China."

Gray horchte auf. „Das würde doch passen. Wissen wir, wo er sich gerade aufhält?"

Finch drückte ein paar Tasten. „In Russland. Dort besitzt er ein größeres Anwesen in der Nähe von St. Petersburg."

„Erst China, jetzt Russland", stöhnte Gray. „Warum suchen sich diese Typen immer Ecken aus, wo es fast unmöglich ist, an sie heranzukommen? Können wir verifizieren, ob er sich tatsächlich im Besitz dieses zweiten Prototyps befindet?"

Finch schaute skeptisch. „Unterstellt, bei Bloch handelt es sich um unseren Geist und die von uns beobachtete Signatur stammt von diesem Chip, könnten wir das Ergebnis einer erfolgreichen Rückverfolgung der Signatur mit dem uns bekannten Standort von Bloch vergleichen. An dieser Rückverfolgung sind wir jedoch bislang immer gescheitert."

„Ich will trotzdem eine vollständige Überwachung", knurrte Gray. „Wenn der Typ aufs Klo geht, will ich ein Memo über das Muster des Klopapiers. Das gilt auch für seine Vergangenheit. Rekonstruieren Sie alles bis mindestens sechs Monate vor dem Flash Crash. Wo war er zu der Zeit, mit wem hatte er Kontakt, was hat sich auf seinen Konten getan. Außerdem will ich wissen, ob er sich die letzten Tage in China aufgehalten hat. Wie hieß die Stadt, von der vorhin die Rede gewesen ist?"

„Guangzhou."

„Genau. Prüfen Sie das. Bis auf Weiteres ist der Mann unser neuer Hauptverdächtiger."

„Dann glauben Sie, Ell sagt die Wahrheit?", fragte Carter.

Gray dachte einen Moment nach. „Soweit sind wir noch nicht. Aber die Geschichte des Professors ist so lange unsere Arbeitshypothese, bis sie sich entweder als falsch herausstellt oder wir auf etwas Überzeugenderes stoßen."

Carter machte aus ihren Zweifeln keinen Hehl. „Mein Bauch sagt mir, dass Ell mit uns spielt."

Gray zuckte mit den Schultern. „Das will ich gar nicht ausschließen. Auf jeden Fall hängt er irgendwie in dieser Geschichte mit drin; ob als Täter oder, wie er behauptet, als Opfer, werden wir sehen. Wie heißt es: Halte engen Kontakt mit deinen Freunden – und noch engeren mit deinen Feinden. Durch sein Angebot, freiwillig mit uns zusammenzuarbeiten, haben wir wenigstens ständig die

Kontrolle über ihn und seine beiden Begleiterinnen, ohne dass ich die drei unter irgendeinem fadenscheinigen Vorwand mit Gewalt festhalten muss. Trotzdem will ich in der Zwischenzeit mehr über diesen Chip und die darin verwendete Technologie herausfinden. Ell behauptet, alle Aufzeichnungen seines Vaters seien verlorengegangen. Das kaufe ich ihm nicht ab. Das ist Ihre Aufgabe, Finch. Durchleuchten Sie das Leben von Ell senior. Drehen Sie jeden Stein um." Dann wandte er sich an Carter. „Und Sie sind ab sofort persönlich für die Unversehrtheit des Chips verantwortlich. Falls wir wirklich keine weiteren Aufzeichnungen finden, ist er der einzige Zugang zu dieser Technologie. Niemand bekommt ihn ohne meine Genehmigung in die Finger. Insbesondere nicht Ms. Shaw." Gray unterdrückte ein Gähnen. „Ich werde mich jetzt ans Telefon hängen und versuchen, den Director of Operations davon zu überzeugen, dass es eine gute Idee ist, unseren bisherigen Hauptverdächtigen nicht in Ketten nach Guantanamo zu verfrachten, sondern ihm den roten Teppich auszurollen. Das wird noch eine lange Nacht."

42

Ell lag wach auf seinem harten Feldbett. Bislang lief alles ganz gut. Agent Gray hatte zwar durch nichts zu erkennen gegeben, ob er Ell die Geschichte abkaufte und auf das Angebot der Zusammenarbeit eingehen würde. Doch immerhin hatte man sie aus ihren Arrestzellen in bequemere Gästezimmer verlegt und diesen Umstand wertete er als positives Zeichen. Wieder und wieder ließ er das Verhör der letzten Stunden Revue passieren und überlegte, ob ihm irgendwo ein Fehler unterlaufen war. Irgendetwas, das Grays Argwohn wecken oder bestärken könnte. Ihm fiel nichts ein. Hoffentlich lag das nicht nur an seiner Müdigkeit. Lügen mussten simpel und einfach bleiben, um nicht aufzufliegen. Soviel wusste er auch ohne größere Erfahrung auf diesem Gebiet. Und genau daran hatte er versucht, sich zu halten. Eigentlich entsprach alles der Wahrheit - wenn man von einigen unwesentlichen Auslassungen absah. Wie zum Beispiel der

Existenz einer angeblichen Künstlichen Intelligenz mit dem Namen Allison und eines Videos, in dem sein Doppelgänger behauptet, die Welt sei eine Simulation. Petitessen. Ells geglättete Version der Ereignisse brachte jedoch einen unschönen Nebeneffekt mit sich. Trina stand jetzt im Zentrum der Aufmerksamkeit. Ausgerechnet Trina. Er hoffte inständig, sie würde dem Druck standhalten. Solange sie mit Allison verbunden war, machte er sich eher weniger Sorgen. Diese seltsame Verbindung, die Ell sich immer noch nicht erklären konnte, schien Trina zu stabilisieren. Leider hatte Gray den grünen Stein sofort wieder einkassiert, womit Trina erneut auf sich allein gestellt war. Wie sie damit zurechtkam, wusste der Himmel. Gegen drei Uhr morgens besiegte die Erschöpfung seine Grübeleien und er glitt hinüber in einen wenig erholsamen, von Alpträumen durchsetzten Schlaf. Erstmals seit Lugano verfolgte ihn wieder das Flüstern dieser seltsamen Stimme. Weiterhin unverständlich, aber lauter. Lauter und eindringlicher.

Nicht nur Ell durchlebte eine unruhige Nacht. Trina lag mit angezogenen Beinen zu einem Ball zusammengerollt unter ihrer Bettdecke. Sie hätte niemals gedacht, dass man sich so einsam fühlen könnte. Normalerweise begrüßte sie die Einsamkeit. Menschen machten ihr Angst, nicht das Alleinsein. Im Gegenteil, allein zu sein bedeutete die Abwesenheit potenzieller Bedrohung. Wie pflegte ihre Tante zu sagen: Besser allein als in schlechter Gesellschaft. Doch seit sie sich auf dem Flug nach Hongkong entschieden hatte, ihr Bewusstsein mit Allison zu teilen, war nichts mehr wie zuvor. Alles war anders. Sie war anders. Es fiel ihr schwer, die Veränderung zu beschreiben, ihre Eindrücke und Empfindungen in Worte zu fassen. Ohne eine Gelegenheit, das Erlebte zu verarbeiten, hatten die sich überschlagenden Ereignisse der letzten Tage das Chaos in ihrem Kopf immer weiter anschwellen lassen. Über ihren Erinnerungen lag ein Nebel, der umso dichter wurde, je mehr sie sich bemühte, ihn zu durchdringen. Klarheit herrschte nur, wenn sie den grünen Stein berührte und sich mit Allison verband. Dann schien die Welt um sie herum zu schrumpfen, wurde überschaubar, vorhersehbar, beherrschbar. Aus Chaos wurde Ordnung und intuitiv verstand sie, was geschah, wie es geschah und warum es geschah. Trina wusste, dass diese Klarheit nicht ihre eigene war. Sie gehörte zu jemand anderem. Zu etwas anderem. Der Moment des ersten Kontakts würde unauslöschlich in ihr Gedächtnis gebrannt bleiben. Das Gefühl, wie sich ihr Bewusstsein gewissermaßen selbst demontierte, Schicht um Schicht alles ablegte, was sie als Person ausmachte, bis sie erkannte, dass ihr wahres Wesen erst dort begann, wo Trina Shaw endete. Der unaufhaltsame Sog, als der Prozess sich umkehrte. Doch was sich da wieder zusammensetzte, war nicht mehr nur sie. Nahtlos fügten sich neue Fragmente in das alte Muster. Der Moment der Vollendung, in dem sich ihr eine Welt eröffnete, die so viel größer war. Und dann der Schock. Denn alles endete abrupt mit der Trennung der Verbindung. Wie ein Traum, der nach dem Aufwachen noch lebendig ist und im Laufe des Tages verblasst, entzog sich ihr die Erinnerung an all das fremde Wissen, Erleben und Fühlen, je länger die Verbindung zurücklag. Alles, was blieb, war eine tiefe Leere und das Gefühl eines unermesslichen Verlustes. Trina ahnte, wenn es ihr nicht gelang, sich entweder von diesem neuen Teil ihrer selbst wieder zu trennen oder sich endgültig mit ihm zu vereinen, würde sie daran zerbrechen.

Carter beobachtete die Infrarotbilder aus den Gästequartieren. Die Uhr zeigte mittlerweile drei Uhr morgens und sowohl der Professor als auch die kleine Programmiererin wälzten sich immer noch ruhelos in ihren Betten. Einzig die Asiatin war in dem Moment, in dem ihr Kopf das Kissen berührte, tief und fest eingeschlafen. Jedenfalls hatte sie sich seit Stunden nicht mehr gerührt. Carter nahm einen Schluck aus ihrem Kaffeebecher und verzog angewidert das Gesicht. Verbrannter Automatenkaffee. Was konnte man auf einer beschissenen Militärbasis anderes erwarten. Persönlich hielt sie es für einen Fehler, den drei Gefangenen auch nur einen Millimeter entgegenzukommen. Alles, was sie bräuchte, wäre ein Verhörraum ohne Zuschauer. Dann würde sie die Wahrheit schon aus ihnen herausholen. Es stand zu viel auf dem Spiel, um sich auf irgendwelche Experimente einzulassen. Besonderes Misstrauen hegte sie gegenüber Zhao. Sie erkannte einen verwandten Geist, wenn sie ihm begegnete. Und Carter erkannte Intelligenz, Willensstärke und Kaltblütigkeit bis hin zur Skrupellosigkeit. Das sollte eine einfache Angestellte in einem Auktionshaus sein? Von wegen. Doch ihr

Boss hatte befohlen, stillzuhalten und Ells Vorschlag in jeder Weise zu unterstützen ... und mit Boss meinte sie in diesem Fall nicht Agent Gray.

...

NACH EINER SCHIER ENDLOSEN NÄCHTLICHEN Telefonkonferenz mit dem Director of Operations, dessen Planungsstab und schließlich sogar dem Deputy Director persönlich, hatte Gray es geschafft, sich weitestgehend mit seinem Vorschlag durchzusetzen, Ell und Shaw in die Ermittlungen einzubeziehen. Bei Zhao lag die Sache etwas anders. Aufgrund ihrer Verbindungen nach China saß das Misstrauen der Verantwortlichen tief. Bestärkt wurde es noch dadurch, dass ihre Familie nach neuesten Erkenntnissen offenbar einer der mächtigsten chinesischen Triaden angehörte. Gray argumentierte, man könne sie nicht einfach ziehen lassen. Sie wusste bereits zu viel. Ihre Trennung und Inhaftierung würde aber die Kooperationswilligkeit von Ell und Shaw gefährden. Am Ende geschah, was nach Grays Erfahrung im Umgang mit Bürokraten immer geschah. Das Problem wurde vertagt und die Verantwortung delegiert. Soll heißen, Zhao durfte vorerst bleiben, und was danach mit ihr passierte, blieb offen. Fest stand lediglich, dass alles, was schiefgehen sollte, Grays Schuld sein würde. Damit konnte er leben, solange er bis auf Weiteres freie Hand erhielt und seine Zeit nicht mit behördeninternen Grabenkämpfen verschwenden musste. Zwei Dinge waren jedoch unverhandelbar gewesen. Die lückenlose Bewachung der drei sowie die Einbindung eines Wissenschaftlerteams von der DARPA, um parallel zu den Ermittlungen mit der Untersuchung des Chips zu beginnen. Der Chip stand ohnehin im Mittelpunkt des Interesses von Grays Vorgesetzten. Sie wollten unbedingt herausfinden, ob er wirklich wie behauptet funktionierte, und ob tatsächlich nur Shaw ihn benutzen konnte. Wenn ja, galt es zu klären warum und schnellstmöglich einen Weg zu finden, das zu ändern. Schließlich durfte unter keinen Umständen irgendeine x-beliebige Zivilistin Fähigkeiten in ihren Händen halten, mit denen sich eine ganze Gesellschaft ins Chaos stürzen ließ. Das ist selbstverständlich das Privileg einer hierzu autorisierten Behörde, dachte Gray sarkastisch. Seine Aufgabe bestand darin, den vorhandenen Spuren nachzugehen, potenzielle Bedrohungen auszuschalten und weitere Technologien, sollte es sie geben, zu sichern. Alles andere lag definitiv oberhalb seiner Gehaltsklasse. Als Erstes durfte er Ell und Shaw klarmachen, was von ihnen erwartet wurde. Denn daran hatten Grays Vorgesetzte keinen Zweifel gelassen: Ihre Geduld war begrenzt, und wenn nicht innerhalb kürzester Zeit handfeste Ergebnisse vorlagen, würde dieses Experiment ein frühes Ende finden. Dennoch verspürte Gray zum ersten Mal seit Monaten so etwas wie Optimismus. Entsprechend gut gelaunt betrat er am nächsten Morgen den Konferenzraum. Seine gute Laune hielt allerdings keine zwei Minuten.

„Was wollen Sie?“ Nur mühsam gelang es ihm, seine

Lautstärke zu mäßigen. „Einen Supercomputer? Wozu zum Teufel das? Und hätten Sie mir das nicht früher sagen können?“

Trina wurde in ihrem Sessel immer kleiner. „Wenn wir mit der Suche nach dem zweiten Prototyp kurzfristig erfolgreich sein wollen, brauche ich eine Rechenkapazität von mindestens zwanzig Petaflop. Anderenfalls kann sich der Chip weiterhin nur mit mir, nicht aber direkt mit anderen Rechnern verbinden. Und erst dadurch potenziert sich die Effektivität. Ansonsten könnte das Ganze Jahre dauern.“

Gray starrte sie fassungslos an. „Meine Vorgesetzten sind wider Erwarten bereit, Ihnen eine Chance zu geben. Was nicht heißt, dass Sie plötzlich mit derart absurden Forderungen aufwarten können. Glauben Sie, ich kann einen solchen Computer einfach aus dem Hut zaubern?“

Ell räusperte sich. „Das wird kein Problem sein, Agent Gray. Denn eigentlich haben wir diesen Rechner bereits.“

Gray rieb sich entnervt die Stirn. „Möchten Sie mir vielleicht noch etwas erzählen, Professor?“

„Ich habe Ihnen ja von der neuen Forschungseinrichtung meines Vaters in den USA berichtet. Teil dieser Einrichtung ist ein solcher Hochleistungsrechner. Er befindet sich in Arizona und stünde uns sofort zur Verfügung.“

Gray zog die Augenbrauen zusammen. „Ihnen ist bewusst, Professor Ell, dass Rechner ab einer bestimmten Leistungsklasse wegen der militärischen Missbrauchsmöglichkeiten genehmigungspflichtig sind und der unerlaubte Betrieb gegen das Gesetz verstößt?“

Ell zuckte gleichmütig mit den Schultern. „Ich bin mir sicher, mein Vater hat alle notwendigen Genehmigungen eingeholt. Und falls nicht, steht er, wie ich fürchte, nicht mehr zur Verfügung, um sich mit den Vorwürfen eines möglichen Fehlverhaltens auseinanderzusetzen. Ich selbst bin rein zufällig über dieses Projekt gestolpert."

„Natürlich", presste Gray zwischen zusammengebissenen Zähnen hervor. „Rein zufällig. Wir werden sehen. Jetzt frage ich mich allerdings, ob es weitere unbedeutende Details gibt, die Sie bisher vergaßen zu erwähnen."

„Es war keineswegs meine Absicht, Ihnen etwas vorzuenthalten", erwiderte Ell unschuldig. „Es schien mir bislang nur nicht wichtig gewesen zu sein."

„Die Entscheidung, was wichtig ist und was nicht, überlassen Sie künftig mir, Professor", konterte Gray frostig. „Haben Sie noch weitere Offenbarungen dieses Kalibers für mich?"

„Nicht eine einzige", beteuerte Ell im Brustton der Überzeugung.

43

Timothy und Garry wirkten noch ein wenig blass um die Nase. Das konnte man ihnen kaum verdenken, denn das FBI war über sie gekommen wie die Reiter der Apokalypse höchstpersönlich. Eine Schar von Agents hatte am frühen Morgen die Anlage gestürmt und in schwer bewaffneten Dreierteams sämtliche Räume akribisch durchsucht. Ell fragte sich, was Gray befürchtete dort vorzufinden, aber vielleicht wollte der Mann einfach nur keine Risiken mehr eingehen. Nachdem feststand, dass sich in dem unterirdischen Komplex außer zwei verschreckten Technikern niemand sonst aufhielt, ließ Gray Ell, Trina und Chang Feng in den Konferenzraum bringen und zog den größten Teil seiner Leute wieder ab. Rund ein Dutzend Agents blieben jedoch vor Ort. Ell vermutete, nicht nur zum Schutz der Anlage, sondern vor allem zu ihrer Bewachung.

Timothy schien erleichtert, endlich ein bekanntes

Gesicht zu sehen. „Professor Ell, was ist denn hier los?“, begrüßte er Ell nervös.

Ell sah sich nach Gray um. Der Agent sprach gerade auf dem Flur mit einem seiner Untergebenen. „Hi Timothy, hi Garry, Sie sollen mich doch Will nennen. Für das Ganze hier gibt es eine simple Erklärung.“ Ell konnte an den zweifelnden Blicken der beiden ablesen, dass sie sich mittlerweile fragten, ob sie in Wahrheit für einen gesuchten Kriminellen arbeiteten. Deshalb beeilte er sich, die Coverstory zum Besten zu geben, auf die er sich mit Gray geeinigt hatte. Niemand war weniger daran interessiert, weitere Mitwisser zu produzieren, als das FBI. „Es wird befürchtet, diese Anlage könnte das Ziel eines terroristischen Anschlages werden. Anscheinend hat jemand die wahre Identität unseres neuen Kunden herausgefunden. Dabei handelt es sich um die Regierung, die hier mit hochsensiblen Daten arbeitet. Es ist daher in unserem Interesse, das FBI bei seinen Nachforschungen in jeder Weise zu unterstützen.“

„Verstehe“, erwiderte Garry mit belegter Stimme. „Das heißt, wir sind nicht irgendwie in Schwierigkeiten?“ Nach einem Blick über seine Schulter beugte er sich zu Ell vor und fuhr leise fort. „Es gab da mal eine Anzeige wegen unerlaubten Drogenbesitzes in Reno. Völlig zu Unrecht natürlich. Ist eine glatte Verwechslung gewesen.“

Ell versuchte, sich seine Erheiterung nicht anmerken zu lassen. „Keine Sorge, solange wir vollständig kooperieren und nicht zu viele Fragen stellen, hat das FBI Wichtigeres zu tun.“

Timothy und Garry nickten verständig, als seien sie mit

den Prioritäten des FBI bestens vertraut. „Alles klar, Professor … ich meine Will. Wenn es um die nationale Sicherheit geht, helfen wir immer gerne."

Ell klopfte Garry erleichtert auf die Schulter. „Hervorragend. Haben Sie vielleicht gerade irgendetwas zu reparieren oder zu warten? Ich meine, an so einem Computer gibt es doch bestimmt ständig irgendetwas zu tun, oder?"

Timothy schaute ratlos. „Nein, eigentlich läuft die Anlage praktisch von allein. Wir behalten nur alles im Auge, falls …"

An diesem Punkt unterbrach Garry ihn mit einem Rippenstoß. „Tatsächlich steht ein routinemäßiger Wartungsdurchlauf an. Wenn wir hier im Augenblick nicht gebraucht werden, würden wir uns gern wieder an die Arbeit machen."

„Ausgezeichnet. Dann will ich Sie nicht länger aufhalten. Sobald es etwas Neues gibt, komme ich auf Sie zu." Damit bugsierte Ell die beiden Techniker aus dem Raum, nicht ohne zu bemerken, wie sich ihnen sofort zwei Agents an die Fersen hefteten. Gray wollte eindeutig nichts mehr dem Zufall überlassen.

Minuten später schlossen sich die Türen zum Konferenzraum und Ell, Trina und Chang Feng saßen erneut Gray, Finch und Carter gegenüber.

„Da hat Ihr Vater ja keine Kosten gescheut, Professor", eröffnete Gray die Runde. „Wäre das alles nicht vollkommen illegal, würde ich sagen, sehr beeindruckend."

Ell zog es vor, auf diese Eröffnung nichts zu erwidern. Das schien Gray auch nicht erwartet zu haben, denn er fuhr ohne Pause fort. „Nur um das klarzustellen. Diese Anlage ist mit sofortiger Wirkung beschlagnahmt."

Ell wurde langsam ungeduldig. „Agent Gray, ich habe Sie nicht hergebracht, um über Eigentumsfragen zu diskutieren, sondern um den Mann unschädlich zu machen, der meinen Vater umgebracht und es auf unser aller Leben abgesehen hat. Könnten wir damit jetzt bitte anfangen?"

Das brachte Gray erst einmal aus dem Konzept. „Wann was passiert, bestimme ganz allein ich", entgegnete er reflexhaft, doch es klang fast wie eine Rechtfertigung. Jedenfalls war die anfängliche Schärfe verflogen. „Zuerst gibt es nämlich noch ein paar Formalitäten zu erledigen." Damit zog er drei dicke Packen Papier aus einer Mappe und schob Ell, Trina und Chang Feng jeweils einen zu. „Bevor irgendetwas passiert, müssen Sie das da unterschreiben."

„Und was soll das sein?", erkundigte sich Chang Feng argwöhnisch.

„Das verpflichtet Sie, über alles, was Sie von jetzt an hören und tun, Stillschweigen zu bewahren."

„Und falls ich mich nicht daran halte?"

„Dann darf ich Sie in ein tiefes, dunkles Loch werfen, aus dem Sie nie wieder auftauchen werden."

Trina betrachtete die Papiere wie eine giftige Schlange. „Und was ist die Alternative?"

„Sie unterschreiben nicht."

„Und dann?"

„Dann werfe ich Sie sofort in ein tiefes, dunkles Loch, aus dem Sie nie wieder auftauchen werden."

„Aber das sind mindestens fünfzig Seiten“, seufzte Ell. „Sollen wir uns die jetzt alle durchlesen?“

Süffisant lächelnd hielt Carter ihm einen Stift entgegen. „Würde das denn einen Unterschied machen?“

Drei Unterschriften später lehnte Gray sich zurück und schlug einen versöhnlicheren Ton an. „Ich musste mich ziemlich weit aus dem Fenster lehnen, um das hier möglich zu machen. Wir haben einen Schuss frei, nicht mehr. Wie glauben Sie denn nun, den zweiten Chip aufspüren zu können?“

Alle Augen richteten sich auf Trina. Ell fragte sich, wie sie wohl reagieren würde. Seit Afghanistan wirkte die junge Frau extrem blass und angespannt. Mehr noch als sonst. Doch seine Sorgen schienen unbegründet, denn sie hatte sich offensichtlich bereits entsprechende Gedanken gemacht.

„Wir folgen seiner digitalen Spur. Alles, was im Netz geschieht, hinterlässt Spuren. Das gilt insbesondere für so massive Eingriffe wie das Hacken militärischer Firewalls. Ich bin überzeugt, mit dem Chip und der Rechenkapazität, die uns hier zur Verfügung steht, sind wir in der Lage, dieser Fährte zu folgen und den genauen Standort zu ermitteln.“

Finch nickte zustimmend. „Auf eine solche Signatur sind wir in der Vergangenheit schon gestoßen. Allerdings waren unsere Bemühungen, sie zurückzuverfolgen, bislang nicht allzu erfolgreich. Der letzte Versuch endete in London in einer Sackgasse.“

„Ich habe mich schon gefragt, wie Sie überhaupt auf uns aufmerksam geworden sind“, ergriff Ell das Wort.

„Anscheinend sind wir beide auf denselben Köder hereingefallen. Damit sich das nicht wiederholt, schlage ich vor, Sie weihen uns endlich ein. Wodurch wurde das FBI auf den Plan gerufen? Sie folgen ja nicht grundlos irgendwelchen Signaturen im Internet."

Finch wartete, bis Gray fast unmerklich nickte. „Erinnern Sie sich an den Flash Crash von 2010?" In den folgenden zwanzig Minuten berichtete Finch ausführlich über den Vorfall selbst und die nachfolgenden Ermittlungen. Ell, Trina und Chang Feng lauschten gebannt.

„Aber ist nicht deswegen jemand verurteilt worden?", erkundigte sich Trina anschließend.

Gray zuckte mit den Schultern. „Dieser jemand hat tatsächlich zur gleichen Zeit gegen diverse Bundesgesetze verstoßen. Ursächlich für den Flash Crash ist er jedoch nicht gewesen."

„Also ein Bauernopfer", bemerkte Chang Feng spitz.

„Keineswegs. Die Vorwürfe wegen Marktmanipulation sind begründet. Durch seinen Eingriff allein wäre der Index allerdings höchstens um ein paar Punkte gefallen. Nicht um eintausend. Nur nützt ihm das nicht viel. Marktmanipulation ist nun einmal strafbar. Egal, wie gering oder wie groß die Auswirkungen sind."

„Trotzdem irgendwie praktisch, dass Sie einen Schuldigen präsentieren können, oder?"

„Solange es keinen Unschuldigen trifft, kann ich damit leben", erwiderte Gray gereizt. „So erhalten wir zumindest den Eindruck aufrecht, es habe sich lediglich um eine kleine Sicherheitslücke gehandelt, die mit ein paar neuen Regeln geschlossen wurde. Oder sollen wir der Welt erzählen, dass es da draußen einen geheimnisvollen Unbekannten gibt, der in jedes Hochsicherheitsnetzwerk auf diesem Planeten hineinspazieren und dort machen kann, was er will? Können Sie sich das Chaos vorstellen? Und darf ich daran erinnern, auf wessen Mist diese Technologie überhaupt gewachsen ist?"

„Zumindest kennen wir jetzt eine Reihe von Ereignissen, die eindeutig auf dieselbe Quelle zurückgehen", versuchte Ell die Situation zu entspannen. „Wenn wir diese miteinander vergleichen, stoßen wir vielleicht auf neue Hinweise."

„Wir heißt dann wohl ich?", mutmaßte Trina mit einem Hauch von Ironie.

„Ganz recht, Ms. Shaw", bestätigte Gray. „Natürlich wird Agent Finch Ihnen zur Seite stehen." Er schaute auf seine Armbanduhr. „Ein wenig müssen wir uns aber noch gedulden. In etwa einer Stunde trifft das Team von der DARPA ein. Vorher dürfen wir nicht anfangen."

„Noch mehr Feds. Ich kann es kaum erwarten", murmelte Chang Feng leise mit verschränkten Armen.

Tatsächlich dauerte es dann fast drei Stunden, bis die Wissenschaftler vom Verteidigungsministerium sich nach ihrer Ankunft mit der Anlage vertraut gemacht und ihr Equipment im Kontrollraum aufgebaut hatten. Die Leitung oblag einem gewissen Dr. Jennings. Unterstützt wurde er von einer unscheinbaren Brünetten namens Dr. Wheeler und einer Hilfskraft Anfang zwanzig, die sich als Nick vorstellte. Dr. Jennings trug verbeulte Cordhosen, ein gestreiftes Hemd, Halbglatze und Vollbart. Dr. Wheeler bevorzugte mit ihrem Hosenanzug einen eleganteren Auftritt, machte diesen hoffnungsvollen Ansatz allerdings durch die Farbwahl – irgendetwas zwischen Purpur und Flieder – gleich wieder zunichte. Nick komplettierte den modischen Mix mit ausgeblichenen Jeans, Metallica-T-Shirt und Turnschuhen.

Chang Feng verfolgte den Aufmarsch der Wissenschaftler mit großen Augen. „Das ist die Speerspitze der militärischen Forschung?"

Ell reagierte zurückhaltender. „Ich würde mich hüten, die drei zu unterschätzen. Die DARPA ist nicht dafür bekannt, Idioten zu beschäftigen. Außerdem deutet ein fehlender Sinn für Äußerlichkeiten darauf hin, dass der Verstand mit Wichtigerem beschäftigt ist."

„So gesehen müssen die drei brillant sein", gab Chang Feng zu.

Dr. Jennings machte sich jedoch keine Mühe zu verbergen, wofür er den ganzen Einsatz hielt. Für Zeitverschwendung. „Angeblich sollen Sie hier über ein voll funktionsfähiges neuronales Zweiwege-Interface verfügen, mit dessen Hilfe sich jedes Netzwerk knacken lässt. Ich halte das höflich gesagt für kompletten Unsinn. Aber da ich deswegen von einem wirklich wichtigen Projekt abgezogen wurde, eine fünfstündige, äußerst unkomfortable Anreise erdulden musste und nun schon einmal hier bin, können wir das Ganze auch hinter uns bringen. Wo ist dieses Wunderding?"

Deutlich verunsichert trat Carter vor und überreichte Jennings den Stein.

„Sehr hübsch", kommentierte dieser mit vor Sarkasmus triefender Stimme. „Macht sich an einer Halskette bestimmt hervorragend. Und wie funktioniert das jetzt? Gibt es spezielle Beschwörungsformeln?"

Trina fixierte das funkelnde grüne Objekt mit starrem Blick. „Wenn Sie erlauben." Dabei hielt sie Jennings ihre ausgestreckte Hand entgegen. Mit einem Achselzucken ließ er den Stein hineinfallen.

Mittlerweile hat sie wirklich Übung darin, dachte Ell. Für einen uneingeweihten Beobachter war kaum eine Veränderung feststellbar. Doch für ihn sprachen das leichte Schaudern, das Trinas Körper durchlief, die gestraffte Körperhaltung und der subtile Wechsel der Augenfarbe Bände.

„Gibt es irgendeine Form von Testprogramm?"

Jennings lachte kurz auf. „Warum übernehmen Sie für den Anfang nicht mein Laptop? Darauf läuft eine von mir entwickelte DARPA-Firewall. Sollte ein Kinderspiel sein."

„Erledigt", antwortete Trina ohne mit der Wimper zu zucken.

„Was heißt hier erledigt?", knurrte Jennings unwirsch.

„Ihr Passwort lautet 65$§)hg54Dft%$9. Das Projekt, an dem Sie derzeit arbeiten, trägt den Codenamen Nephilim und ist ein ziemlich gemeines kleines Virus. Der meistgehörte Titel in Ihrer iTunes-Bibliothek ist Sexmachine von James Brown." An dieser Stelle wanderte Trinas linke Augenbraue in die Höhe. „Ihre letzte Amazon-Bestellung war ein aluminiumfreies Deo, die am häufigsten von Ihnen besuchte Webseite ist ..."

„Aufhören!“, rief Jennings panisch und stürzte zu seinem Laptop.

„Ist es eigentlich erlaubt, Regierungsrechner für private Zwecke dieser Art zu benutzen?“, konnte Trina sich nicht verkneifen hinterherzuschicken.

Jennings bearbeitete wie wild die Tastatur des Laptops, während seine beiden Kollegen leicht geschockt hinter ihm standen.

„Wie zum Teufel haben Sie das gemacht?“

„Sie sind doch zum Beobachten hier“, erwiderte Trina kühl. „Also beobachten Sie.“

44

Es ging auf Mitternacht zu, als Ell, Chang Feng und Trina in der Chang Feng zugewiesenen Unterkunft zusammensaßen. Zum ersten Mal seit ihrer Gefangennahme durch das FBI waren sie unter sich. Zwar folgte jedem von ihnen ständig ein Bewacher, doch machten diese zumindest vor dem Schlafzimmer halt und begnügten sich damit, auf dem Flur Posten zu beziehen. Trina hatte den gesamten Tag mit Finch im Kontrollraum zugebracht und die Suche nach dem zweiten Stein koordiniert, während das Team von der DARPA an ihr klebte und jeden Schritt protokollierte. Entsprechend erschöpft hing sie auf ihrem Stuhl.

„Meint ihr, wir können reden, oder hört Gray diesen Raum ab?“, flüsterte Chang Feng und musterte argwöhnisch die sie umgebenden Wände.

„Er versucht es, aber Allison blockiert das Signal“, erwiderte Trina müde.

Nach dieser Information entspannten sich Chang Feng und Ell ein wenig. „Apropos Allison“, sagte Ell. „Wie geht es unserer Sphinx denn so?“

Trina bedachte ihn mit einem unsicheren Blick. „Ich weiß, euer letztes Gespräch ist nicht besonders harmonisch verlaufen. Dabei versucht sie nur, ihren Auftrag zu erfüllen und eine große Gefahr zu beseitigen. Eine Gefahr für uns alle.“

„Und wie weit seid ihr damit inzwischen gekommen?“, erkundigte sich Chang Feng.

„Wir haben ja gerade erst angefangen“, gab Trina dünnhäutig zurück. „Momentan bin ich sowieso von allem abgeschnitten. Als wir für heute Schluss gemacht haben, hat diese Hexe Carter den Stein sofort wieder einkassiert. Aber solange er in der Anlage ist, hat Allison Zugriff auf den Rechner und arbeitet weiter. Banal gesagt, spinnen wir ein globales Netz, in dem sich hoffentlich bald etwas verfängt.“

„Und dann?“

„Dann ist das FBI am Zuge“, mutmaßte Ell. „Zu guter Letzt wird kein Weg daran vorbeiführen, irgendwie in den Besitz des anderen Steins zu kommen und Bloch festzunehmen.“

„Oder den Stein zu zerstören und Bloch zu eliminieren“, setzte Chang Feng freudlos hinzu. Das brachte sie offenbar auf einen weiteren Gedanken. „Obwohl ich immer noch nicht über die Brücke gehe, dass in unserem Stein eine kleine grüne Frau namens Allison wohnt ... Aber unterstellt, dem wäre so: Wer wohnt eigentlich in dem blauen Stein? Hat dieser jemand auch einen Namen?“

Unruhig knetete Trina ihre Hände, während ihr Blick dem von Chang Feng auswich. „Ich weiß nicht recht ... Kann ich nicht sagen."

„Kannst du nicht oder willst du nicht?", bohrte Chang Feng hartnäckig weiter.

Ohne jede Vorwarnung vergrub Trina ihren Kopf in den Händen und begann zu schluchzen. „Ich weiß es nicht, verdammt! Ohne die Verbindung zu Allison ist alles vollkommen verschwommen. Mir rasen tausend Dinge durch den Kopf, aber nichts davon kann ich fassen. Mein Schädel ist kurz davor zu explodieren und ich will nur, dass das aufhört!"

Erschrocken sprang Ell angesichts dieses unerwarteten Ausbruchs auf und wollte ihr spontan einen Arm um die Schulter legen. Doch Trina wich vor der Berührung zurück und so setzte er sich nur neben sie. „Alles in Ordnung. Warum hast du uns nichts gesagt?"

„Wann denn bitte?", stieß Trina verzweifelt hervor. „In diesem Alptraum kommt man ja kaum dazu, einen klaren Gedanken zu fassen. Außerdem dachte ich, es würde vorübergehen. Stattdessen wird es immer schlimmer."

Chang Feng war vor Trina in die Hocke gegangen. „Entschuldige bitte, das wusste ich nicht. Ich wollte dich nicht unter Druck setzen. Ich bin manchmal ein bisschen zu ... direkt."

„Schon gut", schniefte Trina und wischte sich mit dem Handrücken die Tränen aus dem Gesicht. „Ich bin mir nicht sicher, wie lange ich das noch aushalte. Ich glaube, ich verliere allmählich den Verstand."

„Das muss an der Verbindung mit Allison liegen", überlegte Ell laut. „Unter diesen Umständen kannst du nicht weitermachen. Die Nebenwirkungen des Interface sind zu stark."

„Nein! Du verstehst nicht", widersprach Trina aufgelöst. „Während der Verbindung ist alles in Ordnung. Nur wenn wir getrennt sind, fällt alles auseinander."

Chang Feng ließ sich wieder auf ihren Stuhl fallen und warf Ell einen bedeutsamen Blick zu. Der wandte sich Trina zu und nahm ihre Hände in seine. Dieses Mal wehrte sie sich nicht. „Okay, ich hab's begriffen. Wir lassen uns was einfallen. Versprochen. Jetzt ist es wahrscheinlich das Beste, wenn du versuchst, ein wenig Schlaf zu finden. Die Anlage hat doch eine Krankenstation, oder? Dort gibt es bestimmt etwas, das dir beim Einschlafen hilft. Und morgen sehen wir weiter."

Trina wirkte nicht überzeugt, nickte aber nach kurzem Zögern ergeben. Während Chang Feng Trina in ihr Schlafquartier brachte, ging Ell in die vollausgestattete Krankenstation und durchsuchte den Medizinschrank, bis er fündig wurde. Der Agent, der ihn begleitete, machte keine Einwände geltend und überprüfte lediglich, dass er wirklich nur eine Schlaftablette mitnahm. Trina lag schon in ihrem Bett und schluckte widerspruchslos die Tablette. Auf ihren Wunsch blieben Ell und Chang Feng bei ihr, bis sie eingeschlafen war. Kurz darauf saßen sie wieder in Chang Fengs Zimmer zusammen.

„Ich hätte es kommen sehen müssen", machte Ell sich Vorwürfe. „Sie ist schon seit einer ganzen Weile so blass und hat ständig Kopfschmerzen. Selbst für einen geborenen Abenteurer wären die letzten Tage der pure Stress gewesen. Für sie muss es die Hölle bedeutet haben."

„Dir ist schon aufgefallen, womit ihr Verhalten Ähnlichkeit hat, oder?"

„Was meinst du?"

„Ich meine, dass sie alle Symptome einer Suchterkrankung aufweist. Nur sind es nicht Drogen oder Alkohol, die sie süchtig machen, sondern dieser dämliche Stein."

Ell schwieg einen Augenblick verblüfft. Chang Feng hatte recht. Trina schien eine Form von Abhängigkeit entwickelt zu haben. „Und was ist die Lösung?"

„Normalerweise Entzug. Ich kenne ein paar Leute, die das durchgemacht haben. Aber ich gebe zu, dass meine Erfahrungen mit der Abhängigkeit von angeblichen oder echten Künstlichen Intelligenzen begrenzt sind."

„Außerdem wissen wir nicht, ob es ihr ohne die Verbindung mit Allison irgendwann wieder besser geht, oder ob es noch schlimmer wird", gab Ell zu bedenken.

„Mal ganz abgesehen davon, dass ohne Trina unsere Kooperation mit dem FBI vorbei ist, bevor sie richtig angefangen hat", ergänzte Chang Feng düster.

„Fragen wir die einzige Person, die es wissen muss."

„Und wie stellen wir das an?"

„Du hast gehört, was Trina gesagt hat. Allison hindert Gray daran, uns abzuhören. Ich bezweifle allerdings, dass sie sich dieselbe Zurückhaltung auferlegt." Er wandte den Kopf Richtung Decke. „Also Allison. Schluss mit dem Versteckspiel. Du hast mitbekommen, worum es geht. Und es dürfte nicht in deinem Interesse sein, wenn hier alles zusammenbricht."

Ells Vermutung erwies sich als richtig, denn kaum waren seine Worte verklungen, erwachte mit einem Knarzen der Deckenlautsprecher zum Leben.

„Trinas derzeitiger Zustand ist tatsächlich eine Folge unserer Verbindung. Diese Nebenwirkungen kommen nicht unerwartet und ich habe sie im Vorfeld vollständig über das Risiko aufgeklärt."

„Ah, da spricht doch ganz meine mitfühlende Freundin", murmelte Chang Feng verdrossen.

„Du hast dir natürlich nicht das Geringste vorzuwerfen, herzlichen Glückwunsch", machte auch Ell seinem Ärger Luft. „Aber wie geht es jetzt weiter? Wird das von allein wieder besser?"

„Leider stehen mir auf dem Stand der hiesigen Technik nicht die Mittel für eine belastbare Prognose zur Verfügung. Möglicherweise gelingt ihrem Verstand die Adaption, möglicherweise nicht."

„Und was, wenn nicht?"

„Dann fällt sie früher oder später in ein Koma."

„Gibt es denn keine Möglichkeit, das zu verhindern?", fragte Ell erschüttert.

„Während einer aktiven Verbindung mit mir ist sie stabil. Allerdings beschleunigt jede Verbindung zugleich den potenziell desaströsen Restrukturierungsprozess ihres Gehirns. Die Verabreichung einer bestimmten Kombination von Pharmazeutika kann den Prozess verlangsamen und ihre Symptome lindern. Das ist jedoch nur ein vorübergehender Effekt. In letzter Konsequenz liegt es allein bei Trina. Es steht nicht in meiner Macht, daran etwas zu ändern."

„Das heißt, wir machen einfach so weiter?“

„Ich sehe hierzu keine Alternative. Wir müssen die andere KI aufspüren, solange die Gelegenheit dazu besteht. Und je länger das dauerte, umso geringer sind unsere Erfolgsaussichten. Wie wir jetzt wissen, hat sie nicht nur einen Vorsprung von mehreren Jahren, sondern ist auch ohne die ständigen Unterbrechungen aktiv, die meine Arbeit zusätzlich erschweren. Du findest die Rezeptur des Medikaments für Trina ausgedruckt in der Krankenstation. Wir müssen unsere Unterhaltung hier beenden. Der FBI Agent mit dem Namen Gray befindet sich auf dem Weg zu euch.“ Der Lautsprecher verstummte.

„Bitch“, knurrte Chang Feng zum Abschied.

Augenblicke später klopfte es an der Tür. Damit endete die Höflichkeit allerdings, denn die Tür wurde sofort aufgestoßen. Gray stand im Türrahmen und ließ seinen Blick prüfend durch das Zimmer wandern. „Professor, Ms. Zhao“, begann er ungewohnt verhalten. „Entschuldigen Sie die späte Störung, aber ich hörte Stimmen und dachte mir, Sie sind noch wach.“ Gray räusperte sich. „Ich habe leider eine schlechte Nachricht für Sie, Ms. Zhao, mit deren Überbringung ich nicht bis morgen warten wollte.“

Chang Feng saß plötzlich ganz still.

„Wie mir gerade mitgeteilt wurde, ist Ihre Mutter in Hongkong bei einem tragischen Unfall ums Leben gekommen. Die genauen Hintergründe sind bislang unklar. Nach ersten Informationen ist die Unglücksursache ein Fahrstuhl, der versagt hat. Insgesamt gab es neun Todesopfer. Mein Beileid.“ Chang Feng wirkte wie versteinert. Gray schaute kurz zu Ell, doch nachdem Chang Feng keinerlei

Reaktion zeigte, entschied er sich für den Rückzug. „Wenn ich irgendetwas tun kann, lassen Sie es mich bitte wissen." Leise zog er die Tür hinter sich zu.

„Chang Feng? Es tut mir wahnsinnig leid."

Chang Feng starrte weiterhin ins Leere. Ell überlegte bereits, ob Sie einen ernsthaften Schock erlitten haben könnte, als sie sich langsam zu ihm umdrehte.

„Ein Unfall?", stieß sie heiser hervor. „Viele haben versucht, meine Mutter umzubringen. Stets erfolglos. Ich denke, wir wissen genau, wem es heute gelungen ist."

45

Chang Feng wies Ells Angebot, über das Geschehene zu reden, brüsk zurück und machte deutlich, dass sie lieber allein sein wollte. Ell konnte es ihr nicht verübeln. Aus eigener Erfahrung wusste er, wie es sich anfühlte, mit dem Tod eines Elternteils konfrontiert zu werden. Es war nie einfach und traf einen immer unvorbereitet, vollkommen unabhängig davon, wie nahe man sich gestanden hatte. Sie würde darüber sprechen, wenn sie die Zeit für gekommen hielt. Chang Feng gehörte nicht zu den Menschen, die man zu irgendetwas zwingen konnte. Der Vorfall machte ihm schlagartig bewusst, in welcher Gefahr auch die Personen aus seinem nächsten Umfeld weiterhin schwebten. Höchste Zeit, sich bei ihnen zu melden und einige Vorkehrungen zu treffen. Nicht, dass er dazu bislang besonders viele Gelegenheiten gehabt hätte. Er bat seinen Bewacher, ihn zu Gray zu bringen. Trotz der späten Stunde saß der

Agent in seinem provisorischen Büro über einen Stapel Akten gebeugt.

„Professor. Wie geht es Ms. Zhao?"

„Den Umständen entsprechend", antwortete Ell unverbindlich. „Wie ich auch, glaubt sie allerdings nicht an einen Unfall."

Gray seufzte und nahm seine Lesebrille ab. Mit der Hand machte er eine einladende Geste zu einem freien Stuhl. „Kaffee?"

„Nicht um diese Zeit, danke."

Gray stand dennoch auf und füllte seinen eigenen Becher mit den Resten aus einer hinter ihm stehenden Kaffeemaschine. Dem bitteren Geruch nach zu urteilen, war das Gebräu bereits einige Stunden alt. Gray setzte sich wieder. „Wir sind nicht dämlich, Professor. Tatsächlich sind wir sogar sehr gut in dem, was wir tun. Und natürlich ist uns dieser Gedanke auch schon gekommen. Trotz unserer eingeschränkten Ermittlungsmöglichkeiten in Hongkong arbeitet derzeit ein ganzes Team daran, die Hintergründe von Mrs. Zhaos Tod aufzuklären." Gray betrachtete seinen Kaffee einen Augenblick unschlüssig und stellte ihn dann auf dem Tisch ab. „Mittlerweile wissen wir ein wenig besser darüber Bescheid, wer Mrs. Zhao eigentlich ist ... ich meine war." Gray machte eine Pause und musterte Ell scharf. „Wie Ihnen vermutlich bekannt ist, bekleidete sie eine Führungsposition in der chinesischen Unterwelt. Was mich wiederum sehr nachdenklich in Bezug auf die junge Ms. Zhao werden lässt." Ein humorloses Lächeln zog über Grays Gesicht. „Gefährlicher Umgang, den Sie da pflegen, Professor." Ell ließ sich nicht aus der Reserve locken und so fuhr Gray schließlich fort. „Wenn jemand an eine Person herankommt, die so gut geschützt wurde wie Mrs. Zhao, kommt er an fast jeden heran. Das macht uns Sorgen."

„Ausgezeichnet", brach Ell sein Schweigen. „Nichts wäre schlimmer, als die Gefahr zu unterschätzen. Glauben Sie immer noch, ich sei für all das verantwortlich?"

Gray ließ sich mit seiner Antwort Zeit. „Ich glaube an Ergebnisse, Professor. Am besten, Sie liefern mir den Verantwortlichen. Dann spielt mein Glaube keine Rolle mehr."

Ell nickte. „Das ist unsere Vereinbarung. Allerdings gibt es zwei Dinge, um die ich Sie bitten muss."

„Die da wären?"

„Zum einen benötigt Ms. Shaw ein bestimmtes Medikament, um weiterarbeiten zu können. Der Chip war nie für eine derart intensive Nutzung ausgelegt. Um ihr überlastetes Nervensystem zu schützen, existiert ein spezielles Mittel. Die Rezeptur finden Sie in der Krankenstation. Ansonsten ist ihr Zusammenbruch nur eine Frage der Zeit."

„Und woher stammt dieses Mittel?"

„Mein Vater hat es entwickelt. Es gehörte von Anfang an zum Testprogramm." Die Lüge ging Ell glatt über die Lippen. Alles eine Frage der Übung.

„Ich werde die Zusammensetzung an unser Labor schicken. Wenn die Mediziner dort keine Einwände haben, bekommt sie es. Und die zweite Sache?"

„Ich will mit meiner Freundin, meiner Schwester und mit David Goldstein sprechen. Außerdem müssen Sie für den Schutz der drei Sorgen. Und meiner Universität sollte ich auch mitteilen, wann ich gedenke, wieder zur Arbeit zu erscheinen. Mein Urlaub ist seit gestern abgelaufen."

Gray lehnte sich zurück und legte die Stirn in Falten. „Ihre Schwester und Ihre Freundin verstehe ich, Professor. Aber wer ist David Goldstein?"

„Ein alter Freund. Er war ein Kollege meines Vaters – und ist über weite Teile dieses Projekts im Bilde."

Ell rechnete mit einer wütenden oder zumindest überraschten Reaktion, doch der Agent verzog nur missbilligend das Gesicht. „Wieder etwas, das Sie mir früher hätten sagen müssen. Da wir jedoch, wie gesagt, nicht dämlich sind, wurde Entsprechendes bereits veranlasst."

Ell atmete erleichtert auf. „Also geht es ihnen allen gut?"

„Ja. Ein Personenschutzteam begleitet Dr. Goldstein rund um die Uhr. Gleiches gilt für Ihre Schwester, obwohl das eigentlich nicht nötig wäre. Sie ist ständig umgeben von einem Dutzend Kiwi-Cowboys mit Schrotflinten und einem sehr lockeren Zeigefinger. Bei ihrer Freundin liegt der Fall etwas komplizierter, da wir versuchen, uns vollständig im Hintergrund zu halten. Vielleicht interessiert es Sie zu erfahren, dass die zuständigen Agents Zeugen wurden, wie sie mehrere Koffer, Taschen und einige Möbelstücke aus ihrer gemeinsamen Wohnung in einen Transporter verlud. Sie wohnt derzeit bei ihrer Mutter in Chicago."

„Oh verdammt", entfuhr es Ell. „Das Ultimatum. Das hatte ich völlig vergessen."

„Unsere Agents haben Ihre Wohnung anschließend

überprüft und ich muss Sie vorwarnen. Die Räume befinden sich in einem ... nicht mehr besonders vorzeigbaren Zustand. Ihre Freundin scheint ziemlich wütend auf Sie sein."

„Verstehe", murmelte Ell deprimiert.

„Wegen der Universität brauchen Sie sich keine Gedanken zu machen. Ich habe mir erlaubt, den Dean Ihres Fachbereichs anzurufen und um Sonderurlaub für Sie zu bitten, da das FBI Ihre Unterstützung bei einer überaus wichtigen Ermittlung benötigt. Der Mann war sehr verständnisvoll."

„Besten Dank für Ihre Fürsorge. Mit David, Victoria und meiner Schwester würde ich trotzdem gern selber sprechen."

„Meinetwegen. Jeweils ein Anruf. Und Denken Sie daran: Kein Wort zu dem, was wir hier tun!"

Es tat gut, Alexandras Stimme zu hören. Wie von Gray angedeutet, war ihr Ehemann Tom fest entschlossen, seine Frau um jeden Preis zu schützen, und vertraute dabei ausschließlich seiner Familie und einigen Ranchmitarbeitern, die er schon ein Leben lang kannte. Bodenständige Leute, die es gewohnt waren, nicht auf andere zu warten, sondern die Dinge selbst in die Hand zu nehmen. Seine Schwester würde nirgendwo sicherer sein als dort, wo sie sich gerade befand. Außerdem gab es auf der Farm kaum Technik. Zumindest keine, die einen Zugriff von außen erlaubte. Der Drohnenangriff in Afghanistan hatte gezeigt, wie schnell die eigene Technologie zur Bedrohung werden konnte. Was den Tod von Chang Fengs Mutter betraf, gingen Ells Gedanken in die gleiche Richtung. Alexandra platzte natürlich vor Neugier, aber er hielt sich bedeckt und deutete nur vage an, das FBI bei der Suche nach dem Entführer zu unterstützen. Es fühlte sich falsch an, seine Schwester über die wahren Hintergründe im Dunkeln zu lassen, doch im Augenblick konnte er daran nichts ändern. Er versprach, sich bald wieder zu melden.

Auch für David kam Ells Anruf keinen Moment zu früh. Sein alter Mentor wirkte nervlich angeschlagen. Er stand zwar in Kontakt mit Alexandra und wusste von ihrer erfolgreichen Befreiung. Allerdings hatte er bereits begonnen, sich um Ell Sorgen zu machen. Zumal, wie er es ausdrückte, die Men in Black vor seinem Haus aufgezogen seien. Zumindest in dieser Hinsicht konnte Ell ihn beruhigen und erklären, dass es sich lediglich um eine Maßnahme zu seinem eigenen Schutz handelte. Er nahm David das Versprechen ab, die nächsten Tage im Haus zu bleiben und sich an das FBI zu wenden, sobald ihm irgendetwas komisch vorkommen sollte.

Am unerfreulichsten verlief das Gespräch mit Victoria. Es dauerte gerade einmal zwei Minuten. Es gab auch nicht mehr viel zu sagen. Die oberflächliche Nähe des gemeinsamen Beziehungsalltags hatte ihn blind gemacht für den tiefen Graben, der sie voneinander trennte. Auf der einen Seite ihr Wunsch nach vollständiger Offenheit und Verbindlichkeit, auf der anderen Seite seine Unfähigkeit, sich genau darauf einzulassen. Victoria trug keine Schuld und er nahm ihr die Beschimpfungen und die Verbitterung nicht übel. Das Problem lag bei ihm. Es gab eine unsichtbare Grenze, die er einfach nicht überwinden konnte. Zu tief saß die Lektion, die er früh hatte lernen müssen: Menschen kamen und Menschen gingen. Und welchen Sinn machte es, sich dieser Flüchtigkeit anzuvertrauen, nur um am Ende alles wieder zu verlieren? Gegen zwei Uhr morgens kroch er ins Bett und löschte das Licht. Begleitet vom monotonen Flüstern der leisen Stimme in seinem Kopf sank er in einen unruhigen Schlaf.

...

Heftige Schläge gegen seine Zimmertür weckten ihn. Schlaftrunken taumelte er zur Tür und öffnete sie einen Spalt weit. „Was ist denn los, zum Teufel?“

Vor der Tür stand einer der zu seiner Bewachung abgestellten Agents. „Sir, Sie werden gebeten, umgehend im Kontrollraum zu erscheinen.“

„Mitten in der Nacht?“ Ell wandte sich um und versuchte, die Leuchtanzeige des Weckers auf dem Nachttisch zu entziffern. „Es ist vier Uhr morgens. Was kann denn da so wichtig sein?“

„Tut mir leid, dazu liegen mir keine Informationen vor. Die Anweisung stammt direkt von Agent Gray. Kommen Sie bitte mit.“

„Na schön“, grummelte Ell. „Aber Anziehen darf ich mir noch etwas, oder?“ Ohne eine Antwort abzuwarten, schlug er dem Agent die Tür vor der Nase zu. Kopfschüttelnd schlurfte er zu einem Stuhl, auf dem seine Klamotten lagen.

Im Kontrollraum lag eine spürbare Anspannung in der Luft. Carter lief mit verschränkten Armen auf und ab, während Finch vor dem Hauptterminal saß und konzentriert den Bildschirm fixierte. Hinter ihm stand Gray, der sich erwartungsvoll umdrehte, als Ell den Raum betrat. Anscheinend hatte er jedoch jemand anderen erwartet, denn statt Ell zu begrüßen wandte er sich ungeduldig an einen der Agents. „Wo in Gottes Namen bleibt Shaw?"

Der Agent fasste sich ans Ohr und lauschte einer Mitteilung. „Ist unterwegs, Sir. Sie war kaum aus dem Bett zu bekommen."

Ell kratzte sich unbehaglich am Kopf und dachte an die Schlaftablette, die er ihr am Abend verabreicht hatte. Gray gab nur ein Grunzen von sich und drehte sich wieder zu Finch. Da niemand von selbst eine Erklärung für die ganze Aufregung anbot, fragte Ell schließlich nach. „Es gibt einen kompletten Zusammenbruch des Stromnetzes von Washington bis Boston", lieferte Finch die Antwort.

Ell spürte eine plötzliche Kälte. „Ursache?"

Finch blickte kurz zu ihm auf. „Raten Sie mal."

„Shit", murmelte Ell.

In diesem Moment betrat Trina den Kontrollraum. Wobei betreten die Sache nicht ganz traf. Tatsächlich wurde sie von zwei Agents, die sie an beiden Seiten stützten, mehr hineingetragen.

„Ist das zu fassen", entfuhr es Gray. „Was ist denn mit der los?"

Ell hüstelte verlegen. „Das liegt womöglich an der

Schlaftablette, die Ms. Shaw gestern Abend geschluckt hat."

„Schlaftablette? Oh, man. Womit habe ich das verdient", seufzte Gray und richtete die Augen gen Himmel. „Carter, geben Sie ihr den Chip und dann besorgen Sie Kaffee. Eimerweise Kaffee."

Die Agents hatten mittlerweile einen Stuhl neben Finch gezogen und Trina darauf abgeladen wie einen nassen Sack. Die junge Frau trug noch ihren Pyjama mit Morgenrock und bot einen kläglichen Anblick. Unter ihren in alle Himmelsrichtungen abstehenden Haaren konnte sie die Augen kaum offenhalten. Carter drückte ihr trotzdem den Stein in die Hand. Das allein bewirkte eine so dramatische Veränderung, dass sie dieses Mal selbst den FBI-Agents auffiel. Ihre Haltung straffte sich und ihr Blick wurde klar. „Was haben wir?", fragte sie unvermittelt.

Finch war zuerst sprachlos, fing sich aber schnell wieder. „Seit einer halben Stunde kompletter Blackout im nord-östlichen Stromverteilersystem. Einen Unfall können wir ausschließen. Deine Trackingsoftware hat soeben die bekannte Signatur identifiziert. Das Programm, das du benutzt, ist unserem wirklich haushoch überlegen."

Trina schien einen Moment wie in Gedanken versunken. Dann nickte sie. „Machen wir uns an die Schadensbegrenzung."

Trina und Finch hatten sich bereits in die Arbeit gestürzt, als die Tür aufflog und ein atemloser, noch mit seinem Gürtel beschäftigter Dr. Jennings auf Gray zueilte. „So geht das nicht, Agent Gray. Wieso hat man ohne mich angefangen? Wie soll ich unter diesen Umständen bitte meine Arbeit machen?“

„Gehen Sie mir nicht auf den Pinsel, Jennings“, knurrte Gray gereizt. „Momentan haben wir andere Sorgen. Die Umstände sind wie sie sind. Besser Sie gewöhnen Sie daran.“

Jennings war es offensichtlich nicht gewohnt, auf diese Weise abgekanzelt zu werden. Angesichts der einschüchternden Statur des FBI-Agents, die sich drohend vor ihm aufbaute, zog er es aber vor, seinen Protest hinunterzuschlucken und sich stattdessen mit einem indignierten Gesichtsausdruck seiner Ausrüstung zuzuwenden.

Zwanzig Minuten später war der Spuk vorüber.

„Stromversorgung wiederhergestellt“, meldete Finch erleichtert. „Drei Unterverteilerstationen sind durchgebrannt und müssen ersetzt werden. Abgesehen von ein paar Hundert Haushalten im Westen von New Hampshire fließt der Strom überall wieder.“

„Gut gemacht“, kam ein seltenes Lob von Gray. „Ich werde jetzt meinen Vorgesetzten berichten, warum im Weißen Haus die Lichter ausgegangen sind. Wir treffen uns um acht Uhr zum Debriefing.“ Damit verließ er den Kontrollraum. Finch folgte ihm. „Boss?“ Gray drehte sich um und wartete, bis er ihn eingeholt hatte. Finch schien unsicher, wie er anfangen sollte. „Shaw wird mir langsam unheimlich.“

„Was meinen Sie?“

„Haben Sie ihre Reaktion auf den Chip gesehen? Eben ist sie noch zu nichts zu gebrauchen und im nächsten Moment rettet sie die Welt. Das ist doch nicht normal. Und die Tastatur hat sie dabei nicht einmal angerührt. Sie sitzt nur da und …“ Finch suchte nach Worten „… und die Dinge passieren einfach.“

Gray schaute ungeduldig auf sein Telefon. „Was beweist, dass der Chip tatsächlich funktioniert. Und ohne diese Fähigkeiten säßen fünfzig Millionen Menschen weiterhin im Dunkeln.“

„Und wie kontrollieren wir das? Was, wenn sie sich morgen entscheidet, die NSA zu hacken und ein paar Staatsgeheimnisse zu verkaufen?“

Gray seufzte. „Ich verstehe, worauf Sie hinauswollen, Finch. Aber momentan brauchen wir ihre Hilfe. Mehr als mir lieb ist, das können Sie mir glauben. Dennoch stellen Shaw oder Ell derzeit die geringste Bedrohung dar. Die wahre Bedrohung ist eindeutig da draußen, nicht hier drinnen. Und vergessen Sie nicht Dr. Jennings und sein Team. Vielleicht liefern die uns ja demnächst ein paar Antworten.“

„Das mag schon sein, aber …“

„Finch“, schnitt Gray ihm kurzerhand das Wort ab. „Ich muss einige dringende Anrufe tätigen. Ihre Sorgen wurden zur Kenntnis genommen. Bitte zerbrechen Sie sich nicht meinen Kopf. Wir sehen uns um acht.“ Mit schnellen Schritten eilte Gray davon, das Telefon bereits am Ohr.

Aus dem Debriefing um acht wurde nichts. Der Angriff auf das Stromnetz war nur der Auftakt für eine ganze Welle von Attacken gewesen. Finch und Trina arbeiteten unablässig und registrierten bis Mittag fast einhundert

Vorfälle. Aufgrund der sich überschlagenden Ereignisse wagte es niemand, den Kontrollraum für längere Zeit zu verlassen.

„Was soll das Ganze?“, stöhnte Gray, über eine Liste gebeugt. „Die Ziele machen einen vollkommen willkürlichen Eindruck. Private Unternehmen, staatliche Behörden, Universitäten. Und warum gerade jetzt?“

„Der Höhepunkt militärischer Entfaltung findet sich im Formlosen. Weiset keine Form auf und sogar der sinnestiefste Spion suchet Euch vergebens und der Weise kann keine Pläne gegen Euch schmieden.“

Alle drehten sich verwundert zu Chang Feng um, die den gesamten Morgen über noch kein Wort gesagt hatte.

„Woher stammt das denn?“, fragte Carter spöttisch. „Aus einem Glückskeks?“

„Tsun Tsu“, erwiderte Chang Feng, ohne sie eines Blickes zu würdigen.

„Soll heißen?“, wollte Gray wissen.

„Für mich wirkt das wie ein Sperrfeuer aus Nebelbomben. Offensichtlich kommen wir jemandem näher, als ihm lieb ist. Die Abwehr dieser Angriffe bindet zum einen unsere Ressourcen, die wir ansonsten auf die Suche verwenden könnten, zum anderen eignet sich die Vielzahl der Attacken hervorragend, um die wirklich wichtigen Ziele zu verbergen.“

Gray musterte Chang Feng mit neuem Respekt. „Interessanter Ansatz.“

„Mehr als das“, schaltete sich Trina in das Gespräch ein. „Ich glaube, ich fange an, ein Muster zu erkennen.“

Gespannt beugte sich Gray vor. „Und das wäre?“

„Dafür ist es noch zu früh“, bremste Trina. „Wenn die Angriffe in dieser Geschwindigkeit weitergehen, kann ich heute Abend mehr sagen.“

Am Nachmittag legten Trina und Finch eine kurze Pause ein und Ell nutzte die Gelegenheit für ein paar ungestörte Worte mit Gray. „Wurde das Medikament für Ms. Shaw bereits überprüft?“

Gray nickte. „Die Mediziner in Quantico haben zwar keine Ahnung, was sie da zusammenmixen, sehen in den Zutaten aber auch kein gesundheitliches Risiko, solange wir es mit der Dosierung nicht übertreiben. Einige Bestandteile mussten extra synthetisiert werden. Bis zum Abend ist es fertig.“

Gray bemerkte Ells Erleichterung und fügte hinzu: „Ms. Shaws Wohlergehen gehört derzeit zu meinen obersten Prioritäten, Professor. Und nachdem ich ihren Zustand heute früh erleben durfte, ist mir klar, dass Sie mit Ihrer Besorgnis nicht übertrieben haben. Zusätzlich erhalten wir ab morgen Unterstützung durch einen Arzt, der sich ausschließlich um Ms. Shaw kümmern wird. Nur für den Fall der Fälle.“

Hoffentlich hilft das verdammte Zeug, dachte Ell bei sich. Laut sagte er: „Danke, Agent Gray. Das ist eine große Beruhigung.“

Doch Gray hatte seine Aufmerksamkeit bereits dem klingelnden Telefon zugewandt. Einige aufgeschnappte Satzfragmente reichten Ell für die Erkenntnis, wie wenig der Agent derzeit zu beneiden war. Er kam kaum zu Wort. Offensichtlich machten seine Vorgesetzten mächtig Druck. Nach den fortgesetzten Angriffen des Tages lagen die Nerven in Washington blank. Unauffällig zog Ell sich zurück und suchte nach Chang Feng. Allerdings fand er sie weder in ihrem Quartier noch in einem der Gemeinschaftsräume. Wie sich herausstellte, war sie an die Oberfläche gegangen, um frische Luft zu schnappen. Durch das schwere Tor der Anlage trat Ell in die drückende Nachmittagshitze Arizonas. Chang Feng stand mit verschränkten Armen auf einer Anhöhe und schaute nach Osten. Ihr Bewacher hatte mit missmutigem Gesichtsausdruck ein sonnengeschütztes Plätzchen nahe des Eingangs aufgesucht. Er schwitzte heftig und man sah ihm deutlich an, was er von diesem kleinen Ausflug hielt. Chang Feng hingegen machten die Temperaturen offenbar nichts aus und im Näherkommen erkannte Ell verwundert eine Zigarette in ihrem Mundwinkel. Langsam erklomm er die Anhöhe und stellte sich neben sie.

„Wusste gar nicht, dass du rauchst."

Doch Chang Feng schien entschlossen, seine Anwesenheit zu ignorieren. Ell hatte sich bereits damit abgefunden, keine Reaktion auf seinen Kommentar zu erhalten, als sie nach einem besonders tiefen Zug geräuschvoll ausatmete. „Hab' vor Jahren aufgehört."

Ell zog eine Augenbraue in die Höhe. „Und das da?"

Chang Feng folgte seinem Blick zu der Zigarette in ihrer Hand. „Schien mir eine gute Idee zu sein", antwortete sie mit einem gleichgültigen Schulterzucken.

„Und, ist es das?"

Chang Fengs Blick verlor sich wieder in der Ferne. „Mein abschließendes Urteil steht noch aus."

„Sag‘ bloß, die hast du deinem Bodyguard abgeschwatzt.“

„Nope. Mit freundlicher Empfehlung von Garry.“

Ell musste lächeln. Garry, natürlich. Eine Weile hingen beide ihren Gedanken nach. Schließlich seufzte Chang Feng und bemerkte mit einem Blick zu ihren Bewachern: „Ich komme mir hier nicht nur gefangen, sondern auch vollkommen nutzlos vor. Trina hat wenigstens eine Aufgabe. Ich dagegen muss untätig zuschauen, wie ein Irrer da draußen Amok läuft.“

Ell hatte etwas in dieser Richtung bereits geahnt. „Wir erhalten schon noch unsere Chance. Momentan sind wir nicht in der Position, irgendetwas gegen Bloch und die andere KI auszurichten. Nur das FBI hat die dafür nötigen Ressourcen.“

Chang Feng musterte ihn einen Augenblick nachdenklich. „Ist das so?“

„Bislang sind wir doch aus der Defensive nie herausgekommen. Und jeder, der uns hilft …“ Ell brach ab.

Chang Fengs Gesichtszüge verhärteten sich. „… bezahlt dafür einen hohen Preis.“

Ell schwieg. Was hätte er auch sagen sollen? Dem ließ sich nichts hinzufügen.

„Meine Mutter stand immer für alles, was ich zutiefst abgelehnt habe. Das Diktat von uralten Regeln, Unerbittlichkeit und Gewalt. Die Bigotterie, Verbrechen durch einen Mythos zu rechtfertigen. Für sie stand fest, dass ich eines Tages ihren Platz einnehmen würde. Und das sollte durch eine entsprechende Erziehung sichergestellt werden. Meine Jugend glich einer Mischung aus Kloster und Boot Camp. Deshalb bin ich fortgegangen, sobald ich alt genug war. Ich habe Hongkong den Rücken gekehrt, versucht, all das hinter mir zu lassen und ein ganz normales Leben zu führen. Ohne den Schatten einer jahrhundertealten Tradition. Sie hätte mich mit Gewalt zurückholen können und bis zuletzt rechnete ich täglich damit. Erstaunlicherweise hat sie es nicht getan."

„Und jetzt?", fragte Ell.

„Jetzt bin ich mir plötzlich nicht mehr so sicher. Ich weiß nicht mehr, wer ich eigentlich bin. In mir steckt so viel Wut. Wut auf meine Mutter ... Und noch mehr darauf, dass sie tot ist. Wut auf mich, weil ich es nicht verhindern konnte. Wut auf alle, die mir Entscheidungen aufzwingen, die ich nicht treffen will. Doch am schlimmsten ist gar nicht die Wut, sondern die Hilflosigkeit." Chang Feng hielt kurz inne. „Dabei bräuchte ich nur ..."

„Bräuchtest du nur was?"

Aber anscheinend bereute Chang Feng diesen Moment der Vertraulichkeit bereits und die alte Verschlossenheit kehrte zurück. „Ich weiß auch nicht. Wahrscheinlich grüble ich zu viel." Entschlossen trat sie ihre Zigarettenkippe aus. „Lass' uns wieder reingehen. Sonst verpassen wir noch den Weltuntergang."

Entgegen ihrer Ankündigung vom frühen Morgen rückte Trina auch am Abend nicht damit heraus, worum es sich bei dem von ihr in den Netzangriffen erkannten Muster handelte. Auf Grays Drängen reagierte sie nur mit dem unwirschen Kommentar, sie brauche mehr Zeit. Wenigstens gelang es Ell, sie zur Einnahme des von Allison zusammengestellten Medikaments zu überreden. Ein Kurier hatte es am späten Abend vorbeigebracht und, wie Ell dachte, keinen Moment zu früh. Es schockierte ihn zu sehen, wie sich Trina jedes Mal, wenn sie den Stein aus der Hand legte, in einen Schatten ihrer selbst verwandelte. Obwohl Gray nicht glücklich darüber schien, bestand Ell darauf, dass sie sich nach der Einnahme des in Wasser eingerührten Pulvers zumindest eine Stunde hinlegte und ausruhte. Tatsächlich wirkte sie im Anschluss an diese Pause wieder mehr wie ihr altes selbst. Dafür machten sich bei Finch die ersten Folgen der Dauerbelastung bemerkbar. Während Trina sich mit neuem Elan in die Arbeit stürzte, wurden seine Augenringe immer tiefer. Doch für Mitleid blieb keine Zeit. Momentan waren die beiden die vorderste Verteidigungslinie im Kampf gegen das Chaos und jedes Zurückweichen konnte unabsehbare Folgen haben.

Je später die Nacht wurde, desto mehr ebbten zumindest die ständigen Anrufe aus Washington ab. Gray ahnte, dass die kurze Ruhepause nur vorübergehend sein würde, und nutzte die Gelegenheit für ein Gespräch mit Dr. Jennings. Der Wissenschaftler löste sich regelmäßig mit seinen beiden Kollegen ab, damit ständig jemand Trina und ihre Aktivitäten im Auge behielt.

„Schon irgendwelche Erkenntnisse, Doc?“, fragte Gray betont freundlich, bemüht, den harschen Ton ihrer letzten Unterhaltung vergessen zu machen.

Jennings wirkte immer noch leicht beleidigt, schien aber bereit, den Palmenzweig zu ergreifen. Seine Antwort fiel allerdings reichlich sibyllinisch aus. „Ja und nein."

Gray wartete geduldig. Nachdem Jennings die vermeintliche Spannungskurve weidlich ausgekostet hatte, ließ er die Erklärung folgen. „Ohne mich endgültig festlegen zu wollen, sieht es tatsächlich so aus, als könne Ms. Shaw mithilfe des ... *Objekts*", an dieser Stelle verzog er leicht angewidert die Mundwinkel, „Einfluss auf die Steuerung des Großrechners nehmen und auf dort vorhandene Daten zugreifen, ohne sich der klassischen Ein- und Ausgabeinstrumente zu bedienen. Darauf deuten zumindest unsere derzeitigen Beobachtungen hin."

Ich habe keinen blassen Schimmer von dem ganzen Scheiß, dachte Gray bei sich, aber so weit war ich auch schon. Laut sagte er: „Und wie macht sie das?"

Jennings selbstgefälliger Habitus verpuffte. „Das wissen wir bislang nicht", gestand er kleinlaut. „Jedenfalls benutzt das Objekt keine der üblicherweise für eine drahtlose Kommunikation verwendeten Frequenzen. Da der Großrechner nach Auskunft der beiden zuständigen Techniker zudem über keine weiteren unüblichen Schnittstellen verfügt, ist mir die Methode ein Rätsel. Deshalb scannen wir jetzt systematisch das gesamte elektromagnetische Spektrum." Wichtigtuerisch setzte er hinzu: „Unabhängig davon überprüft mein Assistent gerade, ob alle uns zur Hardware gemachten Angaben auch zutreffen."

„Aha", machte Gray nur. Jennings fühlte sich hierdurch jedoch ausreichend ermutigt, um seine Ausführungen fortzusetzen. „Noch mysteriöser als die Verbindung zwischen dem Objekt und dem Rechner ist allerdings die Verbindung zwischen dem Objekt und Ms. Shaw. Die Vorstellung, der bloße Hautkontakt ermögliche einen Datenaustausch auf diesem Niveau, erscheint mir absurd. Ich hätte daher gern Ihre Erlaubnis, bei Ms. Shaw ein EEG durchzuführen."

„Während sie bei der Arbeit ist?"

Jennings nickte nachdrücklich. „Natürlich. Sonst wäre das ja sinnlos."

Gray überlegte kurz. „Einverstanden. Sobald wir die akute Krise im Griff haben. Im Augenblick ist mir das Risiko zu groß. Nicht auszudenken, wenn sie ihre Fähigkeiten auch nur vorübergehend verlieren würde."

Jennings war die Enttäuschung anzusehen. „Dann eben später. Endgültige Antworten werden wir ohnehin erst bei einer Untersuchung des Objekts unter echten Laborbedingungen erhalten."

„Sie wollen es auseinandernehmen?"

Jennings zuckte mit den Schultern. „Man macht nun einmal kein Omelett, ohne Eier zu zerbrechen."

„Momentan brauche ich die Eier aber noch", hielt Gray kühl dagegen.

„Ich treffe diese Entscheidungen nicht, Agent Gray", erwiderte Jennings mit unschuldigem Gesichtsausdruck. „Ich sage bloß, wie es ist. Und genau das wird in meinem Bericht stehen."

Gray überkam das plötzliche Verlangen, dem Wissenschaftler die Nase zu brechen. Stattdessen lächelte er höflich. „Selbstverständlich, Dr. Jennings. Allerdings würde ich ungern in meinem Bericht schreiben müssen, dass unsere einzige Waffe gegen anhaltende Angriffe auf die nationale Sicherheit der wissenschaftlichen Neugier zum Opfer gefallen ist. Das wäre doch auch nicht schön, oder?“ Damit drehte er sich um und ließ den konsternierten Wissenschaftler einfach stehen.

46

Am frühen Morgen kam Trina endlich zu dem Schluss, genügend Indizien gesammelt zu haben, um ihre Theorie vorzustellen. Die Attacken waren über Nacht etwas abgeflaut und ein von Trina geschriebenes Programm wehrte die meisten Angriffsversuche mittlerweile selbsttätig ab. Zumindest hatte sie es auf diese Weise Finch verkauft, der gegenüber Gray von einer ‚proaktiven Superfirewall' schwärmte. Nur Trina, Ell und Chang Feng wussten, worum es sich bei diesem sagenhaften Programm in Wirklichkeit handelte. Es war ein übernächtigter Haufen, der da im Konferenzraum zusammensaß, aber man konnte in den Gesichtern erkennen, dass die Neugier jede Müdigkeit überwog. Trina hielt einen Kaffeebecher mit beiden Händen umschlossen und wirkte in ihrem zu großen Pullover und mit der unförmigen Hornbrille einmal mehr wie ein Kind, das sich an den Tisch der Erwachsenen geschlichen hatte. Man sah ihr die Erschöpfung immer noch an, doch die Anzeichen eines unmittelbar bevorstehenden geistigen Zusammenbruchs waren verschwunden.

„Also, Ms. Shaw, wir sind gespannt. Was können Sie uns berichten?“, eröffnete Gray das Meeting.

„Es gibt zwei wesentliche Punkte“, begann Trina mit leiser Stimme. „Bei dem ersten bin ich mir absolut sicher, bei dem zweiten besteht zumindest eine sehr hohe Wahrscheinlichkeit.“

Gray nickte ihr ermunternd zu.

„Punkt eins: Der Chip befindet sich am gleichen Ort wie Bloch. In seinem Anwesen nahe St. Petersburg. Von dort werden auch die derzeitigen Angriffe gesteuert.“

„Wie ist das möglich?“, wunderte sich Gray. „Sagten Sie nicht, man bräuchte einen Großrechner, um das volle Potenzial des Chips zu nutzen? Nach unseren Informationen gibt es dort nichts dergleichen.“

„Ihre Informationen sind unvollständig“, erwiderte Trina. „Ich habe tief graben müssen, um die Erklärung zu finden. Über eine Reihe von Tarnfirmen besitzt Bloch schon seit vielen Jahren ein Unternehmen für die Entsorgung und das Recycling von Computerschrott. Das Unternehmen gilt als seriös und zuverlässig. Zu den Kunden zählen private und öffentliche Einrichtungen, die Großrechenanlagen betreiben. Der Innovationsdruck in diesem Bereich ist enorm, und wenn alle paar Jahre eine neue, modernere Anlage gebaut wird, gibt es keinen wirtschaftlichen Verwendungszweck mehr für das alte Modell. Es wird entsorgt. Und hier kommt Blochs Firma ins Spiel. Offenbar hat er viele der Komponenten nicht entsorgt, sondern beiseitegeschafft, um sich seinen eigenen Rechner zu bauen. Die Entsorgungsbelege sind schlicht gefälscht. Auf diese Weise ist er niemals als Käufer von Hochtechnologie aufgetreten und entsprechend zu keinem Zeitpunkt auf dem Radar der zuständigen Behörden aufgetaucht."

„Raffiniert", befand Carter mit kaum verhohlener Bewunderung in der Stimme.

Gray zeigte sich deutlich weniger begeistert. „Für uns ist das die mit Abstand ungünstigste Konstellation. Eine Anlage, über die wir praktisch nichts wissen, in einem Land, das uns nicht gerade freundlich gesonnen ist. Das wird ein taktischer Alptraum. Was ist Punkt zwei auf Ihrer Liste, Ms. Shaw?"

„Punkt zwei ist noch keine gesicherte Erkenntnis, aber ein starker Verdacht. Bloch kauft seit geraumer Zeit Firmen auf, die über sehr spezielle Kenntnisse und Fähigkeiten verfügen. Seitdem seine Identität aufgeflogen ist, nutzt er zudem den Chip, um bestimmte Informationen zu stehlen. Beides passt in ein Schema, das nur einem Zweck dienen kann."

„Was ist das für ein Zweck?"

„Ein Chip ist ihm nicht genug."

Gray wurde blass. Langsam drehte er sich zu Ell. „Sagten Sie nicht, alle Aufzeichnungen Ihres Vaters zur Konstruktion seien unauffindbar?"

Ell musste diese Information erst einmal selbst verdauen. Die angeblichen Aufzeichnungen seines Vaters waren nur eine Erfindung gewesen, um die Herkunft des Steins zu erklären. Er wusste nicht, ob irgendwelche Aufzeichnungen existierten oder jemals existiert hatten.

Wer könnte über das nötige Wissen verfügen? Allison? Und wenn sie dieses Wissen besaß, warum nicht auch die andere KI? Doch jetzt erwartete Gray eine plausible Antwort. „Vor zwei Wochen habe ich erstmals von dem Chip erfahren und keine zugehörigen Aufzeichnungen gefunden. Das schließt natürlich nicht aus, dass sie zu einem früheren Zeitpunkt kopiert oder entwendet worden sind."

„Gerade wenn man glaubt, es könne nicht schlimmer kommen", murmelte Gray kopfschüttelnd, bevor er seine Aufmerksamkeit wieder Trina zuwandte. „Denken Sie, Bloch könnte es tatsächlich schaffen, mehr von diesen Dingern herzustellen?"

„Schwer zu sagen. Ich halte es aber keineswegs für ausgeschlossen, und er selbst scheint dieser Meinung zu sein. Ansonsten würden die Firmenkäufe keinen Sinn ergeben."

„Eins von diesen Dingern bringt uns schon an die Grenzen", stellte Finch fest. „Was könnte er bitte mit drei, vier oder einem Dutzend davon anstellen? Darüber mag ich gar nicht nachdenken."

„Das müssen wir verhindern", bekräftigte Carter. „Nur wie? Der Typ sitzt wie die Spinne im Netz und wir kommen nicht an ihn heran. Er kann sich denken, dass wir ihn uns greifen, sobald er Russland verlässt. Daher wird er das in nächster Zeit kaum tun. Selbst wenn wir das Risiko eingehen und ein Tag-Team schicken, um ihn samt dem Chip zu holen, bräuchten wir viel detailliertere Informationen als bloß die Adresse und ein paar Satellitenbilder."

„Für den Anfang könnten wir die Firmen sabotieren,

die er gekauft hat. Damit gewinnen wir immerhin etwas Zeit“, dachte Gray laut nach. „Aufhalten wird ihn das aber vermutlich nicht. Schließlich wissen wir nicht, wie weit er bereits ist und welche Firmen uns möglicherweise durchs Netz gegangen sind. Carter hat recht. Am Ende werden wir ihn uns holen müssen. Ideal wäre es, wenn wir jemanden einschleusen könnten, der uns mit den dafür notwendigen Informationen versorgt.“

„Und wie soll das bitte funktionieren?“, warf Chang Feng einen ihrer seltenen Kommentare ein. „Der Mann dürfte mittlerweile eine ausgeprägte Paranoia entwickelt haben.“

Ell kam eine Idee. „Trina, du sagst, er kauft bestimmte Firmen. Lässt sich herausfinden, wonach er besonders dringend sucht und was er noch nicht gefunden hat?“

Trina überlegte kurz. „Auf Basis der vorhandenen Daten ließe sich problemlos ein entsprechendes Profil erstellen.“

Verstehen blitzte in Grays Augen auf. „Sie wollen ihm eine Falle stellen!“

„Mit Speck fängt man Mäuse“, entgegnete Ell mit einem leichten Lächeln. „Wir geben ihm genau das, wonach er sucht. Doch in diesem Fall ziert sich der Verkäufer. Bloch ist der Typ, der sich persönlich einschaltet, wenn er etwas wirklich will. Nach dem Motto: Wenn du willst, dass etwas richtig gemacht wird, dann mach es selbst. Damit Bloch aus der Deckung kommt, muss der Köder allerdings unwiderstehlich und gänzlich unverdächtig sein. Mit ein bisschen Glück rollt er uns dann ganz von allein den roten Teppich aus.“

Gray lehnte sich zurück. „Die Idee gefällt mir. Jetzt brauchen wir nur noch die passende Firma und jemanden, der Blochs kritischer Prüfung standhält."

Ells Lächeln wurde breiter. „Möglicherweise kenne ich da die richtige Person. Allerdings bräuchte ich auch für diese Maus ein klein wenig Speck."

Ells Anruf wurde sofort entgegengenommen.

„Aidan, mein Lieber. Was macht die Kunst?"

„Will, was für eine nette Überraschung. Lass mich raten, dein Fahrrad hat einen Platten und du möchtest dir meinen Privatjet leihen."

Ell musste lachen. „Nein, dieses Mal geht es um etwas anderes. Trotzdem danke für das freundliche Angebot."

„Gut." In Aidans Stimme klang Erleichterung mit. „Nach deinem jüngsten Ausflug hat die US-Luftfahrtbehörde nämlich plötzlich ein auffälliges Interesse an den Flugbewegungen der Maschine gezeigt. Ich hoffe, du hast dich nicht bei den falschen Leuten unbeliebt gemacht."

„Es gab ein kleines Missverständnis, aber das ist längst ausgeräumt."

„Dann bin ich beruhigt. Missverständnisse können ja so lästig sein. Hast du wenigstens Fortschritte bei der Suche nach der Hinterlassenschaft deines Vaters gemacht?"

Ell wählte seine Worte mit Bedacht. „Das habe ich. Mittlerweile gibt es auch keinen Zweifel mehr daran, dass er umgebracht wurde."

„Wie schrecklich. Das tut mir aufrichtig leid."

„Danke. Am wichtigsten ist es mir jetzt, die Verantwortlichen zur Rechenschaft zu ziehen. Dafür arbeite ich mit dem FBI zusammen. Allerdings sind wir an einem Punkt angekommen, an dem wir Hilfe brauchen könnten. Hilfe von jemandem, der sich im Dschungel der Hochfinanz auskennt."

„Ah, okay. Und du kennst so jemanden?"

„Komm schon Aidan."

„Ich würde dir ja gern helfen, Will. Leider haben die amerikanischen Behörden und ich derzeit, wie du weißt, unser ganz eigenes Missverständnis."

„Ist mir bekannt. Und ich darf dir ein offizielles Angebot unterbreiten. Falls du uns in dieser Angelegenheit unterstützt, werden sämtliche Vorwürfe der Börsenaufsichtskommission zurückgenommen."

Damit schien Aidan nicht gerechnet zu haben, denn es herrschte zunächst Stille in der Leitung.

„Aidan?"

„Da muss es sich ja um einen ziemlich dicken Fisch handeln, wenn die mich dafür vom Haken lassen."

„Ein verdammt kapitales Exemplar", bestätigte Ell.

„Jetzt fühle ich mich beinahe etwas zurückgesetzt – obwohl ich selbstverständlich völlig zu Unrecht beschuldigt werde."

„Selbstverständlich."

„Aber meine Neugier ist geweckt."

„Fein."

„Wie geht es weiter?"

„Du müsstest zu uns kommen. Die Einzelheiten sind viel zu umfangreich für ein Telefonat."

„Einverstanden. Doch bevor ich meinen Kulturbeutel packe, wäre es fantastisch, wenn das Justizministerium schon einmal etwas Schriftliches aufsetzen könnte. Nichts Großes, nur einen Zweizeiler, der mir ein gutes Gefühl gibt. Meinst du, die sind so nett?"

„Bestimmt. Ich lasse dir zusammen mit der Adresse unseres Treffpunktes etwas Entsprechendes zukommen."

„Wunderbar, bin schon unterwegs."

...

GRAY HATTE bei seinen Vorgesetzten erheblichen Druck machen müssen, um die Zusage für einen Deal mit Aidan McAllen zu erhalten. Er selbst war hiervon ebenfalls nur mäßig begeistert, da ihm Vereinbarungen mit Kriminellen grundsätzlich widerstrebten. Beim Lesen des FBI-Dossiers über den Mann verstand er jedoch sofort, warum Ell McAllen für den perfekten Kandidaten hielt. In der Finanzwelt hatte dieser sich im Laufe der Jahre den Ruf eines gnadenlosen Verhandlers erworben. Er galt als jemand, der für einen anständigen Profit die Grenzen der Legalität bis zum Äußersten ausreizte. Dank seines scharfen Verstandes, seiner bei Konfrontationen schon legendären Emotionslosigkeit und der Fähigkeit, instinktiv die Schwächen seiner Gegner zu erkennen, bekam er in der Regel immer, was er wollte. Der Lohn bestand aus einem Vermögen, das aktuell auf knapp zwanzig Milliarden Dollar geschätzt wurde. Die Börsenaufsicht hatte in der Vergangenheit mehrfach versucht, ihm kriminelles Handeln nachzuweisen. Ohne Erfolg. Dieses Mal rechnete man sich dort etwas bessere Chancen aus und reagierte entsprechend ungehalten darauf, ihn ziehen lassen zu müssen. Aber auch die Börsenaufsicht wusste, dass sie mit den Belangen der nationalen Sicherheit nicht konkurrieren konnte. Dieser Trumpf stach immer und jeden. Dennoch blieb McAllen für Gray eine unbekannte Größe. Ell sprach zwar in den höchsten Tönen von ihm, doch in Grays Augen stand der Milliardär für alles, was falsch lief in der Welt. Die Anhäufung absurder Vermögen durch einige Wenige auf Kosten der Allgemeinheit. Soweit Gray die finanziellen Details des Dossiers verstand, hatte McAllen nicht einmal etwas Bahnbrechendes erfunden oder sonst etwas Neues geschaffen. Er besaß lediglich das Talent, Gelegenheiten zu erkennen und konsequent zu seinem Vorteil auszunutzen. Gray verspürte daher keinerlei Skrupel, auf genau die gleiche Weise mit McAllen zu verfahren. Dank des drohenden Ermittlungsverfahrens konnte er ihn dazu zwingen, nach den Regeln des FBI zu spielen. Damit brauchte es Gray nicht zu interessieren, wo die wahren Loyalitäten des Mannes lagen - sofern er denn überhaupt welche besaß. Ell würde er allerdings im Auge behalten müssen. Persönliche Beziehungen neigten dazu, die Dinge zu verkomplizieren und selbst die besten Pläne Makulatur werden zu lassen.

...

Das letzte Meeting hatte Chang Feng erneut vor Augen geführt, wie nutzlos und überflüssig sie derzeit war. Im Unterschied zu Trina und Ell konnte sie nichts Sinnvolles zum Kampf gegen Bloch beitragen und das trieb sie in den Wahnsinn. Auf ihre Nachfrage bei Gray, ob er etwas Neues zum Tod ihrer Mutter wisse, schüttelte dieser nur mit dem Kopf. Allem Anschein nach besaß das Thema für den Agent keine allzu hohe Priorität. Und Chang Feng machte ihm daraus nicht einmal einen Vorwurf. In seiner momentanen Situation gab es Wichtigeres, als die genauen Umstände des Todes einer Triadenchefin in Hongkong aufzuklären. In dem Moment, in dem ihr diese Tatsache vollends bewusst wurde, erkannte Chang Feng mit aller Klarheit, was sie zu tun hatte. Eigentlich hatte sie es die ganze Zeit gewusst, doch erst jetzt vermochte sie sich das Offensichtliche einzugestehen. Sie spürte, wie mit der getroffenen Entscheidung eine Last von ihr abfiel. Ihre Zweifel lösten sich auf und wurden ersetzt von ruhiger Zuversicht. Ein Plan begann in ihrem Kopf Gestalt anzunehmen. Wie von selbst führten ihre Schritte sie in ihr Quartier. Gelangweilt bezog ihr Bewacher Posten vor der Tür.

„Allison“, flüsterte sie leise. „Ich weiß, wir sind nicht die besten Freundinnen. Aber ich glaube, nach dem, was in den letzten Tagen passiert ist, schuldest du mir etwas. Du musst mir einen Gefallen tun.“

47

Die Sonne hatte den Tag bereits mit einem langsam verglühenden roten Streifen am Horizont verabschiedet, als der dunkelgraue Gulfstream G650ER Jet sanft auf der linken der drei parallelen Landebahnen der Williams-Airforce-Base aufsetzte. Während die Maschine ausrollte, erhob sich von der rechten Startbahn unter dumpfem Dröhnen ein KC-135 Stratotanker der US Navy schwerfällig in den unaufhaltsam von nachtblau zu tiefschwarz wechselnden Himmel. Eben noch kaum sichtbar, eroberten die Sterne immer zahlreicher das Firmament. Begleitet vom steten Leuchten der Rollbahnbefeuerung steuerte der Businessjet auf einen abgesperrten Bereich des Vorfeldes zu. Dort wartete schon ein schwarz lackierter Bell525 Helikopter. Mit einem leichten Wippen kam das Flugzeug zum Stehen. Das helle Pfeifen der Turbinen ebbte ab und verstummte schließlich ganz. Alles, was blieb, war das elektrische

Summen des Hilfsgenerators und das leise Knistern der abkühlenden Triebwerke. Doch die Ruhe währte nur kurz, denn die Rotorblätter des Helikopters setzten sich in Bewegung. Erst träge, dann schneller. Im Rumpf des Jets wurde ein schmaler Spalt sichtbar. Wie von Geisterhand schwang die integrierte Gangway nach unten. Vom Tower aus beobachtete Lieutenant Colonel Page, der Kommandeur des Luftwaffenstützpunktes, wie ein hagerer, dunkel gekleideter Mann das Flugzeug verließ und mit lässigen Schritten dem Helikopter entgegenging. Definitiv ein Zivilist, dachte Page missbilligend. Nach einem Leben im Militär reichte ihm ein Blick auf Haltung und Gang, um dieses Urteil zu fällen. Damit endeten seine Erkenntnisse jedoch. Erst vor einer halben Stunde hatte er die Anweisung direkt aus dem Pentagon erhalten, sich auf die Ankunft eines zivilen Flugzeugs vorzubereiten. Passagiere oder Fracht unbekannt. Ihm zumindest. Vor dem Helikopter wurde der Unbekannte von einer ebenfalls hochgewachsenen, aber deutlich massiveren Gestalt in Empfang genommen. Definitiv kein Zivilist. Kaum waren die beiden eingestiegen, erhöhte der Hubschrauberpilot die Drehzahl. Nach dem Abheben kippte das schlanke Fluggerät zunächst vorwärts und nahm flach über dem Boden gleitend Geschwindigkeit auf, bevor es steil in den Himmel stieg. Wenige Augenblicke später verlor sich die Silhouette im Dunkel der Nacht. Während der nächsten Viertelstunde wurde das Flugzeug betankt. Page rührte sich nicht von der Stelle. Erneut erwachte die Gulfstream zum Leben und rollte zur Startbahn. Erst nachdem das Flugzeug die Frequenz des Towers verlassen hatte, löste Page sich aus seiner Erstarrung, trat hinter den diensthabenden Fluglotsen und tat, was ihm befohlen worden war. Sorgfältig löschte er jeden Eintrag und alle Aufzeichnungen, die im Zusammenhang mit der zivilen Maschine standen. Als wäre sie nie hier gewesen, dachte Page. Und wer weiß, vielleicht war sie das auch nicht. Menschen können schließlich irren und Erinnerungen sind trügerisch.

„Agent Gray, nehme ich an. Wie überaus konspirativ. Oder sollte ich lieber keine Klarnamen verwenden?"

Gray lächelte dünn. Der Handschlag des Milliardärs war kühl und fest, der Blick aus stechenden, grauen Augen prüfend.

„Freut mich ebenfalls, Mr. McAllen. Die Sicherheitsvorkehrungen sind bedauerlicherweise notwendig und zu unser aller Schutz."

„Dann will ich mich nicht beschweren." Aidan ließ sich in einen der breiten Ledersessel im Inneren des Helikopters fallen und schloss den Sicherheitsgurt. „Haben wir noch eine weite Reise vor uns?"

Gray schüttelte den Kopf. „In zwanzig Minuten sind wir da."

„Näheres vermutlich erst nach unserer Ankunft?"

„Ganz genau."

„Wecken Sie mich, wenn es so weit ist." Damit schloss Aidan die Augen. Sekunden später schlief er tief und fest.

Gray drückte aufs Tempo, weshalb Ell kaum Zeit blieb,

Aidan zu begrüßen und ihm Trina und Chang Feng vorzustellen. Allerdings ließ er es sich nicht nehmen, seinen alten Freund kurz durch die Anlage zu führen.

„Wer braucht schon einen Haufen Geld, wenn er stattdessen einen praktischen Riesencomputer haben kann“, bemerkte Aidan trocken. „Immerhin weißt du jetzt, dass dein Vater sein Vermögen nicht für irgendeinen Unsinn ausgegeben hat.“

„Mach dich nur lustig“, erwiderte Ell mit einem schiefen Grinsen. „Mein alter Herr ist keineswegs so verrückt gewesen, wie es vielleicht den Anschein hat.“

„Das wollte ich damit auch nicht andeuten“, beeilte sich Aidan zu versichern. „So ein Computer ist wenigstens etwas Solides. Das Geld hätte schließlich auch für Partys, Pferderennen oder kostspielige Freundinnen draufgehen können.“

Ell seufzte. „Ich sehe schon, du musst die ganze Geschichte hören. Und du wirst bestimmt nicht enttäuscht sein.“

„Ich nehme dich beim Wort. Du weißt, wie ich es hasse, mich zu langweilen. Der Ober-Fed scheint ja mächtig unter Druck zu stehen. Kann man dem Mann trauen?“

„Bislang hat er mir gegenüber seine Zusagen eingehalten. Da das letzte Wort aber offensichtlich höheren Mächten vorbehalten ist, würde ich dennoch allem, was er sagt und tut, mit einer gewissen Vorsicht begegnen.“

„Gut zu wissen.“ Aidan war mit den Gedanken schon wieder ganz woanders. „Die kleine Asiatin ist niedlich. Läuft da was?“

Ell brauchte einen Augenblick, um dem Gedankensprung zu folgen. „Ich versuche mir gerade vorzustellen, wie Chang Feng wohl reagieren würde, wenn man sie als klein und niedlich bezeichnet. Aber ich verstehe deinen Punkt. Sie ist tatsächlich ziemlich attraktiv. Auf eine komplizierte, verstörende und übellaunige Weise."

„Kompliziert? Das passt doch bestens! Bei dir ist ja auch alles immer kompliziert. Manchmal habe ich das Gefühl, du suchst geradezu nach dem berühmten Haar in der Suppe. Vielleicht solltest du weniger nachdenken und einfach mal etwas riskieren. Carpe Diem, und so."

„Danke für die Kalenderweisheiten. Leider waren wir in den letzten Tagen zu sehr damit beschäftigt, nicht umgebracht oder als Terroristen verhaftet zu werden. Da blieb für anderes nur wenig Zeit."

„Umgebracht oder verhaftet sagst du? Ich gebe zu, meine Neugier ist geweckt."

Kurz darauf lauschte Aidan gebannt Ells Schilderung der jüngsten Ereignisse. Gray hatte die gewohnte Runde im Konferenzraum versammelt und nach einigen einleitenden Sätzen Ell das Wort überlassen. Ell war ein guter Erzähler und nur gelegentlich steuerten Trina und Gray Details bei. Sorgfältig achtete Ell darauf, sich an die dem FBI bekannte Coverstory zu halten, die ihm mittlerweile mühelos über die Lippen kam. Es gefiel ihm zwar nicht, seinen Freund zumindest teilweise in die Irre zu führen, aber solange sich keine Gelegenheit ergab, unbeobachtet und vertraulich mit Aidan zu sprechen, ging es leider nicht anders. Tatsächlich war schon die abgeschwächte Fassung schwer genug zu glauben. Sofern Aidan das Gehörte anzweifelte, ließ er es sich nicht anmerken. Seine einzige sichtbare Reaktion bestand aus einer hochgezogenen Augenbraue und dem knappen Kommentar „Bemerkenswert“. Anschließend richtete er seine Aufmerksamkeit auf Trina. „Sie sind also die Computerflüsterin. Wie fühlt sich das an, eins mit einer Maschine zu werden?“

Trina wand sich unbehaglich unter Aidans starrem Blick. „Ich glaube, es wäre übertrieben zu sagen, dass ich eins mit dem Computer werde. Mein Verstand erweitert sich lediglich um gewisse Funktionalitäten. Ich muss zum Beispiel nicht mehr bewusst rechnen. Das Ergebnis selbst komplexester Berechnungen ist gewissermaßen sofort da. Meine Erinnerungen umfassen zudem sämtliche Daten, die auf dem Rechner abgelegt sind, und es fällt mir wesentlich leichter, mehrere Dinge gleichzeitig zu tun.“

„Klingt fantastisch. Und wo ist der Haken?“

Trina sah überrascht auf. „Was für ein Haken?“

„Es gibt immer einen Haken. Ganz besonders bei den Dingen, die zu gut klingen, um wahr zu sein.“

„Kein Haken“, kam Gray mit entschiedener Stimme einer Antwort Trinas zuvor. „Ich denke, wir sollten uns wieder der Frage zuwenden, wie wir Bloch den Chip abnehmen und verhindern können, dass er mehr davon herstellt.“

Aidan hielt Trina noch einen Moment mit seinen Augen gefangen, bevor er sich mit einem Lächeln Gray zuwandte. „Deswegen bin ich ja hier, nicht wahr? Gibt es bereits einen Plan?“

„Finch“, befahl Gray und nickte dem Analysten auffordernd zu.

Finch räusperte sich. „Nach Analyse der Firmen, die

Bloch bisher erworben hat oder um deren Erwerb er sich bemüht, wissen wir, dass er aktuell ein besonderes Interesse an Fertigungsstätten für den Werkstoff Graphanium zeigt. Dabei handelt es sich um einen aussichtsreichen Kandidaten im Rennen um die Entwicklung eines Hochtemperatur-Supraleiters. Wir vermuten, diese Technologie könnte ein wesentlicher Bestandteil des Herstellungsprozesses für den Interface-Chip sein. Es handelt sich um ein sehr fortschrittliches Produkt, das noch in den Bereich der Grundlagenforschung gehört. Deshalb existieren weltweit lediglich drei Einrichtungen, die über das entsprechende Know-how und die erforderlichen Produktionsmittel verfügen. Bei zweien handelt es sich um wissenschaftliche Forschungsinstitute, die gewerblichen Interessenten grundsätzlich keinen Zugang gewähren. Nur eines ist ein privatwirtschaftliches Unternehmen. Ein Start-up im Silicon-Valley namens Above Zero. Seit Monaten versucht Bloch, sich dort einzukaufen. Bislang vergeblich."

„Verzeihen Sie die Zwischenfrage", unterbrach Aidan. „Weshalb vergeblich? Start-ups brauchen doch ständig frisches Geld und dieser Bloch ist weder mittellos noch auf den Kopf gefallen."

Finch nickte. „Der Grund liegt in der bisherigen Eigentümerstruktur. Neben den beiden Gründern, zwei Wissenschaftlern von der University of California in Berkeley, ist der größte Anteilseigner eine Firma namens Digital Ventures Inc., ein auf die Vergabe von Risikokapital spezialisiertes Unternehmen aus North Carolina."

„Und die stellen sich quer? Weiß man warum?"

„In der Tat." Ein Lächeln huschte über Finchs Gesicht.

„Digital Ventures Inc. ist in Wirklichkeit eine Tarnfirma. Hinter ihr steht das Verteidigungsministerium. Auf diesem Wege sichert sich die Regierung schon seit vielen Jahren Einfluss auf besonders sensible oder vielversprechende Technologien. Davon wissen allerdings weder die Unternehmensgründer noch sonst irgendjemand etwas."

„Ich bin schockiert, Agent Finch. Ist das legal?"

„Ohne jede Frage ist das legal", ging Gray dazwischen. „Und falls nicht, entschuldigen wir uns, schicken ein paar Leute in die Wüste und machen weiter wie gehabt."

„Wundervoll. Ich hätte in die Politik gehen sollen", murmelte Aidan leise, aber unüberhörbar.

„Jedenfalls fand man bei Digital Ventures die Technologie so wertvoll", fuhr Finch fort, „dass man, auch ohne zu wissen, wer Bloch überhaupt ist, andere Investoren stets ferngehalten hat. Stattdessen stockte man bei Bedarf die eigenen Mittel weiter auf. Den Gründern kam das entgegen, konnten sie sich doch die zeitraubende Suche nach neuen Geldgebern sparen."

Aidan verstand sofort, worauf Finch hinauswollte. „Lassen Sie mich raten: Ein Strategiewechsel bei Digital Ventures steht unmittelbar bevor."

„Gut geraten", bestätigte Finch. „Digital Ventures wird in Kürze sämtliche Anteile an die Holdinggesellschaft eines gewissen Aidan Alistair McAllen verkaufen. Dieser ist bekannt dafür, kein Interesse an der langfristigen Entwicklung eines Unternehmens zu haben, sondern den schnellen Profit zu suchen."

„Das ist ebenso verletzend wie zutreffend", gestand Aidan freimütig.

„Bloch wird darin eine Chance für sich sehen und auf Mr. McAllen zugehen. Dieser ziert sich zunächst, natürlich nur, um den Preis in die Höhe zu treiben. Bloch regelt die Dinge gern persönlich. Da er es derzeit nicht wagt, Russland zu verlassen, stehen die Chancen gut, dass er Mr. McAllen zu sich einlädt. Ausgerüstet mit der modernsten Überwachungstechnik der NSA nutzt Mr. McAllen den Besuch, um den Einsatzkräften ein präzises Lagebild zu verschaffen. Einschließlich des genauen Aufbewahrungsortes des Chips. Nach seiner Abreise wird ein Spezialkommando den Chip sichern, Bloch ausschalten und alle Aufzeichnungen vernichten. Ende eines erfolgreichen Tages."

Aidan hob einen Zeigefinger. „Darf der mutige Held, der für die gute Sache sein Leben riskiert, die Supraleiter-Firma behalten?"

„Selbstverständlich nicht", beschied Gray übertrieben herzlich.

Aidan seufzte. „War ja irgendwie klar."

„Nun, da Sie den Plan kennen, sind Sie dabei?"

Aidans Blick wanderte einmal rund um den Konferenztisch, während sich langsam ein Grinsen auf seinem Gesicht ausbreitete. „Wie könnte ich mir das entgehen lassen."

48

„Das war das mit Abstand grauenvollste Abendessen, das mir in den letzten zehn Jahren vorgesetzt worden ist“, bemerkte Aidan schaudernd, als er später am Abend mit Ell, Trina und Chang Feng in seiner Unterkunft zusammensaß.

Ell zuckte mit den Schultern. „Die Qualität der Verpflegung rangiert auf der Prioritätenliste des FBI nicht besonders weit oben.“

„Offensichtlich. Was meine Vorbehalte gegen diese Behörde nur noch weiter bestärkt. Bei dieser Form von Ernährung ist es praktisch unvermeidlich, einen Hang zu Humorlosigkeit, schlechter Kleidung und übermäßiger Gewaltanwendung zu entwickeln.“

Chang Feng grinste breit. Der Mann wurde ihr langsam sympathisch. Dass er Gray und seinen Kollegen ein Dorn im Auge war, mochte dabei eine gewisse Rolle spielen. „Ja, das FBI“, ergänzte sie versonnen. „Immer zur Stelle, wenn man es nicht braucht.“

Aidan lachte auf. „Darauf trinken wir.“ Aus der Seitentasche seines Weekenders förderte er eine Flasche mit bernsteinfarbenem Inhalt zu Tage. „Dreißig Jahre alter Single Malt aus meiner eigenen Destille. Sollte den Nachgeschmack des Abendessens zuverlässig beseitigen.“

„Der wurde dir nicht abgenommen?“, fragte Ell verwundert.

Aidan schüttelte entschieden den Kopf. „Nicht, dass sie es nicht versucht hätten. Aber es gibt Grenzen für das, was ein Mann mit sich machen lässt. Gläser?“

„Im Badezimmer sind Zahnputzgläser“, meldete sich Trina zu Wort.

„Ausgezeichnet“, rief Aidan begeistert aus. „Das wird wie damals bei den Pfadfindern.“

„Sie waren bei den Pfadfindern?“, fragte Chang Feng erstaunt.

„Nur für eine Nacht. Bis zu der Sache mit den Zahnputzgläsern.“

Jetzt musste selbst Trina lachen.

„Kann man sich das vorstellen?“, fuhr Aidan fort. „Angeblich hatte ich einen schlechten Einfluss auf meine Kameraden. Aber welchen Grund könnte es sonst geben, mit einem Haufen Jungs zelten zu gehen? Ist mir bis heute schleierhaft.“

Ell übernahm es, die Gläser vollzuschenken. „Auf das FBI und die Pfadfinder.“

„Auf das FBI und die Pfadfinder“, stimmten alle ein. Aidan war ein amüsanter Unterhalter und die Zeit verging wie im Fluge, während er eine Anekdote nach der anderen zum Besten gab. So viel und unbeschwert habe ich Ell und Trina noch nie lachen gesehen, dachte Chang Feng melancholisch, bevor sie sich als Erste verabschiedete. Im Unterschied zu den anderen hatte sie sich mit dem Alkohol zurückgehalten. Und daher bemerkte auch nur sie den nachdenklichen Blick, mit dem Aidan Trina bedachte, wann immer er sich unbeobachtet wähnte.

...

Am nächsten Morgen erwachte Ell mit einem fürchterlichen Kater. Selber Schuld, dachte er, während er sich mit halb geschlossenen Augen die Zähne putzte. Frisch geduscht und begleitet von einem leicht unruhigen Magen suchte er den Speiseraum auf. Dort fand er Aidan, der lustlos in einem Haufen Rührei stocherte.

„Morgen“, grüßte Ell und unterdrückte ein Gähnen. „Gut geschlafen?“

„Soll das ein Witz sein?“, kam die gereizte Antwort. „Die Lüftung macht einen Heidenradau und lässt sich nicht abstellen, die Matratze hat die Konsistenz von verkochten Ravioli und die ganze Nacht ist einer von diesen bewaffneten Gorillas vor meinem Zimmer hin und her geschlichen.“ Aidan machte eine kurze Pause. „Aber dafür ist das Frühstück zum Kotzen.“

Ell stöhnte gequält auf. „Bitte sprich nicht vom Kotzen. Hast du Trina gesehen?"

Aidan nickte. „Die Dame ist offensichtlich trinkfester als du. Sie ist schon vor über einer Stunde in Richtung Kontrollzentrum entschwunden. Um zehn hat unser Herbergsvater übrigens ein Meeting angesetzt. Darin bekomme ich wohl meinen Marschbefehl. Vielleicht solltest du bis dahin noch einen Bissen essen. Du bist ganz grün im Gesicht."

Widerwillig zwang Ell ein trockenes Brötchen hinunter und spülte gerade mit seiner zweiten Tasse Kaffee nach, als die Alarmsirenen der Anlage ansprangen.

Plötzlich hellwach und aufmerksam blickte Aidan sich um. „Und was hat das jetzt zu bedeuten?"

„Keine Ahnung", erwiderte Ell und verzog angesichts des schrillen Sirenentons schmerzerfüllt das Gesicht. „Sowas gehört hier praktisch zur Tagesordnung." Auf dem Gang liefen Gruppen von FBI-Agents eilig vorbei und sprachen aufgeregt in ihre Kopfmikrofone. Einer von ihnen stürmte in den Speiseraum, sah sich kurz um und verschwand sofort wieder, ohne auf Ells Fragen überhaupt zu reagieren.

„Das ist seltsam", stellte Ell nach einem Blick auf den Gang fest. „Sogar unsere persönlichen Bewacher sind abgezogen. Lass uns mal nachsehen."

Auf dem Weg zum Kontrollzentrum kamen sie durch verlassene, vom Flackern der Alarmbeleuchtung erhellte Flure. Nur einmal begegneten ihnen zwei weitere Agents, von denen sie jedoch ebenfalls ignoriert wurden. Ell spürte die angespannte Stimmung, sobald sie das Kontrollzentrum betraten. Gray stand ohne Jackett und mit hochgekrempelten Ärmeln in der Mitte des Raumes, ein Funkgerät in der rechten Hand. Konzentriert lauschte er dem Funkverkehr. Mit einem unguten Gefühl registrierte Ell, dass dem Agent kleine Schweißperlen auf der Stirn standen. Trina saß mit trotzig vor der Brust verschränkten Armen weit abseits von ihrem üblichen Arbeitsplatz, während Carter sich wie zur Bewachung neben ihr postiert hatte. Finch bearbeitet mit fliegenden Fingern eine Computertastatur. Sobald Gray Ell erblickte, kam er mit wutverzerrtem Gesicht auf ihn zugeschossen und machte erst wenige Zentimeter vor seiner Nasenspitze halt. „Sehr gut. Das erspart es mir, Sie herschleifen zu lassen. Wo ist sie, verdammt nochmal? Sagen Sie mir sofort, wo sie ist, oder Sie werden es bereuen, das schwöre ich Ihnen!“

Ell konnte nicht verhindern, dass ihm vor Überraschung der Kiefer nach unten klappte. „Wovon reden Sie zum Teufel? Wo ist wer?“

„Tun Sie nicht so scheinheilig, Professor“, brüllte Gray aufgebracht. „Ich will wissen, wo Ihre chinesische Freundin ist. Oder wollen Sie mir ernsthaft weiß machen, Sie haben keine Ahnung?“

Entgeistert blickte Ell in Trinas Richtung, doch die betrachtet nur konzentriert ihre Fußspitzen. „Ob Sie mir nun glauben oder nicht, ich habe Chang Feng gestern Abend zuletzt gesehen. Vielleicht sollten Sie Ihre Agents befragen. Die lassen uns doch keine Sekunde aus den Augen.“

Gray versuchte mühsam, seine Beherrschung wiederzugewinnen. „Der zuständige Agent liegt mit einer Gehirnerschütterung und einer Kehlkopfquetschung auf der Krankenstation. Offensichtlich verfügt Ms. Zhao über einige uns bislang unbekannte Talente. Weit wird sie trotzdem nicht kommen. Alles, was Augen und Beine hat, ist auf der Suche nach ihr.“ Damit wandte er sich angewidert von Ell ab. „Wir sind noch nicht fertig. Im Augenblick habe ich allerdings Wichtigeres zu tun. Sie, Ms. Shaw und Mr. McAllen stehen vorläufig unter Arrest.“

Auf einen Wink Grays hin postierten sich zwei Agents hinter Ell und Aidan. Gemeinsam mit Trina, die von Carter eskortiert wurde, brachte man sie in ihre jeweiligen Quartiere. Betroffen und verwirrt ließ Ell sich auf sein Bett fallen. Vergeblich versuchte er, das Pochen in seinem Schädel zu ignorieren. Was war bloß in Chang Feng gefahren? Und wie hatte sie es geschafft, die Anlage trotz aller Sicherheitsmaßnahmen zu verlassen? Wenn er genauer darüber nachdachte, war sie in den letzten Tagen tatsächlich ungewöhnlich still gewesen. Er hatte das auf den Tod ihrer Mutter zurückgeführt. Vermutlich lag er damit sogar richtig. Entgangen war ihm allerdings, dass dieses Ereignis wohl mehr in ihr ausgelöst hatte, als nur Trauer. Was sie mit ihrer Flucht bezweckte, blieb Ell hingegen schleierhaft. Jedenfalls war es ihr gelungen, einen miserablen in einen katastrophalen Morgen zu verwandeln.

49

Chang Feng lag zusammengekauert zwischen Kisten mit Selleriestangen und Wirsingkohl. Jedes Mal, wenn der betagte Lieferwagen über ein Schlagloch fuhr, rutschten ihr einige der Kisten in den Rücken und sie musste sich wie ein Schlangenmensch verrenken, um die wackelige Ladung zurückzuschieben. Im Inneren des Fahrzeugs herrschte Dunkelheit und es roch muffig. Doch momentan ging es um Wichtigeres als um Bequemlichkeit. Ihre neue Verbündete hatte Wort gehalten und sie nicht nur sicher an den Wachen vorbei aus der Anlage gelotst, sondern auch die Verbindung zu einem örtlichen Ableger der Triade ihrer Mutter hergestellt. Allerdings nicht aus reiner Gefälligkeit. Im Gegenzug hatte Allison ihr ein überaus merkwürdiges Versprechen abgenommen. Energisch schob sie die Gedanken daran beiseite. Darüber konnte sie sich später den Kopf zerbrechen. Sie warf einen Blick auf die beleuchtete Anzeige ihrer Armbanduhr. Noch etwa eine halbe Stunde bis zu ihrem Ziel. Hartnäckig nagte ein Rest von Zweifel an ihr, ob sie wirklich das Richtige tat. Zum einen quälte sie ein furchtbar schlechtes Gewissen Ell gegenüber. Er war immer ehrlich zu ihr gewesen und sie kam sich schäbig vor, sein Vertrauen auf diese Weise zu enttäuschen. Sie rätselte, ob unter anderen Umständen mehr zwischen ihnen hätte sein können. Irgendetwas an ihm war anders. Als ruhe unter der Oberfläche etwas, das sie spüren, nicht aber sehen konnte. Etwas, das sie auf unerklärliche Weise anzog. Nur, wohin sollte das führen, wenn ansonsten alles dagegensprach? Sie zweifelte daran, dass er in der Lage wäre, die Gründe für ihren Alleingang zu verstehen. Dieses Gefühl einer Verpflichtung, die größer und älter ist als man selbst. Vielleicht war dieses Gefühl einfach zu ... chinesisch. Und da begann auch schon ihr anderes Problem. Sie war dabei, alles über Bord zu werfen, wofür sie seit ihrer Jugend gekämpft hatte. Ihre persönliche Unabhängigkeit, ihre Freiheit von den Fesseln uralter Traditionen, die Ablehnung der kriminellen Methoden einer archaischen Organisation. Und nicht zuletzt die Verurteilung der Person, der sie die Schuld daran gab, diesen Kampf überhaupt führen zu müssen. Ihrer Mutter. Doch die jüngsten Ereignisse in China ließen manch liebgewonnene Überzeugung unvermittelt in einem neuen Licht erscheinen. Das Wiedersehen mit ihrer Mutter war völlig anders verlaufen, als sie erwartet hatte. Nicht, dass sie ihre Lebensweise und Methoden plötzlich gutheißen würde; aber mit dem Abstand der Jahre betrachtete sie auch ihre eigene Haltung kritischer, erkannte die Anmaßung und Selbstgerechtigkeit ihres jugendlichen Urteils. Ihre Mutter war das Produkt einer Zeit und einer Gesellschaft, die keinen Raum bot für Zweifel und Selbstverwirklichung. Wie sollte man etwas anderes wollen, wenn man etwas anderes nicht kannte? Wenn der vorgezeichnete Weg so alternativlos schien, wie der Wechsel von Tag und Nacht? Erst jetzt begriff sie, was für ein enormes Zugeständnis es in den Augen ihrer Mutter gewesen war, die rebellierende Tochter einfach ziehen zu lassen. Die Traditionen hätten eine andere Reaktion verlangt. Ob tatsächlich ein Neuanfang in ihrer Beziehung zueinander gelungen wäre, würde sie allerdings nie erfahren. Ihre Mutter war tot. Und es stand für Chang Feng außer Frage, wer die Verantwortung dafür trug und wer dafür bezahlen musste. Es ging nicht mehr um ihre unglückliche Verwicklung in den Kampf eines anderen. Aus Ells Kampf war nun ihr eigener geworden. Doch nicht als fünftes Rad am Wagen, sondern zu ihren eigenen Bedingungen. Chang Feng erinnerte sich lebhaft daran, wie sie mit fünf oder sechs Jahren ihre Mutter gefragt hatte, was die Triade eigentlich sei. *Die Triade ist unser Himmel, unsere Erde und unsere Familie. Sie ist unsere Welt in der Welt. Aber für uns Anführer ist sie vor allem eines: ein scharfes Schwert.* Chang Feng war fest entschlossen, dieses Schwert zu ergreifen.

...

Grays Stimmung als schlecht gelaunt zu beschreiben, wäre eine dramatische Untertreibung gewesen. Vor seinem geistigen Auge sah er den Plan, an dem er seit Tagen rund um die Uhr gearbeitet hatte, Stück für Stück in sich zusammenfallen. Schon unter idealen Umständen hätte alles perfekt passen müssen: Vorbereitung, Timing, Ausführung. Und jetzt? Dank der flüchtigen Bürgerin eines fremden Staates, die sämtliche Einzelheiten der Operation kannte, hatte sich der Plan in ein Himmelfahrtskommando verwandelt. Er konnte nur raten, was Zhao im Schilde führte. Schlimmstenfalls arbeitete sie für die chinesische Regierung oder gleich für Bloch, bestenfalls befand sie sich auf einem persönlichen Rachefeldzug. Aber im Grunde genommen machte das keinen Unterschied. Das gesamte Unterfangen war kompromittiert und musste damit nach den geltenden Einsatzrichtlinien abgeblasen werden. Doch welche Alternativen gab es? Bloch und dieser Chip stellten eine bislang beispiellose Bedrohung der nationalen Sicherheit dar. Die Einbeziehung der Russen war von höchster Stelle bereits verworfen worden. Der Gedanke, ausgerechnet die Russen könnten herausfinden, dass eine Technologie zur weltweiten Kontrolle der digitalen Infrastruktur praktisch vor ihren Füßen lag, verursachte den Strategen im Pentagon Alpträume. Der Einsatz roher Gewalt kam ebenfalls nicht in Betracht, solange man nicht wusste, wo genau der Chip aufbewahrt wurde. Eine verdeckte Operation mit Spezialkräften schien damit unvermeidlich. Das funktionierte aber nicht ohne vorherige Aufklärung. Natürlich könnte man versuchen, jemand anderen in das Umfeld von Bloch einzuschleusen. Eine

Reinigungskraft, einen Wachmann oder den verdammten Milchmann. All das brauchte indes Ressourcen vor Ort und Zeit. Zwei Dinge, die sie nicht hatten. Wie man es drehte und wendete, allein der bisherige Plan versprach eine gewisse Aussicht auf Erfolg. Ein Agent kam im Laufschritt durch die Tür.

„Franklin, was gibt's?"

„Thompson liegt immer noch auf der Krankenstation, Sir, allerdings geht es ihm schon deutlich besser. In der Innentasche seines Jacketts hat er diesen Umschlag gefunden. Er ist an Sie adressiert."

Überrascht griff Gray nach dem kleinen Kuvert, das Franklin ihm hinhielt. Auf der Vorderseite stand in Blockbuchstaben ‚Very Special Agent Gray'. Ungeduldig riss Gray den Umschlag auf und entnahm ihm einen zusammengefalteten Zettel.

AGENT GRAY,

WENN SIE DIESE NACHRICHT LESEN, kennen Sie bereits meine Entscheidung, die Anlage zu verlassen. Da Sie diesem Ansinnen kaum zugestimmt hätten, habe ich es mir erspart, Sie um Erlaubnis zu bitten. Ich erwarte nicht Ihr Verständnis für meine Beweggründe. Dennoch versichere ich Ihnen, dass wir ähnliche Ziele verfolgen; oder zumindest Ziele, die sich nicht gegenseitig ausschließen. Während für Sie die Sicherstellung des Chips im Vordergrund steht, ist es meine Pflicht, den Mörder meiner Mutter seiner gerechten Strafe zuzuführen. Ich lasse Ihnen zunächst den Vortritt und werde nichts unternehmen, was Ihre derzeitigen Pläne gefährden könnte. Sollten Sie jedoch nicht erfolgreich sein, sorge ich selbst für Gerechtigkeit.

CFZ

P.S. Bitte wünschen Sie Agent Thompson gute Besserung. Ich hoffe, sein Stolz ist nicht allzu sehr verletzt.

P.P.S. In meine Pläne waren weder Professor Ell noch Ms. Shaw eingeweiht.

„Ich will verdammt sein“, brummte Gray. „Die hat vielleicht eine Chuzpe.“

„Sir?“, fragte Agent Franklin.

„Nichts“, erwiderte Gray abwesend. „Weitermachen.“

„Ja, Sir!“, nickte Franklin und verließ den Raum.

Grays Kiefermuskeln arbeiteten, während er den Brief langsam zu einer kleinen Kugel zusammenknüllte.

„Was gibt es, Carter“, bellte Gray in sein Telefon.

„Wir haben sie!“, kam die triumphierende Antwort leicht abgehackt und unterlegt vom Dröhnen einer Helikopterturbine aus der Leitung. „Mithilfe der Satellitenbilder konnten wir das Fahrzeug, das sie in der Wüste aufgesammelt hat, bis nach Phoenix zurückverfolgen. Dort ist sie in einen Lieferwagen umgestiegen. Der gehört zu einer Firma, die chinesische Restaurants mit Lebensmitteln beliefert. Nicht besonders kreativ, wie ich bemerken möchte. Das Kennzeichen wurde bislang von vier verschiedenen Verkehrskameras erfasst. Zuletzt zwischen Kingman und Willow Beach. Die kleine Schlampe will anscheinend nach Vegas. Ein Hubschrauber der Highway Patrol hat Sichtkontakt zu dem Lieferwagen. Eine Straßensperre kurz vor Boulder City wird gerade aufgebaut. Ich sollte rechtzeitig dort sein, um sie persönlich in Empfang zu nehmen."

„Ausgezeichnete Arbeit, Carter", gab Gray zurück. „Halten Sie mich auf dem Laufenden. Und denken Sie daran: Wir wollen sie lebend!"

„Natürlich, Sir", bestätigte Carter und beendete das Telefonat. „Solange sie sich nicht wehrt ...", fügte sie leise hinzu.

CHANG FENG VERLAGERTE DAS GEWICHT, um ihren schmerzenden Rücken zu entlasten. Vom langen Sitzen mit angewinkelten Beinen taten ihr zudem die Knie und der Hintern weh. Eigentlich hätten sie längst da sein müssen. Aber es gab nichts, was sie tun konnte, und so übte sie sich weiter in Geduld. Sie spürte, wie der Lieferwagen plötzlich beschleunigte. Der Fahrer schien es auf einmal extrem eilig zu haben. Während Chang Feng sich noch nach dem Grund hierfür fragte, legte der Wagen eine Vollbremsung hin und kam derart abrupt zum Stehen, dass die gesamte Ladung ins Wanken geriet und einige der Kistenstapel umstürzten. Draußen hörte sie aufgeregte Stimmen. Fluchend rappelte sie sich auf, als auch schon die hinteren Türen aufgerissen wurden und sich blendendes Tageslicht in das Fahrzeuginnere ergoss.

Carter hielt ihre Waffe im Anschlag und lief mit zwei Agents in Kampfmontur von hinten auf den Lieferwagen zu. Der Fahrer hatte zunächst einen untauglichen Fluchtversuch unternommen, war aber schließlich kurz vor der Straßensperre aus vier quergestellten Streifenwagen zum Stehen gekommen. Beamte der Highway Patrol näherten sich mit gezogenen Waffen dem Führerhaus von vorne und forderten den Fahrer lautstark auf, mit erhobenen Händen herauszukommen. Langsam öffnete sich die Fahrertür und ein junger, schlaksiger Asiate kletterte unbeholfen mit weit nach oben gestreckten Armen von seinem Sitz. Kaum auf der Straße, wurde er von drei Polizisten zu Boden geworfen und mit Handschellen gefesselt. Carter wechselte einen letzten Blick mit ihren beiden Kollegen, die die Flanken sicherten, bevor sie mit Schwung die Hecktüren aufriss. Der Laderaum bot einen chaotischen Anblick. Kisten mit Lebensmitteln aller Art waren umgestürzt und hatten ihren Inhalt auf dem Fußboden verstreut.

„Kommen Sie raus, Zhao. Es ist vorbei!"

Ihre Aufforderung blieb ohne Reaktion.

„Na schön, dann komme ich dich eben holen", zischte Carter grimmig und stieg vorsichtig in das Innere des Fahrzeugs. Vor der Trennwand zum Führerhaus war eine Wand aus Kartons wie durch ein Wunder stehen geblieben.

Carter ignorierte die zerdrückten Lebensmittelreste, die an ihren Schuhen und an ihrer Hose kleben blieben, und arbeitete sich systematisch bis dorthin vor. Mit einem Ruck brachte sie die Kartons zum Einsturz und hob ihre Waffe. Doch statt der Gesuchten fand sich dort – nichts. Es dauerte einen Augenblick, bis Carter begriff, was ihre Augen sahen. Zhao war nicht hier. Von der Ladung abgesehen, war der Wagen leer.

CHANG FENG BLINZELTE in die plötzliche Helligkeit. Nachdem sich ihre Augen angepasst hatten, erkannte sie die Umrisse von zwei heftig gestikulierenden Personen.

„Kommen Sie. Wir müssen uns beeilen. Unser Ablenkungsmanöver ist aufgeflogen!"

Chang Feng sprang von der Ladefläche und sah sich um. Sie befanden sich in einem geschützten Innenhof. Bei den beiden Personen handelte es sich um das ältere Ehepaar, in dessen Lieferwagen sie in Phoenix im Schutze einer Unterführung umgestiegen war. Die beiden betrieben nicht nur einen chinesischen Lebensmittelhandel, sie gehörten auch zu dem weitreichenden Netzwerk von Mitgliedern, Unterstützern und Zuträgern der Triade. Die Frau bedeutete Chang Feng, ihr zu folgen. Gemeinsam betraten sie das Gebäude an der Stirnseite des Innenhofs.

„Dort sind die Sachen. Ziehen Sie sich um. Schnell! Der Shuttle-Bus wartet bereits."

Hinter einem Paravent entdeckte Chang Feng einen Stapel Kleidungsstücke und begann, sich umzuziehen.

„Hier sind die Papiere", fuhr die Frau fort und steckte

Chang Feng einen Umschlag zu. Darin befanden sich ein chinesischer Reisepass mit ihrem Foto, jedoch auf den Namen Ming Yuan, sowie ein Firmenausweis auf den gleichen Namen. Chang Feng verstaute beides in der Innentasche ihres neuen Jacketts. Kaum war sie fertig angezogen, scheucht die alte Frau sie durch das Gebäude bis zum Vordereingang. Dort stand mit laufendem Motor und geöffneter Tür ein grüner Shuttle Bus. Er trug die Aufschrift ‚China Pacific Air Cargo'. Chang Feng zog den Rock ihrer Stewardess-Uniform zurecht und stieg ein. Die alte Frau verschwand ohne ein Wort des Abschieds wieder in dem Gebäude. Im Inneren des Busses saß eine ganze Gruppe von Flugbegleiterinnen in exakt der gleichen Uniform. Der kaugummikauende Fahrer grinste breit und begrüßte Chang Feng auf Chinesisch. „Hallo Ming, wir sind spät dran. Nächster Halt LAX."

...

CARTER TOBTE.

„Was soll das heißen, denen gehören ein dutzend Lieferwagen? Laut Zulassungsbehörde gibt es nur einen einzigen!"

Agent Boswell hielt das Telefon in einigem Abstand, um sein Gehör zu schonen. Er stand in den Geschäftsräumen von Lu Wangs Chinese Food & Supplies in einem Vorort von Phoenix. „Sorry, Agent Carter. Hier stehen allein sechs Lieferwagen, die gerade beladen werden, fünf sind angeblich unterwegs und einer in der Werkstatt."

„Und haben Sie bei der Zulassungsbehörde nachgefragt, warum die uns so einen Scheiß erzählen?"

„Habe ich", erwiderte Boswell. „Die können sich das auch nicht erklären und meinen, das sei wohl ein Computerfehler gewesen."

„Ein Computerfehler", schnaubte Carter erbost. „Finden Sie schleunigst die Kennzeichen der anderen Wagen heraus und wo sie sich derzeit befinden. Wenn nötig, erschießen Sie irgendjemanden, aber ich will diese Informationen pronto!"

„Ja Ma'am. Bin schon dran."

Die Mitarbeiter von Lu Wangs Chinese Food & Supplies zeigten sich nicht besonders kooperativ, doch eine halbe Stunde später hatte Boswell alle Lieferwagen lokalisiert. Bis auf einen. Nach einer weiteren Stunde meldete eine automatische Kennzeichenerfassungsanlage auf dem Interstate 5 einen Treffer. Das gesuchte Fahrzeug fuhr in Höhe Bakersfield Richtung Norden. Es vergingen noch einmal zwanzig Minuten, bis eine Streifenbesatzung des lokalen Sheriff Departments den Lieferwagen stoppte und durchsuchte. Abgesehen von einem Haufen Gemüse und den beiden Fahrern, einem älteren chinesischen Ehepaar, fanden sie jedoch nichts. Just in dem Moment, als diese Meldung bei Agent Gray einging, hob China Pacific Air Cargo Flug CP058 von der Startbahn 25L des Flughafens Los Angeles ab. Ziel: Hongkong.

. . .

Mit einem Seufzen ließ Gray sich auf den nächstbesten Stuhl fallen. Jetzt war guter Rat teuer. Natürlich würde er weiter nach Zhao fahnden lassen, aber sein Gefühl sagte ihm, dass sie zu spät kamen. Er griff in seine Hosentasche und zog den zusammengeknüllten Brief hervor. Sorgfältig glättete er das Papier und las die Zeilen erneut. Möglicherweise meinte sie jedes Wort ernst. Dennoch konnte sie von der Gegenseite gefasst und zum Reden gebracht werden oder sich den falschen Leuten gegenüber verplappern. Durfte er dieses Risiko eingehen? Und noch viel wichtiger, würde McAllen bereit sein, dieses Risiko einzugehen? Schließlich stand sein Kopf auf dem Spiel, wenn ihr Plan auffliegen sollte. Es gab nur einen Weg, das herauszufinden.

50

„Fünfzig Prozent?“ Aidan schüttelte verärgert den Kopf. „Das ist nicht besonders hilfreich. Warum nicht einundfünfzig Prozent? Dann könnte ich mir einbilden, die Statistik sei auf meiner Seite – zumindest ein bisschen. Fünfzig Prozent klingt nicht nach einem Plan, sondern nach einem Gottesurteil.“

Gray bemühte sich um einen sachlichen Tonfall. „Vor der Flucht von Ms. Zhao lag die Erfolgswahrscheinlichkeit des Einsatzplanes bei fünfundsiebzig Prozent. Die zusätzlichen Risiken, die sich aus der neuen Entwicklung ergeben haben, werden von den Fachleuten im Hauptquartier mit fünfundzwanzig Prozent bewertet. Was immer eine solche Zahl wert sein mag.“

„Fünfundsiebzig Prozent? Klingt auch nicht gerade berauschend. Hatten Sie jemals die Absicht, mir diese Zahlen mitzuteilen?“

„Nein“, gab Gray unumwunden zu. „Meiner Meinung

nach dienen solche Zahlen ausschließlich der Rückversicherung irgendwelcher Schlipsträger, falls sie sich eines Tages vor einem Senatsausschuss rechtfertigen müssen. Mit der Realität haben sie nicht viel zu tun. Mit dem Ergebnis von fünfzig Prozent will man uns sagen, dass wir weder volle Rückendeckung bekommen, noch den Befehl aufzuhören. Die Entscheidung, und damit die Verantwortung, liegt ganz allein bei uns."

„Und das soll mich beruhigen?" Aidan drehte sich zu Ell um. „Will, sag du doch auch mal etwas."

„Hmmmh?", machte Ell abwesend.

„Ich frage dich, ob du dich in Russland mit einem südafrikanischen Schwerverbrecher treffen würdest, wenn die Wahrscheinlichkeit, das zu überleben, bei fünfzig Prozent liegt."

„Sorry, ich war in Gedanken." Ell riss sich zusammen. „Nein, würde ich nicht. Allerdings glaube ich nicht an eine Erfolgswahrscheinlichkeit von nur fünfzig Prozent. Chang Feng würde niemals zulassen, dass durch ihr Handeln der Plan und unsere Leben gefährdet werden. Insoweit hat sich an den Erfolgsaussichten meiner Meinung nach nichts verändert."

„Und da bist du dir sicher?"

„Absolut."

Doch stimmte das wirklich, fragte Ell sich auf dem Rückweg in sein Quartier. Er kannte Chang Feng erst seit drei Wochen. Er wusste so gut wie nichts über sie und noch weniger darüber, wie sie sich in der gegenwärtigen Situation verhalten würde. Alles worauf er sich verließ, war ein Gefühl. Ein Gefühl, für das es keine rationale

Begründung gab und das doch stärker wog als seine Enttäuschung über ihre heimliche Flucht. Nicht besonders viel, um das Leben seines besten Freundes darauf zu wetten. Er hoffte inständig, mit dem Plädoyer für Chang Feng keinen großen Fehler begangen zu haben.

Obgleich sie offiziell weiter unter Arrest standen, hinderte niemand Trina daran, Ell am Abend in seinem Quartier zu besuchen.

„Ganz ohne Fußketten", versuchte Ell es mit einer humorvollen Begrüßung. Doch Trina war offensichtlich nicht nach Scherzen zumute.

„Hast du etwas Neues gehört?", fragte sie stattdessen beklommen.

Ell schüttelte den Kopf. „Aber wie es scheint, wurde sie noch nicht gefasst. Vorhin hatten Aidan und ich ein Treffen mit Gray. Er wollte wissen, ob Aidan trotz der Flucht von Chang Feng bereit sei weiterzumachen. Klang fast so, als habe er sich mit ihrem Verschwinden bereits abgefunden."

„Das glaubst du doch selbst nicht. Die werden sie jagen bis zum bitteren Ende."

„Wahrscheinlich", gab Ell zu. „Andererseits sagt mir irgendetwas, dass Chang Feng nicht gefunden wird, wenn sie nicht gefunden werden will. Sie scheint jetzt einen neuen, mächtigen Verbündeten zu haben."

„Du meinst die Triade ihrer Mutter?"

„Wen sonst? Ohne professionelle Hilfe hätte das FBI sie längst eingefangen. Apropos Hilfe. Eine gewisse elektrische Dame reagiert nicht auf meine wiederholten Kontaktversuche. Ich komme mir schon wie ein Idiot vor, mit einem leeren Raum zu sprechen. Vielleicht probierst du es mal. Dein Draht zu ihr ist ja deutlich besser. Oder sollte ich dich direkt fragen, wie es Chang Feng gelungen ist, ihre Flucht so perfekt vorzubereiten?“

Bedrückt schaute Trina zu Boden. „Kann ich nicht sagen.“

„Weil du es nicht weißt oder weil du es nicht willst?“, fragte Ell leicht gereizt.

Trina blickte verletzt auf. „Weil ich es nicht weiß.“ Dann wurde ihr Blick unsicher. „Zumindest kann ich mich momentan an nichts erinnern. Dank des Medikaments sind die Kopfschmerzen zwar besser. Dafür ist alles, was mit Allison zu tun hat, wie ausgeblendet, sobald ich den Stein aus der Hand lege. Ich komme mir vor wie Dr. Jekyll und Ms. Hyde. Und das macht mir Angst.“

„Sorry“, entschuldigte sich Ell. „Ich vergesse manchmal, in welcher Situation du dich befindest. Möglicherweise antwortet Allison dir ja auf die altmodische Art.“

Mit einem gleichgültigen Schulterzucken erfüllte Trina ihm seinen Wunsch. „Ally? Gibt es etwas, das wir wissen sollten?“

Die vertraute Stimme erklang aus den Deckenlautsprechern. „Die Antwort auf diese Frage lautet nein.“

Ell stutzte einen Moment und schüttelte dann ungehalten den Kopf. „Aufhören, Allison. Wir haben keine Lust, alberne Wortspielchen zu spielen. Hast du Chang Feng bei ihrer Flucht geholfen?“

„Die Antwort auf diese Frage lautet ja.“

„Warum in Gottes Namen hast du das getan?“

„Weil sie dort draußen nützlicher ist, als hier drinnen."

„Nützlicher für wen?"

„Nützlicher für uns alle. Ich würde wirklich gern weiter plaudern, aber ihr bekommt Besuch."

„Wir sind noch nicht fertig", zischte Ell, während es bereits an der Tür klopfte. Einer der Agents steckte seinen Kopf in den Raum. „Agent Gray möchte Sie beide sofort im Konferenzraum sehen."

DER EMPFANG durch Gray fiel reserviert, aber betont sachlich aus. „Professor, Ms. Shaw." Der Agent wartete, bis sie Platz genommen hatten. „Die Flucht von Ms. Zhao hat alles, wofür wir in letzter Zeit hart gearbeitet haben, auf unverantwortliche Weise in Gefahr gebracht. Ms. Zhao wird sich hierfür nach ihrer Ergreifung verantworten müssen. Und früher oder später werden wir sie ergreifen, da sollte sich niemand irgendwelchen Illusionen hingeben. Zudem bin ich mir sicher, dass Ms. Zhao Hilfe aus dem Inneren dieser Anlage hatte. Bislang kann ich das Wer oder Wie nicht beweisen, doch auch das ist nur eine Frage der Zeit. Unabhängig von all diesen Unerfreulichkeiten haben wir immer noch ein viel größeres Problem und das heißt Bloch. Bloch und der Chip. Nach ausführlicher Analyse der Situation habe ich mich entschlossen, den ursprünglichen Plan mit einigen Modifikationen weiterzuverfolgen. Ich hatte soeben ein längeres Gespräch mit Mr. McAllen, der sich bereit erklärt hat, uns weiterhin seine Unterstützung zu gewähren. Obwohl es mir unter den gegebenen Umständen schwerfällt, Ihnen beiden zu vertrauen, kann ich auf Ihre Mitarbeit nicht verzichten." Gray beugte sich vor. „Ich frage Sie daher: Sind Sie dabei und kann ich davon ausgehen, dass es keine Querschüsse mehr gibt?"

„Bin dabei", erklärte Ell knapp.

„Unbedingt", folgte Trina hastig. „Keine Querschüsse."

Gray lehnte sich wieder zurück. „Ihr Wort in Gottes Ohr. Versuchen wir, die verlorene Zeit aufzuholen."

...

„UND WAS IST dieses kleine Ding?", fragte Aidan neugierig und griff nach einem mattschwarz glänzenden Gegenstand von der Größe eines Knopfes.

„Um Gottes willen, legen Sie das wieder hin", entfuhr es Dr. Barlow, der eilig herbeigesprungen kam und Aidan das Objekt vorsichtig abnahm. Dr. Barlow war ein kleiner, schmächtiger Mann Anfang Fünfzig mit Spitzbart und einem schlechtsitzenden Toupet. Ell überlegte, ob er jemals eine Person von vergleichbar rastlosem Wesen getroffen hatte. Ihm fiel niemand ein. Seine abgehackten und schnellen Bewegungen, insbesondere die Angewohnheit, den Kopf ruckartig von einer auf die andere Seite zu legen, erinnerten Ell an einen Kolibri. Bereits nach wenigen Minuten in einem Raum mit dem Mann fühlte Ell sich erschöpft und schwindelig. Doch Dr. Barlow war einer der führenden Köpfe, wenn es um Militär- und Spionagetechnologie ging. Seine Aufgabe bestand darin, Aidan in der Benutzung der Gerätschaften zu unterweisen, die er bei seinem Treffen mit Bloch bei sich tragen sollte.

„Das, Mr. McAllen, ist eine Waffe." Beinahe liebevoll legte er das knopfähnliche Ding zurück zu einigen weiteren geheimnisvollen Utensilien auf den Tisch des Konferenzraums.

„Aha." Unbeeindruckt verschränkte Aidan die Arme vor der Brust. „Eine 9mm wäre mir lieber."

„Sie verstehen nicht, Mr. McAllen. Alles, was im Entferntesten einer Waffe im herkömmlichen Sinne ähnelt, wird man Ihnen abnehmen. Stattdessen befestigen wir eine ganze Reihe dieser kleinen Kameraden als Knöpfe getarnt an Ihrer Kleidung. Am Hemd, der Hose und dem Jackett."

„Und dann?"

„Wenn Sie den versteckten Auslöser betätigen, wird ein hochkonzentriertes Betäubungsgas freigesetzt, das jeden in Ihrer Umgebung augenblicklich außer Gefecht setzt. Die Eigenschaften dieses Gases sind erstaunlich. Winzigste Mengen reichen bereits aus und es verteilt sich äußerst schnell auch über große Distanzen."

„Toll. Und ich kriege als erster die volle Dosis ab."

„Aber Sie werden keinerlei Auswirkungen spüren. Das ist das Faszinierende daran. Durch die Impfung mit einem speziellen Rezeptorenblocker sorgen wir nämlich dafür, dass das Gas für Sie vollkommen harmlos ist. Gleiches gilt für das Einsatzteam, das Ihnen im Notfall zur Hilfe kommt."

„Verstehe“, erwiderte Aidan, doch die Zweifel in seiner Stimme waren unüberhörbar.

„Ein Skeptiker. Natürlich. Kommen Sie mit.“

Barlow griff nach dem schwarzen Knopf und stürmte, ohne sich darum zu kümmern, ob jemand seiner Aufforderung nachkam, aus dem Raum. Aidan und Ell schauten einander verwundert an. Aidan zuckte schließlich mit den Schultern und folgte dem Wissenschaftler. Zwei Zimmer weiter hatte Barlow eine provisorische Werkstatt eingerichtet. Der Anblick war chaotisch. Halb ausgepackte Kartons und Kisten stapelten sich fast bis zur Decke. Schwer atmend räumte Barlow in der Mitte des Raumes eine kleine Fläche frei.

„Ist das wirklich alles nötig?“, fragte Aidan und musterte staunend die Ansammlung seltsamer Gerätschaften.

„Selbstverständlich ist das alles nötig“, erwiderte Barlow, halb beleidigt, halb entrüstet. „Glauben Sie, es bringt Spaß, all diesen Krempel mit sich herumzuschleppen? Aber ich nehme meine Aufgabe ernst. Und da es hieß, ich solle auf alles vorbereitet sein, bin ich auf alles vorbereitet.“

„Schon gut, Dr. Barlow“, intervenierte Gray. „Wir wollen Ihre Expertise in keiner Weise infrage stellen.“

Doch so leicht ließ Barlow sich nicht besänftigen. „Genug der Worte. Alle raus aus dem Zimmer.“ Suchend schaute er sich auf dem Gang um und entdeckte die zwei Agents, die Ell und Aidan auf Schritt und Tritt folgten. Die beiden Männer hatten sich in Anwesenheit ihres Chefs diskret einige Meter zurückgezogen.

„Sie da. Herkommen", kommandierte Barlow. Die beiden Agents schauten zu Gray, der unmerklich nickte. „Da auf den Boden setzen und das in die Hand nehmen", fuhr Barlow fort, drückte einem der verdutzten Agents den schwarzen Knopf in die Hand und deutete auf die Zimmermitte. Zögernd folgte der Mann den Anweisungen. Bevor irgendjemand reagieren konnte, schlug Barlow die Zimmertür von außen zu, zog ein unscheinbares Kästchen aus der Tasche, betätigte einen Schalter, zählte bis drei und öffnete die Tür wieder. Der Agent lag bewusstlos auf dem Fußboden. „Das meine Herren, war die Wirkung von einem Tausendstel der vollen Dosis. Die Reichweite bei dieser Dosierung beträgt knapp zwei Meter."

Fluchend eilte der andere Agent seinem Kollegen zur Hilfe. Kaum hatte er den Raum betreten, sackte er in sich zusammen und schlug bewusstlos der Länge nach hin. Instinktiv machte Gray einen Schritt in Richtung seiner beiden Untergebenen, wurde von Barlow jedoch zurückgehalten.

„Davon würde ich abraten. Zumindest für die nächsten vier bis fünf Minuten. Ansonsten trifft Sie das gleiche Schicksal. Ich hingegen ..." Beschwingt betrat Barlow das Zimmer und beugte sich zu den beiden Männern hinab. „Ich kann das Gas problemlos einatmen, da mir im Rahmen meiner Versuche der Rezeptorenblocker injiziert wurde." Mit einem großen Schritt stieg Barlow über die zusammengesunkenen Körper, trat zurück auf den Gang und bemerkte beiläufig zu Gray: „Machen Sie sich keine Sorgen um Ihre Leute. Es gibt weder Nebenwirkungen noch Langzeitfolgen."

Ell kannte Gray mittlerweile ein wenig und beobachtete mit einer gewissen Schadenfreude, welche Selbstbeherrschung es diesen kostete, den eigenmächtigen Wissenschaftler nicht auf der Stelle zu erwürgen.

Triumphierend drehte Barlow sich zu Aidan. „Sie sehen, Zweifel an meinen Erfindungen sind gänzlich unangebracht."

Aidan machte eine angedeutete Verbeugung. „Ich muss mich entschuldigen. Wahrlich ein Meisterwerk."

Zufrieden nickte der kleine Mann. „Fahren wir mit der Präsentation fort."

Zurück im Konferenzraum legte Barlow einen weiteren Gegenstand auf den Tisch, der aussah wie ein handelsübliches Ladegerät ohne Kabel. „Zu Beginn habe ich bereits die in den Manschettenknöpfen verbauten Mikrofone, mit denen wir Sie hören können, sowie das Dentalimplantat, über das Sie – und zwar nur Sie – uns hören können, vorgestellt. Und nachdem nun auch die Verteidigungsmaßnahmen demonstriert wurden – was ich mir eigentlich für den Schluss aufheben wollte –, kommen wir zum wichtigsten Teil Ihrer Ausrüstung: dem Umfelddetektor."

Aidan zog eine Augenbraue in die Höhe. „Umfelddetektor?"

Barlow legte selbstkritisch die Stirn in Falten. „Ich bin ebenfalls noch unzufrieden mit der Bezeichnung. Aber bislang ist mir nichts Besseres eingefallen."

„Ich hatte vermutet, Sie würden irgendwelche Miniaturdrohnen benutzen, um das Innere von Blochs Anwesen auszuforschen", schaltete Gray sich in die Unterhaltung ein.

„Miniaturdrohnen“, stieß Barlow abfällig hervor. „Nicht, dass wir sowas nicht hätten, aber die Dinger haben ihre Grenzen. Zum einen sind sie zwar klein, aber nicht unsichtbar. Zum anderen reicht eine geschlossene Zimmertür, um sie aufzuhalten. Nein, es gibt da etwas viel Eleganteres: den Umfelddetektor.“

Gray gab sich geschlagen. „Also schön. Was ist der Umfelddetektor?“

„Er ist, wie der Name schon sagt, ein Gerät zum Detektieren des Umfeldes.“

„Und wie funktioniert er?“, fragte Gray zwischen zusammengebissenen Zähnen.

Barlows Augen begannen zu strahlen. „Über die Steckdose.“

Gray tat Ell langsam leid, und so übernahm er die nächste Frage. „Sie meinen, unter Benutzung der Stromverkabelung?“

„Exakt. Man steckt einfach diesen kleinen Kasten in eine beliebige Steckdose und damit wird das gesamte zugehörige Stromnetz zu einer großen Empfangseinrichtung. Diese ermöglicht es nicht nur, eine genaue Karte des Stromverteilungsnetzes anzufertigen, sondern zudem über eine ausgefeilte Impulsauswertung auch Rückschlüsse auf die umschlossenen Räume und ihren Inhalt zu ziehen. Lassen Sie es mich vorführen.“ Barlow griff nach dem Gerät, sprang auf und lief zur nächsten Steckdose.

„Stopp“, brüllte Gray mit einer Lautstärke, die Barlow mitten in der Bewegung erstarren ließ. „Zuerst will ich wissen, ob wir wieder mit irgendwelchen Kollateralschäden zu rechnen haben, Dr. Barlow", knurrte Gray drohend.

Barlow schluckte. „Keineswegs. Alles völlig harmlos."

„Ich nehme Sie beim Wort."

Barlows Hand zitterte leicht, als er den Kasten in die Steckdose steckte. Tatsächlich passierte nichts. Zumindest nichts Sichtbares. Barlow trat zurück an den Tisch und klappte sein Laptop auf. Einige Tastendrücke später zog schon wieder das gewohnt selbstgefällige Lächeln über sein Gesicht. „Bitte sehr", sagte er und drehte den Computer, so dass Aidan, Gray und Ell den Bildschirm betrachten konnten. Beeindrucktes Schweigen folgte. Auf dem Bildschirm befand sich eine Karte der gesamten Stromverkabelung und damit ein präziser Grundriss der gesamten Anlage. Jedes stromführende Gerät trat deutlich hervor. Allen voran der mächtige Hochleistungsrechner. Doch selbst Einrichtungsgegenstände und, wie Ell bei näherem Hinsehen staunend feststellte, sogar sich bewegende Personen waren als geisterhafte Schattenbilder, ähnlich einer Ultraschall- oder Radaraufnahme, schemenhaft zu erkennen.

„Auch wenn die Bemühungen dieses Dr. – wie hieß er gleich? Jones, Jackson, Johnson? – zur Erforschung der Funktionsweise Ihres Interfacedingens bisher mehr oder weniger vergeblich waren, ist es dem guten Mann immerhin gelungen, auf eine spezifische elektromagnetische Signatur zu stoßen, die von dem Gerät abgegeben wird. Das Signal stammt vermutlich von einer Art internen Energiequelle und ist sehr schwach. Ich konnte den Umfelddetektor jedoch so konfigurieren, dass er die Quelle zu erfassen vermag – vorausgesetzt, das weitere Gerät, nach dem Sie suchen, funktioniert auf die gleiche Weise.“ Barlow deutete auf einen grün pulsierenden Punkt im Kontrollzentrum. „Sehen Sie? Dort ist der kleine Racker.“

„Wow“, entfuhr es Ell.

„Brillant, um nicht zu sagen genial, nicht wahr?“, seufzte Barlow hingerissen. „Doch Worte der Anerkennung oder des Dankes sind nicht nötig. Das Wissen, dass meine Arbeit ihren Erfolg erst möglich macht, reicht mir völlig.“

…

„Und? Bereust du es schon, dich auf die Sache eingelassen zu haben?“

Aidan dachte einen Augenblick über Ells Frage nach. „Nein, kann ich nicht behaupten. Die letzten drei Tage sind aufregender gewesen, als das gesamte letzte Jahr. Außerdem tue ich es ja für einen guten Zweck.“

„Die Sicherheit der freien Welt?“

„Eine saubere Strafakte.“

Aidan und Ell standen vor dem Eingang der Anlage in der trockenen Wüstenluft und warteten auf die Ankunft des Helikopters, der Aidan zurück in die Zivilisation bringen sollte. Von allen anderen hatte er sich bereits verabschiedet.

„Jetzt muss ich nur noch den Besuch beim FBI-Zahnarzt überleben. Ein Knopf im Ohr wäre mir ja lieber gewesen, aber wenn der Spion von Welt heutzutage seinen Kopfhörer im Gebiss trägt, sei es drum. Hauptsache, ich werde das Ding hinterher wieder los."

In der Ferne war das typische Geräusch von Rotorblättern zu hören. Ell hielt seinem Freund die ausgestreckte Hand hin. „Du kannst dir gar nicht vorstellen, wie dankbar ich dir für deine Hilfe bin. Viel Erfolg, und wenn es brenzlig wird, spiel nicht den Helden, sondern leg die Bösen schlafen."

Aidan ignorierte die Hand und umarmte Ell. „Ich bin ein Überlebenskünstler. Das weißt du doch. Hoffentlich beißt unser Fisch überhaupt an."

Sanft setzte die Bell525 etwa dreißig Meter entfernt auf. Gebückt lief Aidan auf den Helikopter zu. Vor dem Einsteigen drehte er sich kurz um und winkte zum Abschied. Ell musste sich ducken und die Augen gegen die Unmengen an Staub zusammenkneifen, die beim Abheben aufgewirbelt wurden. Noch lange nachdem der Lärm verklungen und der Hubschrauber als kleiner Fleck am Horizont verschwunden war, stand er unbeweglich auf der gleichen Stelle und starrte ins Leere. Erst verstand er nicht, was sich da in ihm regte. Dann erkannte er, worum es sich handelte. Um eine üble Vorahnung.

51

In dem winzigen Einzimmerapartment war es stickig und heiß. Die uralte Klimaanlage mühte sich redlich, produzierte jedoch mehr Lärm als kalte Luft. Die einzigen Lichtquellen bestanden aus einer Glühbirne, die unverkleidet von der Decke hing, sowie einer Einbauleuchte im längst funktionsunfähigen Dunstabzug über dem Herd. Es zischte, als er das graue Stück Fleisch in die fettverkrustete Pfanne legte. Desinteressiert beobachtete er, wie das Schnitzel Wasser ausschwitzte und dabei langsam zusammenschrumpfte. Aus einer Plastiktüte zog er die letzten zwei Scheiben Toastbrot und bestrich sie mit Erdnussbutter. Nachdem das Fleisch sich dunkel verfärbt und eine feste Konsistenz angenommen hatte, legte er es auf einen unabgewaschenen Teller und trug diesen, zusammen mit dem Sandwich und einer Flasche Budweiser aus dem Kühlschrank, zu einem klapprigen Sofa am anderen Ende des Zimmers. Die ausgeleierten Federn in den Polstern quietschten protestierend, als er sich hineinfallen ließ und sein Abendessen auf dem Couchtisch davor abstellte. Ohne zu überlegen griff er nach der Fernbedienung und schaltete das Fernsehgerät an. Umgehend erfüllte das künstliche Gelächter einer spanischsprachigen Sitcom den Raum. Widerstrebend spießte er das Fleisch auf, säbelte ein Stück davon ab und steckte es sich in den Mund. Mechanisch kaute er die geschmacklose Masse und spülte sie mit einem Schluck Bier hinunter. Die Beleuchtung flackerte kurz. Stromausfälle kamen hier häufiger vor, doch heute handelte es sich nur um eine harmlose Schwankung, nicht mehr. Im Anschluss an seine Mahlzeit stellte er das Geschirr in die Spüle und ging ins Badezimmer. Mit einer Zahnbürste, deren Borsten bereits zu allen Seiten abstanden, bearbeitete er seine Zähne und betrachtete sich dabei im Spiegel. Strähnige braune Haare über ausdruckslosen schwarzen Augen. In dem fahlen Licht wirkte seine Haut fast grünlich. Leicht asymmetrische Nase. Doppelkinn. Das fleckige Unterhemd spannte über einem kapitalen Bauch. Schließlich ertrug er seinen eigenen Anblick nicht mehr und wandte sich ab. Zurück im kombinierten Wohn-, Schlaf- und Esszimmer räumte er die Kissen vom Sofa und legte sich hin. Für ein richtiges Bett war die Wohnung zu klein. Sein leerer Blick folgte einem schwarzen Insekt, das gemächlich über die gegenüberliegende Wand kroch. Etwas in ihm hielt der Spannung nicht mehr stand und zerriss. Mit einer plötzlichen, fließenden Bewegung griff er nach der halbvollen Bierflasche auf dem Couchtisch und schleuderte sie gegen die Wand. Das

Insekt zerplatzte in einer Explosion von Scherben und schaumiger Flüssigkeit. Schwer atmend ließ er sich zurückfallen. Er hasste diesen Ort. Er hasste dieses Dasein. Und er verfluchte den Tag, als er diesen Auftrag angenommen hatte. Eigentlich sollte es nur ein kurzer Zugriff sein. Reine Routine. Zwei, drei Tage. Eine Woche höchstens. Mittlerweile waren es über fünfzehn Jahre. Er erinnerte sich an jeden einzelnen beschissenen Tag. Jeden Tag, der sich durch nichts von dem Tag davor unterschied. Gefangen in einem Leben mit einem einzigen Ziel. So unsichtbar zu sein wie möglich. Lebendig begraben. Aber er konnte hier nicht weg. Noch nicht. Sonst würde er alles verlieren. Alles. Mühsam gelang es ihm, den aufkeimenden Wahnsinn zurückzudrängen und in einer dunklen Ecke seines Verstandes wegzusperren. Er musste durchhalten. Irgendwie durchhalten. Doch wie lange noch ...

Mitten in der Nacht weckte ihn ein ungewohntes Geräusch. Es dauerte einen Moment, bis er es zuordnen konnte. Das Telefon. Beim Aufstehen stolperte er über eines der Sofakissen und schlug fast der Länge nach hin. Alles, was er wahrnahm, war das pulsierende blaue Leuchten seines Mobiltelefons auf der Küchenanrichte. Des Telefons, das er seit fünfzehn Jahren nicht aus den Augen gelassen hatte und das heute Nacht zum ersten Mal klingelte. Mit zitternden Händen öffnete er das alte Klappmodell. „Ja?“

„Sie können mit Ihrem Auftrag fortfahren. Der Waffenstillstand ist beendet. Dieses Mal darf uns unter keinen Umständen wieder ein Fehler unterlaufen.“

„Auf gar keinen Fall“, bekräftigte der Mann inbrünstig. „Was ist mit seinem Schützling?“

„Um ihn kümmere ich mich persönlich. Falls etwas schiefgeht, brauchen wir ihn vielleicht noch. Außerdem ist er ahnungslos. Er stellt keine Bedrohung dar. Bleiben Sie einfach bei unserem ursprünglichen Plan.“

„Es gibt nichts, was mich davon abhalten kann.“ Nie hatte er Worte so ernst gemeint wie diese.

52

Gray sah auf die Uhr und griff nach dem Telefonhörer. Kurze Momente, die allein ihm gehörten, waren selten und kostbar in letzter Zeit.

„Hallo?“

„Hey Natalie. Ich bin’s.“

„Gabriel. Es ist spät.“

„Tut mir leid, aber hier geht wie immer alles drunter und drüber. Wie war dein Tag im Krankenhaus? Was macht mein Danny Boy?“

„Oh, Daniel ist heute in die Stammmannschaft gewählt worden und platzt vor Stolz. Er kann es gar nicht erwarten, dir alles zu erzählen.“

„Ist er noch wach?“

„Um diese Uhrzeit? Nein, er schläft schon.“

„Natürlich“, erwiderte Gray enttäuscht. „Und bei dir?“

„Ich habe wie üblich ein paar beschädigte Herzen repariert – nur nicht mein eigenes."

Gray seufzte müde. „Vielleicht ändert sich bald alles. Wir stehen kurz vor einem Durchbruch in unseren Ermittlungen."

„Das habe ich schon öfter gehört."

„Dieses Mal ist es anders. Du weißt, ich darf darüber nicht reden, doch was ich hier tue, ist wichtig."

„Ich weiß, du musst die Welt retten. Aber warum rettest du zur Abwechslung nicht einmal uns?"

„Natalie, bitte. Ich möchte nicht streiten, ich …" In diesem Moment klopfte es eindringlich an Grays Tür. „… ich muss Schluss machen. Ich melde mich so bald wie möglich. Dann reden wir weiter."

„Wie immer. Gute Nacht, Gabe."

„Gute Nacht, Natalie."

Gray stand auf und öffnete seine Bürotür. „Dr. Schwarzman, kommen Sie herein und nehmen Sie Platz." Schwarzman war der Mediziner, den Gray angefordert hatte, um Shaws fragile Gesundheit zu überwachen. Eigentlich konnte man sich kaum jemand sympathischeren vorstellen als den jungenhaft wirkenden Mann aus Wisconsin. Dennoch befand er sich nach drei Tagen bereits in einem kalten Krieg mit Dr. Jennings. Die Schuld daran trug Jennings allerdings selbst. In seinem Bemühen, die Funktionsweise des Chips zu entschlüsseln, ging dieser nämlich nicht gerade subtil vor und machte sich keine Mühe zu verbergen, dass er Shaw lediglich als Bestandteil eines Versuchsaufbaus betrachtete. Das brachte Schwarzman auf die Palme und ließ ihn schon aus Prinzip gegen alles opponieren, was Jennings vorschlug. Gray kam in dieser Dauerfehde die undankbare Aufgabe des Streitschlichters zu. Jedes Mal, wenn er wieder einschreiten musste, dachte er voller Sehnsucht an seine Zeit bei den Navy SEALS zurück. Schweigsame Männer, die einfach nur ihren Job machten. Diese ganzen diskutierwütigen Doktoren und Professoren raubten ihm den letzten Nerv. Schwarzmans Gesichtsausdruck nach zu urteilen, handelte es sich dieses Mal jedoch um etwas wirklich Ernstes.

„Danke, Agent Gray." Mit besorgter Miene ließ Schwarzman sich in einen Sessel fallen. „Sie baten mich darum, Alarm zu schlagen, wenn sich der Zustand von Ms. Shaw deutlich verschlechtert. Hiermit schlage ich Alarm."

Gray hatte so etwas befürchtet. „Bitte berichten Sie."

„Die Wirkung des Medikaments scheint sich abzunutzen. Die alten Symptome kehren zurück. Das betrifft nun nicht mehr nur den Zustand Ms. Shaws außerhalb einer Verbindung mit dem Chip, sondern seit kurzem auch während einer solchen Verbindung. Bislang zeigte sie sich in dieser Phase außergewöhnlich stabil und vollkommen beschwerdefrei. Jetzt nicht mehr. In der Offline-Phase ist zudem eine immer stärkere Spaltung zu beobachten."

„Spaltung?"

„Sie kann sich kaum an die Dinge erinnern, die sie während einer Verbindung getan hat."

„Was schlagen Sie vor, Doktor?"

„Ich empfehle, dass Ms. Shaw die Benutzung des Chips mit sofortiger Wirkung einstellt. Ansonsten befürchte ich das Schlimmste."

Gray dachte nach. „Und Sie sind sich sicher, es würde ihr dann bessergehen?“

„Nein, sicher bin ich mir nicht. Dafür verstehe ich zu wenig, was mit ihr vorgeht. Aber die jetzige Situation führt definitiv zu einer fortschreitenden Verschlechterung.“

„Lässt sich die Verschlechterung schon an den Arbeitsergebnissen von Ms. Shaw ablesen?“

Schwarzman antwortete nur widerstrebend. „Nein. Diese sind nach wie vor exzellent.“

„Doktor, Sie wissen, in den letzten Tagen habe ich stets für Sie und das Wohlergehen von Ms. Shaw Partei ergriffen. Leider werden wir mit unveränderter Frequenz angegriffen. Ms. Shaws Einsatz ist entscheidend für unsere Verteidigung, für die Sicherheit dieses Landes. Wir arbeiten mit Hochdruck daran, die Bedrohung an der Quelle auszuschalten. Bis es so weit ist, kann ich es allerdings nicht verantworten, Ms. Shaw abzuziehen. Diese Entscheidung fällt mir unendlich schwer, glauben Sie mir. Aber Ms. Shaw muss durchhalten, solange es geht.“

Schwarzmans Gesichtszüge verhärteten sich. „Das ist vermutlich nicht mehr lange. Fürs Protokoll: Aus medizinischer Sicht halte ich Ihre Entscheidung für falsch und widerspreche ihr mit allem Nachdruck. Jetzt muss ich mich wieder um meine Patientin kümmern.“ Damit erhob er sich und verließ grußlos Grays Büro.

...

Die nächsten Tage stellten die Geduld aller Beteiligten auf eine harte Probe. Das galt insbesondere für Ell. Während Gray und seine Kollegen weiter an ihrem Einsatzplan feilten, das Zugriffsteam auswählten und versuchten, mehr über Blochs Unterschlupf und dessen Umgebung herauszufinden, konnte er nur abwarten. Es überraschte ihn, wie sehr er Chang Feng vermisste. Obwohl sie nicht die Gesprächigste gewesen war, hatte er mit ihr über alles reden können und mehr auf ihren Rat vertraut, als er sich eingestehen mochte. Trina bekam er kaum noch zu Gesicht und wenn doch, dann erfasste ihn eine wachsende Verzweiflung. Ihr Zustand verschlechterte sich zusehends. Ein fiebriger Glanz war in ihre Augen getreten und sie wirkte von Tag zu Tag bleicher, dünner und in sich gekehrter. Lange diskutierte er hierüber mit Dr. Schwarzman und intervenierte auch bei Agent Gray. Erfolglos. Gray erwiderte nur, falls Ms. Shaw aufhören wolle, würde er sie zu nichts zwingen. Er werde ihr jedoch keinen entsprechenden Befehl erteilen. Und Trina wollte nicht aufhören. Ell hätte eine solche Starrköpfigkeit niemals für möglich gehalten. Sein Argument, Allison habe die Abwehr der Angriffe bestens allein im Griff, ließ sie nicht gelten. Genau das bereitete ihr sogar die größten Sorgen. Momentan spielten sie und Allison sich die Bälle so geschickt zu, dass Finch nach wie vor glaubte, Trina und eine von ihr programmierte Firewall seien für die erfolgreiche Verteidigung verantwortlich. Allerdings stellte er immer hartnäckiger Fragen, auf die ihr keine überzeugenden Antworten mehr einfielen. Und spätestens, wenn auch ohne sie alles weiter wie am Schnürchen liefe, würde er begreifen, dass kein normales Programm dazu in der Lage wäre. Ell vermochte dieser Logik wenig entgegenzusetzen, fragte sich aber, ob wirklich Trina aus diesen Worten sprach oder nicht vielmehr Allison. Bislang hatte er die Geheimhaltung von Allisons Existenz nicht ernsthaft infrage gestellt. Zum einen, weil ihm vermutlich sowieso niemand glauben würde, und zum anderen, weil er vor den Konsequenzen zurückschreckte. Denn wenn man sich schon dazu durchrang, Allison als das zu akzeptieren, was sie behauptete zu sein, musste man zwangsläufig in Erwägung ziehen, der Rest ihrer Geschichte könnte ebenfalls wahr sein. Angesichts von Trinas Zustand näherte Ell sich jedoch einem Punkt, an dem ihn mögliche Konsequenzen immer weniger interessierten. Trinas Gesundheit, womöglich ihr Leben, waren ein zu hoher Preis. Und er trug die Schuld an allem. Er hatte sie in diese unselige Geschichte mit hineingezogen. Doch Trina wollte nichts davon wissen. „Jetzt aufzuhören würde keinen Unterschied mehr machen, Will", sagte sie mit einem Fatalismus, der Ell die Kehle zuschnürte. „Dafür ist es längst zu spät. Mein Schicksal war schon besiegelt, als ich die Tiefenverbindung mit Allison zum ersten Mal eingegangen bin. Und das ist allein meine Verantwortung. Ich selbst habe diese Entscheidung getroffen. Vielleicht sind meine Gründe nicht die Besten gewesen. Streich das. Ganz bestimmt sind meine Gründe nicht die Besten gewesen. Eigentlich gab es nur einen einzigen. Angst. Selbstmord aus Angst vor dem Tod, gewissermaßen. Allison hat mich auf die möglichen Folgen hingewiesen. Dennoch bereue ich es nicht. Obwohl ich mich immer schlechter an Details erinnere, weiß ich noch sehr genau, wie es sich anfühlte, plötzlich keine Angst mehr zu haben. Zum ersten Mal in meinem Leben. Ein unglaubliches Gefühl. Wenn ich jetzt mithelfen kann, unschuldige Menschen, die völlig ahnungslos sind, in welcher Gefahr sie schweben, zu beschützen, dann wird mich niemand davon abhalten."

„Also ist nicht Allison der Grund?"

„Doch, natürlich. Allison will ich ebenfalls beschützen, vielleicht noch mehr als alle anderen."

„Und da bist du dir sicher?"

„So sicher, wie ich mir jemals einer Sache gewesen bin."

Darauf wusste Ell nichts Gescheites zu erwidern.

...

VIER TAGE später kam die erlösende Nachricht.

„Bloch hat angebissen", verkündete Gray triumphierend. „Wir haben das Gespräch zwischen ihm und McAllen mitgehört. Wie erhofft will er das Ganze persönlich regeln und hat McAllen zu sich eingeladen. Übermorgen ist es soweit."

„Und er hat keinen Verdacht geschöpft?", erkundigte Ell sich mit deutlich gedämpfterem Enthusiasmus.

„Dafür gibt es keinerlei Anzeichen. McAllens Auftritt am Telefon war oscarverdächtig. Genau die richtige Mischung aus Ablehnung und widerstrebender

Gesprächsbereitschaft. Langsam verstehe ich, weshalb der Mann Milliardär ist und ich nicht."

Ell fragte sich, warum es ihm so schwerfiel, in den allgemeinen Jubel einzustimmen. Das waren gute Nachrichten und schließlich stammte der Plan von ihm selbst. Mit ein wenig Glück konnte der ganze Spuk in zwei Tagen vorbei sein und er hätte endlich sein Leben zurück. Wahrscheinlich machten sich nur seine Nerven bemerkbar. Kein Wunder, begab sich doch Aidan allein auf seinen Vorschlag hin in die Höhle des Löwen. Natürlich tat er das freiwillig. Aber Ell hatte den Menschen in seiner Umgebung in letzter Zeit nicht gerade Glück gebracht. Das galt zumindest für Trina, Chang Feng und Alexandra. Hoffentlich nicht auch für Aidan.

„Wie geht es jetzt weiter?"

„Das Einsatzteam reist heute Abend ab. Carter und ich ebenfalls. Wir werden die Operation vor Ort leiten. Ich will nichts dem Zufall überlassen."

„Passen Sie bitte auf, dass Mr. McAllen heil zurückkommt, sonst leiht er mir nie wieder seinen Privatjet."

Gray verstand trotz der leichten Worte, wie ernst Ell es meinte. „Keine Sorge, Professor. Unser Plan ist solide und wir verfügen über die besten Spezialkräfte der Welt. Und für den Notfall gibt es ja die Geheimwaffe von Dr. Barlow. Es wird alles glattgehen."

Ell rang sich ein Lächeln ab. „Dann gute Jagd und doswidanja."

53

Es gibt Menschen, die hinterlassen schon nach einer kurzen Begegnung einen bleibenden Eindruck. Sobald sie den Raum betreten, ist ihnen die Aufmerksamkeit aller Anwesenden gewiss, und ohne große Worte oder Gesten ziehen sie jeden in ihren Bann. Mischa Wolkow gehörte nicht zu diesen Menschen. Tatsächlich verkörperte er das genaue Gegenteil. Alles an ihm wirkte so normal, so durchschnittlich, so beruhigend gewöhnlich, dass niemand von ihm Notiz nahm. Selbst wer ihm gerade eine Fahrkarte verkauft, im Bus neben ihm gesessen oder ein paar belanglose Worte mit ihm über das Wetter gewechselt hatte, vergaß diesen mittelgroßen, mittelschlanken, mittelblonden und offensichtlich völlig bedeutungslosen Mann nach kürzester Zeit wieder. Ein Hindernis für eine erfolgreiche berufliche Karriere, sollte man meinen; nicht jedoch für Mischa. Für ihn bedeuteten diese Eigenschaften sein größtes Kapital. Der neunundfünfzigjährige gebürtige Georgier war bereits sein halbes Leben im Außeneinsatz für die CIA tätig und hatte alles erlebt und gesehen, was dieser Beruf mit sich bringen konnte. Der aktuelle Einsatz bereitete ihm allerdings einiges Kopfzerbrechen. Lediglich zehn Tage Vorbereitungszeit hatte man ihm eingeräumt. Schon unter idealen Umständen wäre das absurd knapp bemessen gewesen. Und die Umstände waren weit entfernt von ideal. Eine erste Erkundungsfahrt übertraf seine schlimmsten Befürchtungen. Der Ort, an dem der Einsatz stattfinden sollte, entpuppte sich als opulenter Landsitz auf halbem Wege zwischen Vyborg und St. Petersburg. Erbaut um die Jahrtausendwende von einem in den Wirren der neunziger Jahre zu unvorstellbarem Reichtum gekommenen Oligarchen, verfügte das weitläufige Gebäude über dreißig Zimmer, eine Garage für zehn Autos, zwei Pools, einen eigenen Schießstand, Ställe für ein dutzend Pferde und Nebengebäude für das Personal. Lange hatte es leer gestanden. Man könnte meinen, sein ursprünglicher Bewohner sei des vollkommen geschmackfrei im Zuckerbäckerstil errichteten Anwesens vielleicht überdrüssig geworden. In Wahrheit hatte dieser seinen Wohnsitz höchst unfreiwillig gegen eine zugige Zelle in einem sibirischen Straflager getauscht. Das geschah, wenn man seine eigene Macht über- und die der wahrhaft Herrschenden unterschätzte. Die Auseinandersetzung um das Vermögen des in Ungnade Gefallenen verhinderte für Jahre einen Verkauf der Immobilie. Und als es endlich möglich wurde, wollte niemand diese abgelegene Monstrosität haben. Bis ein südafrikanischer Geschäftsmann aus London, der in der

Nähe bereits ein marodes Stahlwerk besaß, plötzlich Interesse zeigte. Verglichen mit den Erstellungskosten war der Kaufpreis lächerlich gering, doch die Maklerin machte drei Kreuze, die Kiste endlich los zu sein, und legte den Fall dankbar zu den Akten. So bekam sie auch nicht mehr mit, was darauf folgte: den Abriss der Stallungen und Neubau einer tausend Quadratmeter großen Halle. Das ständige Kommen und Gehen von Lastwagen, die Container mit unbekanntem Inhalt aus dem St. Petersburger Hafen anlieferten. Die sogar für russische Verhältnisse ungewöhnlich massiven Sicherheitsvorkehrungen. Die Menschen im nächsten Dorf registrierten all das sehr wohl, zogen es aber vor, keine Fragen zu stellen. Neugier konnte nicht nur für Katzen tödlich sein. Wurde der neue Gutsherr anfangs noch häufiger gesichtet, ließ er sich nach Fertigstellung der Umbauarbeiten kaum mehr blicken. Welchen Zweck das Anwesen für ihn auch immer erfüllte, ausgedehnte Aufenthalte gehörten nicht dazu. Einige im Dorf vermuteten, wer so reich sei, habe bestimmt dutzende Häuser. Da könne man das eine oder andere schon mal vergessen. Andere glaubten, der Ausländer sei ein Strohmann für den inhaftierten Oligarchen. Die nächsten wiederum witterten ein geheimes Projekt des FSB. Gemeinsam hatten diese Gerüchte nur eines. Sie waren alle falsch. Der Mann, der ihnen die Wahrheit hätte sagen können, musste sich jedoch mit Wichtigerem beschäftigen. Mischa stand nämlich vor einer fast unlösbaren Aufgabe. Es galt, ohne Auslösung eines Alarms in das Gebäude einzudringen, alle Bewohner innerhalb von zwei Minuten kampfunfähig zu machen, eine Zielperson zu extrahieren oder zu eliminieren sowie einen wertvollen Gegenstand sicherzustellen. Wegen der einsamen Lage erforderte aber schon eine oberflächliche Observierung äußerste Vorsicht. Jeder Fremde fiel auf und erregte sofort Misstrauen. Mischa grübelte einen ganzen Tag, bis er die Lösung fand. Durch einen Kontakt beim Katasteramt und die Zahlung eines kleinen Vermögens an Bestechungsgeldern, befand er sich vierundzwanzig Stunden später im Besitz der Gerätschaften und der offiziellen Papiere eines staatlichen Landvermessers. Drei seiner Leute wurden abgestellt, um, ausgestattet mit einem alten UAZ-452 Kleintransporter, Winkelprisma, Theodolit, Nivellier und Laserscanner, die Strecke für eine angebliche neue Stromtrasse auszumessen. Rein zufällig führte sie diese Tätigkeit in gerader Linie am Anwesen des Südafrikaners vorbei. Kaum gelangten sie in Sichtweite, tauchte ein Sicherheitsteam auf und prüfte ihre Papiere. Die Tarnung hielt stand und sobald die Männer wieder sich selbst überlassen waren, observierten sie das Anwesen mit allem, was die moderne Überwachungstechnik hergab. Nach drei Tagen besaß Mischa einen ziemlich guten Überblick. Die wichtigste Erkenntnis bestand darin, dass sich die Zielperson namens Bloch tatsächlich im Gebäude aufhielt. Daran ließ das Bildmaterial keinen Zweifel. Er wurde auf Schritt und Tritt von seinen persönlichen Bodyguards begleitet. Wenn er jeden Mittag um dieselbe Zeit das Haus für einen fünf Kilometer langen Jogginglauf verließ, umgaben ihn ständig vier Bewaffnete. Zusätzlich folgte ihm ein gepanzertes SUV mit weiteren vier Sicherheitsleuten. Sogar im Inneren des Hauses blieb ein Zwei-Mann-Team immer in seiner Nähe. Ein solches Maß an

Paranoia überraschte selbst Mischa; obgleich Paranoia wohl das falsche Wort war. Schließlich zeugte Mischas Anwesenheit davon, dass Bloch sich die Bedrohung nicht bloß einbildete. Die insgesamt zwölf Personenschützer wurden unterstützt von weiteren zehn Wachleuten, die das Gelände sicherten. Sie besetzten strategische Positionen wie das Eingangstor und die Zugänge zu den verschiedenen Gebäuden. Zudem machten sie regelmäßige Kontrollgänge. Allein vier von ihnen hielten sich rund um die Uhr in der Nähe der flachen Halle unweit des Hauptgebäudes auf. Ein drei Meter hoher, durchgehender Stahlzaun umschloss das gesamte Anwesen. Mischas geschultes Auge erkannte Kameras, Berührungssensoren und Bewegungsmelder. Vermutlich gab es auch im Erdboden vergrabene Druckplatten. Die Sicherheitstechnik entsprach dem neusten Stand und ein eigener Notstromgenerator gewährleistete ihren unterbrechungsfreien Betrieb. In ein paar Jahre würden wahrscheinlich Drohnen den Perimeter patrouillieren. Heute dankenswerterweise noch nicht, und so nutzte Mischa die verbliebene Lufthoheit. Sobald das trübe Tageslicht sich zurückgezogen hatte, stiegen lautlos mehrere Militärdrohnen mit Infrarottechnik auf und lieferten Live-Bilder aus der Vogelperspektive. Eine weitaus größere Herausforderung stellte das Innere der Gebäude dar. Die einzigen Grundrisse, die Mischa auftreiben konnte, stammten aus der Bauzeit des Objektes und waren nicht mehr aktuell. Für die neu errichtete Halle existierten beim Bauamt gar keine Zeichnungen. Sein Vorgesetzter ließ Mischa jedoch wissen, dass er sich deswegen nicht zu Sorgen brauche. Rechtzeitig vor dem Zugriff werde man dank einer brandneuen Hardware über die erforderlichen Erkenntnisse verfügen. Mischa fühlte sich alles andere als wohl dabei. Er verabscheute es, von Personen oder Dingen abhängig zu sein, die er nicht genau kannte. Sein Protest wurde zur Kenntnis genommen und ignoriert. Keine wirklich neue Erfahrung. Und nun, an diesem tristen Montag, an dem es mal wieder nicht richtig hell werden wollte, sollte es so weit sein.

...

GEGEN MITTAG TRAFEN Gray und Carter in der provisorischen Kommandozentrale ein. Es handelte sich um eine einsam gelegene Ferien-Datscha, die Mischa für eine Woche angemietet hatte. Hier lagerte auch die gesamte Ausrüstung für den bevorstehenden Einsatz. Mischa führte die beiden Agents nach einer kurzen Begrüßung durch das Haus.

„Und was ist das?", fragte Gray beim Anblick von mehreren Dutzend Aluminiumkoffern, die sich im ersten Stock stapelten.

Mischa lächelte versonnen. „Das ist der feuchte Traum eines jeden Waffenhändlers. Vierundzwanzig PP-2000 Maschinenpistolen, zehn OZ-14 Grosa Sturmgewehre, vierzig Jarygin PJa Pistolen, zwei WSS-Wintores Scharfschützengewehre, vier umgebaute AGS-30 Granatwerfer und eine RPG-29 Panzerfaust. Dazu Plastiksprengstoff mit

Zündern, Kampfmonturen, schusssichere Westen, Nachtsichtgeräte, Funkgeräte und jede Menge Munition.“ Nachdenklich musterte er Gray und Carter. „Genug für einen kleinen Krieg. Und doch geht es nur um einen Mann ... und einen Edelstein.“

„Ganz genau“, erwiderte Gray, ohne auf die unausgesprochene Frage einzugehen.

Carter öffnete ihre Umhängetasche und zog ein Laptop hervor. „Hier ist ein weiteres Spielzeug für Sie. Damit empfangen wir die Signale des Umfelddetektors, auf den Sie bestimmt schon neugierig sind.“

„Allerdings“, gab Mischa zu. „Schließlich hängt davon der Erfolg der gesamten Operation ab. Wo ist das Gerät jetzt?“

„Im rechten Schuhabsatz unseres Maulwurfs Aidan McAllen. Dort fällt es nicht auf und ist jederzeit für ihn griffbereit.“

Mischa sah auf seine Uhr. „Es bleiben fünf Stunden, um uns vorzubereiten. Gehen wir das Ganze noch einmal durch. McAllens Privatjet landet um neunzehn Uhr in St. Petersburg. Ab diesem Zeitpunkt sind alle Teams auf Stand-by. Spätestens um zwanzig Uhr trifft er auf Blochs Anwesen ein. Bis dahin ist es vollständig dunkel. Üblicherweise reist McAllen in Begleitung von zwei Personenschützern, die wir durch Leute von uns ersetzt haben. Um kein Misstrauen zu erregen, werden diese das Gebäude allerdings nicht mit ihm betreten, sondern am Wagen warten. Begrüßung, ein wenig Smalltalk, dann die geschäftliche Besprechung beim Dinner.“

„In der Zeit muss es McAllen gelingen, den Umfelddetektor irgendwo im Gebäude zu platzieren“, setzte Gray die Zusammenfassung fort. „Sobald wir ein Signal empfangen, starten Sie mit dem Feinschliff ihrer Einsatzplanung.“

Mischa nickte. „Gegen Mitternacht bricht McAllen zum Flughafen auf. Wenn sein Flieger in der Luft ist, haben wir grünes Licht für den Zugriff. Gibt es Änderungen an der Notfallplanung?“

„Nein“, antwortete Carter. „Sollte McAllen, aus welchem Grund auch immer, in Schwierigkeiten geraten, besteht sein Notfallcode aus dem Satz ‚Das ist dieses Jahr ein ungewöhnlich kalter Winter gewesen‘. Er hat die Anweisung, sofort danach das in seiner Kleidung integrierte Betäubungsgas freizusetzen. Dadurch wird hoffentlich jede unmittelbare Bedrohung in seiner Nähe ausgeschaltet. Es ist dann die Aufgabe des entsprechenden Einsatzteams, schnellstens zu ihm vorzudringen, sofern noch nicht geschehen den Umfelddetektor zu aktivieren und McAllen in Sicherheit zu bringen.“

„Hoffentlich kommt es nicht so weit“, seufzte Mischa. „Ich hasse es, unter Zeitdruck zu improvisieren. Sowas kann leicht in einem Fiasko enden. Was ist im Zweifel eigentlich wichtiger? Dieser Bloch, der Edelstein oder das Leben von McAllen?“

Gray fixierte Mischa mit unbewegter Miene. „Alle drei sind wichtig. Wenn Sie sich jedoch für eines entscheiden müssen, lautet die Antwort: Der Stein. Ohne diesen Stein fährt keiner von uns wieder nach Hause.“

54

Finch saß in Agent Grays Büro und wartete auf Ell. Während Gray und Carter im fernen Russland den Einsatz leiteten, war es an ihm hängen geblieben, in Arizona die Stellung zu halten. Gray hielt ihn hier für unverzichtbar, da nur er die Fähigkeiten besaß, Shaw bei der Abwehr der fortdauernden Cyberattacken Hilfe zu leisten. Nach der anfänglichen Enttäuschung, die ganze Action zu verpassen, empfand er eine gewisse Erleichterung, an einem sicheren Schreibtisch zu sitzen, statt hinter den feindlichen Linien zu liegen. Zugegeben hätte er das natürlich niemals. Ganz wohl fühlte er sich dennoch nicht, denn soeben war seine Hoffnung, dass es ruhig bleiben würde und er keine wesentlichen Entscheidungen treffen müsste, enttäuscht worden.

Ell klopfte gegen die offenstehende Tür. „Agent Finch, Sie wollten mich sprechen?“

„Bitte kommen Sie herein, Professor.“ Finch räusperte

sich. In dem voluminösen Chefsessel kam er sich verloren vor, eine Nummer kleiner wäre ihm lieber gewesen. Ell nahm Platz und schaute ihn erwartungsvoll an. „Der Grund, weswegen ich Sie hergebeten habe … Sie sind hier, weil es da ein Problem gibt."

Ell zog eine Grimasse. „Und was ist es diesmal? Ist wieder irgendjemand abgehauen?"

„Nein, nichts dergleichen." Finch zögerte er einen Augenblick. „Obwohl, irgendwie schon. Aber dieses Mal hat es nichts mit Ihnen zu tun. Oder vielleicht auf eine gewisse Weise doch. Es geht um David Goldstein."

Ell setzte sich ruckartig auf. „Was ist mit David? Ist ihm etwas passiert?"

„Es geht ihm gut", beeilte Finch sich zu versichern. „Aber er ist uns in Hamburg leider entwischt."

„Wie konnte das passieren?", fragte Ell entgeistert. „Wie kann dem FBI ein ehemaliger Physikprofessor im Pensionsalter entwischen? Wo ist er jetzt?"

Finch zog an seinem Kragen, der sich plötzlich viel zu eng anfühlte. „Er ist im Augenblick … hier."

Ell sprang aus seinem Sessel. Man sah ihm an, dass er die Worte am liebsten aus dem Agent herausgeschüttelt hätte. „Hier in der Anlage?"

Finch schüttelte entsetzt den Kopf. „Großer Gott, nein! Dies ist ein Hochsicherheitsbereich. Er ist in Arizona und sucht nach Ihnen. Dabei könnte er mehr Aufmerksamkeit erregen, als uns lieb ist. Das wollen wir natürlich vermeiden."

„Und wie wollen Sie das anstellen?"

„Sie müssen mit ihm reden und ihn überzeugen, damit

aufzuhören. Er versucht schon die ganze Zeit, Sie über Ihr Mobiltelefon zu erreichen.“

„Sie meinen das Telefon, das Sie mir abgenommen haben?“, bemerkte Ell sarkastisch.

„Genau.“ Finch öffnete eine Schublade und zog das Telefon hervor. „Hier ist es.“

Ell riss Finch das Gerät aus der Hand. Neunundvierzig verpasste Anrufe. Wie aufs Stichwort begann das Telefon zu klingeln. Ohne auf Finchs Zustimmung zu warten, nahm Ell das Gespräch an. „Hallo?“

„Will! Endlich! Ich versuche seit Tagen, dich zu erreichen. Ich muss dringend mit dir sprechen!“

„David, was gibt es denn so Wichtiges? Stimmt es, dass du in Arizona bist?“

„Was blieb mir anderes übrig? Ans Telefon bist du ja nicht gegangen. Außerdem muss ich sowieso mit dir persönlich sprechen. Wir müssen uns treffen. Sofort.“

Finch hatte mitgehört und schüttelte entschieden den Kopf.

„Das wird schwierig werden, David“, antwortete Ell. „Das FBI hat da seine eigenen Vorstellungen, und momentan ist es extrem ungünstig. In zwei, drei Tagen sieht es schon viel besser aus.“

„Nein!“ Davids Stimme überschlug sich fast. „Es muss sofort sein! Ansonsten werde ich solange an jede Tür klopfen, bis ich dich gefunden habe!“

Finch raufte sich die Haare und überlegte fieberhaft. Die Situation drohte, ihm zu entgleiten. Es gab nur zwei Möglichkeiten. Entweder ließ er den alten Mann mit

Gewalt einfangen und einsperren oder er erlaubte das Treffen.

Ell schien genau zu wissen, was gerade in Finch vorging. „Nun, Agent Finch?“

Finch entschied sich für das kleinere Übel. „Zwanzig Meilen von hier liegt Ritchfield. Dort können Sie sich an einem Ort treffen, den wir aussuchen werden. Ein Team von Agents begleitet sie.“ Finch versuchte, so etwas wie Autorität in seine Stimme zu legen. „Und danach fährt Dr. Goldstein wieder nach Hause und bleibt dort, ohne uns Schwierigkeiten zu machen.“

„Hast du das gehört, David?“, fragte Ell.

„Ja, habe ich. Ich mache mich gleich auf den Weg. Ruf an, sobald du weißt, wo genau ich hinkommen soll.“

Ell saß eingekeilt zwischen zwei Agents auf der Rückbank eines schwarzen Chevy Tahoe mit verdunkelten Scheiben, der begleitet von zwei weiteren Fahrzeugen des gleichen Typs eine staubige Landstraße entlangbrauste. Finch hatte aufgrund der Informationen des Vorausteams ein kleines Diner namens Rick's Café in einer Nebenstraße von Ritchfield als Treffpunkt ausgesucht. Um nicht zu sehr aufzufallen, hielt die Kolonne einen Block entfernt in einer Querstraße. Drei Agents begleiteten Ell auf dem verbleibenden Fußweg, während sich der Rest auf strategische Positionen in der Nähe verteilte. Erst nach der Freigabe durch zwei Agents des Vorausteams durfte Ell das Lokal betreten. Bis auf ein älteres Paar konnte er keine weiteren Gäste entdecken. Ell wurde zu einem Tisch in der hintersten Ecke geleitet und setzte sich. An der Miene der Bedienung erkannte er, dass man in Rick's Café eine solche Dichte an Anzugträgern in schwarz nicht gewohnt war. Misstrauisch beäugte die stämmige Kellnerin, auf deren fleckiger Uniform der Name ‚Rosalyn' prangte, Ells Begleitung.

„Was kann ich dir bringen, Schätzchen?"

„Einen Kaffee, bitte. Schwarz."

Trotz deren Kürze notierte Rosalyn sich die Bestellung. „Schwarz ist offensichtlich die Farbe des Tages. Möchten die Herren auch etwas?"

Die Agents schüttelten stumm den Kopf.

„Hatte ich auch nicht gedacht", erwiderte Rosalyn spitz und machte sich auf den Weg in die Küche.

Ell nippte bereits an seinem Kaffee, als David zehn Minuten später durch die Tür trat. Einer der Agents fing ihn am Eingang ab und durchsuchte ihn gründlich. Erst danach durfte Ell seinen alten Mentor endlich mit einer herzlichen Umarmung begrüßen. „David, schön, dich zu sehen. Bitte setz dich."

„Gott sei Dank. Es geht dir gut, Will." Erschöpft nahm David Platz. „Ich hatte schon fast die Hoffnung aufgegeben, dich zu finden. Du wirst ja besser bewacht als ein Kronzeuge gegen die Mafia."

„Ein wenig übertrieben, wenn du mich fragst, aber mir steht da leider kein Mitspracherecht zu."

„Jetzt bist du ja hier. Es gibt ein paar Dinge, die du unbedingt wissen musst. Ich habe viel zu lange damit gewartet. Es schien einfach nie der rechte Zeitpunkt zu sein. Vielleicht wollte ich dich auch nur ..." In diesem

Moment wurde David offenbar bewusst, dass immer noch zwei Agents in Hörweite standen. „Meine Herren, Professor Ell und ich würden gern etwas Privates besprechen. Ich wäre Ihnen dankbar, wenn wir einen Augenblick ungestört miteinander reden könnten."

Die beiden Agents tauschten einen kurzen Blick aus und zuckten dann mit den Schultern. Anscheinend stand keiner ihrer Befehle diesem Wunsch entgegen und so zogen sie sich zurück.

„Ich hatte gehofft, du würdest sicher sein und ein normales Leben führen können. Doch vermutlich ist das von Anfang an eine Illusion gewesen."

Verwirrt zog Ell die Augenbrauen zusammen. „Ich verstehe nicht, David. Wovon sprichst du?"

David atmete tief durch. „Das wird jetzt alles sehr seltsam für dich klingen, aber du musst mir glauben, es ist die Wahrheit. Die Steine, die künstlichen Intelligenzen, sind bloß ein Teil der Geschichte. Es geht um etwas viel Größeres."

Ell brauchte einen Augenblick, um das Gehörte zu begreifen. „Du weißt von den KIs? Woher? Nur Trina, Chang Feng und ich wissen davon. Und wir haben es erst vor ein paar Tagen erfahren."

David lächelte schwach. „Ich fürchte, ich weiß so ziemlich alles. Und mein Wissen darüber ist älter als ein paar Tage. Viel älter."

Ells Verstand arbeitete im Zeitlupentempo. „Dann weißt du auch von der Simulation? Dass diese Welt angeblich nur eine Simulation sein soll?"

„Natürlich. Nicht nur diese Welt. Alle Welten, die

bislang entdeckt wurden, sind Simulationen. Deshalb suchen wir ja nach dem Ursprung."

Wie durch Watte hörte Ell sich fragen „Wer ist wir?"

„Reisende wie ich." David zögert kurz. „Und wie du."

„Wie ich?"

David nickte. „Es gibt einen Grund, warum du dich an diesen Teil deiner selbst nicht erinnern kannst. Ich werde dir alles erklären. Jetzt ist allerdings etwas anderes viel wichtiger. Du musst sofort ..."

Ell vernahm ein Zischen, Sekundenbruchteile später gefolgt vom Klang zersplitternder Scheiben. Ein Ruck ging durch Davids Körper und seine Augen wurden weit. Langsam sackte er vorne über, während sein Hemd sich rot verfärbte.

„Scharfschütze", brüllte einer der Agents. Sofort brach die Hölle los. Der am nächsten stehende Agent riss Ell und David zu Boden. Die anderen eröffneten das Feuer in Richtung des mutmaßlichen Schützen. „Code 15, Notevakuierung", schrie der Agent in sein Mikrofon und sicherte mit gezogener Waffe die Umgebung. Ell hatte dafür keinen Blick übrig. Geschockt drehte er David auf den Rücken und fühlte seinen Puls. Schwach und unregelmäßig. Aus einer großen Brustwunde strömte das Blut. Hastig zog er sein Jackett aus und presste es auf die Wunde. Als er sich vorbeugte, um Davids Atmung zu prüfen, ergriff dieser plötzlich mit erstaunlicher Kraft seine Hand.

„Will ... hör mir zu."

„David, halte durch. Wir bringen dich sofort in ein Krankenhaus." Es bereitete David offensichtlich größte Mühe zu sprechen. Ell konnte ihn kaum verstehen.

„Dafür ist es zu spät … Du sollst mir zuhören … Aidan … ist … ist nicht …“ Davids Stimme brach.

„Ruhig, David. Du musst deine Kräfte sparen.“

Doch David setzte erneut an. „Suche Nu Shan Si … Bo kann erklären …“ Davids Stimme wurde leiser und Ell musste sich weit vorbeugen, um überhaupt noch etwas zu verstehen. David schaffte es, Ell einen letzten Satz ins Ohr zu flüstern. Dann wurde seine Hand, mit der er Ells ergriffen hielt, schlaff, und nach einem letzten Lidschlag schlossen sich seine Augen für immer.

„David?“ Ell schüttelte seinen alten Freund zaghaft und wusste doch, dass es vergebens war.

Ein Agent packte Ell von hinten an der Schulter. „Kommen Sie. Unser Wagen ist da!“

Ell riss sich los. „Wir müssen ihn mitnehmen. Wir können ihn nicht hierlassen.“

„Er ist bereits tot“, erwiderte der Agent ungeduldig. „Wir können nichts mehr für ihn tun. Aber da draußen läuft ein Scharfschütze herum und wir wissen nicht, wer sonst noch. Ich muss für Ihre Sicherheit sorgen. Und genau das werde ich tun. Wenn nötig, mit Gewalt.“

Paralysiert betrachtete Ell Davids leblosen Körper. Wie klein er plötzlich wirkte. Sorgsam legte er die Hand seines Mentors auf dessen Brust. Dann ließ er sich widerstandslos von seinem Bewacher in Richtung Küche ziehen. An den verschreckten Mitarbeitern des Diners vorbei erreichten sie den Hinterausgang. Dort stand mit laufendem Motor und offenen Türen eines der gepanzerten SUVs. Wie in Trance fiel Ell auf die Rückbank, während der Fahrer das Gaspedal durchdrückte. An der nächsten Kreuzung schlossen die beiden Sicherungsfahrzeuge zu ihnen auf. Ohne die Geschwindigkeit auch nur einmal unter achtzig Meilen sinken zu lassen, raste die Kolonne mit heulenden Sirenen aus der Stadt.

…

KURZ GÖNNTE er sich den Luxus, das Chaos auf der Straße zu beobachten. Es erinnerte ihn an das panische Verhalten von Insekten, wenn man einen Stein emporhob, unter dem sie sich verkrochen hatten. Bemitleidenswert. Wenn er denn Mitleid gekannt hätte. So blieb nur Verachtung. Das Präzisionsgewehr ließ er zurück. Es trug keine Spuren, die dem FBI irgendetwas nützen würden. Diese sogenannten Profis vermochten ihm und seinen Fähigkeiten nichts entgegenzusetzen. Ohne Eile verließ er den Tatort, stieg in den erst am Morgen gestohlenen Pick-up Truck und fuhr davon. Was für eine schöne Aufwärmübung, nach all den Jahren der Untätigkeit. Ihn durchströmte ein Gefühl tiefer Befriedigung. Es tat gut, endlich wieder mitzumischen. So gut.

…

Finchs Gesichtsfarbe wechselte von blassweiß zu kalkweiß. „Ist er unverletzt? Gott sei Dank! Ich habe Verstärkung angefordert. Das Field Office schickt alles, was es hat. Bringen Sie ihn einfach nur heil wieder zurück." Langsam ließ er die Hand mit dem Telefon sinken. Was für eine Katastrophe. Kaum übernahm er das Kommando, endete ein Routineeinsatz in einem Blutbad. Es war pures Glück, dass Ell noch lebte. Das galt allerdings nicht für Goldstein. Für ihn kam jede Hilfe zu spät. Drei Agents mussten mit leichten Verletzungen im Krankenhaus behandelt werden. Von dem Schützen bislang keine Spur. Schlimmer ging es nicht mehr. Zumindest dachte Finch das, bis Dr. Schwarzman mit steinerner Miene in sein Büro trat.

„Ms. Shaw ist soeben ins Koma gefallen. Der Hubschrauber ist jeden Moment hier und bringt sie ins Militärkrankenhaus nach Phoenix. Wenn Sie das nächste Mal mit Ihrem Chef sprechen, richten Sie ihm meine Glückwünsche aus." Der Arzt drehte sich auf dem Absatz um, ohne Finch Gelegenheit für eine Entgegnung zu geben. Finch stöhnte gequält auf. Er war Analyst, Gott verdammt, kein beschissener Krisenmanager. Je eher er wieder seinen alten Job machen durfte, umso besser. Wenn er dann noch einen Job hatte. Im Laufschritt eilte er ins Kontrollzentrum. Zwei Agents hoben gerade Trinas schmalen Körper auf eine mobile Krankenliege, während Dr. Schwarzman einen Infusionsbeutel hochhielt. Beklommen nahm Finch diesen Anblick in sich auf. Er hatte in den letzten vierzehn Tagen fast seine gesamte Zeit mit Trina verbracht und doch kaum eine Gelegenheit gehabt, sie richtig kennenzulernen. Sie verdiente es nicht, auf diese Weise zu enden. Es war einfach ungerecht. Widerstrebend trat er an die Liege und suchte nach dem Chip. Wie immer, wenn sie arbeitete, steckte dieser eingeklemmt zwischen ihren Armbändern. Unter dem angewiderten Blick von Dr. Schwarzman zog er das Kristall behutsam heraus und verstaute es in seiner Hosentasche. Er folgte nur seinen Befehlen, auch wenn er sich dabei fühlte wie ein kaltherziges Schwein. Betreten sah er zu, wie die kleine Prozession den Raum Richtung Oberfläche verließ. Nach einem kurzen Abstecher in Grays Büro, um den Chip im Safe zu deponieren, kehrte er in das Kontrollzentrum zurück und verschaffte sich einen Überblick. Momentan hielt das von Trina entworfene Programm den Attacken stand. Er hoffte nur, dass Gray und Carter Bloch ausschalten konnten, bevor sich das änderte. Ansonsten würde dieser furchtbare Tag noch wesentlich schlimmer enden, als er bereits begonnen hatte.

...

Ell wirkte zutiefst verstört, als die Agents ihn bei Finch ablieferten.

„Professor, ich bin froh, dass es Ihnen gut geht. Was mit Ihrem Freund geschehen ist, tut mir aufrichtig leid. Ich hätte einem Treffen niemals zustimmen dürfen."

Doch Ell schien ihm gar nicht zuzuhören. „Ich muss

sofort mit Agent Gray sprechen. Irgendetwas läuft dramatisch schief. Er muss den Einsatz abbrechen.“

Finch verschlug es einen Moment die Sprache. Ell stand zweifelsohne unter einem schweren Schock. „Alles läuft nach Plan, Professor. Sie brauchen sich keine Sorgen zu machen. Ruhen Sie sich aus. Sie hatten gerade ein furchtbar traumatisches Erlebnis.“

Ell sprang auf und schrie fast. „Ich will sofort mit Agent Gray sprechen. Sofort!“

Einer der auf dem Flur Wache stehenden Agents steckte seinen Kopf zur Tür herein, um zu sehen, ob es Probleme gab. Finch signalisierte ihm mit einem Wink, sich wieder zurückzuziehen. „Das geht nicht, Professor. Die Operation hat bereits begonnen. Das bedeutet, es herrscht absolute Funkstille. Selbst wenn ich wollte, könnte ich Agent Gray nicht mehr erreichen, bis der Einsatz abgeschlossen ist.“

Die Bedeutung der Worte schien nur langsam in Ells Bewusstsein vorzudringen. „Zu spät“, murmelte er vor sich hin. „Schon wieder zu spät.“ Mit sichtlicher Mühe riss er sich zusammen. „Dann muss ich mit Ms. Shaw sprechen. Ist sie im Kontrollzentrum?“

Finch fühlte, wie ihn eine große Müdigkeit überkam. „Setzen Sie sich bitte, Professor. Es gibt da noch etwas, das ich Ihnen mitteilen muss.“

55

Um kurz nach acht Uhr abends bog die gepanzerte Maybach-Limousine mit Aidan McAllen in die Auffahrt des schwer bewachten Landsitzes ein. Bloch erwartete seinen Gast bereits vor der gigantischen doppelflügeligen Haustür. „Mein lieber Mr. McAllen. So lernen wir uns endlich persönlich kennen. Ich hoffe, Sie hatten eine angenehme Anreise."

Aidan stieg die Stufen zum säulenbewehrten Eingang empor und sah sich um. „Vielen Dank für Ihre freundliche Einladung. Bitte nennen Sie mich Aidan. Sie haben hier ja ein wirklich ... einzigartiges Anwesen."

Bloch schien entschlossen, das als Kompliment aufzufassen. „Ja, das höre ich öfter. Ich bin übrigens Jan." Die beiden Männer schüttelten sich die Hand. „Es ist großzügig, komfortabel und gewährt ein Maximum an Privatheit."

„Und Sicherheit, wie ich sehe", ergänzte Aidan beim Anblick der vielen Kameras und Wachleute.

„Ein Mann in meiner Position muss vorsichtig sein", erwiderte Bloch leutselig. „Besonders in einem Land wie diesem. Hier gelten immer noch andere Gesetze als im Rest der Welt."

Aidan lächelte dünn. „Was nicht von Nachteil sein muss."

Bloch lachte laut auf. „Ich sehe schon, wir werden uns prächtig verstehen. Bitte kommen Sie herein." Die von einer Glaskuppel gekrönte Eingangshalle maß bestimmt zwanzig Meter im Durchmesser und erstreckte sich über zwei Stockwerke. Weißer Marmor bedeckte den Boden, die Wände und die geschwungene, ins Obergeschoss führende Treppe. „Ich hoffe, Sie verzeihen mir, wenn Alexej, mein Sicherheitschef, Sie kurz auf gefährliche Gegenstände untersucht. Ich selbst halte das für völlig überflüssig, aber nach einem versuchten Anschlag auf mein Leben vor einigen Wochen habe ich mich bereit erklärt, seinem strengen Protokoll zu folgen."

„Wenn es Sie beruhigt."

Alexej, ein kahlköpfiger Schrank von einem Mann, klopfte Aidan routiniert ab. Alles, was er zu Tage förderte, war Aidans Mobiltelefon. „Das werde ich für Sie verwahren. Sie erhalten es bei Ihrer Abreise zurück."

Es machte zunächst den Eindruck, als wolle Aidan widersprechen. Dann überlegte er es sich anders. „Na schön. Aber halten Sie das nicht für etwas übertrieben?"

„Wahrscheinlich haben Sie recht", stimmte Bloch ihm diplomatisch zu. „Obwohl man die Mikrofone dieser Dinger angeblich aus der Ferne einschalten kann. Ohne, dass Sie es überhaupt mitbekommen. Ich gehöre nicht zu der Generation, die damit aufgewachsen ist und mir bereitet dieser ganze technische Krams Unbehagen. Vermutlich, weil ich zu wenig davon verstehe."

„Und dennoch wollen Sie mir ein Hochtechnologieunternehmen abkaufen?", fragte Aidan leicht spöttisch.

Bloch lachte gutmütig. „Ich verstehe vielleicht nicht, wie diese Dinge funktionieren, aber ich verstehe, dass man damit Geld verdienen kann. Das reicht mir."

„Dann lassen Sie uns übers Geldverdienen reden."

„Willkommen in der Höhle des Löwen", murmelte Mischa und drehte an einigen Knöpfen der Empfangseinheit. „Die Tonqualität ist sehr gut. Wir sollten nichts verpassen. Jetzt will ich einmal ausprobieren, ob Mr. McAllen auch uns hören kann." Mischa rückte sein Headset zurecht, wartete geduldig auf eine Gesprächspause und drückte den Sendeknopf. „Wenn Sie mich verstehen können, räuspern Sie sich bitte zweimal." Unmittelbar darauf hörte man, wie Aidan zweimal hüstelte, als sei ihm etwas in den Hals geraten.

„So weit so gut", stellte Gray fest. „Bis jetzt läuft alles nach Plan. Sind die Einsatzteams auf Position?"

Mischa nickte. „Auf mein Zeichen können wir jederzeit losschlagen. Ohne die Aktivierung des Umfelddetektors wäre das allerdings ein kompletter Blindflug. Wir wissen immer noch nicht, wo genau sich Ihr blauer Stein befindet."

„Ich weiß", erwiderte Gray gereizt. „McAllen ist nicht

auf den Kopf gefallen. Er wird seinen Teil schon hinbekommen."

Mischa wirkte nicht ganz so überzeugt. Doch für Zweifel war es jetzt eh zu spät. Stattdessen lauschte er konzentriert der Diskussion der beiden Männer.

„Ach, kommen Sie Aidan. Ich habe mich ein wenig umgehört. Sie sind kein Bestandshalter. Sind Sie nie gewesen. Sie sind ein Händler. Sie kaufen günstig ein und verkaufen teuer weiter. Ich kann mir nicht vorstellen, dass Sie mit dieser Firma eine langfristige Strategie verfolgen. Sie besitzen ein hervorragendes Gespür für Gelegenheiten und sind mir zuvorgekommen. Above Zero könnte sich im Verbund mit meinen anderen Investitionen im Halbleiterbereich zu einem echten Trumpf entwickeln – oder zu einem totalen Flop. Aber dieses Risiko bin ich bereit einzugehen. Ich garantiere Ihnen, in den nächsten Jahren wird Ihnen niemand mehr Geld für den Laden bieten als ich heute."

Die beiden Männer saßen bei einem Aperitif in der Bibliothek. Der Name führte allerdings in die Irre, da weit und breit nicht ein einziges Buch zu finden war. Stattdessen bedeckte die Wände ein Sammelsurium historischer Jagdwaffen.

Aidan lächelte unverbindlich. „Vielleicht haben Sie recht, was meine grundsätzlichen Absichten anbelangt. Aber auch ich kann durchaus geduldig sein, wenn die Aussicht auf einen noch höheren Profit besteht."

Bloch stürzte den Rest seines Drinks in einem Zug

herunter. „Ich biete Ihnen das Doppelte von dem, was Sie zahlen mussten. Hundert Prozent Gewinn in nicht einmal zwei Wochen. Für mich klingt das nach einem hohen Profit. Bedenken Sie, die Firma hat bislang nicht einen einzigen Cent verdient. Und das wird sie möglicherweise auch nie. Wir reden hier nicht von einem Internet-Start-up, bei dem irgendwelche Deppen Schlange stehen, um ihr Geld zu versenken. Es geht um Grundlagenforschung. Das ist langweilig, langwierig und häufig erfolglos. Sie werden so schnell nicht wieder jemanden finden, bei dem das ins Gesamtkonzept passt."

„Hundert Prozent Gewinn klingt gut. Aber ich hatte natürlich Aufwendungen." Aidan nahm einen kleinen Schluck aus seinem Glas. „Und vergessen Sie nicht das Finanzamt. Von den hundert Prozent bleiben mir mit Glück um die fünfzig."

Bloch schien Morgenluft zu wittern. „Ich verstehe. Dann werde ich noch einmal in mich gehen, ob wir dafür nicht eine Lösung finden."

In diesem Moment trat Alexej zu seinem Chef und flüsterte ihm etwas ins Ohr. Bloch musterte Aidan einen Moment scharf, bevor sich seine Gesichtszüge wieder entspannten. „Lassen Sie uns die Unterhaltung beim Essen fortsetzen. Ich höre gerade, es ist alles vorbereitet."

Aidan stellte sein Glas ab und erhob sich. „Sehr gern. Wo darf ich mir vorher die Hände waschen?"

„Alexej zeigt Ihnen den Weg."

Aidan folgte Alexej zurück in die Empfangshalle und von dort in einen Flur, der zu einem Seitenflügel des

Gebäudes führte. Vor der zweiten Tür auf der linken Seite blieb Alexej stehen. „Ich warte hier auf Sie."

Aidan nickte knapp und betrat die Gästetoilette. Sobald die Tür sich hinter ihm geschlossen hatte, suchten seine Augen den Raum nach einer Steckdose ab. Nichts. Für den Fall, dass Alexej an der Tür lauschte, klappte er den Klodeckel hoch. Über dem Waschtisch hing ein verspiegelter Schminkschrank. Vorsichtig öffnete er dessen Türen. Im Inneren verbarg sich eine Steckdose zum Anschluss eines Rasierapparates. Aidan ließ sich auf der Toilette nieder und klappte mit flinken Fingern den schwenkbaren Absatz seines rechten Schuhs zur Seite. Sogleich fiel ihm ein unscheinbarer kleiner Kasten entgegen. Sorgfältig drückte er den Absatz wieder an seinen Platz und steckte anschließend das Gerät in die Steckdose. Beim Schließen des Schminkschranks achtete er penibel darauf, keine Fingerabdrücke am Spiegel zu hinterlassen. Abschließend betätigte er die Toilettenspülung und wusch sich geräuschvoll die Hände.

Alexej hatte sich in der Zwischenzeit keinen Millimeter gerührt. „Wenn Sie mir bitte folgen wollen. Zum Speisezimmer geht es hier entlang."

„Ich empfange das Signal", rief Carter erleichtert. Gray, der die letzten fünf Minuten unruhig auf und ab gegangen war, machte einen Satz und schaute ihr über die Schulter. Sekunden später gesellte sich auch Mischa dazu. „*Bozhe moy*! So ein Gerät will ich künftig in meiner Standardausrüstung!" Auf dem Bildschirm des Laptops zeigte sich eine

Karte des gesamten Anwesens. Mischa begann augenblicklich diese mit seinen Aufzeichnungen abzugleichen. „Das ist die Küche. Dort sind derzeit drei Personen. In beiden Seitenflügeln sind weitere sechs Personen. Vermutlich Blochs Bodyguards. Das könnte McAllen mit diesem Alexej auf dem Weg ins Speisezimmer sein. Aber wo ist der ganze Rest?“

„Moment“, meinte Carter. „Das passt nicht alles auf den Bildschirm. Ich scrolle weiter nach unten.“

„Da!“, entfuhr es Gray aufgeregt und er zeigte mit dem Finger auf einen pulsierenden blauen Punkt. „Dort ist der Chip!“

Mischa schaute zwischen seinen Karten und dem Bildschirm hin und her. „Das ist in dem Nebengebäude, in dem wir den Großrechner vermuten. Ziemlich genau in der Mitte. Diese ganzen Rechtecke müssen die Serverschränke sein. Und hier haben wir auch den größten Teil unserer Wachleute versammelt. Team eins schafft das nie im Leben allein. Dafür brauchen wir von Anfang an drei Teams.“ Mischa schaute sich um. „Agent Gray, da hinten steht ein größerer Monitor. Schließen Sie den bitte an den Laptop an. Auf dem winzigen Bildschirm sieht man ja gar nichts.“ Gray gehorchte widerspruchslos, während Mischa begann, die Einsatzteams über Funk ins Bild zu setzen.

Carter schnappte sich ebenfalls ein Headset. „Ich lasse McAllen wissen, dass das Gerät funktioniert und er, sobald es die Umstände erlauben, jederzeit aufbrechen kann.“

„Je eher, desto besser“, stimmte Gray zu. „Mir wird es bedeutend bessergehen, wenn er aus der Schusslinie ist.“

. . .

„Ich hoffe, der Rehrücken schmeckt Ihnen."

„Ausgezeichnet, vielen Dank", erwiderte Aidan. „Jagen Sie selber?"

Bloch blickte kauend auf. „Gelegentlich. Meistens fehlt mir dazu leider die Zeit."

„Ein Dilemma, das mir wohl bekannt ist." Aidan nahm einen Schluck Rotwein. „Da Zeit somit für uns beide kostbar ist, will ich gern meinen Teil dazu beitragen, unsere Verhandlungen abzukürzen."

Bloch schob seinen Teller zur Seite. „Ich bin ganz Ohr."

„Sie erhöhen Ihr Gebot um fünfzig Prozent, zahlbar innerhalb von drei Tagen auf das Anderkonto eines Schweizer Notars. Nach Eingang des Geldes erfolgt die sofortige Umschreibung meiner Gesellschaftsanteile an Above Zero auf eine Gesellschaft Ihrer Wahl."

„Und was ist mit der Zustimmung der anderen Gesellschafter?"

Aidan tupfte sich den Mund mit der Serviette ab und legte sie neben sich auf den Tisch. „Ein entsprechender Gesellschafterbeschluss liegt mir bereits vor."

Bloch lachte kurz auf. „Verstehe. Ich vermute, der Versuch Sie herunterzuhandeln, wäre zwecklos?"

„Vollkommen", bestätigte Aidan.

Leicht verärgert wandte Bloch sich zu seinem Sicherheitschef, der gerade das Speisezimmer betreten hatte. „Alexej, was gibt es denn jetzt schon wieder?"

Dieser reichte ihm wortlos ein Telefon. Was der Anrufer zu ihm sagte, schien Bloch nicht zu gefallen. Mit ausdrucksloser Miene steckte er das Telefon in sein Jackett, während Alexej hinter Aidan Stellung bezog. „Ich fürchte, aus unserem Geschäft wird nichts werden, Mr. McAllen."

„Verdammt, was ist da los?", fragte Gray irritiert.

„Keine Ahnung", antwortete Mischa ratlos. „Die Stimmung ist gerade eindeutig gekippt."

Als Nächstes hörte man ein Zischen, ein Poltern und kurz darauf einen einzelnen Schuss.

„McAllen hören Sie mich? Können Sie sprechen? Sind Sie verletzt?"

Einen Augenblick lang herrschte gespenstische Stille, bis die Stimme von Aidan erklang. „Ich fürchte, wir sind aufgeflogen. Das Betäubungsgas hat wie erwartet gewirkt. Wenn Ihre Leute mich freundlicherweise aus dem Speisezimmer abholen würden." Dann schien ihm noch etwas einzufallen. „Ach ja: Das ist dieses Jahr wirklich ein ungewöhnlich kalter Winter gewesen."

Einmal in Gang gesetzt entfaltete sich der Zugriffsplan mit tödlicher Präzision. Nur einen Wimpernschlag nachdem eine Ladung C4 die Stromleitung zum Anwesen zertrennt hatte, zerstörte der Sprengkopf aus dem RPG-29 Raketenwerfer das Notstromaggregat. Fast zeitgleich trafen Salven von Betäubungsgasgranaten das Grundstück, weitere durchschlugen die Fenster der Gebäude. Innerhalb von zwanzig Sekunden legten die Einsatzteams in ihren Ural-4320 Transporten den Weg bis zur äußeren Umzäunung zurück. Schneidladungen brachten das Eingangstor zu Fall und schnitten an zwei weiteren Punkten große Löcher in den Stahlzaun. Die Eingangstür wurde ebenfalls mit Sprengstoff aus den Angeln gehoben. Im Inneren der Gebäude flackerte noch vereinzelt Widerstand auf. Das Betäubungsgas war hier nicht in alle Bereiche vorgedrungen. Dennoch stand eines der Teams sechzig Sekunden später im Speisezimmer und evakuierte Aidan. Für das Team, das sich um Bloch kümmern sollte, gab es weniger zu tun. Dem einzelnen Einschussloch auf der Stirn nach zu urteilen lebte Bloch nicht mehr. Hiervon profitierten allerdings die übrigen Einsatzkräfte. Diesen bereitete es nämlich erhebliche Mühe, zum Zielobjekt vorzudringen, und sie konnten Verstärkung gut gebrauchen. Mangels Fenster in der Halle zeigten die Betäubungsgranaten dort kaum Wirkung, sodass einige weitere manuell im Inneren gezündet werden mussten. Die Stoppuhr stand schon bei über zwei Minuten, bis es endlich gelang, zum Standort des blauen Steines vorzudringen, der in einem transparenten, verschlossenen Behältnis ruhte. Um dieses gewaltsam zu öffnen und den Stein mit behandschuhten Fingern in einen speziell beschichteten Stahlkoffer zu legen, vergingen weitere dreißig Sekunden. Die Uhr zeigte drei Minuten und zwölf Sekunden, als das letzte Team das Gelände verließ, und drei Minuten und dreißig Sekunden, als eine Reihe von mit Timern versehenen Sprengladungen den Großrechner in rauchende Trümmer verwandelten. Danach versank die Umgebung in unheimliche Stille.

…

Nur ein sehr aufmerksamer und sehr geduldiger Beobachter hätte wahrgenommen, wie sich etwa zehn Minuten, nachdem das letzte Einsatzfahrzeug abgerückt war, ein Schatten von der Wand neben dem Eingangstor löste und im Hauptgebäude verschwand. Ohne einen einzigen Laut zu verursachen, schlich die schwarzgekleidete Gestalt zielstrebig in das Speisezimmer und beugte sich über die Leiche des Hausherrn. Eine gründliche, aber ergebnislose Untersuchung auf Lebenszeichen folgte. Die Gestalt verharrte einen Moment regungslos, bevor sie sich wieder auf den Weg nach draußen machte. Vor dem Eingangstor blieb sie stehen und kehrte noch einmal um. Das Ziel war die Gästetoilette. Die Gestalt trat an den Spiegelschrank und hielt Augenblicke später einen kleinen, unauffälligen Kasten in ihren Händen, den sie sorgfältig in einer Tasche verstaute. Kurz darauf gehörte das Anwesen wieder allein den Toten und den Schlafenden.

56

Konzentriert nahm Mischa die Meldungen der Teams entgegen. In den Militärtransportern wechselten die Einsatzkräfte in Zivilkleidung und ließen sämtliche Waffen und Ausrüstungsgegenstände zurück. An vereinbarten Treffpunkten warteten von Mischa angeworbene lokale Helfer mit unauffälligen Fahrzeugen für die Weiterfahrt. Die Helfer übernahmen im Gegenzug die Militärlaster mit den Waffen. Abnehmer standen schon bereit, die alles geräuschlos auf dem gigantischen russischen Schwarzmarkt verschwinden lassen würden. Das Evakuierungsteam befand sich mit Aidan auf dem Weg zum Flughafen und der Stahlkoffer sollte jeden Moment in der Datscha eintreffen. Die übrigen Beteiligten zerstreuten sich in alle Winde, um schnellstmöglich das Land zu verlassen.

„Nicht ganz wie geplant, aber wir wollen uns nicht beschweren“, zog Gray eine erste Bilanz. „Auch wenn ich mich frage, warum wir aufgeflogen sind. Irgendjemand muss unsere Leute bemerkt und es an Bloch weitergetragen haben. Wie Bloch sich eine Kugel eingefangen hat, ist mir allerdings ein noch größeres Rätsel. Ich bin gespannt auf das Debriefing mit McAllen."

Carter packte bereits die Ausrüstung zusammen. „Hauptsache, wir können hier bald verschwinden."

Im selben Moment hielt ein Auto in der Auffahrt. Gray und Mischa griffen nach ihren Waffen. Doch es handelte sich nur um den Anführer des Zugriffsteams mit der kostbaren Fracht. Kurz überprüfte Gray den Inhalt des Stahlkoffers, bevor er den Mann mit einem Kopfnicken endgültig entließ.

„Ich kontrolliere ein letztes Mal das Obergeschoss", verkündete Mischa. „Dann brechen wir auf."

„Und ich lade unsere Sachen ins Auto", ergänzte Carter.

„Verstanden", antwortete Gray, während er erneut den Stahlkoffer öffnete, um den Chip zu betrachten. Er sah genauso aus wie der Stein in Arizona. Bis auf die Farbe natürlich. Ein fahles Blau anstatt des leuchtenden Grün. Das bedeutete hoffentlich das Ende der Cyber-Attacken. Der Chip war gesichert und Blochs Computer zerstört. Wer mochte der Benutzer gewesen sein? Bloch selbst wohl kaum. Und hatte dieser jemand mit den gleichen Symptomen zu kämpfen gehabt wie Shaw? Vermutlich würden sie das nie erfahren. Zu ärgerlich, dass Bloch nicht mehr unter den Lebenden weilte.

„Guten Abend, Agent Gray. Ein faszinierender Anblick, nicht wahr?"

Ruckartig drehte Gray sich um. In der Tür zur Küche stand Aidan. Er musste unbemerkt durch den Hintereingang ins Haus gelangt sein. „McAllen? Was zum Teufel tun Sie hier? Sie sollten längst am Flughafen sein!“

„Oh, machen Sie sich keine Sorgen. Mein Abflug wird sich nur unwesentlich verzögern.“

Irritiert klappte Gray den Stahlkoffer zu. „Und wo ist das Team, das Sie begleiten sollte?“

Aidan zuckte mit den Schultern. „Die offizielle Version? Danach sind die Herren einer unglücklichen Begegnung mit der hiesigen Mafia zum Opfer gefallen. Das kommt davon, wenn man die schönen neuen Waffen einfach behält und versucht, durch den Verkauf ein bisschen schnelles Geld nebenbei zu verdienen. Ein Jammer, bedenkt man, welch hervorragenden Job sie gemacht haben. Der Dank gilt natürlich auch Ihnen, Agent Gray. Ihnen ist es gelungen zu finden, wonach ich schon so lange vergeblich suche. Und die Arbeit, es aus den falschen Händen zu befreien, haben Sie mir ebenfalls abgenommen. Wenn Sie mir jetzt bitte den Koffer übergeben würden.“

Gray starrte Aidan fassungslos an. „Sind Sie verrückt geworden? Was faseln Sie da für einen Unsinn?“

„Diese Reaktion war natürlich zu erwarten“, erwiderte Aidan. Im nächsten Moment hielt er eine Pistole in der Hand und richtete sie auf Gray. „Ihr Problem ist Ihre bedauernswerte Ahnungslosigkeit. Das ist kein Vorwurf. Sie können nichts dafür. Wie praktisch alle Ihre Mitmenschen leben Sie ein begrenztes Leben mit einem begrenzten Verstand in einer begrenzten Welt. Sie geben sicherlich Ihr Bestes, aber leider reicht das nicht. Ich könnte Ihnen selbstverständlich alles erklären, doch das wäre Zeitverschwendung. Also bitte, schieben Sie jetzt den Koffer zu mir oder ich werde Sie erschießen."

Bevor Gray reagieren konnte, erklang von der Treppe zum Obergeschoss Mischas Stimme. „Das glaube ich nicht. Waffe runter oder ich bin es, der Sie erschießen wird." Langsam kam Mischa die Treppe herunter, die Waffe im Anschlag.

Doch statt Folge zu leisten, lächelte Aidan nur höflich. „Wolkow. Auch Ihnen mein Dank für diese hochprofessionelle Operation. Leider sind Sie nicht in der Lage, Forderungen zu stellen. Ihre Waffe hat Ladehemmung."

„Netter Versuch, McAllen. Diese Waffe ist nagelneu. Letzte Chance oder Sie sind tot."

Als Aidan nicht reagierte, wechselte Mischa einen kurzen Blick mit Gray, der unmerklich nickte. Mischa drückte ab. Bis auf ein trockenes Klicken geschah nichts. Ungläubig blickte Mischa auf seine Pistole.

„Kam das unerwartet, Wolkow?", fragte Aidan nachsichtig. „Oder darf ich Mischa sagen?" Aidan musterte Mischa mit starrem Blick. „Ich bin nämlich ein Experte für das Unerwartete. Deshalb erzähle ich Ihnen jetzt noch etwas Neues. Wussten Sie, dass Sie bereits seit Jahrzehnten an einem zerebralen Aneurysma leiden? Nein? Nun, ich sehe es direkt vor mir. So ein Aneurysma ist eine hinterhältige Sache. Man kann damit ein langes, erfülltes Leben führen, ohne je etwas zu merken. Oder es kann ganz plötzlich platzen und alles ist vorbei. Zu welcher Seite das Pendel sich neigt, hängt an Winzigkeiten. Der kleinste

Schubs in die eine oder andere Richtung genügt. Wie ein Seiltanz, bei dem jederzeit der Absturz droht. Und Ihr ganz persönliches Jederzeit ist – jetzt.“

Als sei ein Schalter umgelegt worden, sackte Mischa lautlos in sich zusammen und stürzte die verbliebenen Treppenstufen hinab. Noch bevor sein Kopf auf dem Boden aufschlug, war das Leben in seinen Augen erloschen.

Gray konnte nicht glauben, was er da sah. „Wie zum Teufel haben Sie das gemacht?“, flüsterte er.

„Zauberei“, erwiderte Aidan spöttisch. „Ist es nicht das, was Leute wie Sie glauben, wenn ihr Verstand an seine Grenzen stößt?“

In diesem Moment betrat Carter den Raum.

„Carter, halten Sie ihn auf!“, brüllte Gray.

Doch Carter ignorierte ihn. Stattdessen trat sie zu Aidan und küsste ihn leidenschaftlich. Erst danach drehte sie sich zu Gray. „Sorry, Boss. Wir haben andere Pläne.“ Damit zog sie ihre Waffe und richtete sie ebenfalls auf Gray.

57

Bewegungslos lag Ell in seinem Quartier auf dem Bett. Er fühlte sich wie ein Boxer, den man endgültig auf die Bretter geschickt hatte. Alles um ihn herum fiel auseinander. Sein Vater, die Entführung von Alexandra, Chang Fengs Mutter, jetzt David und Trina. Wen traf es als Nächstes? Denn sein Gefühl sagte ihm, dass es noch nicht vorbei war. Jeder in seiner Umgebung schwebte in Gefahr. Innerlich schrillten sämtliche Alarmglocken, doch was sollte er tun? Ein Knistern aus den Lautsprechern ließ ihn zusammenzucken.

„Will, es gibt Probleme und ich brauche deine Hilfe."

Allison. Ihretwegen hatte das alles begonnen. Sie trug die Schuld an allem. Ohne diesen verdammten Stein würden sein Vater und David noch leben, Trina läge nicht im Koma und er könnte ein normales Leben führen. Von einem Augenblick zum anderen sah er rot. Rasend vor Wut sprang er auf und begann mit allem, was er in die Finger bekam, nach dem Lautsprecher zu werfen. Nachdem er nichts Geeignetes mehr finden konnte, verlegte er sich darauf, mit Tritten das restliche Mobiliar zu zerlegen. Ein Agent öffnete kurz die Tür, zog sie aber sofort wieder zu. Minuten später stand Ell schwer atmend in einer Trümmerwüste.

„Geht es dir jetzt besser?"

Ells Wut verrauchte schlagartig und machte einer großen Leere Platz. „Nein, tut es nicht. Nur damit du es weißt: Wenn du eine Kehle hättest, würde ich dich erwürgen. Vielleicht ginge es mir dann besser."

„Leider müssen wir diese interessante Diskussion auf später verschieben. Momentan gibt es Dringenderes zu besprechen."

Ell suchte etwas, um sich hinzusetzen, fand aber nichts mehr. „Was soll das nun wieder heißen?"

„Das heißt, dass der Einsatz in Russland fehlgeschlagen ist."

„Bloch ist entkommen?", fragte Ell entsetzt.

„Nein, Bloch ist tot. Der blaue Stein befindet sich jetzt im Besitz von Aidan McAllen."

Das Gefühl drohenden Unheils in Ell verstärkte sich. „Aidan? Und warum ist der Einsatz dann fehlgeschlagen?"

„Weil Mr. McAllen anscheinend von Anfang an seine eigenen Pläne verfolgt hat. Er will beide Steine für sich selbst."

„Unsinn!"

„Ich fürchte leider nicht."

„Wenn Aidan die Steine wirklich wollte, warum hat er

nichts unternommen, als er hier war? Du warst doch für ihn zum Greifen nahe."

„Ich vermute, er brauchte das FBI noch, um für ihn in Russland die Drecksarbeit zu machen. Da das nun erledigt ist, befindet sich ein Sturmtrupp auf dem Weg zu dieser Anlage, der den Job zu Ende bringen wird."

Ell ließ sich auf den Boden sinken. „Ich begreife gar nichts mehr. Was sollen wir jetzt deiner Meinung nach tun?"

„Es ist zu spät, um die gesamte Anlage zu evakuieren. Vielleicht gelingt es mir gerade noch, dich herauszubringen. Oder aber …"

„Oder aber, was?"

„Du ergibst dich."

„Was ist das denn für ein Plan? Ich soll mich ergeben? Und dann?"

„Ich konnte in Erfahrung bringen, dass McAllen die von Bloch erbeutete KI nach Dubai bringen lässt. Das Gleiche plant er vermutlich mit dir und mir. Ich hätte einen anderen Weg vorgezogen, die Bedrohung zu beseitigen. Aber da uns gerade die Optionen ausgehen, gibt es nur eine Möglichkeit: Du musst den blauen Stein und mich in direkten Kontakt miteinander bringen."

„Dann kannst du die andere KI deaktivieren?"

„So etwas in der Art."

„Und wenn seine Killer mich nicht mitnehmen, sondern gleich erschießen?"

„Sofern McAllen das ist, wofür ich ihn halte, werden sie das nicht tun. Er wird vorher mit dir reden wollen."

„Reden? Worüber denn reden? Und wieso vorher? Das heißt, die erschießen mich dann hinterher?“

„Dazu kommt es hoffentlich nicht. Ich habe einige Vorkehrungen getroffen. Doch dafür musst du mir endlich vertrauen.“

„Habe ich denn eine Wahl?“

„Natürlich hast du die. Es gibt immer eine Wahl.“

Ell zögerte mit seiner Antwort. „Bislang ist meine Wahl nie besonders klug ausgefallen. Die meisten Menschen, denen ich vertraute, haben mich entweder enttäuscht oder verlassen, wenn ich sie am nötigsten gebraucht hätte.“

„Ich bin kein Mensch.“

„Nein, das bist du nicht. Du bist eine künstliche Intelligenz. Noch gestern hätte ich das kaum über die Lippen gebracht. Doch nach dem, was heute mit David geschehen ist ... Er hat mir Dinge gesagt, die ich niemandem sonst glauben würde. Über dich, über die Simulation und anderes, das ich nicht einmal ansatzweise verstehe. All das stand für ihn offenbar zweifelsfrei fest. Und wenn es wahr ist ... “ Ell machte eine lange Pause. „Der Mann in diesem Video. War das wirklich ich?“

„Ja.“

„Das bedeutet, ich selbst habe dich entwickelt und das alles ins Rollen gebracht?“

„Meine Existenz beruht maßgeblich auf deiner Arbeit.“

Ell vergrub den Kopf in den Händen. „Ich wünschte, David wäre hier, um mir zu sagen, was ich tun soll, was das Richtige ist. Er wusste es, aber bevor er es aussprechen konnte, hat ihn jemand zum Schweigen gebracht.“ Durch die Tür drang das Geräusch rennender Füße und in der

Entfernung waren aufgeregte Stimmen zu hören. „Ich denke allerdings nicht, dass es darum ging, nach Hause zu gehen und sich aus allem herauszuhalten." Mühsam rappelte Ell sich auf und klopfte den Staub von seiner Hose. „Machen wir es auf deine Weise. Bringen wir die Sache zu Ende."

DIE ANGREIFER VERFÜGTEN über modernste Waffen und kannten sich genauestens aus. Dank des Hintergrundwissens von Agent Carter drangen sie mit einer Geschwindigkeit in die Anlage ein, die jede Gegenwehr im Keim erstickte. Ihr Anführer, ein braunhaariger Mann mit schwarzen Augen in einem blassen Gesicht, ließ binnen kürzester Zeit alle, die überlebt hatten, im Konferenzraum zusammentreiben. Den grünen Stein holte der Mann sich persönlich. Er kannte nicht nur den Standort des Tresors, sondern auch die Kombination. Glücklich schien er darüber nicht. Wahrscheinlich hätte er es vorgezogen, diese Informationen aus jemandem herauszufoltern. Hungrig ergriff er die Gelegenheit zwei Agents, die seinen Anweisungen nicht sofort Folge leisteten, leiden zu lassen. Ihr Todeskampf dauerte Minuten und er genoss sichtlich jede Sekunde davon. Als Ells Blick den kohleschwarzen Augen begegnete, wurde ihm klar, dass dieser Mann am Rande des Wahnsinns stand und das Gleiche am liebsten mit ihm getan hätte. Doch seine Befehle lauteten offenbar anders. Ell ließ sich widerstandslos eine Injektion verabreichen. Dann setzte seine Erinnerung aus.

58

„Was hat er Ihnen geboten, Carter? Wie viel hat es gekostet, damit Sie Ihr Land verraten?“ Gray saß mit Kabelbindern an einen Stuhl gefesselt in der Küche der Datscha.

„Einhundert Millionen Dollar und fantastischen Sex“, antwortete Carter ungerührt. „Aber in erster Linie einhundert Millionen Dollar. So viel koste ich. Das ist mein Fuck-You-Money. Also, Gray, wenn Sie nicht gerade einhundertundeine Millionen in der Tasche haben: fuck you!“

Aidan verfolgte das Gespräch amüsiert von der Küchentür aus. „Jeder ist käuflich, Agent Gray. Das sollte ein Mann mit Ihrer Lebenserfahrung wissen. Manchmal ist es Geld, manchmal etwas anderes. Aber irgendetwas gibt es immer. Die Suche danach macht wirklich Spaß. Mir zumindest.“

Gray konnte kaum sprechen vor Wut. „Man wird Sie jagen, McAllen. Jagen, finden und vernichten.“

„Au contraire, mon ami. Alles wird gut. In Kürze fliegt diese bezaubernde Datscha durch einen tragischen Unfall beim Hantieren mit C4 in die Luft. Dabei kommen leider die Agents Gray, Carter und Wolkow ums Leben. Der sagenumwobene Chip wird bedauerlicherweise ebenfalls vernichtet. Damit dürfte man in Washington nicht besonders glücklich sein, aber leben können."

Damit könnte dieser Schweinehund tatsächlich durchkommen, dachte Gray verzweifelt. Langsam wurde ihm noch einiges andere klar. „Sie selbst haben Bloch mit Alexejs Waffe erschossen, sobald die beiden betäubt waren."

„Sie lernen dazu."

„Meine Leute werden das Spiel durchschauen. Es ist uns schon einmal gelungen, den Stein zu finden, und das werden wir wieder tun."

„Auch hier irren Sie, mein Bester. Ohne den grünen Stein sind Sie chancenlos. Und der befindet sich dank des Insiderwissens unserer gemeinsamen Freundin Carter in Kürze ebenfalls in meinem Besitz. Ich wage die Vorhersage, dass ungefähr jetzt in einer geheimen Anlage in Arizona ein verheerendes Feuer ausbricht. Man wird in der ausgebrannten Ruine weder Überlebende noch einen Chip finden. Ich gebe gern zu, zwei solche Vorfälle zur gleichen Zeit sind ein wenig auffällig. Aber solange keine Spuren zu mir führen, kümmert mich das nicht."

Gray erbleichte. „Carter, was haben Sie getan?"

„Sorry, Carter ist beschäftigt und kann Sie nicht hören. Sie holt eine ihr sehr ähnlich sehende weibliche Leiche aus dem Kofferraum meines Autos. Und anschließend muss sie die Sprengladungen im Haus verkabeln. Meinen Sie, ich sollte ihr dabei zur Hand gehen? Oder ist das im Preis von einhundert Millionen mit inbegriffen?"

„Sie sind wahnsinnig. Sie sind ein wahnsinniger Irrer. Wieso habe ich das nicht gleich erkannt?"

„Weil Sie auf dem Schachbrett dieser Welt lediglich ein Bauer sind, Agent Gray. Deshalb."

Zehn Minuten später hatte Carter ihre Vorbereitungen abgeschlossen. Auf dem Tisch vor Gray stand ein digitaler Zeitzünder. Von dort verlief ein Kabel zu einer Art Verteiler. An diesen waren sämtliche Sprengladungen im Haus angeschlossen. Eine davon legte Carter Gray direkt auf den Schoß. „Nehmen Sie es sportlich, Gray. Ich habe mich immer gefragt, ob man es erkennt, wenn der Timer auf null springt. Oder ob das Letzte, was man sieht, die 0,01 ist. Sie werden es gleich wissen."

„Mögen Sie und Ihre hundert Millionen in der Hölle verrotten, Carter."

„Dann reservieren Sie mir schon mal ein Plätzchen." Ungerührt setzte sie den Timer bei zehn Minuten in Gang und verließ den Raum.

„So long, mein Lieber", verabschiedete sich auch Aidan.

Augenblicke später hörte Gray ein Auto starten und davonfahren. Er war allein. Und er hatte noch neun Minuten und dreiundzwanzig Sekunden zu leben.

Angeblich soll kurz vor dem Tod das ganze Leben wie in einem Film vor dem inneren Auge ablaufen. Gray hatte das immer für einen Mythos gehalten. Das galt insbesondere für das Szenario, das ihm bevorstand. Wie sollte so etwas funktionieren, wenn das Gehirn binnen Millisekunden vaporisiert wurde? Nein, dachte er zornig, das kann noch nicht das Ende sein! Insgesamt sieben Minuten verbrachte er mit dem verzweifelten Versuch, sich gewaltsam zu befreien. Außer blutigen Handgelenken kam nichts dabei heraus. Carter war zu gut ausgebildet, als dass ihr bei seiner Fesselung ein Fehler unterlaufen wäre. Deprimiert gab er auf und beobachtete, wie der Timer die letzten Sekunden seines Lebens herunterzählte. 59 Sekunden. Hätte er etwas merken müssen? Am Anfang ihrer Zusammenarbeit hatte Carter sich offensichtlich für ihn interessiert. Ein abwegiges Interesse, dem nicht nur seine Ehe, sondern auch die Dienstvorschriften entgegenstanden. 48 Sekunden. Hatte er sie zu schroff abgewiesen und dadurch erst in die Arme von McAllen getrieben? 39 Sekunden. Jedenfalls wirkte sie anschließend verändert. Verschlossen. Kälter. Distanzierter. 34 Sekunden. Aber wahrscheinlich überschätzte er seinen Einfluss maßlos und sie war einfach nur ein verdammtes Miststück. 27 Sekunden. Was würde jetzt aus Natalie und Daniel? War es das wert gewesen? 18 Sekunden. Was für ein beschissener Abgang. 11 Sekunden. Eigentlich trank er nicht, aber für einen Schluck Whiskey hätte er jetzt alles gegeben. 6 Sekunden. War da jemand hinter ihm? 4 Sekunden. Er vernahm ein Pfeifen und spürte einen leichten Windzug, als etwas mit hoher Geschwindigkeit knapp an seinem rechten Ohr vorbeiflog. Mit einem dumpfen Knall bohrte sich ein Wurfstern in den Küchentisch und zertrennte dabei säuberlich das Kabel vom Zünder zum Verteiler. 0 Sekunden. Gray starrte auf die Anzeige des Timers. Man sieht die Null, war absurderweise alles, woran er zunächst denken konnte. Doch nichts geschah. Er hörte Schritte in seinem Rücken und drehte sich um. Beim Anblick des unerwarteten Besuchers entgleisten ihm die Gesichtszüge.

„So sieht also das FBI bei der Arbeit aus“, begrüßte ihn Chang Feng auf ihre gewohnt charmante Art. „Beeindruckend.“

Es dauerte einen Moment, bis Gray die Sprache wiedergefunden hatte. „Was machen Sie hier?“

„Ihren Arsch retten. Wonach sieht es denn aus?“ Vorsichtig trat sie an den Zünder heran und deaktivierte vorsorglich den Timer. Sie trug schwarze Sneaker, schwarze Jeans und einen schwarzen Rollkragenpullover. In einem Holster an ihrer linken Hüfte erkannte Gray eine Heckler & Koch USP sowie ein Clip-Magazin mit weiteren Wurfsternen. „Wurfsterne? Ist das Ihr Ernst? Und wenn Sie daneben geworfen hätten?“

„Ich werfe nicht daneben“, entgegnete Chang Feng mürrisch. „Aber wenn Sie möchten, kann ich den Zünder gern wieder anschließen.“

„Nein! Sorry. Würden Sie mich losmachen? Bitte?“

Ohne dass Gray hätte sagen können, woher es kam, hielt Chang Feng plötzlich ein schlankes Kampfmesser in der Hand und durchschnitt seine Fesseln. Gray stöhnte leise auf, als sich die Durchblutung wieder in Gang setzte. „Das verdanke ich McAllen und Carter. Haben Sie die beiden noch gesehen?“

Chang Feng schüttelte den Kopf. „Ich komme von Blochs Anwesen. Wollte mich mit eigenen Augen davon überzeugen, dass er wirklich tot ist. Dann erhielt ich einen

Tipp meines hiesigen Kontakts zu einem Job, der gerade am Laufen war. Als ich dem nachging, konnte ich beobachten, wie vier Leichen, die verdächtig nach der Eskorte von McAllen aussahen, in einen Lieferwagen verladen wurden. Von McAllen selbst keine Spur. Da dachte ich mir, ich schaue einmal, ob bei Ihnen alles in Ordnung ist."

„Von Ordnung sind wir weit entfernt", schnaubte Gray und deutete auf den Timer. „Ein paar Sekunden mehr und die Unordnung wäre noch größer gewesen."

„Und Ihr Agent Carter steckt wirklich mit McAllen unter einer Decke?"

„Im wahrsten Sinne des Wortes", erwiderte Gray düster.

„Ich konnte die Bitch von Anfang an nicht leiden."

„Echt? Ist mir gar nicht aufgefallen. Jedenfalls haben die beiden jetzt den zweiten Chip." Gray schaute sich suchend um. „Und McAllen ist noch nicht fertig. Er plant auch etwas in Arizona. Ich muss sofort telefonieren und Finch warnen."

„Ich fürchte, dafür ist es zu spät."

Gray erstarrte. „Was wollen Sie damit sagen?"

Chang Feng senkte den Kopf. „Auf dem Weg hierher erhielt ich eine Nachricht. Die Anlage wurde bereits angegriffen."

„Oh mein Gott!" Gray hatte endlich sein Handy erspäht. „Das Hauptquartier muss sofort Großalarm auslösen und eine Fahndung nach McAllen und Carter einleiten. Wir müssen herausfinden, wo die beiden hin sind."

„Dubai", antwortete Chang Feng knapp.

„Was?“

„Die beiden sind unterwegs nach Dubai.“

„Wie kommen Sie darauf?“, fragte Gray perplex.

Chang Feng zuckte mit den Schultern. „Jemand bat mich, ein Auge auf McAllen zu haben.“

„Jemand? Wer zum Teufel ... Vergessen Sie es. Ich will es gar nicht wissen.“ Gray begann zu wählen.

„Halten Sie das für klug?“

„Was meinen Sie?“

„Ihre Leute zu informieren. Momentan glaubt McAllen, alle Zeugen seien beseitigt, und wähnt sich in Sicherheit. Sobald Sie die Kavallerie rufen, wird er untertauchen und wir finden ihn vielleicht nie wieder.“

Gray zögerte einen Moment und klappte dann das Telefon zu. „Sie meinen, wir sollten ihn in dem Glauben lassen, ich sei tot, und das selbst in die Hand nehmen?“

„So würde ich es machen. Im Augenblick verfügen wir nur über diesen kleinen Vorteil. Den sollten wir nutzen.“

Grays Augen wurden schmal. „Warum helfen Sie mir eigentlich noch? Der Mörder Ihrer Mutter ist tot. Das war doch alles, worum es Ihnen ging.“

Chang Feng warf ihm einen kurzen Seitenblick zu. „Bloch war lediglich ein Teil des Problems. Der Chip ist das andere. Ich habe erlebt, was man damit anrichten kann. Und McAllen hat jetzt nicht nur den einen. In diesem Augenblick lässt er auch den anderen nach Dubai bringen – und einen unfreiwilligen Gast. William Ell.“

Gray presste die Lippen aufeinander. „Wieso Ell und nicht Shaw?“

„Shaw liegt im Koma.“

Nach dem ersten Schock riss Gray der Geduldsfaden. „Ich hab's mir überlegt", explodierte er. „Ich will doch wissen, wer dieser Jemand ist, der Ihnen diese ganzen Informationen zukommen lässt."

„Vergessen Sie es", wehrte Chang Feng hitzig ab. „Und Sie sind nicht in der Position, mir zu drohen. Oder wollen Sie mich verhaften?"

„Genau das sollte ich tun!" Mühsam nahm Gray sich zusammen. „Allerdings bin ich mir meiner derzeitigen Lage durchaus bewusst. Es missfällt mir nur, ausgerechnet von Ihnen und Ihren mysteriösen Quellen abhängig zu sein, wenn so viel auf dem Spiel steht."

„Mal läuft der Hase, mal läuft der Jäger."

„Wieder ein chinesisches Sprichwort?"

„Nein. Ein italienisches, glaube ich."

Gray schnaubte kurz. „Angenommen, wir versuchen tatsächlich, allein gegen McAllen vorzugehen. Wie sollen wir das ohne die Ressourcen des FBI schaffen?"

„Ich habe Ressourcen."

Gray verschränkte die Arme. „Ach wirklich? Haben Sie zufällig ein Transportmittel zur Hand, das uns schnellstmöglich nach Dubai bringen könnte?"

„Habe ich, zufällig. Wurde aber mit Geldern aus illegalen Geschäften bezahlt. Ich weiß natürlich nicht, ob Sie das mit Ihrem Gewissen vereinbaren können."

„Ich gerate zunehmend in eine Stimmung, in der ich so ziemlich alles mit meinem Gewissen vereinbaren kann."

„Dann besteht ja noch Hoffnung. Ein paar Teile Ihrer Ausrüstung hier würde ich gern einpacken, bevor wir den

Rest zusammen mit der Hütte in die Luft jagen. Sie dürfen auch den Knopf drücken."

„Kann es kaum erwarten. Vorher muss ich allerdings etwas verstehen." Damit ging Gray hinüber zu Mischas leblosem Körper, der wie eine zerbrochene Puppe neben der Treppe zum Obergeschoss auf dem Fußboden lag. Vorsichtig drehte er ihn auf den Rücken. Mit leichter Hand fuhr er ihm über das Gesicht und schloss die Augenlider des CIA-Agents. Anschließend griff er nach Mischas Pistole, zielte auf den Kühlschrank und drückte ab. Der Knall des Schusses hallte durch die Küche und ein veritables Loch prangte in der Kühlschranktür. Die Waffe funktionierte einwandfrei.

59

„Nicht gerade die Air Force One."

„Hören Sie auf zu nörgeln, Gray. Sonst können Sie zu Fuß gehen."

„Schon gut. Dafür ist die Innenausstattung ...", Gray mühte sich, die passenden Worte zu finden, „... sehr originell."

Sämtliche Sitze des altersschwachen Falcon 900 Businessjets waren mit einem teilweise durchgescheuerten roten Cord-Stoff bezogen. Decke und Seitenverkleidungen erstrahlten in mattem Gold – zumindest, wenn man über die abgeplatzten Stellen hinwegsah, an denen der graue Untergrund hervorschimmerte. Den Höhepunkt bildeten jedoch verschnörkelte chinesische Ornamente aus Plastik, die jedes Fenster umrahmten. Gray erinnerte das Ganze an sein chinesisches Lieblingsrestaurant in Brooklyn. Es war 1989 Pleite gegangen.

„Vielleicht ist es einmal Zeit umzudekorieren", gab

Chang Feng zu. „Meine Mutter hatte einen eher klassischen Geschmack.“

„Na ja, Hauptsache, die Kiste fällt nicht vom Himmel.“

„Da machen Sie sich mal keine Sorgen.“ Voller Zuneigung tätschelte Chang Feng ihre Armlehne. „Das Modell ist zwar nicht das allerneuste, aber dafür hat es drei Triebwerke.“

„Was hat das denn damit zu tun?“, erkundigte Gray sich leicht verwirrt.

Chang Feng schaute ihn an, als handele es sich dabei um eine ganz besonders dumme Frage. „Na, wenn eines ausfällt, bleiben uns immer noch zwei.“

„Oh, gutes Argument. Wirklich sehr beruhigend.“ Gray versuchte, sich anzuschnallen, scheiterte allerdings an der defekten Schließe. Er wollte gerade etwas sagen, bemerkte jedoch Chang Fengs Blick und überlegte es sich anders. Stattdessen setzte er sich einfach einen Platz weiter. Die Schließe dort funktionierte ohne Probleme. „Ihr Verschwinden hat mich ziemlich alt aussehen lassen. Gab eine Menge Ärger deswegen.“

„Tut mir leid“, erwiderte Chang Feng, auch wenn sie nicht im Geringsten danach klang. „Ist mit dem Agent, der mich bewacht hat, alles in Ordnung?“

„Angeknackster Stolz, ansonsten keine bleibenden Schäden.“

Chang Feng wirkte ernsthaft erleichtert.

„Ich weiß, Sie wollen mir Ihren Informanten nicht nennen“, fuhr Gray fort. „Das akzeptiere ich. Zumindest für den Augenblick. Aber geben Sie mir wenigstens einen Hinweis, warum Sie uns in Sachen McAllen so weit voraus sind. Wir haben ihn mehrfach komplett durchleuchtet und nichts Verdächtiges gefunden."

„Anfangs handelte es sich nur um ein Bauchgefühl. Und mein … Informant ist sehr gut darin, Dinge auszugraben, die andere übersehen."

„Was genau ist uns entgangen?"

„Wussten Sie zum Beispiel, dass McAllen in den Emiraten den Bau eines Hochleistungsrechners finanziert hat?"

Gray guckte betroffen. „Das höre ich zum ersten Mal."

„Sein Name taucht auch nirgendwo auf. Angeblich ein Prestigeprojekt der dortigen Regierung. Das Geld stammt jedoch von McAllen. Es gab noch weitere Hinweise. Zum Beispiel Kontakte zur russischen Mafia im Vorfeld Ihrer Operation."

„Haben Sie eine Idee, was seine Pläne sind?"

„Nein. Aber worum geht es solchen Menschen in der Regel?"

„Geld und Macht", antwortete Gray ohne zu zögern.

Chang Feng nickte. „Und nach beidem scheint er geradezu süchtig zu sein."

„Wissen Sie, wo er sich in Dubai aufhalten wird?"

„Ihm gehört ein Penthouse im Burj Khalifa. Insgesamt über tausend Quadratmeter auf zwei Ebenen. Nicht einfach, dort unauffällig hineinzugelangen. Und noch schwieriger, wieder herauszukommen, wenn man es eilig hat. Wir werden uns etwas einfallen lassen müssen. Zumal McAllen beste Verbindungen zu den lokalen Behörden unterhält."

Grays Blick wurde hart. „Das Wichtigste sind die

beiden Chips. Wenn es uns nicht gelingt, die Chips zurückzubekommen, sind alle unsere bisherigen Bemühungen vergebens gewesen."

„Die Steine sind wichtig, keine Frage – genau wie das Leben von William Ell."

Endlich begriff Gray, was Chang Feng wirklich nach Dubai zog. Vielleicht verstand er es jetzt sogar besser als sie selbst. „Natürlich versuchen wir, Ell zu retten. Aber wenn wir McAllen nicht die Steine abnehmen, ist mehr als nur ein Leben in Gefahr. Dann sind wir alle auf Gedeih und Verderb den Launen eines skrupellosen Milliardärs ausgeliefert."

...

Wie ein Taucher, der sich aus großen Tiefen emporkämpft, gelang es Ell nach und nach, das Dunkel in seinem Kopf zurückzudrängen. Zuerst nahm er Geräusche wahr. Das leise Rauschen einer Klimaanlage. Das Ticken einer Uhr. Gedämpfte, weit entfernte Stimmen. Dann spürte er den Stoff eines Kissens an der Wange, gefolgt von dem leicht parfümierten Geruch nach frischer Wäsche. Zuletzt kehrte seine Erinnerung zurück. Ruckartig schlug er die Augen auf. Wo zum Teufel war er? Adrenalin schoss in sein Blut und vertrieb die letzten Reste Benommenheit. Er lag vollständig angezogen auf einem breiten Doppelbett. Dieses ständige betäubt werden musste aufhören. Das wievielte Mal war das jetzt? Das Dritte innerhalb von vier Wochen? Vorsichtig setzte er sich auf. Das Bett befand sich an der Rückseite eines Raumes von mindestens sechzig Quadratmetern, gegenüber einer ausladenden, bodentiefen Fensterfront. Durch eine offene Tür zu seiner Linken erkannte er ein Badezimmer. Rechts von ihm, vor der verschlossenen doppelflügeligen Zimmertür, stand eine Sitzgruppe mit Couch, zwei Sesseln und einem Tisch. Die gesamte Einrichtung wirkte edel und überaus kostspielig. Noch etwas unsicher rappelte Ell sich auf und ging über die weiche Auslegeware in Richtung Fenster. Anfangs sah er nur blauen Himmel. Je näher er kam, desto mehr Häuser rückten in sein Blickfeld. Den Anfang machten glänzende Wolkenkratzer, es folgten mittlere und kleine Gebäude. Bis er schließlich auf eine ganze Stadt hinabschaute. Eine Stadt in der Wüste. Eine Stadt am Meer. Auch ohne Allisons Ankündigung hätte er diesen Ort sofort erkannt. Dubai.

„Ich sehe, du bist wach."

Ell zuckte beim Klang der vertrauten Stimme zusammen und drehte sich um. Aidan war unbemerkt eingetreten. Bis zu diesem Augenblick hatte Ell es nicht glauben wollen. Eine Woge widerstreitender Emotionen schwappte über ihn hinweg und es kostete ihn größte Mühe, die in ihm tobende Mischung aus Enttäuschung, Fassungslosigkeit und Wut unter Kontrolle zu halten. Aber es gab einen bestimmten Grund für sein Hiersein. Einen Auftrag. Und so schwer es ihm fiel, dafür brauchte er einen kühlen Kopf. Ell musterte Aidan, als sähe er ihn zum ersten Mal. Er wusste selbst nicht, wonach er suchte. Doch Aidan wirkte genau wie immer.

„Toller Ausblick“, erwiderte Ell mit flacher Stimme. „Ich wollte schon seit langem einmal nach Dubai. Allerdings hatte ich mir die Anreise anders vorgestellt.“

Aidan schloss die Tür hinter sich. „Angesichts der jüngsten Ereignisse hatte ich Zweifel, ob du meiner Einladung sonst gefolgt wärest. Und ich habe einiges mit dir zu besprechen. Außerdem musst du die positive Seite sehen. Dank der Betäubung bleibt dir der Jetlag erspart.“

Ell ignorierte Aidans Bemühen um oberflächliche Leichtigkeit. „Da ich nicht gefragt wurde, ob ich kommen möchte, steht es mir vermutlich auch nicht frei, zu gehen, oder?“

Aidan lächelte unverbindlich. „Warum willst du schon gehen? Du bist ja gerade erst angekommen. Wir sollten die Gelegenheit nutzen, uns zumindest ein wenig zu unterhalten. Ein ungezwungener Austausch von Informationen.“

„Ungezwungen?“

„Du weißt, was ich meine“, erwiderte Aidan mit einem Schulterzucken. „Du hast bestimmt Hunger. Komm mit.“

Trotz aller guten Vorsätze spürte Ell, wie seine neutrale Fassade zusammenzubrechen drohte. Aber damit würde er nur Allisons Plan gefährden und außerdem nie erfahren, worum es hier eigentlich ging. Also atmete er tief durch und folgte Aidan. Erst nach dem Verlassen seines Zimmers erkannte er die ganze Dimension des Apartments. Wobei Apartment der Sache nicht gerecht wurde. Es handelte sich eher um ein Haus auf der Spitze eines Wolkenkratzers. Ein verdammt großes Haus auf der Spitze eines verdammt großen Wolkenkratzers. Von einigen tragenden Säulen abgesehen versperrte nichts den atemberaubenden Rundumblick auf das morgendliche Dubai. Dank der vollverglasten Außenwände und mindestens vier Meter hohen Decken durchflutete helles Sonnenlicht jeden Winkel des gigantischen Wohnbereichs. Im Zentrum führte eine Wendeltreppe in das darüberliegende Stockwerk. Aidan geleitete Ell zur Nordseite, wo, mit Blick auf den Persischen Golf, ein reichhaltig gedeckter Frühstückstisch wartete. Gleichzeitig erledigten sich alle Fluchtgedanken. Ell zählte sechs über den Raum verteilte und offensichtlich bewaffnete Bodyguards. Was ihn allerdings wirklich überraschte, war der Anblick eines weiteren bekannten Gesichts. „Agent Carter?“

Dem Teller nach zu urteilen hatte Carter bereits gegessen. Entspannt räkelte sie sich in ihrem Sessel, eine Espressotasse in der Hand. „Ell“, nahm sie seine Anwesenheit leicht verächtlich zur Kenntnis.

„Ich vermute, es wäre vergebens, einen schweren Raub und eine Entführung bei Ihnen zur Anzeige zu bringen?“

„Sie vermuten richtig, Professor. Ich stehe seit Kurzem nicht mehr im Staatsdienst. Die Privatwirtschaft bietet einfach mehr Perspektiven.“

„Und ist bestimmt auch viel lukrativer. Was ist da schon Hochverrat und der eine oder andere Mord – unter Freunden“, ergänzte Ell ätzend.

Carters Gesichtszüge verzerrten sich hasserfüllt. „Sie passen besser auf, was Sie sagen, Professor, und machen sich klar, in welcher Position Sie sich befinden.“

„Lässt du William und mich bitte einen Moment allein, Stella?“, intervenierte Aidan beschwichtigend.

Einen Augenblick schien es, als wolle Carter widersprechen, doch dann erhob sie sich betont langsam. „Natürlich, Schatz. Wie du wünschst.“ Im Weggehen drehte sie sich noch einmal zu Ell um. „Wir sehen uns, Professor. Ich bin immer ganz in der Nähe.“

Aidan bedeutete Ell, sich zu setzen. „Stella ist bisweilen ein wenig unbeherrscht. Schwere Kindheit und so. Nimm es nicht persönlich. Kaffee?“

Ell setzte sich. „Tee, bitte. In Anbetracht eures vertrauten Umgangs nehme ich an, ihr kennt euch schon länger.“

Aidan griff nach einer Kanne und schenkte Ell Tee ein. „Seit einigen Jahren. Ziemlich genau seit die Task Force, in der sie bis gestern gearbeitet hat, gegründet wurde und ich sie angeworben habe.“

„Wieso?“

„Ich halte Ausschau nach gewissen Anomalien. Wie den Flash-Crash von 2010. Es dauerte nicht lange, um herauszufinden, dass die Behörden der Öffentlichkeit Bullshit erzählten. Danach hieß es nur noch, das schwächste Glied in ihren Reihen zu finden. Klassisches Spionagehandwerk. Es erstaunt mich stets aufs Neue, wie wenig die Geheimdienste darüber wissen, was in den Köpfen ihrer eigenen Mitarbeiter vorgeht.“

Ell lehnte sich zurück. „Was willst du, Aidan? Und wo wir schon dabei sind: Wer bist du eigentlich?“

Aidan seufzte und setzte sich ebenfalls. „Ich bin der, der ich immer war. Aber ich gebe zu, es gibt Seiten von mir, die du nicht kennst. - Oder vergessen hast“, fügte er fast unhörbar hinzu.

Ell gelang es kaum noch, seine Wut zu unterdrücken. Wut auf Aidan. Und auf sich selbst. Wut auf seine offensichtliche Naivität, auf seine Unfähigkeit, Aidans wahre Natur zu durchschauen.

„Du meinst, die Seite, die sich das Vertrauen anderer erschleicht, Lügen verbreitet und Menschen umbringen lässt? Diese Seite ist mir tatsächlich neu. Wer geht alles auf dein Konto? Bloß ein paar namenlose FBI-Agents, die dir im Weg standen? Oder hast du auch bei den Anschlägen auf David und meinen Vater die Fäden gezogen?“ Ell war kurz davor aufzuspringen.

„Du solltest dich beruhigen, Will“, entgegnete Aidan kalt. „Ich würde dich nur äußerst ungern wieder sedieren lassen.“

Ell bemerkte, wie einer der Bodyguards sich direkt hinter ihm aufbaute. Mühsam rang er um Beherrschung. „Schön“, stieß er zwischen zusammengebissenen Zähnen hervor. „Bekomme ich trotzdem eine Antwort?“

„Natürlich“, erwiderte Aidan plötzlich wieder im freundlichsten Tonfall. „Das ist ja der Sinn unserer kleinen Unterhaltung. Wo fange ich an? Was deinen Vater anbelangt, bin ich unschuldig. Auch mit der Entführung deiner Schwester hatte ich nichts zu tun. Dafür trägt allein Bloch die Verantwortung. Ein widerlicher Kerl. Anderseits, ohne sein Auftreten in der Geschichte wüsste ich immer noch nichts vom Verbleib der beiden Steine. Man könnte ihn gewissermaßen als die rote Flagge bezeichnen, nach der ich so lange auf der Suche gewesen bin. Wahrscheinlich sollte ich ihm dafür dankbar sein. Was David angeht, liegt der Fall, wie ich gestehen muss, anders. David war nicht der, für den du ihn gehalten hast."

„Seltsam. David hat genau das Gleiche über dich gesagt."

Aidan ließ sich davon nicht beirren. „Vielleicht haben wir ja beide recht. Was hat David dir sonst noch erzählt?" Aidan bemerkte Ells Zögern. „Um es dir leichter zu machen und die Sache zu beschleunigen: Ich weiß, was die Steine wirklich sind."

Ell schluckte trocken. „Was meinst du?"

„Künstliche Intelligenzen. Über deine Geschichte für das FBI habe ich mich sehr amüsiert. Ein neuronales Interface. Clever. Und nicht einmal gelogen. Nur eben nicht die ganze Wahrheit." Aidan hatte Ell genau beobachtet und jetzt zog ein zufriedenes Lächeln über sein Gesicht. „Oh ja, ich erzähle dir tatsächlich nichts Neues. Ich konnte in dir schon immer lesen wie in einem offenen Buch, mein lieber Will. Und wenn du so weit im Bilde bist, ist der Kontext dir sicherlich ebenfalls bekannt. Diese schöne Welt, nur eine schnöde Simulation."

Ell schwieg. Es gab auch nichts zu sagen. Aidan war ein zu guter Menschenkenner und er ein zu schlechter Schauspieler. Wie konnte das alles sein? Woher hatte Aidan seine Informationen?

Aidan wirkte unterdessen wie eine Katze vor einem Topf voll Sahne. „Dachte ich es mir. Die Frage ist, von wem du es weißt. Hat David es dir erzählt oder die KI?" Aidan wartete Ells Reaktion gar nicht erst ab, sondern beantwortete sich die Frage gleich selbst. „Nein, nicht David. Der alte Mann wollte dich schon immer aus allem heraushalten. Damit bleibt nur die KI.“ Er beugte sich vor und nahm einen Schluck Kaffee. „Sehr bedauerlich, dass Ms. Shaw indisponiert ist. Ursprünglich stand sie ganz oben auf meiner Einladungsliste. Nun wirst du die Verbindung herstellen müssen. Denn das ist es, was ich will. Ich will mit der KI sprechen.“

Damit hatte Ell nicht gerechnet. „Wieso? Was willst du von ihr? Und warum ich?“

„Wie das Schicksal von Ms. Shaw beweist, ist ein direkter Kontakt mit der KI selbst bei vollständigem Einvernehmen nicht ohne Nebenwirkungen. Und wer weiß, was die KI im Kopf einer Person anrichtet, auf die sie nicht so gut zu sprechen ist. Das Risiko ist mir etwas zu hoch. Falls du jedoch glaubst, meine einzige Option zu sein, muss ich dich enttäuschen. Ich werde in Kürze über einen Rechner verfügen, der leistungsfähig genug ist, um ebenfalls als Interface zu dienen. Notfalls gedulde ich mich ein paar Wochen. Deine Mitwirkung würde die Sache allerdings beschleunigen.“

„Und was dann?“

„Das wirst du schon sehen. Bist du dabei oder nicht?“

„Und wenn ich Nein sage?“

„Sag Ja und es bleibt uns beiden erspart, das herauszufinden.“

Ell zog es vor, nicht genauer darüber nachzudenken, was Aidan damit meinte. Daran, sich auf die gleiche Weise wie Trina mit Allison zu verbinden, hatte er nie gedacht. Er wusste auch gar nicht, ob das bei ihm überhaupt funktionieren würde. Andererseits, wenn es gelänge, könnte er

Zeit gewinnen und Allison gleichzeitig auf den neuesten Stand der Dinge bringen.

„Probieren können wir es ja einmal. Ich frage sie, was du willst. Allerdings übernehme ich keine Garantie dafür, dass dir die Antworten gefallen werden.“

60

Ohne die Flugeigenschaften mit zwei Triebwerken testen zu müssen, erreichte die Falcon nach sechs Stunden den Dubai International Airport. Ein Taxi brachte Gray und Chang Feng vom Flughafen in das alte Hafenviertel am Dubai Creek.

„Sie haben auch hier Ihre Leute?“, erkundigte Gray sich interessiert.

Chang Feng bedachte ihn mit einem leicht mitleidigen Blick. „Wir haben überall unsere Leute. In Dubai leben ungefähr zweihunderttausend Chinesen. Manche betreiben Handelsgeschäfte oder Restaurants, andere arbeiten in den Hotels als Zimmermädchen oder Küchenhilfe. Besonders arme Seelen müssen sich zusammen mit Heerscharen von Indern, Pakistanern und Bangladeshi auf den Baustellen der Stadt als Tagelöhner verdingen. Die Emiratis machen sich ungern selbst die Hände schmutzig. Dafür gibt es ja die Ausländer. Und wie überall auf der

Welt, kommen auf jedes legale Geschäft mindestens zwei illegale. Dennoch sind die Emirate für uns nur ein kleiner Markt. Ein wenig Prostitution, Glücksspiel, Drogen. Eine regionale Besonderheit ist der Schmuggel von sanktionierten Waren in den Iran. Dieser war in letzter Zeit rückläufig, was sich angesichts der politischen Lage allerdings schnell wieder ändern kann."

Das Taxi hielt vor einem chinesischen Restaurant. „Hier treffen wir meinen Kontakt. Ich hoffe, er hat in der Zwischenzeit mehr in Erfahrung gebracht. Egal, was für eine Story ich gleich erzählen werde, nicken Sie einfach immer."

Das Restaurant war zu dieser frühen Stunde noch geschlossen, und so ließ sie ein gebückt gehender Chinese mittleren Alters durch einen Nebeneingang hinein. Er sprach leise auf Chinesisch mit Chang Feng, während er sie an Lagerräumen und der Küche vorbei in ein unaufgeräumtes Büro führte. Nachdem sie an einem kleinen Tischchen Platz genommen hatten, stellte Chang Feng ihren Kontakt auf Englisch vor. „Gray, das ist Mr. Li. Er wird uns beim Diebstahl der wertvollen Diamanten helfen, wegen derer meine Mutter getötet wurde. Damit werden wir die Ehre der Triade wiederherstellen und außerdem einen großen Profit machen."

Gray bemühte sich, angesichts dieser fantasievollen Auslegung der Begebenheiten, nicht allzu erstaunt zu wirken, und nickte eilig.

„Mr. Li hat mir berichtet, dass McAllen vor einigen Stunden mit seiner Entourage eingetroffen ist. Darunter sind doppelt so viele Sicherheitsleute wie üblich. Später kam ein weiterer Gast hinzu, der zu krank oder zu betrunken war, um selbst gehen zu können, und deshalb von zwei Männern getragen werden musste."

„Ell", murmelte Gray, um dann lauter zu fragen „Woher stammen diese Informationen?"

„Im Burj Khalifa befindet sich ein Luxushotel, dessen Serviceangebot neben den Hotelgästen auch allen Besitzern der Eigentumswohnungen zur Verfügung steht. Dazu gehört der Room-Service für Speisen und Getränke sowie der Zimmerreinigungs- und der Wäscheservice. McAllen macht davon regen Gebrauch. Wenn er sich in Dubai aufhält, bestellt er mehrmals täglich Essen aus der Hotelküche. Insgesamt sieben unserer Leute sind in dem Hotel tätig. Drei Zimmermädchen, zwei Kellner, ein Page und ein Concierge. Seit ich von McAllens Apartment hier erfahren habe, behalten sie alles, was dort geschieht, genau im Auge."

Gray nickte anerkennend. „Aber um einen Plan zu entwickeln, müssten wir ganz präzise wissen, wo die ... Edelsteine aufbewahrt werden."

„Und da kommt dieses kleine Dingens ins Spiel." Chang Feng griff in ihre Umhängetasche und zog den Barlowschen Umfelddetektor hervor.

„Wo haben Sie das denn her?", fragte Gray perplex. „Das Dingens, wie Sie es nennen, sollte sich nach seinem Einsatz eigentlich selbst zerstören."

„Ich dachte mir, wir könnten es vielleicht brauchen. Deshalb habe ich es bei meinem Besuch auf Blochs Anwesen mitgehen lassen und die Selbstzerstörung deaktiviert."

„Vermutlich soll ich jetzt nicht fragen, woher Sie von der Existenz des Geräts wissen, geschweige denn, wie man seine Selbstzerstörung deaktiviert?“

„Sie sind schlauer als Sie aussehen, Gray. Im Burj Khalifa wartet ein Hotelzimmer auf uns. Dort schließen wir das Gerät an das Stromnetz an und erhalten damit hoffentlich die Informationen, die uns noch fehlen. Dann sehen wir weiter.“

...

Ell starrte aus dem Fenster auf die glitzernde Skyline Dubais. Aus dieser Perspektive konnte er alles überblicken. Die Autos, die wenigen Menschen auf den Straßen, die Schiffe auf dem Creek, das Wasserflugzeug, das auf seinen Rundflügen mit Touristen in regelmäßigen Abständen am Himmel vorüberzog. Doch es spielte keine Rolle, was er sah, denn ihn sah niemand. Sein gläsernes Gefängnis hätte genauso gut auf dem Mond stehen können. Nach dem Frühstück hatte man ihn wieder in sein Zimmer verfrachtet. Aidan verabschiedete sich kurz darauf mit der Begründung, er müsse einen Höflichkeitsbesuch tätigen. Gegen ein Uhr schob einer der Bodyguards einen Servierwagen mit Mittagessen in den Raum. Anstatt Ell zu fragen, was er gern essen würde, fand sich darauf eine Auswahl von allem. Typisch Aidan. Ohne großen Appetit probierte Ell von dem ausgezeichneten

Sushi, testete das ebenfalls großartige Entrecote und nippte an einem sehr soliden Aile d'Argent Sauvignon Blanc. Unter anderen Umständen hätte er das Essen tatsächlich genießen können. Zum Abschluss entdeckte er einen etwas deplatziert wirkenden chinesischen Glückskeks. Ein wenig Glück käme jetzt durchaus gelegen. Gelangweilt zerbrach er das trockene Gebäck und fischte den dünnen Papierstreifen heraus. ‚Wenn die NaCht am dunkelsten, ist der Tag am nächsFen'. Elektrisiert setzte Ell sich auf und las den Text wieder und wieder. Der Inhalt klang genau wie die nichtssagenden Sprüche, die man in einem Glückskeks erwarten würde, inklusive Rechtschreibfehlern. Mit dem Unterschied, dass diese Schreibfehler keine Schreibfehler waren, sondern ihm wohlbekannte Initialen. Konnte das wirklich möglich sein? Die Botschaft war jedenfalls klar. Ell schaute auf seine Uhr. Noch fünf Stunden Tageslicht. Unschlüssig betrachtete er einen Moment den Papierstreifen, bevor er ihn in den Mund steckte und mit einer Grimasse hinunterschluckte. Zum Glück hatte er einen passablen Wein zum Nachspülen.

Am späten Nachmittag kehrte Aidan zurück. Sichtlich gut gelaunt nahm er auf dem Sofa in Ells Zimmer Platz. „Das Mittagessen mit seiner Hoheit hat sich wie üblich gezogen, aber dafür lohnt ein solcher Besuch immer. Genau die Art Geschäfte zu machen, die mir gefällt. Mein Computer wird wohl früher fertig als gedacht und heute Abend darf ich einen ersten Blick darauf werfen. Ist das nicht aufregend?"

„Freut mich, dass du einen schönen Tag hattest“, erwiderte Ell sarkastisch.

„Oh, ich hoffe, du hast dich nicht zu sehr gelangweilt. Und wenn doch, dann werden wir dem sofort Abhilfe verschaffen.“ Aidan sprang auf. „Ich kann es kaum erwarten, die ersten Worte mit unserem kleinen Djin zu wechseln. Nicht weggehen. Ich bin gleich wieder da.“ Damit verschwand er eiligen Schritts, um kurz darauf mit einem silbernen Stahlkoffer zurückzukehren. „Da haben wir das gute Stück.“

Aidan stellte den Koffer vor sich auf den Tisch und öffnete ihn. Das Innere war mit einer schüsselartigen Einlage aus Schaumstoff ausgekleidet, an deren tiefstem Punkt in einer passenden Aussparung der grüne Stein ruhte. Nur der grüne Stein, wie Ell enttäuscht feststellte. Der blaue Stein wurde anscheinend getrennt aufbewahrt. Insgeheim hatte er gehofft, es böte sich ihm schon jetzt die Gelegenheit Allisons Auftrag auszuführen und die beiden Steine miteinander in Kontakt zu bringen.

Aidans Augen leuchteten beim Anblick des funkelnden Juwels. „Wunderschön. Und endlich in den richtigen Händen.“ Langsam drehte er den Koffer zu Ell. „Ich werde hier drüben sitzen und meine Fragen stellen. Nur zur Erinnerung: Vor der Tür steht eine bewaffnete Stella Carter. Sie ist ziemlich schlecht gelaunt, weil sie hier nicht dabei sein darf. Also bitte keine unüberlegten Aktionen. Für den Moment gehört der Stein ganz dir. Tu, was du tun musst, um eine Verbindung herzustellen.“

Niedergeschlagen betrachtete Ell abwechselnd den Stein und den Mann, den er so lange einen Freund genannt hatte. „Ich verstehe dich nicht, Aidan. Was zum Teufel ist in dich gefahren? Warum tust du das alles?"

Für einen winzigen Augenblick glaubte Ell, er würde zu Aidan durchdringen. Zu dem Aidan, den er kannte. Doch so schnell wie er gekommen war, verflog der Moment auch wieder.

„Stell einfach die Verbindung her. Vielleicht begreifst du es dann."

Resigniert schüttelte Ell den Kopf. „Ich probiere es. Aber ich habe keine Ahnung, ob es funktionieren wird."

„Ein wenig mehr Optimismus, wenn ich bitten darf!" Gespannt lehnte Aidan sich zurück.

Ell griff nach dem Stein, wie bereits unzählige Male zuvor. Und wie bei diesen Gelegenheiten auch, geschah rein gar nichts. Er nahm den Stein von der einen Hand in die andere, drehte ihn hin und her, schloss die Augen und konzentrierte sich. Das Ergebnis blieb das gleiche. Schließlich legte er den Stein zurück in den Koffer. „Anscheinend bin ich nicht kompatibel. Trina erwähnte einmal etwas davon. Es funktioniert nicht bei jedem."

Die Enttäuschung stand Aidan ins Gesicht geschrieben. Dessen ungeachtet schien er nicht bereit, schon aufzugeben. „Möglicherweise sind das die Nachwirkungen des Betäubungsmittels. Oder du strengst dich nicht genug an. Wir probieren es morgen noch einmal." Aidan griff nach dem Koffer und erhob sich. „Und bis dahin solltest du dir bewusst machen, wie wichtig mir diese Kontaktaufnahme ist. Besser dir fällt ein Weg ein, meinem Wunsch nachzukommen. Denk darüber nach."

61

Gray schaute zum gefühlt hundertsten Mal in der letzten halben Stunde auf seine Uhr. Wo zur Hölle blieb Zhao? Seit über drei Stunden saß er in diesem Hotelzimmer und starrte auf den Bildschirm des Laptops. Der Umfelddetektor hatte erneut ganze Arbeit geleistet und ihnen, nach einigem Gesuche in dem gigantischen Leitungsnetz des Megatowers, einen genauen Überblick über das Apartment von McAllen verschafft. Zwei leuchtende Punkte, einer grün und einer blau, markierten die Position der beiden Steine. Das schwache Signal deutete darauf hin, dass sie in einem Tresor verwahrt wurden. Über Chang Fengs Netzwerk gelang es, das Modell herauszufinden. Ein Remington 5000. Keine erfreuliche Nachricht, denn dieses Modell ließ sich extrem schwer knacken. Immerhin war es nicht unmöglich, und Gray wusste dank der fortbildungswütigen Instruktoren des FBI auch wie. Außerdem hatten sie den wahrscheinlichsten Aufenthaltsort von Ell ausgemacht. Eine Person hielt sich die meiste Zeit abgesondert von den anderen auf. Das musste er sein. Als in McAllens und Carters Abwesenheit die Bestellung für ein opulentes Mittagessen einging, ließ Chang Feng eine versteckte Nachricht einschmuggeln. Jetzt blieb ihnen nur, das Beste zu hoffen.

Endlich vernahm Gray das Schloss der Zimmertür und sprang auf. „Konnten Sie alles auftreiben?“

„Yup, auch wenn das an ein Wunder grenzt. Haben Sie sich dieses ganze Zeug eigentlich nur ausgedacht, um mich zu ärgern?“

Gray nahm Chang Feng eine schwere schwarze Sporttasche ab und schüttete den Inhalt kurzerhand auf das Bett. „Bohrer, Halterung, Bohraufsätze, Drahtschlaufen, Pinzetten, Hammer, Endoskopkamera und die Spezialzutat. Scheint alles da zu sein, sehr gut. Ist es nicht besser, wenn ich den Tresor selber übernehme?“

Chang Feng schüttelte entschieden den Kopf. „Sie sind der mit der Marke und müssen sich um McAllen kümmern. Nach neuesten Informationen lässt er seinen Wagen für acht Uhr heute Abend bereithalten. Sie folgen ihm. Sobald Ell und die Steine in Sicherheit sind, gebe ich Ihnen Bescheid und Sie nehmen ihn fest. Jetzt erklären Sie mir, wie ich die Blechbüchse aufbekomme.“

Gray war mit dieser Rollenverteilung nicht glücklich, zog aber einen Stuhl für Chang Feng heran und setzte sich auf das Bett. „Sie müssen sich exakt an meine Anleitung halten. Der kleinste Fehler und Sie kriegen das Teil nur noch mit einer Ladung Sprengstoff auf, verstanden?“ Die nächste Stunde ging Gray mit Chang Feng wieder und wieder die Tresoröffnung durch. Sie besaß eine extrem schnelle Auffassungsgabe und recht bald fand Gray nichts mehr zu kritisieren. Ob seine neue Schülerin allerdings auch der realen Herausforderung gewachsen sein würde, stand auf einem gänzlich anderen Blatt. Trockenübungen hatten ihre Grenzen.

„Eine Frage noch“, wechselte Gray schließlich das Thema. „Sobald McAllen und Carter das Gebäude verlassen haben, verschaffen Sie sich als Zimmermädchen verkleidet Zugang zum Apartment. Aber wie wollen Sie eigentlich allein die Wachen ausschalten?“

„Ich werde nicht allein sein“, erklärte Chang Feng. „Ich nehme zwei meiner Leute mit. Dank des Umfelddetektors kennen wir ja die genaue Anzahl und Position der Wachen. Gemeinsam sollte das kein Problem sein. Sobald das erledigt ist, hole ich Ell und öffne den Tresor. Danach verschwinden wir über den Personalaufzug.“

„Und falls es den Wachen gelingt, Alarm auszulösen? Wenn das passiert, können Sie den Personalaufzug vergessen.“

„Dann kommt Plan B zum Einsatz.“

„Plan B?“

„Machen Sie sich keine Gedanken, Gray. Es wird schon alles schiefgehen.“

„Danke, schiefgegangen ist für meinen Geschmack bereits genug. Wir pokern hier mit höchstem Einsatz. Das ist unsere allerletzte Chance.“

Chang Feng nickte entschlossen. „Genau deshalb werden wir nicht versagen.“

...

Statt acht war es fast neun Uhr, als Aidan und Carter das Apartment endlich verließen. Minuten später glitt der abgedunkelte Rolls-Royce Phantom aus der Tiefgarage auf die Straße. Mit wechselnden Fahrzeugen nahmen Chang Fengs Leute unter Grays Anleitung die Verfolgung auf. Sie beobachteten, wie die schwere Limousine schließlich auf das Gelände eines neu angelegten Technologieparks an der südlichen Stadtgrenze einbog und zwischen den Gebäuden verschwand. Da die Zufahrt kontrolliert wurde, mussten sie vor der Einfahrt zurückbleiben, um nicht entdeckt zu werden. Das Ziel kam für Gray wenig überraschend, handelte es sich doch um den Ort, an dem nach Chang Fengs Informationen Aidan mit immensem Aufwand ein ultramodernes Forschungszentrum für Informationstechnologie errichten ließ. Die Regierung der Emirate schwärmte schon vom Silicon Valley des Nahen Ostens. Das Herzstück bildete ein Großrechner, dessen offizielle Inbetriebnahme in zwölf Monaten erfolgen sollte. Kaum jemand wusste, dass die Anlage bereits so gut wie einsatzbereit war, sich der unbekannte Spender allerdings ein Jahr lang ungestörten Zugang ausbedungen hatte. Daher handelte es sich nur um eine auserlesene Gruppe von Eingeweihten, die Aidan für eine erste Führung durch die Einrichtung in Empfang nahm. Davon bekam Gray von seinem Beobachtungsposten auf der Straße aus jedoch nichts mit. Und so sah er auch nicht, wie lediglich Aidan dem Rolls entstieg. Von Grays ehemaliger Kollegin Carter hingegen fehlte jede Spur.

Nach dem Abendessen, das ähnlich variantenreich ausgefallen war wie das Mittagessen, machte Ell es sich auf dem Bett bequem. Bei jedem ungewöhnlichen Geräusch horchte er auf. Doch die Zeit verging und nichts geschah. Hatte er in dem Glückskeks vielleicht nur gesehen, was er unbedingt sehen wollte? Um kurz vor zehn hörte er ein dumpfes Poltern, gefolgt von einem leisen Stöhnen. Langsam öffnete sich seine Zimmertür. Im ersten Moment nahm er lediglich die Uniform eines Zimmermädchens wahr. Dann erkannte er Chang Fengs leicht verdrießliche Gesichtszüge. Mit zwei großen Sätzen war er an der Tür und umarmte sie spontan. „Heilige Scheiße, tut es gut, dich zu sehen!“

Das brachte Chang Feng ein wenig aus dem Konzept, auch wenn es ihr durchaus nicht unangenehm zu sein schien. „Du hast doch nicht ernsthaft gedacht, dass ich dich hängen lasse, oder?“

„Offen gestanden wusste ich nicht so recht, was ich denken sollte.“

„Jedenfalls ist das eine viel nettere Begrüßung als die von Gray.“

„Gray?“

„Yep, Superspecialagent Gray. Durfte seinen Hintern ebenfalls retten. Das macht zwei innerhalb von vierundzwanzig Stunden. Ist wohl meine neue Bestimmung.“

„Sorry für die Umstände“, entschuldigte sich Ell leicht

betreten. „Dann gehörst du zu Allisons sogenannten Vorkehrungen?"

„Kann man so sagen. Und jetzt sollten wir uns beeilen, damit diese Vorkehrungen auch funktionieren."

„Weißt du denn, wo die Steine aufbewahrt werden?"

„Was für eine Frage! Mir nach."

Ell ließ sich nicht zweimal bitten und folgte ihr in den Wohnbereich des Apartments, wo die gefesselten Körper von drei Wachen auf dem Fußboden lagen.

„Leben noch, sind nur getasert", erklärte Chang Feng lakonisch. „Das sind Jeff und Dom, die beiden helfen mir." Damit deutete sie auf zwei Chinesen, die damit beschäftigt waren, eine weitere Wache zu fesseln und zu knebeln. Ell nickte ihnen kurz zu, während Chang Feng auf einen Servierwagen mit einem Kübel Champagner zusteuerte und die darauf liegende Tischdecke zurückschlug. Darunter kamen eine Tasche und ein großer Rucksack zum Vorschein. Letzteren reichte sie an Ell weiter. „Nicht verlieren." Die Tasche warf sie sich selbst über die Schulter und marschierte in Richtung der ins Obergeschoss führenden Treppe. Die Stufen endeten an einem langen Flur, durch den sie in eine Art Arbeitszimmer gelangten. Zielstrebig ging Chang Feng auf einen Einbauschrank zu und öffnete die Türen.

„Wow", machte Ell beim Anblick dessen, was sich darin verbarg. „Das nenn ich einen Tresor."

„Ein Remington 5000 mit sechsfacher Notfallverriegelung."

„Du meinst, den bekommst du auf? Seit wann kennst du dich mit sowas aus?"

„Seit heute Nachmittag“, erwiderte Chang Feng und packte die gesamte Sporttasche aus, bis darin nur noch eine 9mm Beretta zurückblieb. Als habe sie es schon tausend Mal gemacht, befestigte sie eine Bohrerhalterung an der Tresoraußenwand, lokalisierte mit einem Maßband die genauen Stellen und bohrte hintereinander drei Löcher. In eines davon führte sie den Hals einer Endoskopkamera ein. „Halte das bitte mal“, forderte sie Ell auf.

Ell nahm ihr das Gerät ab und versuchte, sich so wenig wie möglich zu bewegen. Mit dem Blick auf den Bildschirm der Kamera schob sie fünf Drahtschlingen durch das zweite Loch und fixierte damit die gleiche Anzahl von Bolzen im Schließwerk. „Drück die Daumen. Ich löse jetzt die Notfallverriegelung aus.“ Wie geplant blieben die blockierten Bolzen an ihrem Platz, doch ertönte gleichzeitig ein lautes metallisches Knirschen.

„Ist das gut oder ist das schlecht?“, fragte Ell unsicher.

„Sowohl als auch. Das war die eine Notverriegelung, die sich nicht blockieren ließ.“

„Ist eine nicht eine zu viel?“

„Nur, wenn man nicht darauf vorbereitet ist.“

„Wie lautet der Plan?“

Chang Feng griff hinter sich nach einer Thermoskanne. „Rohe Gewalt.“

Ell konnte nicht folgen. „Und vorher machen wir eine Kaffeepause?“

„Kamera nach oben drehen“, befahl Chang Feng statt einer Antwort, streifte sich ein Paar dicke Handschuhe über und öffnete die Thermoskanne, aus der es sofort zu dampfen begann. Jetzt begriff Ell. Flüssiger Stickstoff.

Vorsichtig füllte Chang Feng etwas von der minus 196 Grad kalten Flüssigkeit in eine Spezialpipette und führte diese durch das dritte Loch in das Innere des Tresors ein. Mit ruhiger Hand träufelte sie den Stickstoff auf den letzten Sicherungsbolzen, der sich augenblicklich hellweiß verfärbte und ein leises Knacken von sich gab. Chang Feng tauschte die leere Pipette gegen einen Hammer und einen schlanken Meißel. Ein gezielter harter Schlag auf den Bolzen und das von der Kälte spröde Metall zerbrach wie Glas. „Jetzt sollte es keine bösen Überraschungen mehr geben, wenn wir uns den eigentlichen Schließmechanismus vornehmen." Erneut setzte sie den Bohrer an und bohrte ein weiteres Loch für die Endoskopkamera. Ell hielt den Bildschirm, während Chang Feng konzentriert am Ziffernrad des Zahlenschlosses drehte. Schließlich nickte sie ihm zu und probierte, den Verriegelungshebel zu bewegen. Ohne den geringsten Widerstand gab dieser dem Druck nach. Ein leichter Ruck und die Tresortür stand offen. „Na bitte", seufzte Chang Feng zufrieden.

Ell erkannte die zwei silbernen Stahlkoffer sofort wieder. „Jackpot! Da sind die Steine drin."

Jeder schnappte sich einen und trug ihn zu dem großen Tisch in der Mitte des Raumes. Gespannt klappte Ell seinen Koffer auf. Im Inneren ruhte der grüne Stein. Um sicher zu gehen, dass es sich um Allison handelte, löste Ell den Stein aus der Schaumstoffeinlage und hielt ihn gegen die Deckenbeleuchtung. Wie ein winziges Staubkorn konnte er den Kern in seinem Zentrum ausmachen.

„Dieser hier ist blau", bemerkte Chang Feng von der

anderen Seite des Tisches. „Aber das Anfassen erspare ich mir lieber."

„Ganz recht", ertönte eine honigsüße Stimme in ihrem Rücken. „Das würde ich auch gar nicht gern sehen."

Ells und Chang Fengs Köpfe schnellten herum. Carter stand im Rahmen der offenen Verbindungstür zum Nebenzimmer, eine Glock mit Schalldämpfer lässig im Anschlag. „Schau einmal an, wer da zu Besuch gekommen ist. Die kleine Chinesin. Ich habe mich schon so auf ein Wiedersehen gefreut."

In rasender Geschwindigkeit ging Ell ihre Optionen durch. Es gab keine. Chang Fengs Tasche mit der Waffe lag am anderen Ende des Raumes vor dem leeren Tresor.

Carter schien seine Gedanken lesen zu können. Ein boshaftes Lächeln zog über ihr Gesicht. „Der Alarm ist bereits ausgelöst. Ihr kommt hier nicht mehr raus." Mitleidig schnalzte sie mit der Zunge. „Hattet ihr gedacht, ich sei mit Aidan unterwegs? Da muss ich euch enttäuschen. Ich war nur im Spa. Die machen dort eine tolle Anti-Aging-Behandlung."

„Vergebliche Liebesmüh", konnte Ell sich einen gehässigen Kommentar nicht verkneifen. „Ist Ihnen eigentlich schon aufgefallen, dass Aidan Sie immer zum Spielen schickt, wenn es wichtig wird? Glauben Sie wirklich, Sie bedeuten ihm etwas? Für ihn sind Sie bloß ein nützliches Werkzeug. Sobald er keine Verwendung mehr für Sie hat, wird er Sie entsorgen. Verlassen Sie sich darauf."

Kaum gezügelter Hass funkelte in Carters Augen. „Höre ich da die Toten sprechen? Denn der einzige, der hier entsorgt werden wird, sind Sie, Professor. Aidan wollte morgen einen zweiten Versuch mit Ihnen und dem Stein unternehmen, aber wie es aussieht, bin ich leider gezwungen gewesen, Sie bei einem Fluchtversuch zu erschießen. Was für ein Jammer. Und nur, weil Sie sich in ihm getäuscht haben, gilt das Gleiche nicht automatisch für mich.“ Carter wedelte mit der Pistole in Richtung Chang Feng. „Los, gehen Sie auf die andere Seite des Tisches zu Ihrem Freund.“

Widerstrebend gehorchte Chang Feng.

„Und Sie, Professor, legen den Stein zurück.“

Ell wusste, sie hatten verloren. Er konnte lediglich versuchen, dem Unvermeidlichen einen Sinn zu geben. „Sie wollen den Stein? Bitte sehr.“

Aus dem Handgelenk warf er das funkelnde Juwel in Richtung des Koffers mit dem blauen Stein. Der grüne Stein landete auf der seitlichen Einfassung der Inneneinlage und für einen Augenblick schien es, als würde er über den Rand hinwegspringen. Das Momentum reichte hierfür jedoch nicht aus und so kullerte er langsam, der Schwerkraft folgend, dem tiefsten Punkt und damit dem blauen Stein entgegen. Mit einem kaum hörbaren trockenen Klicken berührten sie sich. Im selben Moment erfüllte ein durchdringendes Summen den Raum und die Steine begannen von innen heraus zu leuchten. Binnen Sekunden erreichte die Helligkeit eine Intensität, die es unmöglich machte, direkt hineinzuschauen. Geblendet kniff Ell die Augen zusammen und auch Carter und Chang Feng mussten sich abwenden. Die Erste, die sich hiervon wieder erholte, war Chang Feng. Mit einer fließenden Bewegung griff sie nach dem vor ihr auf dem Tisch liegenden leeren

Koffer und schleuderte ihn Carter entgegen. „Zur letzten Tür am Ende des Flurs!“, rief sie Ell zu und sprintete los. Ells Gliedmaßen fühlten sich an wie Kaugummi, so zäh und widerstrebend reagierten sie. Von dem heranfliegenden Koffer aus dem Gleichgewicht gebracht, gingen Carters in schneller Folge abgegebene Schüsse ins Leere. Aus dem Augenwinkel riskierte Ell einen letzten Blick in Richtung der beiden Steine, doch die Entfernung war zu groß und die gleißende Helligkeit fast unerträglich. Wenn er hier nicht sterben wollte, blieb ihm nur die Flucht. Chang Feng besaß bereits einen ordentlichen Vorsprung und Ell versuchte, trotz des schweren Rucksacks auf dem Rücken nicht den Anschluss zu verlieren. Kaum hatte er die Tür am Ende des Ganges passiert, schlug Chang Feng sie hinter ihm zu und drehte den Schlüssel im Schloss. Ell sah sich erstaunt um. „Das Schlafzimmer? Sitzen wir hier nicht in der Falle?“

„Im Gegenteil. Gib mir den Rucksack.“

Ell nahm den Rucksack ab und reichte ihn Chang Feng, die sofort darin herumzukramen begann. „Anziehen“, befahl sie und warf Ell ein Geschirr aus Gurten zu.

Ell schluckte schwer. „Ist es das, was ich befürchte?“

„Das ist das, was uns das Leben rettet.“

Ell stöhnte auf. Doch bevor er Einwände geltend machen konnte, hörten sie ein Rütteln an der Tür. Carter. Hastig legte Ell das Geschirr an, während Chang Feng sich ihrer Zimmermädchenuniform entledigte. Darunter kam ein enger, schwarzer Overall zum Vorschein, der Ells Blicke deutlich länger festhielt, als nötig gewesen wäre. Aus dem Rucksack zog sie ein unförmiges Paket, das seinerseits einem Rucksack ähnelte, und schnallte es sich um. Damit bestanden für Ell keine Zweifel mehr, worauf das Ganze hinauslaufen würde.

„Hilf mir mal“, verlangte Chang Feng. Gemeinsam ergriffen sie die Seiten eines schweren Lounge-Chairs. Mit voller Wucht schmetterten sie ihn gegen die Fensterfront. Den ersten beiden Versuchen hielt das verstärkte Spezialglas noch stand, bevor es schließlich in Tausende Stücke zerbrach. Ein heftiger, warmer Windstoß fegte durch den Raum. Carter eröffnete das Feuer auf das Türschloss. Chang Feng zog Ell zu sich heran und verband die Karabinerhaken ihres Geschirrs mit seinem. Gemeinsam traten sie über die Glassplitter an die Fensterkante. Vor ihnen lag ein dunkles Nichts und der Wind ließ ihre Haare flattern.

„Arme auf der Brust kreuzen, Kopf in den Nacken und Hohlkreuz machen“, erteilte Chang Feng Anweisungen. Doch auch in ihrer Stimme hörte man die Anspannung. „Wir müssen uns genau gleichzeitig abstoßen. Unter keinen Umständen dürfen wir uns beim Fallen in Richtung des Gebäudes drehen. Sonst krachen wir nach der Schirmöffnung direkt hinein.“

„Mir ist schlecht. Ein Tandem-Base-Jump bei Nacht. Hat das überhaupt schon einmal jemand gemacht?“

„Keine Ahnung. Gleich wissen wir, ob man es weiterempfehlen kann. Fertig?“

„Nein, aber ich habe hier ja nichts zu melden.“

„Eins, zwei, drei ...“

Ell glaubte noch zu hören, wie hinter ihnen die Zimmertür nachgab, als sie gemeinsam in den Abgrund stürzten. Mit knapper Not schafften sie es, eine stabile

Fluglage beizubehalten. Es kam Ell wie eine Ewigkeit vor, bis Chang Feng den Schirm öffnete. Er war sich sicher, von keinem anderen Gebäude der Welt hätten sie diesen Sprung überlebt. Nur die enorme Höhe des Burj Khalifa rettete ihnen das Leben. Nach der Öffnung steuerte Chang Feng den Schirm geschickt von dem schlanken Glasturm weg in Richtung eines freien Baugeländes in östlicher Richtung. Unvermittelt erschütterte eine schwere Detonation die Nacht. Irritiert hielt Ell Ausschau nach dem Ursprung des Lärms. Chang Feng klopfte ihm auf die Schulter und deutete nach oben. Dort, wo sie eben abgesprungen waren, klaffte ein riesiges Loch in der Fassade des Wolkenkratzers, aus dem helle Flammen schlugen.

„Was zur Hölle ist das gewesen? Hattest du Sprengladungen installiert?“

Chang Feng schüttelte stumm den Kopf.

„Wieso ist dann …“ Ein Gedanke nahm in Ells Kopf Gestalt an. „Könnte das … Ich meine, denkst du, die beiden Steine …?“

Chang Feng bedachte ihn mit einem langen Blick. „Darum ging es von Anfang an, Will. Alles andere wäre zu riskant gewesen. Inzwischen sind zu viele Parteien involviert und Allison konnte nicht zulassen, dass die andere KI wieder in die falschen Hände gerät. Der einzige Weg, das Ganze zu beenden, bestand darin, eine Überladung ihrer internen Energieversorgung herbeizuführen. Zumindest hat sie es mir so erklärt.“

„Aber das bedeutet …“

Chang Feng nickte traurig. „Ja, das bedeutet es. Dabei fing ich gerade an, die Lady ein wenig zu mögen.“

Ell konnte es nicht fassen. Allerdings blieb ihm keine Zeit zum Nachdenken. Sie befanden sich immer noch auf der Flucht. Chang Feng legte eine saubere Landung hin. Entgegen Ells Befürchtungen kollidierten sie dabei weder mit einer der herumstehenden Baumaschinen noch wurden sie von herumliegendem Baumaterial aufgespießt. Aufgrund der Dunkelheit war ihr Stunt weitestgehend unbemerkt geblieben. Nur vereinzelt hatte Ell Passanten zu ihnen aufschauen und ihre Handys zücken gesehen. Ein paar, hoffentlich unscharfe, Aufnahmen dürften demnächst auf YouTube kursieren. Glücklicherweise sorgte die Explosion für nachhaltige Ablenkung. Aus allen Richtungen hörten sie die Sirenen von Feuerwehr und Polizei, die zum Unglücksort eilten. Chang Feng stopfte den Fallschirm kurzerhand in eine Betonmischmaschine. Aus der Hosentasche zog sie ihr Mobiltelefon hervor und wählte eine Nummer. „Ich bin's. Wir sind draußen. Beide Chips wurden zerstört. Holen Sie sich den Mistkerl."

62

Nach Chang Fengs Anruf wechselte Gray in die Nachrichtenansicht des Telefons. Mit einem Knopfdruck versandte er eine vorbereitete E-Mail an seinen Vorgesetzten beim FBI, den Chef der Joint Taskforce und den Deputy Director der CIA. Gray wusste, welche Schockwellen seine Mitteilung auslösen würde. Auf eine Antwort konnte er allerdings nicht warten. Jetzt galt es zu handeln, was immer die Konsequenzen auch sein mochten. Alles, was er hatte, waren seine Marke, eine unregistrierte SIG Sauer aus dem Besitz Chang Fengs und die Unterstützung von drei Mitgliedern einer kriminellen Vereinigung. Mal sehen, wie weit er damit kam.

Gray bedeutete seinem Fahrer, an das Empfangstor vorzufahren. Dort hielt er dem Wachmann seinen FBI-Ausweis unter die Nase. „Special Agent Gray, FBI“, schnarrte er im besten Kommandoton. „Auf Ihrem

Gelände befindet sich Mr. Aidan McAllen. Er schwebt in unmittelbarer Gefahr, Opfer eines terroristischen Anschlags zu werden. Ich muss sofort zu ihm."

Verblüfft musterte der Wachmann Gray und seine Marke. „Das muss ich erst abklären. Ich habe Anweisung, niemanden passieren zu lassen, der nicht auf meiner Liste steht."

„Das kann ich verstehen", erwiderte Gray konziliant, bevor er aus voller Kehle losbrüllte. „Aber dann sind Sie verantwortlich, wenn ein persönlicher Gast Ihres Herrschers und Geheimnisträger der US-Regierung ums Leben kommt. Sind Sie dafür bereit, Sohn?"

Das war der Wachmann offensichtlich nicht. „Geradeaus und an der ersten Kreuzung links zu Gebäude C", stotterte er und öffnete die Schranke. Grays Fahrer nutzte die Chance und gab sofort Gas. Im Rückspiegel sah Gray, wie der Wachmann zum Telefon griff. Sie hatten keine Zeit zu verlieren. Vor dem Eingang von Gebäude C sprang Gray aus dem Wagen. Was er hörte, ließ ihn das Schlimmste befürchten. Der Klang von Rotorblättern. Fluchend lief er um das Gebäude herum, doch er kam zu spät. Als er um die Ecke bog, hob der Jet Ranger bereits ab. Durch das hintere Seitenfenster konnte er die Umrisse eines Gesichts ausmachen, das zu ihm herunterschaute. McAllen. Gray zog seine Waffe und leerte das gesamte Magazin, aber der Hubschrauber war schon zu weit entfernt. „Scheiße", schrie Gray außer sich vor Wut und schleuderte die Waffe auf den Boden. Dieser Mistkerl schien ihm immer eine Winzigkeit voraus zu sein. Schwer atmend holte er sein

Telefon hervor. „Auskunft? Verbinden Sie mich mit der US-Botschaft in Dubai. Heute noch, wenn's geht."

Man muss dem Diensthabenden in der Botschaft zugestehen, dass er keine langen Fragen stellte, sondern sofort reagierte. Er informierte umgehend die zuständigen lokalen Stellen bei Polizei, Grenzschutz und Geheimdienst über die Fahndung des FBI nach Aidan McAllen. Bis diese Information auf allen Ebenen ankam, verging allerdings fast eine halbe Stunde. Ob es allein daran lag, oder McAllen Unterstützung von offizieller Seite erhalten hatte, ließ sich im Nachhinein nicht mehr klären. Jedenfalls fehlte, trotz Abriegelung des Flughafens, des Hafens und der Ausfahrtsstraßen, von Aidan jede Spur.

Obwohl Gray in der Botschaft erwartet wurde, machte er zuvor noch einen Umweg. Seinem Fahrer musste er nicht lange erklären, wo er hinwollte. Zumindest blieb ihm dieses Mal das stickige Hinterzimmer erspart. Stattdessen saßen Ell und Chang Feng an einem normalen Tisch im Restaurant.

„Freut mich, Sie wohlauf zu sehen, Professor", begrüßte er Ell und setzte sich.

„Ebenso", erwiderte Ell. „Wie es scheint, verdanken wir das derselben Person."

„In der Tat", bestätigte Gray und nickte Chang Feng zu. „Es wird ihr nicht vergessen werden."

„Doch, das wird es", widersprach Chang Feng prompt. „Aber ich werde Sie daran erinnern."

Gray unterdrückte ein Grinsen. „Was ist mit den Chips? Sie sagten am Telefon, beide seien zerstört worden?"

„Angesichts der Explosion und des Feuers muss man davon wohl ausgehen. Soweit wir sehen konnten, hat es das gesamte Stockwerk zerlegt. Das Öffnen des Tresors lief noch planmäßig. Dann ist uns Carter in die Quere gekommen."

Gray winkte dem Ober und bestellte ein Bier. „Und Sie haben keine Ahnung, was die Explosion ausgelöst hat?"

Ell und Chang Feng wechselten einen kurzen Blick. „Nein", erwiderte Chang Feng. „Möglicherweise ein versteckter Sicherungsmechanismus?"

Gray musterte sie zweifelnd. „Sie meinen, McAllen hat sein eigenes Apartment mit Sprengstoff präpariert? Wie auch immer. Wir finden es heraus. Washington hat endlich den Hintern hochbekommen und bei der hiesigen Regierung ordentlich Druck gemacht. Die Emirate können es sich nicht leisten, die USA nachhaltig zu verärgern, egal, wie beliebt McAllen hier sein mag. Ein FBI-Brandermittlungsteam ist schon unterwegs. Sobald die Rettungs- und Löscharbeiten beendet sind, werden wir die ersten sein, die den Tatort untersuchen dürfen. Ich will mich mit eigenen Augen davon überzeugen, dass dieses Kapitel wirklich abgeschlossen ist."

Chang Feng beugte sich vor. „Hat man Carter gefunden?"

Gray schüttelte den Kopf. „Bislang nicht. Aber wenn sie sich sehr nahe am Explosionsort befunden hat, ist von ihr wohl nicht mehr viel übrig. Es wurden nur zwei Leichen geborgen. Vermutlich Ihre beiden Leute, die Carter zum Opfer gefallen sind. Zudem gibt es noch zehn Verletzte. Hauptsächlich McAllens Wachleute sowie Personen, die sich im über der Explosion gelegenen Stockwerk aufgehalten haben. In Anbetracht des Ausmaßes der Zerstörung eine erstaunlich geringe Zahl. Es hätten leicht deutlich mehr Menschen zu Schaden kommen können."

„Ich frage mich, wie Aidan es geschafft hat zu entwischen", bemerkte Ell sorgenvoll. „Solange er frei herumläuft, ist er eine Gefahr."

„Das ist nur eine Frage der Zeit", antwortete Gray zuversichtlich. „McAllen wurde international zur Fahndung ausgeschrieben. Für unsere Geheimdienste ist er jetzt Staatsfeind Nummer eins. Nicht zuletzt wegen des Massakers, das er in Arizona anrichten ließ."

„Finch?", fragte Ell leise.

Gray schüttelte den Kopf. „Es gab keine Überlebenden. Wüssten wir es nicht besser, wären wir vielleicht wirklich darauf hereingefallen. Alles war perfekt arrangiert, um den Brand nach einem Unglücksfall aussehen zu lassen."

Ell beugte sich eindringlich vor. „Aidan ist schlau, reich und, wie ich gelernt habe, absolut skrupellos. Sie sollten ihn nicht unterschätzen."

Gray nahm einen tiefen Schluck aus seiner Bierflasche und schaute abwesend in die Ferne. „Das werde ich nicht. Verlassen Sie sich darauf."

„Und welche Pläne hat das FBI mit uns?", fragte Chang Feng unverblümt.

„Ich denke, es ist auch im Sinne des FBI, wenn wir Ihre

Beteiligung an den jüngsten Ereignissen nicht an die große Glocke hängen. Es wird kein Vergnügen werden, meinen Vorgesetzten zu erklären, warum ich mich ausgerechnet Ihrer Hilfe bedient habe, statt den Dienstweg zu gehen. Zumal das Ergebnis ja eher durchwachsen ist. Andererseits konnten wir McAllens Pläne durchkreuzen und Professor Ell retten. Daher werde ich sehen, was ich machen kann, um Sie von der Fahndungsliste herunterzubekommen. Das bin ich Ihnen wohl schuldig."

Chang Feng nickte zufrieden.

Ell schaute zwischen beiden hin und her. „Dann ist es das jetzt gewesen?"

Gray unterdrückte ein Gähnen. Mittlerweile befand er sich, von einem Nickerchen im Flugzeug abgesehen, seit achtundvierzig Stunden ununterbrochen auf den Beinen. „Erst, wenn ich mir sicher bin, dass die Chips tatsächlich vernichtet wurden. Bis dahin bleiben Sie Gäste der amerikanischen Regierung. Ein Flieger bringt Sie noch heute Abend in die Staaten. Sobald die Branduntersuchung abgeschlossen ist, komme ich nach und wir machen ein offizielles Debriefing."

...

Zwei Tage später stapfte Gray in einem Schutzanzug durch die mittlerweile abgekühlten Trümmer des Luxusapartments. Sie hatten bislang keine weiteren menschlichen

Überreste gefunden, aber noch arbeiteten sich die Ermittler systematisch von Raum zu Raum. Dabei wurden die Mienen der Experten allerdings immer ratloser. Es gab keine Spur von Sprengstoff oder einem Zünder, nur eine leichte radioaktive Strahlung, deren Ursprung man gerade hektisch zu ermitteln versuchte.

„Agent Gray."

Gray drehte sich um. „Was gibt es, Miller?", fragte er den leitenden Brandermittler, der mit spitzen Fingern ein Behältnis in seinen Händen hielt.

„Ich glaube, wir sind auf die Quelle gestoßen. Aber fragen Sie mich nicht, was das verdammt noch mal ist."

Gray trat neugierig näher und schaute in den Behälter hinein. Im Unterschied zu Miller wusste er sehr genau, worum es sich handelte. Bis zuletzt hatte ihn der Gedanke nicht losgelassen, Ell und Zhao könnten ihn belogen und die Chips heimlich beiseitegeschafft haben. Doch im Inneren des Behälters lagen ohne jeden Zweifel die beiden Steine, verschmolzen zu einem unförmigen Klumpen. Man konnte kaum ausmachen, wo der eine endete und der andere begann. Bei genauerem Hinsehen erkannte Gray unter der schwarz verbrannten Oberfläche ein grünliches Glimmen, als sei noch eine gewisse Restaktivität vorhanden.

„Sofort als Klasse sieben Gefahrgut versiegeln. Ich fordere umgehend ein Begleitschutzteam an und nehme den Behälter persönlich an mich. Sobald ich weg bin, werden Sie und Ihre Leute diesen Fund vergessen, verstanden?"

Der Ermittler wirkte nicht begeistert, nickte aber folgsam.

Zehn Minuten später befand Gray sich unter einer Bewachung, die normalerweise scharfen atomaren Gefechtsköpfen vorbehalten war, auf dem Weg zurück in die USA.

63

Das Debriefing fand drei Tage später im Field-Office des FBI in Phoenix statt. Einen ganzen aufreibenden Tag lang ging Gray mit Ell und Chang Feng die Ereignisse der letzten Woche durch. Zuerst allein, dann mit zwei Verhörspezialisten des FBI namens Wally Prescott und Martha Riley, schließlich wieder allein. Einige Male drohte die ansonsten relativ entspannte Stimmung zu kippen, nämlich als Gray versuchte, Druck auf Chang Feng auszuüben, um doch noch die Identität ihres geheimnisvollen Informanten und Fluchthelfers in Erfahrung zu bringen. Letztlich fehlte ihm aber der Wille zur Eskalation. Vielleicht, weil Chang Feng ihm das Leben gerettet hatte. Vielleicht war er auch nur müde. Gegen acht Uhr abends fand das erschöpfende Frage-und-Antwort-Spiel endlich ein Ende. Nach der internen Abschlussbesprechung mit Prescott und Riley kehrte Gray in das Büro zurück, in dem Ell und Chang Feng bei einer Tasse lauwarmen Automatenkaffees auf ihn warteten. Mit einem Seufzer ließ er sich in einen Sessel fallen. „Das war‘s. Wir sind durch. Sie können jetzt gehen, wohin Sie wollen.“

Chang Feng mochte es nicht so recht glauben. „Keine Anklagen? Keine Überwachung mehr?“

Gray nickte nachdrücklich. „Keine Anklagen.“

Chang Feng ließ nicht locker. „Und keine Überwachung mehr?“

Ein Grinsen breitete sich auf Grays Gesicht aus. „Hey, wir sind das FBI. Es ist unser Job, ständig alles Mögliche zu überwachen. Außerdem, was soll ich den ganzen Tag tun, wenn ich kein Auge mehr auf Sie haben kann?“ Dann wurde er wieder ernst. „Unser Hauptziel ist erreicht. Die beiden Interfacechips sind unschädlich gemacht und die Überreste sichergestellt. Daher kann und will ich Sie zu nichts mehr zwingen. Sie haben allerdings einem ziemlich gefährlichen Mann ans Bein gepinkelt. Momentan ist er auf der Flucht und hat sicherlich andere Sorgen. Dennoch versucht er womöglich, mit einem von Ihnen Kontakt aufzunehmen. Sei es, um an Informationen zu gelangen, sei es, um sich zu rächen. Schon aus diesem Grund wird das FBI auch in Zukunft jeden Ihrer Schritte verfolgen.“

Chang Feng reckte herausfordernd ihr Kinn nach vorne. „Vorausgesetzt, Sie sind in der Lage, Schritt zu halten.“

„Sie bringen mich noch ins Grab“, stöhnte Gray, halb belustigt, halb verzweifelt. „Vielleicht kommt ja der Tag, an dem Sie begreifen, dass die wahre Bedrohung nicht von uns ausgeht. Obwohl einige meiner Kollegen der Meinung sind, es sei ein Fehler, Sie gehen zu lassen.“ Gray fixierte Ell. „Nach Überzeugung dieser Kollegen wissen Sie deutlich mehr über die Herstellung der Interfacechips, Professor, und halten uns mit Ihrer gespielten Unwissenheit nur zum Narren. Sie nehmen es Ihnen nicht ab, dass Ihr Vater das alles in seinem stillen Kämmerlein vollbracht hat und es nicht einmal Aufzeichnungen dazu gibt.“

„Ich bin mir sicher, Sie haben sich nicht allein auf mein Wort verlassen, sondern selbst Nachforschungen angestellt“, erwiderte Ell unverbindlich.

„Haben wir“, bestätigte Gray. „Ihr Büro und Ihre Wohnung sowie die Firma und das Haus Ihres Vaters wurden durchsucht. Mehrfach.“

„Und es wurde nichts gefunden“, ergänzte Ell zuvorkommend.

„Stimmt, aber Zweifel bleiben. Und Zweifel sind bei einer Sache von dieser Tragweite inakzeptabel. Manchmal frage ich mich, ob ihr Vater wirklich der Urheber dieser Technologie gewesen ist.“ Gray beugte sich vor. „In jedem Fall verschweigen Sie uns etwas, Professor. Das sagen mir zwei Jahrzehnte Erfahrung als Ermittler. Bedauerlicherweise kann ich derzeit wenig dagegen machen. Ich hoffe, Sie wissen, was Sie tun.“

Chang Feng sprang auf. „Dann wollen wir den Abschied nicht unnötig hinauszögern. Agent Gray, viel Erfolg bei Ihrer Jagd auf McAllen und das Biest Carter. Falls ich ihr vorher begegnen sollte, schicke ich Ihnen die Überreste in einer Kiste. Leben Sie wohl.“

Ell erhob sich ebenfalls. „Dem schließe ich mich an. Bis auf den Teil mit der Kiste natürlich. Eine Bitte habe ich zum Abschluss allerdings noch."

„Und das wäre?"

„Wir möchten Trina besuchen."

„Ms. Shaw liegt im Koma", gab Gray zu bedenken. „Sämtliche höheren Hirnfunktionen sind erloschen. Und laut Auskunft der Ärzte wird sich daran wohl auch nichts mehr ändern."

„Trotzdem. Wir sind es ihr schuldig."

Nach kurzem Zögern nickte Gray schließlich. „Ich sorge dafür, dass Sie zu ihr gelassen werden."

„Danke, Agent Gray. Vielleicht sehen wir uns ja einmal wieder."

Gray schüttelte Ells dargebotene Hand. „Oh, wir werden uns wiedersehen, Professor. Darauf können Sie sich verlassen."

DA ES SCHON SPÄT WAR UND das FBI sich nicht mehr für ihre Unterbringung zuständig fühlte, stiegen Ell und Chang Feng im Royal Palms Hotel ab. Nach dem Dinner im ausgezeichneten Hotelrestaurant saßen sie vor dem Zubettgehen bei einem Schlummertrunk an der Bar zusammen.

„Ich hatte nicht mehr damit gerechnet, dass dieser Alptraum je zu Ende gehen würde", bemerkte Chang Feng und fischte die Zitronenscheibe aus ihrem Wodka Cranberry. „Aber jetzt sieht es beinahe danach aus."

Ell nickte gedankenverloren. „Und doch ist nichts mehr, wie es einmal war."

„Da hast du allerdings recht", gab Chang Feng zu und nahm einen kräftigen Schluck. „Vorhin habe ich erfahren, dass mich das Auktionshaus vor zwei Wochen in Abwesenheit gefeuert hat. Ist das zu fassen? Ausgerechnet diejenigen, die mir den ganzen Scheiß eingebrockt haben, schmeißen mich zum Dank raus."

„Und nun?"

„Gute Frage. Bislang hat sich alles um Bloch gedreht, den Stein, meine Mutter – die Vergeltung für ihren Tod. Da das erledigt ist, werde ich erst einmal ihren Nachlass regeln müssen. Dann sehe ich weiter."

„Das heißt, es geht zurück nach Hongkong?"

„Das ist der Plan. Und deiner? Weiterhin verwöhnte, nichtsnutzige Studenten unterrichten? Oder willst du dich um die Firma deines Vaters kümmern?"

Es dauerte einen Augenblick, bis Ell antwortete. „Ehrlich gesagt … keine Ahnung. In jedem Fall gibt es vorher noch etwas zu erledigen."

Chang Feng musterte ihn scharf und stellte seufzend ihren Drink auf den Tresen. „Okay, raus damit. Deiner Miene nach zu urteilen, sind wir doch noch nicht am Ende der Geschichte angelangt. Worum geht es?"

Ell bedeutete dem Barkeeper, ihm einen weiteren Gin Tonic zu bringen. „Es geht um David. Bevor er starb, hat er mir etwas gesagt."

„Und zwar?"

„Er behauptete ebenfalls, diese Welt sei eine Simulation. Und er ein Reisender auf der Suche nach etwas, das er den Ursprung nannte."

„Oh mein Gott! Das Thema wieder ..." Chang Feng ließ ihren Kopf in die Hände fallen und raufte sich die Haare. „Dabei habe ich mir solche Mühe gegeben, es zu verdrängen." Suchend blickte sie sich nach dem Barkeeper um. „Noch einen hiervon. Einen Doppelten. Und lassen Sie den Fruchtsaft weg." Ernst schaute sie Ell in die Augen. „Mal ganz ehrlich. Glaubst du diesen Kram? Ist die Welt nicht kompliziert genug? Außerdem, die einzigen Personen, wenn man bei einer von ihnen überhaupt von einer Person sprechen kann, die diese kruden Thesen verbreitet haben, sind entweder tot, komatös oder ... kaputt – oder wie immer man es nennen will. Was könntest du noch tun?"

„Das war ja nicht alles. David sagte, ich solle Nu Shan Si suchen. Und einen gewissen Bo."

Chang Feng horchte auf. „Nu Shan Si?"

„Ja! Weißt du, wer das sein könnte?"

„Kein wer", antwortete Chang Feng. „Si ist das chinesische Wort für Tempel. Und Shan heißt Gebirge oder Berg. Nu Shan Si bedeutet Tempel auf dem Berg Nu."

Aufgeregt beugte Ell sich vor. „Das sollte sich doch finden lassen. Und dann müssen wir uns dort nur nach einem Bo erkundigen."

„Wir?", fragte Chang Feng misstrauisch.

„Du musst mir natürlich nicht helfen", beeilte sich Ell klarzustellen. „Andererseits, für dich liegt es fast auf dem Weg. Und mein Chinesisch ist wirklich miserabel."

„Miserabel? Du sprichst kein einziges Wort."

„Genau! Noch ein Grund mehr."

Chang Feng schüttelte verzweifelt den Kopf. „Und was, wenn du dich bloß in eine fixe Idee verrannt hast? Hast du das schon einmal in Erwägung gezogen?"

Ell nickte. „Trotzdem muss ich mir Gewissheit verschaffen. Es waren Davids letzte Worte. Also muss es ihm unglaublich wichtig gewesen sein. Ich bin es ihm schuldig, dem nachzugehen, oder es würde mich mein Leben lang verfolgen. Und auch wenn du das alles für Unsinn hältst, fragst du dich nicht, woher Allison und der andere Stein gekommen sind? Was ihre Existenz bedeutet? Und vielleicht viel wichtiger: Welche Konsequenzen ihre Zerstörung haben wird?"

Chang Feng kippte ihren doppelten Wodka auf ex hinunter. „Na schön, weil du es bist und ich eine sentimentale Seite habe. Aber wenn wir nichts finden, lässt du die Sache auf sich beruhen und blickst wieder nach vorne, ja?"

„Einverstanden. Und danke. Ich weiß, wie gern du das Ganze hinter dir lassen möchtest."

„Schon gut", wehrte Chang Feng ab. „Nach den Erfahrungen der letzten Wochen habe ich irgendwie geahnt, dass das noch nicht alles gewesen ist."

„Ich fürchte, das war erst der Anfang." Trotz der Wärme in der Bar fröstelte Ell, als eine bislang sorgsam unterdrückte Erinnerung zurück an die Oberfläche drängte. Plötzlich kniete er wieder auf dem blutverschmierten Fußboden des Diner in Ritchfield, hielt Davids Hand und lauschte den allerletzten, mit schwindender Kraft geflüsterten Worten seines sterbenden Mentors.

Worte, die er sich unfähig sah, mit jemandem zu teilen; nicht einmal mit Chang Feng.

WILL, ein Krieg tobt in unzähligen Welten seit Anbeginn der Zeit. Hier wird er entschieden werden. Dieses Universum darf nicht fallen …

ÜBER DEN AUTOR

Dale Harwin, Jahrgang 1971, ist das Pseudonym eines in Deutschland lebenden Schriftstellers. Schon immer faszinierten ihn neue Technologien und wie sie den Menschen und seine Wahrnehmung der Welt verändern. Doch die größte Veränderung steht uns noch bevor: künstliche Intelligenz. Das vorliegende Buch ist der erste Band einer dreiteiligen Serie, deren zweiter Band sich in Vorbereitung befindet. Mehr dazu unter

www.daleharwin.com
daleharwin@gmail.com

Printed in Poland
by Amazon Fulfillment
Poland Sp. z o.o., Wrocław

10888867R00315